Meu encontro com a vida

Cecelia Ahern

Meu encontro com a vida

Tradução
Ana Rodrigues

HARLEQUIN
Rio de Janeiro, 2025

Copyright © 2011 by Greenlight Go Limited Company. Todos os direitos reservados.
Copyright da tradução © 2025 by Ana Rodrigues por Casa dos Livros Editora LTDA.
Todos os direitos reservados.

Título original: *Time of my life*

Todos os direitos desta publicação são reservados à Casa dos Livros Editora LTDA. Nenhuma parte desta obra pode ser apropriada e estocada em sistema de banco de dados ou processo similar, em qualquer forma ou meio, seja eletrônico, de fotocópia, gravação etc., sem a permissão dos detentores do copyright.

COPIDESQUE	Mariana Gomes
REVISÃO	Daniela Georgeto e Julia Páteo
CAPA	Sarah J. Coleman
ADAPTAÇÃO DE CAPA	Osmane Garcia
DIAGRAMAÇÃO	Abreu's System

Dados Internacionais de Catalogação na Publicação (CIP)
(Câmara Brasileira do Livro, SP, Brasil)

Ahern, Cecelia
    Meu encontro com a vida / Cecelia Ahern ; tradução Ana Rodrigues. – 1. ed. – Rio de Janeiro : Harlequin, 2025.

    Título original: The time of my life.
    ISBN 978-65-5970-512-2

    1. Romance irlandês I. Título.

25-262628   CDD-Ir823

Índices para catálogo sistemático:
1. Romances : Literatura irlandesa   Ir823
Aline Graziele Benitez – Bibliotecária – CRB-1/3129

HarperCollins Brasil é uma marca licenciada à Casa dos Livros Editora Ltda.
Todos os direitos reservados à Casa dos Livros Editora LTDA.

Rua da Quitanda, 86, sala 601A – Centro,
Rio de Janeiro/RJ – CEP 20091-005
Tel.: (21) 3175-1030
www.harpercollins.com.br

Para Robin, minha menina preciosa

"Você era muito mais... 'muitas'.
Você perdeu a sua muiteza."

O Chapeleiro Maluco para Alice no filme
Alice no País das Maravilhas (2010)

CAPÍTULO UM

Cara Lucy Silchester,
 Você tem um horário marcado na segunda-feira, dia 30 de maio.

Não li o restante. Não precisava, eu sabia de quem era. Soube assim que cheguei do trabalho e vi o envelope no chão do meu apartamento, a meio caminho entre a porta da frente e a cozinha, em cima da parte queimada do carpete, onde a árvore de Natal tinha caído — e aterrissado — dois anos antes e as luzinhas chamuscaram as fibras do carpete. O carpete era um negócio velho e barato, de uma lã cinza e desgastada, escolhido pelo meu senhorio pão-duro, e parecia ter sido pisado por mais pés do que os testículos — que aparentemente davam sorte — do touro no mosaico da Galera Vittorio Emmanuele II, em Milão.

Havia um carpete semelhante no prédio do escritório onde eu trabalhava — um local mais apropriado para o material, já que não foi pensado para ser pisado por pés descalços, servindo apenas para receber o tráfego constante de sapatos de couro bem-engraxados, que iam das baias até a copiadora; da copiadora para a máquina de café; da máquina de café à escada da saída de emergência para um cigarro furtivo — ironicamente, o único lugar onde o alarme de incêndio não tocava. Eu tinha participado da comitiva para encontrar o ponto exato para fumar e, cada vez que o inimigo nos localizava, retomávamos nosso empenho em descobrir um novo esconderijo. O atual era fácil de encontrar — centenas de guimbas de cigarro empilhadas no chão marcavam o local, a vida delas sugada por fumantes em um frenesi de pânico e angústia, suas almas flutuando no interior dos pulmões, enquanto os invólucros eram descartados, pisoteados e abandonados. Era o espaço mais venerado do prédio, mais do que a máquina de café, mais do que as portas de saída às seis da tarde, sem dúvida mais do que a cadeira diante da mesa de Edna Larson — a chefe —, que devorava boas intenções, como uma máquina de venda de alimentos quebrada que engolia moedas, mas não entregava a barra de chocolate.

A carta estava ali, naquele chão sujo e chamuscado. Um envelope de tecido creme com meu nome escrito na imponente fonte George Street, em uma tinta tão preta que não deixava margens para dúvida. Ao lado do nome, um selo dourado em relevo, com três espirais unidas.

As espirais triplas da vida. Eu sabia o que era porque já tinha recebido duas correspondências semelhantes e pesquisado o símbolo no Google. Nas outras vezes, não marquei nenhum horário respondendo às solicitações. Também não telefonei para o número fornecido para reagendar ou cancelar. Ignorei, varri para debaixo do tapete — ou teria feito isso se as luzes da árvore de Natal não tivessem queimado o tapetinho felpudo que ficava ali — e esqueci o assunto. Mas não tinha esquecido de verdade. A gente nunca esquece as coisas que fez e sabe que não devia ter feito. Elas permanecem na mente, como um ladrão sondando o terreno para um trabalho futuro. Continuamos a vê-las ali, espreitando dramaticamente, usando listras monocromáticas, se escondendo atrás de caixas de correio assim que viramos a cabeça para confrontá-las. Ou é um rosto familiar na multidão que vemos de relance e logo perdemos de vista. Um *Onde está Wally?* irritante, trancado e escondido para sempre em cada pensamento em nossa consciência. A coisa ruim que fizemos, sempre ali, nos lembrando da sua existência.

Um mês depois de ignorar a segunda carta, esta chegou, remarcando mais uma vez o horário, sem fazer menção às minhas injustificadas ausências anteriores. Era como minha mãe — a incapacidade educada de reconhecer meus erros fazia eu me sentir ainda pior.

Segurei o papel elegante por um dos cantos, entre o polegar e o indicador, e inclinei a cabeça para lê-lo enquanto ele caía para o lado. O gato tinha feito xixi nele de novo. Era irônico, na verdade. Não o culpei — ter ilegalmente um animal de estimação em um prédio no meio da cidade e trabalhar em um emprego de tempo integral significava que o bichano não tinha oportunidade de sair para se aliviar. Em uma tentativa de me livrar da culpa por mantê-lo preso, eu tinha espalhado fotos do mundo exterior ao redor do apartamento retratando a grama, o mar, uma caixa de correio, algumas pedrinhas, o trânsito de veículos, um parque, uma coleção de outros gatos e Gene Kelly. Este último para atender às minhas próprias necessidades, óbvio, mas eu esperava que as outras imagens minimizassem qualquer desejo que ele tivesse de sair. Ou de respirar ar fresco, fazer amigos, se apaixonar. Até de cantar e dançar.

Como eu saía cinco dias por semana, das oito da manhã até, com frequência, às oito da noite, e às vezes nem voltava para casa, havia treinado o gato para "eliminar", como o treinador de animais dissera, no jornal, para que ele se acostumasse a usar a caixa de areia. E aquela carta, o único pedaço de papel deixado no chão, certamente o havia confundido. Notei o gato se esgueirar constrangido pelo canto da sala. Ele sabia que estava errado. Aquilo que tinha feito e sabia que não devia ter feito continuava em sua mente.

Eu detestava gatos, mas gostava daquele gato. Eu o batizara de sr. Pan em homenagem a Peter, o conhecido menino voador. O sr. Pan não é um garoto que nunca envelhecerá, muito menos possui qualquer habilidade de voar, mas havia uma estranha semelhança, e na época me pareceu apropriado. Eu o encontrei certa noite dentro de uma caçamba em um beco, ronronando como se estivesse em profundo sofrimento. Ou talvez fosse eu. O que eu estava fazendo lá embaixo permanecerá confidencial, mas chovia muito e eu, que usava um sobretudo bege — depois de lamentar a perda de um namorado perfeito com doses excessivas de tequila —, dava o meu melhor para incorporar Audrey Hepburn enquanto tentava pegar o animal, chamando por "Gato!" em um tom claro e singular, mas angustiado.

Descobri depois que era um gatinho de um dia de idade, nascido hermafrodita. A mãe ou os tutores, ou ambos, o rejeitaram. Embora o veterinário tivesse me informado que o animalzinho tinha mais anatomia masculina do que feminina, a tarefa de batizá-lo me deu a sensação de que eu estava assumindo sozinha a responsabilidade de escolher o gênero dele. Minha decepção amorosa e o fato de ter sido preterida em uma promoção porque minha chefe desconfiava que eu estava grávida — embora fosse logo depois das festas de fim de ano e minha tradicional farra gastronômica tivesse sido quase um banquete Tudor, faltando só o javali — foram apenas mais dois eventos em um mês particularmente horrível: tive cólicas insuportáveis; um vagabundo de rua me apalpou tarde da noite no metrô; fui chamada de megera por meus colegas homens quando resolvi impor minha opinião no trabalho. Assim, decidi que a vida seria mais fácil para o gato se ele fosse macho.

Mas acho que tomei a decisão errada. Volta e meia chamo o bicho de Samantha ou Mary ou algum outro nome feminino, e ele levanta os olhinhos com uma expressão que só posso descrever como agradecida, antes de se afastar para se sentar em um dos meus sapatos, encarando melancolicamente o salto agulha e o mundo do qual tinha sido privado. Mas já estou divagando. De volta à carta.

Daquela vez, eu teria que comparecer. Não havia como evitar. Não podia ignorar de novo… não queria irritar ainda mais o remetente.

Mas quem era o remetente?

Segurei a folha úmida pelo canto e inclinei novamente a cabeça para ler o papel torto.

Cara Lucy Silchester,
Você tem um horário marcado na segunda-feira, dia 30 de maio.
Atenciosamente,
Vida

Vida. Por que… é claro.

Minha vida precisava de mim. Ela passava por um momento difícil e eu não estava prestando a atenção necessária. Tinha tirado o olho da bola, me ocupado com outras coisas: a vida dos amigos, os problemas de trabalho, meu carro se deteriorando e sempre precisando de algum conserto, esse tipo de coisa. Eu tinha ignorado total e completamente minha vida. E naquele momento ela escrevia para mim, me convocando, e só havia uma coisa a fazer. Precisava encontrá-la cara a cara.

CAPÍTULO DOIS

Eu tinha ouvido falar sobre esse tipo de coisa, e por isso não estava fazendo um grande drama a respeito. A verdade é que, de modo geral, não costumo ficar muito ansiosa com as coisas, simplesmente não sou uma dessas pessoas. Também não me surpreendo com facilidade. Acho que é porque sempre espero que qualquer coisa possa acontecer. Isso me faz parecer uma pessoa de fé, o que também não é bem verdade. Vou tentar me expressar melhor: eu simplesmente aceito o que acontece. Tudo. Portanto, minha vida escrever para mim, embora me parecesse incomum, não foi uma surpresa; era mais um inconveniente. Eu sabia que a vida exigiria muito da minha atenção no futuro próximo e, se aquilo fosse fácil para mim, então eu não teria nem recebido as cartas para começo de conversa.

Cutuquei o gelo do congelador com uma faca e resgatei o empadão de carne com a mão já azul de frio. Enquanto esperava o micro-ondas apitar, comi uma fatia de torrada. Então um iogurte. Como o empadão ainda não estava pronto, lambi a tampa do iogurte. Decidi que a chegada da carta me autorizava a abrir uma garrafa de Pinot Grigio de 3,99 euros. Cravei a faca no restante do gelo do congelador, enquanto o sr. Pan se escondia em uma galocha decorada com corações cor-de-rosa, que ainda estava coberta pela lama seca de um festival de música ocorrido no verão de três anos antes. Peguei uma garrafa de vinho que esqueci de tirar do congelador e que se transformara em um bloco congelado de álcool, e substituí pela nova garrafa — que eu não pretendia esquecer. E era melhor mesmo que não esquecesse, já que aquela era a última que restava na adega improvisada no canto do armário, embaixo do pote de cookies. O que me lembrou dos cookies. Por isso também comi um cookie com o dobro de gotas de chocolate enquanto esperava. Então o micro-ondas apitou. Passei o empadão para um prato — uma maçaroca que parecia um mingau, nada apetitosa, ainda fria no meio, mas não tive paciência para colocar de volta no micro-ondas e esperar mais trinta segundos. Comi de pé diante da bancada, priorizando as partes quentes nas bordas.

Eu cozinhava antes. Quase todas as noites. Nas noites em que não conseguia, meu então namorado fazia isso. Nós gostávamos. Tínhamos um apartamento grande em uma antiga fábrica de pães, reformada com janelas de moldura de aço que iam do chão ao teto e muitas paredes de tijolinhos. Nossa cozinha era aberta, combinando com a sala de jantar, e quase todo fim de semana recebíamos amigos. Blake amava cozinhar, receber as pessoas, assim como a ideia de todos os nossos amigos, até mesmo a família, se juntarem a nós. Ele amava o som de pessoas rindo, conversando, comendo, debatendo ideias. Amava os cheiros, o vapor, os "ohs" e "ahs" de prazer em relação à comida servida. Blake ficava de pé diante da ilha da cozinha, contando com perfeição alguma história, enquanto cortava uma cebola, derramava vinho tinto em um bife *bourguignon* ou flambava um *baked alaska*. Ele nunca media nenhum ingrediente, mas sempre acertava o equilíbrio dos pratos. Blake acertava o equilíbrio de tudo. Trabalhava escrevendo sobre comida e viagens e adorava ir a todos os lugares e provar de tudo. Era um aventureiro. Nunca parávamos quietos nos fins de semana — subíamos essa ou aquela montanha, durante os verões íamos para países dos quais eu nunca tinha ouvido falar. Saltamos de paraquedas duas vezes, fizemos bungee jumping três vezes. Ele era perfeito.

E aí ele morreu.

Brincadeirinha, ele está muito bem. Vivo e bem. Foi uma piada cruel, eu sei, mas eu ri. Não, Blake não morreu. Ele ainda está vivo. Ainda é perfeito.

Mas eu o deixei.

Blake tem um programa de televisão — assinou o contrato quando ainda estávamos juntos. Nessa época, assistíamos o tempo todo a esse canal de viagens. De vez em quando, sintonizo no canal e o vejo caminhando pela Grande Muralha da China ou sentado em um barco na Tailândia comendo *pad thai*; e sempre, depois de uma crítica perfeita, em roupas perfeitas — mesmo depois de uma semana escalando montanhas, fazendo cocô na floresta e sem tomar banho —, Blake olha para a câmera com o rosto perfeito e diz: "Queria que você estivesse aqui". O nome do programa.

Ao longo das semanas e meses que se seguiram ao nosso rompimento traumático, enquanto chorava ao celular, Blake repetia que dera aquele nome ao programa por minha causa, que toda vez que dizia aquilo ele falava comigo e somente comigo, nunca com mais ninguém. Ele me queria de volta. E me ligava todos os dias. Depois a cada dois dias. Com o tempo, passou a ser uma vez por semana, e eu sabia que ele passava os dias se segurando para não fazer outras ligações, esperando pelo único momento em que falaria comigo. Em seguida, Blake parou de ligar e passou a me mandar e-mails — textos longos e detalhados me contando onde ele estava, como se sentia sem mim, tudo tão deprimente e tão solitário a ponto de eu não conseguir mais lê-los. Parei de responder. Então, os e-mails ficaram mais curtos. Menos emotivos, menos detalhados, mas sempre pedindo para nos encontrarmos, sempre pedindo para voltarmos a ficar juntos.

Eu me sentia tentada, não me entenda mal, Blake era um homem perfeito, e ter um homem perfeito e bonito nos querendo às vezes é o bastante para querermos ele de volta, mas aquilo só acontecia nos momentos em que eu me sentia enfraquecida pela minha própria solidão. Eu não queria Blake. Não que houvesse outra pessoa, algo que eu disse a ele várias vezes, embora talvez tivesse sido mais fácil se eu tivesse fingido que conheci, porque então ele talvez me esquecesse com mais facilidade. Eu não queria mais ninguém. Realmente não queria ninguém. Só queria parar por um tempo. Queria parar de fazer coisas e parar de ir de um lado para o outro. Eu só queria ficar sozinha.

Deixei meu emprego e consegui outro em uma empresa de eletrodomésticos, pela metade do salário. Vendemos o apartamento. Aluguei esse estúdio, que é menor do que qualquer outra casa em que já morei. Adotei um gato. Alguns diriam que eu o roubei, mas, seja como for, ele é meu. Visito minha família quando não tenho como escapar, saio com os mesmos amigos nas noites em que ele não está na região — meu ex-namorado, não o gato —, o que é frequente, já que Blake viaja tanto.

Não sinto falta dele e, quando sinto, ligo a TV e consumo uma dose suficiente para me sentir satisfeita de novo. Não sinto falta do meu trabalho. Sinto um pouco de falta do dinheiro quando vejo alguma coisa que desejo em uma loja ou em uma revista, mas então saio da loja ou viro a página da revista e supero. Não sinto falta das viagens. Nem dos jantares com amigos.

E não estou infeliz.

Não estou.

Certo, eu menti.

Foi Blake quem me deixou.

CAPÍTULO TRÊS

Eu estava na metade da garrafa de vinho quando enfim reuni — não coragem, eu não precisava de coragem, afinal, não estava com medo — energia para me mexer. Foi preciso meia garrafa de vinho para que eu conseguisse me mexer e ligar para minha vida, então digitei o número informado na carta. Dei uma mordida em uma barrinha de chocolate enquanto esperava a ligação completar. Fui atendida no primeiro toque. Não tive tempo de mastigar, muito menos de engolir o chocolate.

— Ah, desculpe — disse, com a boca cheia. — Estou com chocolate na boca.

— Tudo bem, querida, pode ir com calma — falou uma mulher mais velha, o tom animado, com um sotaque suave do sul dos Estados Unidos.

Mastiguei rapidamente e engoli com um pouco de vinho. Então senti ânsia de vômito.

Pigarreei.

— Pronto.

— Qual era o chocolate?

— Galaxy.

— Aerado ou de caramelo?

— Aerado.

— Humm, meu favorito. Como posso ajudá-la?

— Recebi uma carta a respeito de um agendamento na segunda-feira. Meu nome é Lucy Silchester.

— Sim, srta. Silchester, seu nome está no sistema. O que acha de nove da manhã?

— Ah, bem, na verdade, não é por isso que eu tô ligando. Veja bem, não posso comparecer porque eu trabalho nesse dia.

Esperei que a mulher dissesse: "Ah, nossa, erramos ao pedir para você vir em um dia de trabalho, vamos cancelar tudo", mas não foi o que ela fez.

— Bem, acho que podemos nos adaptar ao seu horário. A que horas você sai do trabalho?

— Às seis.

— Que tal sete da noite, então?

— Não posso porque é aniversário de um amigo e vamos sair para jantar.

— E o que me diz do seu horário de almoço? Um agendamento nesse momento lhe atenderia?

— Preciso deixar o meu carro na oficina.

— Então, só para resumir, você não pode comparecer porque trabalha durante o dia, vai deixar o seu carro na oficina no horário de almoço e jantar com amigos à noite.

— Sim. — Franzi o cenho. — Você está anotando isso?

Ouvi o som de um digitar suave ao fundo. Aquilo me incomodou: eles estavam me convocando, não o contrário. Portanto, teriam que encontrar um horário.

— Sabe, querida — falou novamente a mulher com o sotaque sulista arrastado (eu quase conseguia ver a doçura de sua voz escorregando de seus lábios e pousando no teclado, que sibilava e voltava à vida a cada batida, apagando minha convocação para sempre da memória) —, está claro que você não está familiarizada com esse sistema.

Ela respirou fundo e eu a interrompi antes que as maçãs em calda que pareciam escapar da sua voz tivessem a chance de pingar novamente.

— As pessoas costumam estar? — perguntei, cortando a linha de pensamento dela.

— Como?

— Quando você entra em contato com as pessoas, quando *a vida convoca as pessoas para uma reunião* — enfatizei —, as pessoas costumam já estar familiarizadas com o procedimento?

— Bem — começou ela, o sotaque fazendo com que soasse como *beeeem* —, imagino que alguns, sim, e outros, não, mas é pra isso que estou aqui. Que tal eu facilitar as coisas dando um jeito para que ele vá até você? Ele faria isso se eu pedisse.

Pensei a respeito, então de repente fiquei curiosa:

— Ele?

Ela riu.

— Isso costuma mesmo pegar as pessoas de surpresa.

— São sempre *eles*?

— Não, nem sempre, às vezes são *elas*.

— Em que circunstâncias são homens?

— Ah, é aleatório, querida, não tem um motivo específico. Assim como você e eu nascemos o que somos. Isso é um problema pra você?

Pensei a respeito. Não conseguia ver por que poderia ser um problema.

— Não.

— Então, que horas você gostaria que ele fizesse a visita? — continuou ela, digitando um pouco mais.

— Me visitar? Não! — gritei ao telefone. O sr. Pan se sobressaltou, abriu os olhos, olhou ao redor e voltou a fechá-los. — Desculpe por gritar — falei, me recompondo. — Ele não pode vir aqui.

— Mas achei que você tinha dito que isso não seria um problema pra você.

— Eu quis dizer que não é um problema que ele seja homem. Achei que estava perguntando se *isso* seria um problema.

Ela riu.

— Mas por que eu lhe perguntaria isso?

— Não sei. Às vezes, os spas também perguntam isso, sabe como é, caso a pessoa não queira um massagista homem...

Ela riu.

— Bem, posso garantir que ele não vai massagear nenhuma parte da sua anatomia.

Ela fez a palavra *anatomia* ter duplo sentido. Estremeci.

— Bem, diga que sinto muito, mas ele não pode vir aqui.

Olhei ao redor daquele meu estúdio lúgubre, onde sempre me senti bastante confortável. Era um lugar para mim, meu casebre — não foi pensado para receber convidados, amantes, vizinhos, familiares nem mesmo serviços de emergência se o tapete pegasse fogo, era só para mim. E para o sr. Pan.

Eu estava encolhida junto ao braço do sofá e a alguns passos atrás de mim ficava o pé da cama de casal. À minha direita, havia uma bancada de cozinha, à minha esquerda, as janelas, e ao lado da cama, um banheiro. Era mais ou menos esse o tamanho do lugar. Não que o tamanho me incomodasse ou me envergonhasse. Era mais o estado do apartamento. O chão se tornara o guarda-roupa. Eu gostava de pensar nos meus pertences espalhados como pedrinhas de brilhante... esse tipo de coisa. O conteúdo do meu antigo guarda-roupa, que viera de uma cobertura caríssima, era maior do que o novo apartamento em si, então meus muitos pares de sapatos encontraram um lar ao longo do parapeito da janela, os cabides com meus casacos e vestidos longos ficavam pendurados nas extremidades direita e esquerda do varão da cortina e eu abria e fechava os tecidos conforme o sol e a lua pediam, assim como cortinas normais. O carpete eu já descrevi, o sofá monopolizava a pequena sala de estar e ia da janela até a bancada da cozinha — o que significava que o caminho era bloqueado, e era preciso subir na parte de trás do sofá para se sentar diante dela. Minha vida não poderia me visitar naquela bagunça. Eu estava ciente da ironia.

— Meu carpete vai ser limpo — informei retomando a conversa, então suspirei como se fosse um incômodo tão grande que eu nem conseguia pensar a respeito.

Não era mentira. Meu carpete *precisava* muito ser limpo.

— Bem, posso recomendar o Limpadores Mágicos? — comentou a mulher, o tom sempre animado, como se de repente tivesse passado direto para a hora dos comerciais. — O meu marido — e ela falou "marido" com o sotaque doce ainda mais acentuado — é um demônio, vive engraxando as botas na sala de estar, e o Limpadores Mágicos tira na mesma hora aquela graxa preta, de um jeito que você não faz ideia. Só descobri isso porque ele ronca. A menos que eu adormeça antes, não prego o olho a noite toda, então fico assistindo àqueles infomerciais e uma noite vi um homem engraxando os sapatos em um carpete branco, do jeito que o meu marido faz, e foi isso que chamou a minha atenção. Era como se a empresa tivesse sido feita pra mim. No vídeo tiraram a mancha na hora, então tive que contratar. Limpadores Mágicos, anota aí.

A mulher era tão convincente que eu me peguei querendo investir em graxa de sapato para testar o serviço que fazia uma limpeza tão mágica, e corri para pegar uma caneta que, seguindo a determinante do Ato Legislativo da Caneta desde o Início dos Tempos, não estava em lugar nenhum quando eu precisava dela. Com uma marca-texto na mão, procurei um lugar para anotar. Também não consegui encontrar nenhum papel, então escrevi no carpete, o que pareceu apropriado.

— Que tal você apenas me dizer quando pode vê-lo, e nos poupar de idas e vindas?

Lembrei que minha mãe convocara uma reunião especial da família no sábado.

— Sabe de uma coisa, como percebo o quanto isso é importante, o fato de ser convocada pela minha vida e tudo mais, vai ser um prazer encontrar com ele no sábado, apesar de ter uma reunião familiar importante.

— Ah — soou como *aaahhhhnn* —, querida, vou deixar um comentário especial registrando que você estava disposta a perder esse dia único com seus entes queridos para se encontrar com ele, mas acho que deveria aproveitar esse tempo pra ficar com sua família. Só Deus sabe por quanto tempo mais estarão com você. Podemos ver o dia seguinte. Domingo. O que acha?

Eu gemi. Mas não em voz alta, foi por dentro, bem lá no fundo, um som longo, sofrido, aflito, vindo de um lugar doído e agonizante e íntimo. Então a data foi marcada. Domingo, nós nos encontraríamos, nossos caminhos colidiriam, e tudo o que eu considerava seguro e estável de repente se agitaria e deslizaria, se transformando além do que era possível imaginar. Ao menos foi isso que eu li em uma revista, na entrevista de uma mulher que encontrara a própria vida. Havia fotos dela de antes e depois para que o leitor fosse capaz de visualizar.

Curiosamente, antes de se encontrar com a vida, o cabelo da mulher não tinha sido escovado, mas depois, sim; ela não usava maquiagem nem tinha bronzeamento artificial antes, mas depois, sim; a mulher, que antes foi fotografada sob uma iluminação forte, vestia uma legging e uma camiseta com estampa do Mickey Mouse, e no seu depois usava um vestido assimétrico suavemente drapeado em uma cozinha perfeitamente iluminada, onde um vaso alto com limões e limas colocados com primor mostrava como a vida, ao que parecia, a havia feito se sentir mais atraída por sabores cítricos. Antes de se encontrar com a vida, a mulher usava óculos, então passou a usar lentes de contato. Eu me perguntei quem a teria mudado mais, se a revista ou a vida.

Em pouco menos de uma semana, eu conheceria minha vida. E minha vida era um homem. Mas por que eu? Tinha a impressão de que minha vida estava indo muito bem. Eu me sentia bem. Tudo nela estava muito bem.

Então me deitei no sofá e fiquei examinando o varão da cortina para decidir o que vestir.

CAPÍTULO QUATRO

No fatídico sábado, aquele que eu temia desde que comentei na ligação, talvez desde antes mesmo de ter ouvido falar sobre ele, parei diante do portão elétrico da casa dos meus pais no meu Fusca 1984, que subiu engasgando todo o caminho até a propriedade exclusiva, atraindo alguns olhares nada amigáveis de pessoas ricas e sensíveis. Eu não cresci ali, portanto, não parecia um retorno ao lar. Nem parecia a casa dos meus pais. Aquele era o lugar onde eles moravam quando não estavam na casa de veraneio, em que moravam quando não estavam na casa principal. O fato de eu estar esperando do lado de fora, aguardando que autorizassem minha entrada, me apartava ainda mais do local. Eu tinha amigos que passavam direto pela entrada de veículos das casas dos pais, que sabiam as senhas e os códigos de alarme ou usavam as próprias chaves para visitar. Eu nem sabia onde eram guardadas as xícaras de café.

Os grandes portões tinham o efeito desejado: manter forasteiros e desajustados — e filhas — do lado de fora. Mas minha maior preocupação era ficar presa lá dentro. Um ladrão escalaria aqueles portões para entrar na casa, eu os escalaria para sair. Como se estivesse captando meu humor, o carro — que eu batizara de Sebastian em homenagem ao meu avô, que nunca ficava sem um charuto na mão e, como consequência, desenvolveu uma tosse seca que acabou por mandá-lo para o túmulo — pareceu perder as forças assim que percebeu para onde estávamos indo. O caminho para a casa dos meus pais era um complicado sistema de ruas estreitas e expostas ao vento em Glendalough que desciam e subiam, fazendo curvas para um lado e para o outro, em torno de uma mansão gigantesca após a outra. Sebastian parou e engasgou de novo. Abaixei a janela do meu lado e apertei o interfone.

— Olá, você ligou para o Lar Silchester para os sexualmente desajustados. Como podemos atender às suas necessidades? — disse uma voz masculina ofegante do outro lado.

— Para de palhaçada.

Uma explosão de risadas saiu pelo alto-falante, fazendo com que duas loiras cheias de Botox, em uma caminhada acelerada, encerrassem a conversa aos sussurros e sacudissem o rabo de cavalo alto para olhar. Sorri para elas, mas, assim que me viram — uma coisinha marrom sem importância dentro de um monte de metal velho —, desviaram o rosto e seguiram em frente, balançando a bunda durinha e coberta por uma calça de lycra que não marcava a calcinha.

Os portões fizeram um som estremecedor, destrancaram, então se abriram.

— Muito bem, Sebastian, vamos lá.

O carro deu um solavanco para a frente, ciente do que o aguardava: uma espera de duas horas ao lado de um bando de automóveis arrogantes com os quais ele não tinha nada em comum. Como nossa vida era parecida... A longa entrada de cascalho deu lugar a um estacionamento com uma fonte onde um leão de boca aberta cuspia água turva. Estacionei longe dos carros do meu pai, um Jaguar XJ verde-garrafa e um Morgan +4 1960. O último ele chamava de "carro de fim de semana" e dirigia usando seu traje de fim de semana composto de luvas de couro vintage e óculos de proteção — como se fosse o Dick Van Dyke em *O calhambeque mágico*. Ah, sim, ele também usava roupas com esses itens, caso a imagem tenha parecido mais perturbadora do que o pretendido.

Ao lado dos carros do meu pai estava o SUV preto da minha mãe. Ela fora específica ao pedir algo que exigisse o mínimo de esforço de direção de sua parte, por isso o veículo tinha sensores de estacionamento cobrindo tantos ângulos que, se um carro passasse a três faixas de distância em uma rodovia, ele apitava para sinalizar a proximidade. Do outro lado da área de cascalho, estava o Aston Martin do meu irmão mais velho, Riley, e com a família do meu irmão Philip, o filho do meio, um Range Rover que tinha sido incrementado com muitos adicionais, incluindo televisores na parte de trás dos encostos de cabeça para distrair os filhos dele no trajeto de dez minutos do balé para o treino de basquete.

— Deixa o motor aquecido, vou passar só duas horas aqui, no máximo — falei, e dei um tapinha no teto de Sebastian.

Olhei para a casa. Não sei qual era o estilo, mas não era "georgeduardiano", como eu comentara de brincadeira na festa de Natal dos Schuberts, para a diversão dos meus irmãos, o desgosto do meu pai e o orgulho da minha mãe. A casa era impressionante, fora construída originalmente como uma mansão de um lorde Alguma Coisa que depois torrou a própria fortuna. Então foi vendida para alguém que escreveu um livro famoso e, por lei, fomos obrigados a colocar nos portões uma placa de bronze indicando o local para nerds literários visitarem; mas mais importante para que as pessoas de bundas rígidas, que faziam *power--walking*, passassem olhando e franzindo o cenho porque não tinham uma placa de bronze nos portões das próprias casas.

Em termos de estrutura: o Escritor Famoso teve um relacionamento sigiloso com um Poeta Deprimido que construiu a Ala Leste para poder entrar e sair despercebido. A casa tinha uma biblioteca impressionante que guardava a correspondência do tal lorde Alguma Coisa para lady Seja Lá Quem Fosse, além de mais conversa fiada dele com lady Secreta após ele ter se casado com lady Seja Lá Quem Fosse; e textos originais do Escritor Famoso que estavam emoldurados e pendurados nas paredes. As obras do Poeta Deprimido estavam desprotegidas na prateleira, ao lado de um atlas e da biografia de Coco Chanel. Ele não vendeu bem, nem mesmo depois de morrer.

Depois desse caso tumultuado e bem documentado, o Escritor Famoso gastou todo o dinheiro em bebida, e sua residência foi vendida para uma família alemã abastada que fabricava cerveja na Baviera e usava o lugar como casa de veraneio. Enquanto estavam ali, os alemães adicionaram uma ala oeste muito impressionante e uma quadra de tênis, que Bernhard, o filho da família — aparentemente infeliz —, não gostava de aproveitar, a julgar pelas fotografias desbotadas em preto e branco em que ele usava um traje de marinheiro. Também foi possível encontrar uma garrafa original da cerveja da família em um armário de nogueira, o atual bar Silchester. As lembranças e os vestígios dessas outras histórias eram palpáveis na casa, e eu sempre me perguntava o que meus pais deixariam para trás, além dos itens mais recentes da decoração Ralph Lauren.

As carrancas de dois animais que eu ainda não conseguia identificar me cumprimentaram na base dos degraus de pedra que levavam à porta da frente. Pareciam leões, mas tinham chifres e pernas torcidas no que só poderia ser descrito como uma postura debilitante, o que me fez pensar que passar séculos olhando para a fonte os deixara desesperados para ir ao banheiro. A menos que Ralph Lauren estivesse passando por uma fase sombria, eu apostaria que tinham sido escolha do Escritor Famoso ou do Poeta Deprimido.

A porta se abriu e, do batente, meu irmão Riley sorria para mim como um gato de Cheshire.

— Você tá atrasada.

— E você é nojento — falei, me referindo ao interfone.

Ele riu.

Subi os degraus, atravessei a soleira da porta, entrando no corredor com piso de mármore preto e branco e teto de pé-direito duplo, onde se derramava um lustre do tamanho do meu apartamento.

— O quê? Não trouxe nenhum presente? — implicou ele, me dando um abraço mais longo do que eu queria só para me irritar.

Soltei um gemido frustrado. Ele estava brincando, mas eu sabia que era sério. Minha família pertencia a uma religião muito severa chamada Igreja da Etiqueta Social. Os líderes da igreja eram Pessoas. Ou seja, cada ação realizada ou palavra dita tinha como base o que as "Pessoas" pensariam. Parte dessa etiqueta exigia que se levasse um presente ao visitar alguém, mesmo que aquela pessoa fosse da família e você estivesse apenas de passagem. Mas nós não dávamos apenas "uma passadinha". Marcávamos visitas, agendávamos encontros, passávamos semanas, meses até, tentando reunir as tropas.

— O que você trouxe? — perguntei.

— Uma garrafa do vinho tinto favorito do pai.

— Puxa-saco.

— Só porque eu quero beber.

— Ele não vai abrir. Prefere esperar até que todos que ama estejam mortos e enterrados há muito tempo antes de sequer pensar em se sentar em uma sala trancada e abrir uma para ele. Aposto dez, na verdade vinte euros, que ele não vai abrir — desafiei, já que precisava de dinheiro para gasolina.

Riley estendeu a mão.

— Você conhece tão bem o papai que é quase comovente, mas ainda tenho fé. Aposta feita.

— O que você deu pra mamãe? — perguntei, enquanto olhava ao redor para ver o que eu poderia roubar de presente.

— Uma vela e um óleo de banho, mas, antes que você faça uma cena por conta disso, peguei do meu apartamento.

— Foi o que eu dei pra... Qual o nome dela mesmo? Aquela mulher que você largou e que ria como um golfinho.

— Você deu essas coisas de presente pra Vanessa?

Enquanto falávamos, seguimos pelos espaços infinitos da casa, cômodo após cômodo de salas de estar e lareiras. Sofás em que nunca podíamos nos sentar, mesas de centro em que não podíamos pousar as bebidas.

— Claro! Foi um prêmio de consolação por ela sair com você.

— Acho que ela não gostou muito.

— Vaca.

— É, uma vaca que ri como um golfinho — concordou ele, e nós sorrimos.

Chegamos ao último cômodo, nos fundos da casa, que já tinha sido a sala de estar de lady Seja Lá Quem Fosse e depois a sala de rimas do Poeta Deprimido, e que no momento era a sala de entretenimento do sr. e da sra. Silchester: havia um bar embutido em um armário de nogueira com uma torneira de chope e um espelho fumê na parede do fundo. Em um expositor de vidro, estava a cerveja alemã original dos anos 1800 com uma foto em preto e branco da família Altenhofen posando na escada da frente da casa. A sala tinha um carpete em tons de salmão tão macio que os pés afundavam, cadeiras altas estofadas em couro na frente do bar sofisticado e cadeiras menores de couro espalhadas ao redor de mesas de nogueira. A principal característica do cômodo era a janela saliente com vista para o vale abaixo e para as colinas ondulantes além. O jardim tinha três acres com cultivo de rosas, flores ao longo do muro e uma piscina externa. As portas duplas que davam para fora estavam abertas e o piso de gigantescas placas de calcário levava a um espelho d'água no centro do gramado. Ao lado da fonte e perto do murmúrio do riacho, uma mesa fora montada com toalhas brancas, cristais e talheres de prata. Na minha família não havia informalidade. Uma imagem tão maravilhosa... Era uma pena que eu teria que estragá-la.

Minha mãe pairava ao redor da mesa em um conjunto de tweed branco da Chanel que ia até o joelho e sapatilhas monocromáticas, espantando as vespas que ameaçavam invadir a recepção ao ar livre. Não havia um fio de cabelo loiro fora do lugar, e ela mantinha sempre o mesmo sorrisinho nos lábios rosados, independentemente do que estivesse acontecendo no mundo, na própria vida ou na sala. Philip, o proprietário do Range Rover turbinado e que também era cirurgião plástico reconstrutivo especializado (de modo ilegal) em mamoplastia, já estava na mesa conversando com minha avó, que estava sentada, classuda como sempre, em um vestido floral para coquetel. As costas dela estavam retas, o cabelo preso com firmeza em um coque, as bochechas e os lábios pintados em um rosado apropriado, as pérolas delicadas ao redor do pescoço, as mãos entrelaçadas no colo e as pernas unidas na altura dos tornozelos, como havia, sem dúvida, aprendido na escola de etiqueta. Minha avó estava sentada em silêncio, sem olhar para Philip e provavelmente sem ouvir nada do que ele falava, enquanto examinava o trabalho da minha mãe com o olhar desaprovador de sempre.

Abaixei os olhos para minha roupa e alisei o vestido.

— Você está ótima — afirmou Riley, desviando os olhos e tentando dar a impressão de que não estava apenas tentando aumentar minha autoconfiança. — Acho que ela tem algo a nos dizer.

— Que ela não é a nossa verdadeira mãe.

— Ah, para de brincadeira — ouvi uma voz atrás de mim.

— Edith — falei, antes de me virar.

Edith foi governanta dos meus pais por trinta anos. Estava presente desde que eu conseguia me lembrar e foi mais responsável pela nossa criação do que qualquer uma das catorze babás contratadas ao longo da nossa vida. Ela tinha um vaso em uma mão e um buquê gigante de flores na outra. Edith pousou o vaso que segurava no chão e estendeu os braços para me abraçar.

— Ah, Edith, que flores lindas — falei.

— São mesmo, não são? Comprei fresquinhas hoje, fui àquele mercado novo lá perto... — Ela se interrompeu e me encarou desconfiada. — Ah, não. Não, você não vai fazer isso. — E afastou as flores de mim.

— Não, Lucy. Você não pode ficar com elas. Da última vez, você fingiu que trouxe o bolo que eu tinha feito para a sobremesa.

— Eu sei, aquilo foi um erro que nunca mais vou repetir — garanti, muito séria, então acrescentei —, porque ela vive me pedindo pra fazer de novo. Ah, qual é, Edith, só me deixa ver as flores... elas são lindas, lindas de verdade.

Pisquei, inocente.

Edith se resignou ao destino e tirei as flores dos braços dela.

— A mamãe vai adorar. Obrigada.

Dei um sorriso descarado, enquanto ela tentava se conter para não retribuir. Mesmo quando ainda éramos crianças, Edith tinha muita dificuldade em resistir a nós.

— Você merece o que te espera, só digo isso.

Edith se voltou na direção da cozinha, enquanto o medo enchia meu peito a ponto de fazê-lo explodir. Riley seguiu na frente e desci com dificuldade os degraus largos porque segurava o buquê, precisando dar dois passos para cada um do meu irmão. Ele já estava bem na minha frente quando o rosto da nossa mãe se iluminou quase como fogos de artifício ao ver o precioso filho caminhando em direção a ela.

— Lucy, querida, são lindas, você não devia ter se dado a esse trabalho — falou ela, pegando as flores da minha mão e exagerando nos agradecimentos, como se tivesse acabado de receber o título de Miss Mundo.

Dei um beijo no rosto da minha avó, que agradeceu discretamente com um breve aceno de cabeça, mas não se mexeu.

— Oi, Lucy — cumprimentou Philip, e se levantou para me dar um beijo no rosto.

— A gente precisa parar de se encontrar assim — falei baixinho para ele, que riu.

Quis perguntar ao meu irmão sobre as crianças, sabia que deveria fazer isso, mas Philip era uma daquelas pessoas que realmente levava a resposta longe demais e entraria em uma verborragia sobre cada coisa que os filhos disseram e fizeram desde a última vez que eu os tinha visto. Eu amava meus sobrinhos, de verdade, mas não me importava nem um pouco com o que eles comeram no café da manhã daquele dia, embora eu tivesse certeza de que seria alguma coisa com mangas orgânicas e tâmaras desidratadas.

— É melhor eu colocar isso na água — falou minha mãe, ainda admirando as flores para me agradar, embora o momento já tivesse passado havia muito tempo.

— Eu faço isso pra você — ofereci, aproveitando a oportunidade. — Vi o vaso perfeito pra elas lá dentro.

Riley balançou a cabeça, incrédulo, às costas dela.

— Obrigada — agradeceu minha mãe, como se eu tivesse acabado de me oferecer para pagar as contas dela pelo resto da vida, e me olhou com adoração. — Você está diferente, fez alguma coisa no cabelo?

Levei imediatamente a mão aos fios grossos castanhos.

— Hum. Dormi com ele molhado ontem à noite.

Riley riu.

— Ah. Bem, está lindo — disse ela.

— Você vai acabar pegando um resfriado por causa disso — repreendeu minha avó.

— Não peguei.

— Mas pode.

— Mas não peguei.

Silêncio.

Dei as costas e saí cambaleando pela grama para chegar aos degraus de pedra. Desisti e tirei os sapatos de salto alto — o chão de pedra estava aquecido pelo sol. Edith tinha tirado o vaso de cima do balcão, mas fiquei feliz por isso, afinal, era outra tarefa na qual gastar meu tempo. Calculei que, desde minha chegada tardia até a tarefa de colocar a flor no vaso, já se passaram vinte minutos da temida permanência de duas horas.

— Edith — chamei só para aliviar minha própria consciência, mas torci para que ela não tivesse ouvido, enquanto segui de cômodo em cômodo, me afastando da cozinha, onde eu sabia que ela estaria.

Havia cinco cômodos grandes que davam para o jardim dos fundos. Um da época do Escritor Famoso, dois da parte principal da casa original e outros dois da família da cerveja alemã. Depois de passar por todos os cômodos que eram conectados por grandes portas duplas, saí para o corredor e fiz o caminho de volta. Do outro lado do corredor, pude ver, abertas, as enormes portas de nogueira do escritório. Foi ali que o Escritor Famoso escreveu seu romance célebre. Era onde meu pai examinava pilhas intermináveis de papelada. Às vezes eu até me perguntava se havia algo impresso no papel ou se ele apenas gostava da sensação, alguma disposição nervosa que o fazia olhar, tocar e virar o papel.

Meu pai e eu nos damos muito bem. Às vezes pensamos tão parecido que é quase como se fôssemos a mesma pessoa. Quando os outros nos veem, ficam impressionados com nosso vínculo, com o respeito que ele tem por mim, com minha admiração por ele. Mesmo adulta, muitas vezes meu pai tira dias de folga do trabalho só para me buscar em meu apartamento e me levar para alguma aventura. Era a mesma coisa quando eu era criança, a única menina da família, ele me mimava. "A filhinha do papai" era o que todo mundo dizia. Ele me liga durante o dia só para saber como eu estou, me manda flores e cartões de Dia dos Namorados para que eu não me sinta sozinha. É mesmo um cara extraordinário. Nós realmente temos uma ligação especial. Às vezes, quando íamos para um campo de cevada em um dia de muito vento, eu usava um vestido esvoaçante e nós corríamos em câmera lenta, para então ele se tornar o monstro das cócegas e tentar me pegar, me perseguindo em círculos até que eu caísse em cima da cevada ao meu redor, balançando para a frente e para trás na brisa. Como nós ríamos.

Está certo, eu menti.

Isso provavelmente ficou óbvio pela imagem do campo de cevada em câmera lenta. Forcei a barra ali. Na verdade, ele mal me suportava, e a recíproca era verdadeira. Mas nós nos aturávamos, só o suficiente, naquele limite tênue de se tolerar pelo bem da paz mundial.

Meu pai deve ter percebido que eu estava do lado de fora do escritório, mas não levantou os olhos, apenas virou outra folha de papel misteriosa. Ele manteve aquelas folhas de papel longe do nosso alcance por toda a vida, de tal modo que acabei obcecada em descobrir o que havia nelas.

Quando eu tinha 10 anos, finalmente consegui entrar escondida no escritório numa noite que ele esquecera de trancar a porta, mas, ao ver os papéis, com o coração disparado no peito, não consegui entender uma palavra do que estava escrito. Só havia termos de direito.

Meu pai é juiz do Tribunal de Justiça e, quanto mais velha eu ficava, mais compreendia o respeito que ele inspira como um dos principais especialistas em direito penal irlandês. Ele preside julgamentos de assassinato e estupro desde que foi nomeado para a corte, vinte anos antes. Divertido, não? Suas visões ultrapassadas sobre muitas coisas eram nada menos que controversas; algumas vezes pensava que, se ele não fosse meu pai, eu já teria saído às ruas em protesto... ou talvez fizesse isso porque ele era meu pai.

Seus pais eram acadêmicos, o pai, um professor universitário, a mãe — a senhora idosa de vestido floral no jardim dos fundos —, uma cientista. A verdade é que, além de criar tensão em cada cômodo em que entrava, eu não sabia bem o que minha avó fizera, só sabia que tinha alguma coisa a ver com larvas no solo em certos climas. Meu pai foi campeão europeu de debates universitários, graduado pelo Trinity College de Dublin e pela Honorável Sociedade de King's Inns, cujo lema é *"Nolumus Mutari"*, que significa "Não desejamos mudanças", e isso diz muito sobre ele. Tudo o que sei sobre sua vida é o que as placas nas paredes do escritório declaram ao mundo.

Eu achava que o restante era um grande mistério que eu desvendaria um dia, que descobriria um segredo e de repente aquele homem faria sentido; e que no fim de seus dias — quando ele fosse um idoso e eu uma linda e responsável mulher de carreira, com um marido deslumbrante, as pernas mais longas do que nunca e o mundo aos meus pés — nós tentaríamos compensar o tempo perdido. Já me dou conta de que não há mistério, meu pai é do jeito que é, e não gostamos um do outro porque não há uma única parte de qualquer um de nós capaz de sequer começar a entender o outro.

Observei-o da porta do escritório revestido de painéis de madeira. Meu pai estava de cabeça baixa, os óculos na ponta do nariz, lendo documentos. Paredes de livros enchiam a sala, e o cheiro de poeira, couro e fumaça de charuto era forte, embora ele tivesse parado de fumar havia dez anos. Senti uma breve onda de afeto porque, de repente, meu pai me pareceu velho. Ou pelo menos mais velho. E pessoas mais velhas eram como bebês — algo em seu comportamento nos fazia amá-los, apesar da personalidade egoísta e ignorante. Continuei parada por algum tempo, examinando o escritório e ponderando sobre aquela repentina sensação de afeto, e me pareceu anormal simplesmente ir embora sem dizer nada, por isso pigarreei e dei uma batida constrangida com os nós dos dedos na porta, uma manobra que fez o celofane enrolado nas flores farfalhar alto. Meu pai permaneceu de cabeça baixa. Mesmo assim, entrei.

Esperei com paciência. Depois sem paciência. Então, quis atirar as flores na cabeça dele. Aí, quis pegar cada flor, pétala por pétala, e jogar no rosto dele. O que começou como uma felicidade branda e inata por ver meu pai se transformou nos sentimentos habituais de frustração e raiva. Ele simplesmente dificultava tudo o tempo todo, havia sempre uma barreira, era sempre desconfortável.

— Oi — falei, me sentindo como uma criança de 7 anos.

Ele ainda não tinha olhado para cima. Em vez disso, terminou de ler a frente da folha nas mãos, virou-a e leu a parte de trás também. Pode ter sido apenas um minuto, mas pareceu cinco. Quando finalmente levantou a cabeça, tirou os óculos e olhou para meus pés descalços.

— Trouxe essas flores pra você e pra mamãe. Estava procurando um vaso.

O que talvez tenha sido a coisa mais próxima daquela fala de *Dirty Dancing*, "Eu trouxe uma melancia", que eu já disse.

Silêncio.

— Não tem nenhum aqui.

Eu o ouvi dizer em minha mente, "sua imbecil de merda", embora nunca falasse palavrões — meu pai era uma daquelas pessoas que diziam "paspalho" o tempo todo, o que me irritava profundamente.

— Sei disso, só pensei em dar um oi, já que passei por aqui.

— Você vai ficar para o almoço?

Tentei decifrar como interpretar aquilo. Ou ele queria que eu ficasse para o almoço, ou não queria. A pergunta devia ter algum significado, já que todas as frases dele eram codificadas e geralmente tinham conotações que me pintavam como boba. Procurei o significado e o que poderia vir a seguir. Não consegui descobrir. Então respondi:

— Vou.

— Vejo você lá, então.

O que queria dizer: "Por que veio me perturbar descalça, no meu escritório com um 'oi' bobo, quando vou ver você no almoço a qualquer momento, *sua paspalhona?*". Ele colocou os óculos no rosto e continuou a ler os papéis. Mais uma vez, tive vontade de atirar as flores na cabeça dele, uma por uma, mirando-as na testa, mas, em respeito ao buquê de Edith, eu me virei e saí dali, meus pés fazendo um som estridente ao grudarem no chão. Quando cheguei à cozinha, deixei as flores na pia, peguei um pouco de comida e voltei para fora. Meu pai já estava lá cumprimentando os filhos homens. Apertos de mão firmes, vozes profundas, algumas piadas no tema "somos homens" — como se empanturraram com coxas de faisão, brindaram com canecos de estanho, apalparam um seio ou dois, limparam a baba da boca e arrotaram. Ou foi o que os imaginei fazendo — então eles se sentaram.

— Você não cumprimentou a Lucy, meu bem, ela estava procurando um vaso para as lindas flores que trouxe para nós.

Minha mãe sorriu novamente para mim, como se eu sozinha fosse tudo o que havia de bom no mundo. Ela era boa naquilo.

— Eu vi a Lucy lá dentro.

— Ah, que fantástico — disse minha mãe, os olhos novamente em mim. — Você encontrou um vaso?

Olhei para Edith, que estava colocando pãezinhos em cima da mesa.

— Encontrei. Aquele na cozinha ao lado da lixeira.

Sorri com inocência para ela, sabendo que entenderia que aquilo significava que eu colocara as flores na lixeira, o que eu não fizera, mas gostava de provocá-la.

— Bem onde está o seu jantar — retrucou Edith, sorrindo com doçura de volta, e minha mãe pareceu confusa. Então, sem olhar para mim, perguntou para todos os outros: — Vinho?

— Não, eu não posso, estou dirigindo — respondi assim mesmo —, mas Riley vai tomar uma taça do tinto que ele trouxe para nosso pai.

— Riley está dirigindo — falou meu pai sem se dirigir a ninguém em particular.

— Ele pode tomar um golinho.

— Pessoas que bebem e dirigem devem ser presas — censurou ele.

— Você não se importou com a taça que ele tomou semana passada. Juro que tentei não confrontá-lo, mas não estava funcionando.

— Na semana passada, um garoto não tinha sido lançado através do para-brisa de um carro porque o paspalho do motorista bebeu demais.

— Riley — chamei em um arquejo —, não me diga que você...

Foi de mau gosto, eu sei, mas acho que eu meio que queria que fosse, por conta do meu pai, que então começou uma conversa com a mãe dele como se eu nunca tivesse falado. Meu irmão balançou a cabeça, incrédulo, não sei se pelo meu humor inapropriado, ou porque ele não tinha conseguido molhar os lábios com o precioso vinho do nosso pai, mas, de qualquer forma, ele perdeu a aposta. Riley enfiou a mão no bolso e me entregou uma nota de vinte euros. Nosso pai olhou para a transação com uma expressão de desaprovação.

— Eu devia dinheiro a ela — explicou Riley.

Ninguém à mesa acreditava que eu podia ter emprestado dinheiro a alguém, então tudo acabou se virando contra mim. De novo.

— Então — começou minha mãe, assim que Edith terminou de servir tudo e todos nos acomodamos. Ela olhava para mim. — Aoife McMorrow se casou com Will Wilson na semana passada.

— Ah, fico tão feliz por ela — comentei com entusiasmo, enfiando um pãozinho na boca. — Quem é Aoife McMorrow?

Riley riu.

— Ela fazia sapateado na mesma turma que você. — Minha mãe me encarava, totalmente surpresa por eu ter esquecido minha colega de dança de quando eu tinha 6 anos. — E Laura McDonald teve uma menina.

— Ii-Ai-ii-Ai-ô! — cantarolei.

Riley e Philip riram. Ninguém os acompanhou. Minha mãe tentou, mas não entendeu a referência à música infantil.

— Encontrei a mãe dela na feira orgânica ontem e vi uma foto do bebê. Um bebê tão lindo. Dava vontade de morder. Casada e mãe, em apenas um ano, imagina só.

Abri um sorriso tenso. Senti o olhar intenso de Riley me suplicando para que eu ficasse calma.

— O bebê nasceu pesando cinco quilos, Lucy, cinco quilos, você acredita?

— Jackson pesava quatro quilos e duzentos — lembrou Philip. — Luke três quilos e setecentos, e Jemima três quilos e oitocentos.

Todos nós nos viramos para ele e fingimos estar interessados, então meu irmão voltou a comer pão.

— É uma coisa linda — falou minha mãe, com os olhos fixos em mim, o cenho franzido e os ombros curvados. — A maternidade.

Ela estava me olhando daquele jeito havia tempo demais.

— Aos 20 anos eu já estava casada — comentou minha avó, como se fosse um grande feito. Então ela parou de passar manteiga no pão e me encarou com firmeza. — Terminei a universidade quando tinha 24 anos e já tinha três filhos aos 27.

Assenti como se estivesse admirada. Já tinha ouvido tudo aquilo antes.

— Você merece uma medalha.

— Medalha?

— É só uma expressão. Por ter feito algo... incrível.

Até tentei conter o tom sarcástico e amargo que estava morrendo de vontade de escapar. Como se estivesse na lateral do campo, se aquecendo, implorando para que eu o deixasse continuar como um substituto para a educação e a tolerância.

— Não é incrível, Lucy, é a coisa certa.

Minha mãe saiu em minha defesa:

— É comum algumas moças terem bebês no final da casa dos vinte.

— Mas ela tem trinta.

— Só daqui a algumas semanas — respondi, plantando um sorriso no rosto.

O sarcasmo tirou o agasalho e se preparou para entrar em campo.

— Bem, se você acha que é possível ter um bebê em quinze dias, então tem muito a aprender — disse minha avó, e deu uma mordida no pão.

— É comum as moças terem bebês ainda mais velhas — falou minha mãe.

Minha avó estalou a língua em desagrado.

— Elas têm carreiras hoje em dia, sabe — continuou minha mãe.

— Ela não tem uma carreira. E o que exatamente você imagina que eu fazia no laboratório? Pão?

Minha mãe ficou irritada. Ela fizera o pão que estava à mesa — sempre fazia pães, e todo mundo sabia disso, especialmente minha avó.

— Certamente não estava amamentando — murmurei, ainda assim todos me ouviram e se viraram para mim. E nem todos pareciam satisfeitos. Não pude evitar, os reservas estavam em campo. Senti a necessidade de explicar o comentário. — É que meu pai não me parece um homem que foi amamentado.

Se Riley arregalasse mais os olhos, saltariam da cabeça. Ele não conseguiu se conter, e a risada que sem dúvida vinha abafando saiu como um jorro de ar bizarro e feliz. Meu pai pegou o jornal e se isolou da conversa desfavorável. Abriu o jornal com um estremecimento das mãos, o mesmo movimento que tenho certeza de que sua espinha estava fazendo. Nós o perdemos, ele se foi. Perdido atrás de mais papéis.

— Vou checar se as entradas estão prontas — disse minha mãe em voz baixa, e deslizou com graça para fora da mesa.

Eu não herdei a graciosidade da minha mãe. Na verdade, quem herdou foi Riley. Suave e sofisticado, ele exalava charme e, embora seja meu irmão, sei que é um partidão aos 35 anos. Ele seguiu os passos do nosso pai na carreira jurídica e, pelo que eu sabia, era um dos nossos melhores advogados criminais. Eu só ouvira aquilo sendo dito em relação a ele, não tinha experimentado seus talentos em primeira mão, ainda não, mas não descartava a hipótese. Me dava uma sensação agradável e reconfortante pensar que meu irmão mais velho tinha uma carta de "saída livre da prisão" disponível para mim. Ele era visto com frequência no noticiário, entrando e saindo do tribunal com homens algemados a policiais que vestiam blusa de moletom por cima da cabeça; e eu já causara algumas situações embaraçosas em lugares públicos quando, cheia de orgulho, gritava para a TV "Olha lá meu irmão!", silenciando as conversas, e se recebia olhares irritados, eu esclarecia que não estava me referindo ao acusado de fazer coisas desumanas com o moletom na cabeça, e sim ao advogado elegante de terno chique ao lado dele, mas àquela altura ninguém mais se importava.

Eu acreditava que Riley tinha o mundo a seus pés: ele não estava sob nenhuma pressão para se casar, em parte porque era homem, e minha família tinha crenças bizarras, e em parte porque minha mãe tinha um apego incomum a ele, o que significava que nenhuma mulher era boa o suficiente para o filho dela. Ela nunca implicava ou resmungava, mas tinha uma maneira muito distinta de apontar as falhas de uma mulher na esperança de plantar para sempre a semente da dúvida na mente de Riley — fato é que teria tido mais sucesso se tivesse simplesmente usado fichas educativas com imagens de vagina quando ele era criança, então balançado a cabeça e dito "Não pode". Minha mãe ama que ele esteja curtindo a vida de solteiro chique na cidade e o visita a cada dois fins de semana, assim consegue realizar algum tipo de prazer esquisito. Eu acho que, se Riley fosse gay, ela o amaria ainda mais, sem mulheres para competir e, além do mais, os homossexuais são descolados nos dias de hoje. Eu a ouvi dizer isso certa vez.

Minha mãe voltou com uma bandeja de coquetéis de lagosta e, graças a um episódio envolvendo frutos do mar no almoço na casa dos Horgans, em Kinsale, que envolveu a mim, um camarão tigre e um corpo de bombeiros, ela também tinha trazido um coquetel de melão para mim.

Chequei o relógio. Riley viu.

— Chega de suspense, mãe, o que você tem para nos dizer? — pediu ele, naquele jeito perfeito que fazia todos voltarem a se concentrar na mesa. Riley tinha a habilidade de unir as pessoas.

— Eu não vou querer, não gosto de lagosta — falou minha avó, já empurrando o prato para longe antes mesmo de ele chegar à mesa.

Minha mãe pareceu um pouco desencorajada, então se lembrou do motivo de estarmos todos ali e olhou para meu pai. Ele continuava lendo o jornal, sem nem notar o coquetel de lagosta à sua frente. Minha mãe se sentou, já parecendo mais animada.

— Muito bem, vou contar a eles — declarou, como se tivesse havido algum debate em relação àquilo. — Bem, como todos vocês sabem, em julho vamos comemorar trinta e cinco anos de casados. — Ela fez uma expressão que parecia perguntar "para onde foi todo esse tempo". — E, para celebrar, o pai de vocês e eu... — ela olhou ao redor, para todos nós, os olhos cintilando — decidimos renovar os nossos votos!

A empolgação tomou conta da voz dela nas últimas três palavras e terminou em um gritinho agudo e histérico. Até meu pai abaixou o jornal para olhá-la, então viu a lagosta, dobrou o jornal e começou a comê-la.

— Uau — falei.

Muitas amigas minhas tinham se casado nos últimos dois anos. Parecia haver uma epidemia se espalhando — assim que uma se casava, o bando inteiro ficava noivo e passeava pelos corredores como pavões orgulhosos. Eu vi mulheres sensíveis e modernas serem reduzidas a maníacas obsessivas, obcecadas por tradições e estereótipos que passaram toda a vida profissional tentando combater — e participei de muitos desses rituais, usando vestidos baratos, sem graça e nada lisonjeiros, mas isso era diferente. Aquela era minha mãe, o que significava que seria pior de um jeito monumental, até cataclísmico.

— Philip, querido, o seu pai adoraria que você fosse padrinho dele.

O rosto de Philip ficou vermelho, e ele pareceu crescer alguns metros na cadeira. Então, abaixou a cabeça em silêncio — era uma honra tão grande que nem conseguiu falar.

— Riley, querido, você me levaria ao altar?

Riley sorriu.

— Tô tentando me livrar de você há anos.

Todos riram, incluindo minha avó, que adorava uma piada às custas da nora. Engoli em seco, porque sabia que aquilo aconteceria. Eu sabia. Então minha mãe olhou para mim e tudo o que pude ver foi uma boca, uma grande boca sorridente tomando conta de todo o rosto, como se os lábios tivessem comido os olhos e o nariz.

— Querida, você seria a minha madrinha? Talvez você pudesse usar esse mesmo penteado, é tão lindo.

— Ela vai pegar uma gripe — falou minha avó.

— Mas ela não pegou nenhuma gripe ontem à noite.

— Mas você quer correr esse risco?

— Poderíamos comprar lenços bonitos no mesmo tecido do vestido dela, só por precaução.

— Não se o tecido for parecido com o do seu primeiro vestido de noiva.

E lá estava, o fim da minha vida como eu a conhecia.

Chequei o relógio.

— É uma pena que você tenha que ir embora logo, há tanto o que planejar. Você acha que poderia voltar amanhã para organizarmos tudo? — perguntou minha mãe, animada e desesperada ao mesmo tempo.

E lá estava o dilema. A vida ou minha família. Uma opção era tão ruim quanto a outra.

— Não posso — respondi, o que foi recebido por um longo silêncio.

Silchesters não recusavam convites, era considerado rude. Era preciso dar qualquer jeito para comparecer a tudo para que se era convidado, de contratar sósias a viajar no tempo, valia tudo para cumprir cada compromisso assumido por você e até mesmo por outra pessoa sem seu conhecimento.

Minha mãe tentou colocar uma expressão preocupada nos olhos, mas todo o rosto dela parecia gritar: *Você me traiu.*

— Por que não, querida?

— Bem, talvez eu possa vir, mas tenho um compromisso ao meio-dia e não sei quanto tempo vai durar.

— Um compromisso com quem? — perguntou minha mãe.

Bem, eu teria que contar a eles mais cedo ou mais tarde.

— Tenho um compromisso com a minha vida.

Disse aquilo com finalidade, imaginando que não teriam a mínima ideia do que eu estava falando. Esperei que questionassem e julgassem, e já tinha planejado explicar que era apenas uma coisa aleatória que acontecia com as pessoas, como fazer parte de um júri, e que eles não precisavam se preocupar, que minha vida era boa, absolutamente boa.

— Ah — exclamou minha mãe com um grito agudo. — Meu Deus, não *acredito.* — Ela olhou ao redor do restante da mesa. — Ora, é uma surpresa, não? Estamos todos *muito* surpresos. Meu Deus. Que *surpresa.*

Me virei primeiro para Riley. Ele estava parecendo estranho, os olhos fixos na mesa, enquanto passava o dedo sobre os dentes de um garfo e espetava com delicadeza cada um deles em um estado meditativo. Então me virei para Philip, que estava um pouco mais ruborizado. Minha avó desviou o rosto como se houvesse um cheiro ruim no ar e fosse culpa da minha mãe, mas não havia nada de novo naquilo. E não consegui olhar para meu pai.

— Você já sabe.

O rosto da minha mãe ficou muito vermelho.

— Sei?

— Vocês todos sabem.

Minha mãe se deixou cair na cadeira, arrasada.

— Como vocês todos sabem? — perguntei, e minha voz saiu alta.

Silchesters não levantavam a voz.

Ninguém me respondeu.

— Riley?

Meu irmão finalmente levantou os olhos e deu um sorrisinho.

— Tivemos que assinar um documento, Lucy, só isso, para dar a nossa aprovação pessoal para que acontecesse.

— Você o quê?! Você sabia sobre isso?

— Não é culpa dele, querida, o seu irmão não teve nada a ver com isso, eu pedi para ele se envolver. Era preciso, no mínimo, duas assinaturas.

— Quem mais assinou? — perguntei, olhando ao redor, para todos eles. — Vocês todos assinaram?

— Não levante a voz, mocinha — repreendeu minha avó.

Tive vontade de jogar nela o pão da minha mãe ou amassar o coquetel de lagosta na goela dela, e talvez isso estivesse óbvio, porque Philip apelou para que todos se acalmassem. Não ouvi como a conversa terminou porque já partia pelo jardim — andando rápido, não correndo, Silchesters não fugiam —, querendo me afastar deles o máximo possível. Claro que não saí da mesa sem pedir licença, mas não consigo lembrar bem o que eu disse — murmurei alguma coisa sobre estar atrasada para um compromisso e os abandonei educadamente.

Foi só depois de sair, ao fechar a porta da frente, descer correndo os degraus e aterrissar no cascalho da entrada, que percebi que tinha deixado os sapatos no gramado dos fundos. Manquei pelas pedras, mordendo o interior da boca para conter a necessidade de gritar, e saí com Sebastian em velocidade máxima pela entrada da garagem até o portão. Sebastian tossiu forte ao longo do caminho, como quem diz "já vamos tarde", mas minha escapulida espetacular terminou quando cheguei aos portões elétricos e não tinha como sair. Abaixei a janela e apertei o botão do interfone.

— Lucy — falou Riley —, qual é, não fique brava.

— Me deixe sair — disse, me recusando a olhar para o interfone.

— Ela fez isso por você.

— Não finja que não teve nada a ver com isso.

— Certo, tudo bem. Nós. Nós fizemos isso por você.

— Por quê? Eu estou bem. Tá tudo bem.

— É o que você sempre diz.

— Porque é o que tá acontecendo — devolvi, irritada. — Agora abre o portão.

CAPÍTULO CINCO

Domingo. O dia pairou sobre minha cabeça durante todo o fim de semana, como se o gorila gigante em cima do prédio naquele filme enfim tivesse me prendido em suas garras malignas. Tive uma noite cheia de vários cenários de como seria "conhecer a vida". Em alguns, tudo corria bem; em outros, nem tanto. Um foi todo como um musical. Tive todas as conversas imagináveis com a vida — daquele jeito estranho e sem sentido algum que apenas sonhos podiam proporcionar — e, ao acordar, me sentia exausta. Fechei os olhos outra vez, apertei as pálpebras com força e me forcei a ter um sonho obsceno com um cara bonito do metrô. Não deu em nada, Vida ficava nos interrompendo como um pai severo surpreendendo um adolescente sem-vergonha. O sono não vinha, minha cabeça já estava desperta e planejando coisas — assuntos inteligentes para puxar, respostas rápidas, espirituosas, insights perspicazes, maneiras de cancelar a reunião sem ofender, mas, acima de tudo, estava planejando meu figurino. E foi nesse espírito que abri os olhos e me sentei na cama. O sr. Pan se mexeu ao meu lado, me observando.

— Bom dia, Hilary — falei, e ele ronronou.

O que eu queria dizer para minha vida sobre mim? Que eu era uma mulher inteligente, espirituosa, charmosa, desejável, esperta, com um grande senso de estilo. Eu queria que minha vida soubesse que eu tinha tudo sob controle, que estava tudo em ordem. Examinei os vestidos pendurados no varão da cortina. Estavam todos no meio, para bloquear a luz do sol. Olhei para os sapatos abaixo deles no parapeito da janela. Então espiei pela janela para checar o clima e voltei a avaliar as peças. Nada daquilo me animou, talvez a solução estivesse no guarda-roupa. Eu me inclinei e abri a porta do móvel, que bateu na beirada da cama sem abrir completamente. Não importava, eu conseguia ver o bastante.

A lâmpada dentro do guarda-roupa tinha queimado no ano anterior, por isso peguei a lanterna ao lado da cama e iluminei lá dentro.

Estava pensando em um terninho, de calça justa, blazer preto de smoking, com uma ombreira simples inspirada nos anos 1980, colete preto e saltos de oito centímetros. Aquilo me lembrava Jennifer Aniston em uma capa recente da revista *Grazia*, mas torci para que dissesse à Vida que eu era uma pessoa tranquila, relaxada, mas que levava minha vida a sério, a ponto de usar um terninho. A roupa também dizia: alguém morreu e estou indo ao funeral, mas eu esperava que Vida não estivesse pensando na morte. Deixei o sr. Pan sentado em cima de um sapato plataforma aberto na frente, assistindo a Gene Kelly, que vestia um terno de marinheiro em *Um dia em Nova York*, com promessas de que dali a alguns dias eu passearia com ele. Do elevador, ouvi a porta da minha vizinha se fechando. Apertei com força o botão para fechar as portas, mas fui pega. Um tênis apareceu impedindo o fechamento, e ali estava ela.

— Quase que eu perco — comentou ela, sorrindo.

As portas se abriram e um carrinho foi revelado. Ela manobrou o veículo para dentro do espaço apertado e quase fui jogada de volta para o corredor pela bolsa de bebê excessivamente cheia em seu ombro.

— Juro que demoro cada vez mais para sair do apartamento a cada dia que passa — disse ela, enxugando o suor da testa brilhante.

Sorri para a mulher, confusa sobre o motivo de ela estar falando comigo — nós nunca conversávamos —, então olhei para cima e fiquei vendo os números se acenderem enquanto descíamos.

— Ele a incomodou ontem à noite?

Abaixei os olhos para o carrinho à frente da mulher.

— Não.

Ela pareceu chocada.

— Passei metade da noite acordada com ele gritando de um jeito que parecia que ia derrubar tudo. Tive certeza de que o prédio inteiro bateria à minha porta. Os dentinhos estão nascendo, pobrezinho, as gengivas estão vermelhas como fogo.

Levantei os olhos novamente. Não disse nada. A vizinha bocejou.

— Bem, pelo menos o clima tá bom nesse verão, não tem nada pior do que ficar confinada dentro de casa com um bebê.

— Pois é — falei quando as portas finalmente se abriram. — Tenha um bom dia.

E saí apressada na frente dela antes que tivesse que continuar a conversa do lado de fora.

Eu poderia ter ido de transporte público ao prédio de escritórios onde deveria encontrar Vida, mas peguei um táxi porque o cara bonitinho não estaria no metrô àquela hora e eu não podia contar com o Sebastian para me levar a lugar nenhum depois da viagem do dia anterior pelas montanhas. Além disso, não sabia muito bem se iríamos para outro lugar depois, e não havia nada pior do que encontrar a própria vida com os pés cheios de bolhas e as axilas suadas.

O prédio era visível a quase dois quilômetros de distância, uma construção horrenda: um bloco quadrado marrom e opressivo sobre pilotis com janelas de aço, o que indicava a idade da construção, quando a arquitetura no estilo Lego dos anos 1960 era aceitável. Como era domingo, o prédio estava deserto e o estacionamento abaixo estava vazio, exceto por um carro solitário com um pneu furado. Aquele que não tinha conseguido escapar. A cabine de segurança estava desocupada, a cancela levantada. Como se ninguém se importasse se a coisa toda fosse transportada de avião e levada para outro planeta, de tão feio e desolado.

Uma vez lá dentro, o prédio cheirava a umidade e aromatizador de baunilha. A recepção dominava o pequeno saguão e tinha um balcão tão alto que eu só conseguia ver o alto de uma cabeça, o cabelo volumoso e armado para trás, cheio de spray fixador. Quando me aproximei, descobri que o que eu pensava ser um aromatizador era, na verdade, perfume. A mulher estava sentada pintando unhas grossas com esmalte vermelho--sangue, aplicando camadas tão densas que estava ficando grudento. Ela assistia a *Columbo* em um pequeno monitor de TV sobre a mesa.

— Só mais uma coisa — dizia Columbo.

— Lá vamos nós — falou a mulher, rindo, sem olhar para mim, mas notando minha presença. — Dá pra ver que ele sabe quem é o culpado.

Era a mulher de sotaque sulista para quem eu tinha ligado. Enquanto Columbo pedia ao assassino um autógrafo para a esposa, ela finalmente se virou para mim.

— Então, o que posso fazer por você?

— Nos falamos ao telefone esta semana, meu nome é Lucy Silchester e tenho um encontro com Vida — informei e soltei uma risada aguda.

— Ah, sim, agora eu tô lembrando. Lucy Silchester. Você já ligou para aquela empresa de limpeza de carpetes?

— Ah... não, ainda não.

— Bem, pegue isto, não posso recomendar mais do que já recomendei. Ela colocou o cartão de visita na mesa e deslizou na minha direção. Não tinha certeza se a mulher havia levado o cartão especialmente para mim ou se ela estava tão entusiasmada com a empresa que carregava uma mala de cartões para distribuir por aí.

— Você me promete que agora vai ligar pra eles?

Achei a insistência dela divertida e concordei.

— Vou só avisar a ele que você chegou. — Ela pegou o telefone. — Lucy está aqui para vê-lo. — Eu me esforcei para ouvir a voz dele, mas não consegui escutar nada. — Sim, com certeza, vou dizer para ela subir. — Então, voltando-se para mim: — Pegue o elevador e suba até o décimo andar. Então você vira à direita, depois à esquerda, e você o verá.

Fiz menção de me afastar, mas parei.

— Como ele é?

— Ah, não se preocupe... Você não está com medo, está?

— Não. — Fiz um gesto de desdém com a mão. — Por que eu estaria com medo?

Então soltei a mesma risada que dizia a todos em um raio de dez quilômetros que eu estava, sim, com medo, e segui em direção ao elevador.

Eu tinha dez andares para me preparar para minha grande entrada. Arrumei o cabelo, endireitei a postura, ajustei os lábios de um jeito sexy, mas distraído. Minha pose estava perfeita, até tinha os dedos de uma das mãos enfiados no bolso. Tudo passava exatamente a mensagem que eu queria passar a meu respeito. Mas então as portas se abriram e me deparei com uma cadeira de couro rasgada, onde uma revista feminina rasgada sem capa fora largada, e com uma porta de madeira em uma divisória de vidro com persianas romanas irregulares.

Quando passei pela porta, me deparei com uma sala do tamanho de um campo de futebol ocupada por um labirinto de baias separadas por divisórias cinza. Mesas minúsculas; computadores velhos; cadeiras estropiadas; fotos de crianças, cachorros e gatos pregadas nas mesas; tapetes de mesa personalizados; canetas com coisas peludas e cor-de-rosa presas no topo; fotos de férias como protetores de tela; cartões de aniversário; bichinhos de pelúcia aleatórios; e canecas multicoloridas estampadas com piadinhas sem graça. Todas as coisas que as pessoas fazem para dar ao pequeno e miserável metro quadrado a aparência de um lar. Parecia demais com o escritório onde eu trabalhava, e na mesma hora senti vontade de fingir que estava tirando cópia de alguma coisa como desculpa para procrastinar.

Atravessei o labirinto de mesas, olhando para a esquerda e para a direita, imaginando que diabo eu encontraria, tentando manter a expressão simpática e descolada, enquanto por dentro me sentia frustrada ao constatar que meu grande encontro com Vida seria naquele buraco de merda. E, de repente, lá estava ele. Minha vida. Escondido atrás de uma mesa suja, de cabeça baixa, rabiscando em um bloco de notas surrado com uma caneta que, a julgar pela aparência dos rabiscos insistentes dele, não estava funcionando. Minha vida usava um terno cinza amassado, camisa cinza e uma gravata cinza estampada com as espirais triplas da vida. Seu cabelo era preto, com alguns fios grisalhos, e estava desgrenhado, o rosto exibia alguns dias de barba por fazer. Quando levantou os olhos e me viu, largou a caneta, se levantou e secou as mãos no terno, deixando marcas úmidas e enrugadas. O homem tinha olheiras pretas sob os olhos, que estavam vermelhos, e parecia que não dormia havia anos.

— Você é...? — Dei um sorrisinho brincalhão.

— Sou — respondeu ele, seco. — Você é a Lucy. — O homem estendeu a mão. — Olá.

Fui quase saltitando até ele, a passos largos, fingindo estar muito animada com o momento. Ao cumprimentá-lo, abri o maior sorriso que consegui, querendo muito agradá-lo, querendo provar que eu estava bem, que estava tudo absolutamente bem. O aperto de mão dele era flácido. A pele estava úmida. Ele soltou minha mão sem demora, como uma cobra deslizando para fora do meu alcance.

— Então — falei, com entusiasmo excessivo, enquanto me sentava diante dele. — Finalmente nos conhecemos — continuei em um tom misterioso, tentando capturar o olhar dele. — Como você tá?

Eu percebia que soava exagerada. O salão era grande demais, vazio, sem graça e deprimente demais para aquele tom, mas não conseguia me controlar.

O homem olhou para mim.

— Como você acha que eu estou?

O tom dele era rude. Rude demais, na verdade. Fui pega de surpresa. Não sabia o que dizer. Não era assim que as pessoas falavam umas com as outras. Onde estava o fingimento social de que gostávamos um do outro, de que ambos estávamos felizes por estar ali, que voltaríamos a nos encontrar? Olhei em volta, torcendo para ninguém estar ouvindo.

— Não tem ninguém aqui — informou ele. — Ninguém trabalha aos domingos. Eles têm vida.

Tive que conter meu instinto de dar uma resposta igualmente grosseira.

— Mas as vidas de outras pessoas não trabalham nesse prédio também?

— Não. — Ele olhou para mim como se eu fosse burra. — Eu só alugo esta mesa. Não sei o que o pessoal que trabalha aqui faz — completou, referindo-se às mesas vazias.

Mais uma vez, fui pega de surpresa. Não era assim que deveria ser.

O homem esfregou o rosto cansado.

— Não quis parecer grosseiro.

— Bem, foi bastante.

— Ora, sinto muito — disse, sem nenhuma sinceridade.

— Não, você não sente.

Silêncio.

— Escuta... — Ele se inclinou para a frente e tentei me controlar, mas acabei me inclinando para trás. O homem tinha mau hálito. Aquele foi um momento um pouco estranho. Ele suspirou e continuou: — Imagine que você tivesse um amigo que a apoiasse o tempo todo, assim como você o apoiava, aí de repente ele para de estar tão presente quanto antes, o que é possível entender até certo ponto, porque as pessoas têm coisas pra fazer, mas aí esse amigo está cada vez mais indisponível, por mais que você se esforce para que se vejam. Então, de repente, um dia, do nada, essa pessoa some. Simples assim. Então você tenta entrar em contato, e é ignorada. Aí volta a tentar, é ignorada de novo. Finalmente, você tenta uma terceira vez e, apesar de responder, seu amigo claramente não está muito disposto a marcar um encontro, está ocupado demais com o trabalho, com os amigos e com o carro. Como você se sentiria?

— Olha, presumo que você esteja se referindo a mim nessa hipótese que construiu, mas isso é um absurdo. — Eu ri. — Porque é claro que não é a mesma coisa. Eu jamais trataria um amigo desse jeito.

Ele deu um sorriso irônico.

— Mas faria isso com a sua vida.

Abri a boca, mas não saiu nada.

— Então, vamos começar — disse ele, e apertou o botão que ligava o computador.

Nada aconteceu. Ficamos sentados ali, em um clima esquisito e tenso, enquanto o homem parecia cada vez mais frustrado com o computador. Ele apertou o mesmo botão várias vezes, testou a tomada, desconectou, conectou de novo.

— Dá uma olhada no...

— Eu não preciso da sua ajuda, obrigado. Por favor, tira as mãos do...

— Me deixa só...

— Tira as mãos do...

— Mexe nesse cabo aqui...

— Agradeço se você só...

— Pronto.

Eu me recostei na cadeira. O computador começou a zumbir.

O homem respirou fundo.

— Obrigado.

Ele não falou com sinceridade.

— Onde você conseguiu este computador, nos anos 1980?

— Isso, mais ou menos na mesma época em que você comprou esse blazer — retrucou ele, os olhos no monitor.

— Nossa, que infantil.

Apertei mais o blazer junto ao corpo. Cruzei os braços, as pernas e desviei o olhar. Aquilo era um pesadelo, era pior do que eu podia ter imaginado. Minha vida era um cretino renomado, um enfezadinho.

— Como você imaginou que seria isso? — perguntou ele, finalmente quebrando o silêncio.

— Eu não sabia como seria isso — respondi, ainda irritada.

— Mas deve ter imaginado alguma coisa.

Dei de ombros, então pensei em uma das imagens que sonhei durante a noite comigo e Vida em uma canoa em algum lugar pitoresco, ele remando, eu lendo um livro de poesia com um lindo chapéu de sol e um vestido Cavali que tinha visto em uma revista que eu não podia pagar — nem a revista nem o vestido. Pensei em mim dando uma entrevista, contando sobre Vida, meu cabelo bem-arrumado, o rosto todo maquiado, lentes de contato, um vestido assimétrico drapeado, boa iluminação. Talvez até um vaso de limões e limas ao meu lado. Suspirei e finalmente olhei para ele outra vez.

— Achei que seria como uma sessão de terapia. Você me perguntaria sobre meu trabalho, minha família, se eu tô feliz, esse tipo de coisa.

— Você já fez uma sessão de terapia?

— Não.

Ele me encarou firme.

Suspirei.

— Sim. Uma vez. Quando pedi demissão. Foi mais ou menos na época em que larguei o meu namorado e comprei um apartamento novo.

Ele não piscou.

— Você foi demitida. Seu namorado a deixou e você está alugando um estúdio.

Dei um sorrisinho sem graça para ele.

— Só estava testando você.

— Ajudaria bastante se você não mentisse pra mim.

— Não é mentira se o resultado for o mesmo.

O homem pareceu se iluminar um pouco, se é que aquilo era possível para ele. Mas logo se apagou.

— Me conta como isso funciona.

— Bem, é assim: se eu dissesse que ganhei na loteria, seria uma mentira descarada porque é obvio que eu não teria dinheiro, mas teria que viver minha vida como se fosse uma milionária, o que seria complicado, para dizer o mínimo. Mas, se eu disser que pedi demissão do meu emprego, não importa, porque não trabalho mais lá, então não precisaria fingir que vou lá todos os dias. Se eu disser que comprei um apartamento novo, da mesma forma não é mentira, porque o fato é que não moro mais no antigo e estou morando em um novo.

— E a outra coisa que você disse.

— Que coisa?

— Sobre o seu namorado.

— Funciona do mesmo jeito. — Para minha surpresa, foi difícil dizer aquilo porque eu sabia que era o que ele queria que eu dissesse. — Dizer que... eu larguei ele é a mesma coisa que dizer... você sabe... o contrário...

— Que ele te largou.

— Bem, sim.

— Porque...

— Porque o resultado ainda é o mesmo.

— Que é...

— Que a gente não está mais junto.

E, com isso, meus olhos ficaram marejados. Odiei meus olhos, canalhas traidores. Mortificada não me descreveria. Não me lembro da última vez que chorei por causa de Blake, eu já tinha mais do que superado ele. Mas era como quando alguém lhe pergunta muitas vezes se tem algo errado, e geralmente depois de um tempo você percebe que tem alguma coisa errada — e então fica com raiva e quer agredir fisicamente quem perguntou. A mesma coisa estava acontecendo naquele momento, porque aquele homem estava me fazendo dizer todas aquelas palavras, me fazendo dizê-las em voz alta, em uma tentativa de me enganar para admitir alguma coisa que ele achava que eu não tinha assimilado bem, e era como se estivesse funcionando e eu estivesse me sentindo triste por aquela pessoa que ele achava que eu era. Mas eu não era aquela pessoa. Eu estava bem. Estava tudo bem.

Limpei os olhos com força, antes que qualquer lágrima caísse.

— Eu não estou triste — afirmei com raiva.

— Entendi...

— Não estou.

— Entendi. — Ele deu de ombros. — Então me fala sobre o trabalho.

— Eu amo meu trabalho — comecei. — Ele me dá uma enorme sensação de satisfação. Adoro trabalhar com pessoas, amo a comunicação com o público, o ambiente criativo dos negócios. Sinto que estou fazendo algo que vale a pena, ajudando as pessoas, criando vínculos com elas, acho que posso guiá-las no caminho certo, garantir que sejam bem orientadas. Claro que a imensa vantagem...

— Desculpe interrompê-la. Podemos esclarecer o que você faz?

— Podemos.

Ele olhou para baixo e leu:

— Você traduz manuais de instruções?

— Isso.

— E a empresa que você trabalha fabrica geladeiras, fogões, fornos, esse tipo de coisa.

— Sim, eles são os maiores fabricantes de eletrodomésticos da Europa.

— Entendi... continua.

— Obrigada. Onde eu estava? Ah, claro, a imensa vantagem do trabalho são meus colegas. Eles são o tipo de pessoa que me inspira e me motiva a ir cada vez mais longe, a mirar cada vez mais alto, não apenas na minha área de atuação, mas na vida.

— Entendi... — Ele esfregou a testa. A pele estava descamando. — Essas pessoas do seu trabalho são as pessoas a quem você se refere, em particular, como Graham, o Galinha; Quentin, vulgo Pisca-Pisca; Louise, a Vaca Enxerida; Mary, a Ratinha; Steve, o Salsicha; e Edna, a Cara de Peixe.

Eu me mantive séria. Estava bastante impressionada com os apelidos criativos.

— Isso mesmo.

Ele suspirou.

— Lucy, você está mentindo de novo.

— Na verdade, não. Meus colegas me fazem querer ser uma pessoa melhor... melhor do que *eles*. Eles me fazem querer ir mais longe e mais alto no trabalho para poder *ficar longe deles*. Viu? Não é mentira. O mesmo resultado.

O homem se recostou e ficou me observando. Então passou a mão pela barba por fazer e pude ouvir o som áspero.

— Tudo bem, você quer ouvir a verdade verdadeira sobre esse trabalho ou sobre qualquer trabalho? — perguntei. — Tudo bem. Lá vai. Não sou uma daquelas pessoas que vive e respira o trabalho, não levo tão a sério a ponto de querer ficar mais tempo do que sou paga pra ficar, ou pra querer socializar com aqueles que já passo a maior parte das minhas horas desperta, e os quais jamais escolheria dizer mais do que duas palavras no mundo real. Estou há dois anos e meio naquele emprego porque gosto que a mensalidade da academia esteja incluída, mesmo que o equipamento seja uma porcaria e o salão cheire a cueca fedorenta, porque assim economizo o dinheiro que gastaria em outro lugar. Gosto de poder usar os idiomas que passei anos aprimorando. Não tenho muitos amigos que falam alemão, italiano, francês, holandês e espanhol.

Tentei impressioná-lo com aquilo.

— Você não fala espanhol.

— Sim, eu sei disso, estraga-prazeres, mas meus empregadores não sabem — retruquei.

— E o que vai acontecer quando eles descobrirem? Você vai ser demitida, de novo, em grande estilo?

Eu o ignorei e continuei meu discurso.

— Não uso em vão a palavra "paixão", apesar de ouvir muitas pessoas usarem hoje em dia quando falam do trabalho, como se isso por si só fosse o bastante para fazer o dia valer a pena. Eu faço o trabalho para o qual sou paga. Não sou viciada em trabalhar.

— Você não se dedica.

— Você está defendendo o vício em trabalho?

— Só estou dizendo que é preciso alguma consistência, sabe, a habilidade de se dedicar por inteiro a alguma coisa.

— E os alcoólatras? Você também os admira? Que tal eu me tornar uma e aí você vai poder se orgulhar da minha consistência?

— Vamos nos afastar dessa analogia agora — disse ele, irritado. — Que tal apenas nos atermos aos fatos: você não tem foco, consistência nem dedicação?

Aquilo doeu, mas dei de ombros ainda de braços cruzados.

— Me dá um exemplo.

Ele digitou alguma coisa no teclado e passou algum tempo lendo.

— Uma pessoa sofreu um ataque cardíaco no seu escritório, então você fingiu para os paramédicos que era praticamente parente dele para poder entrar na ambulância e ser liberada mais cedo.

— Foi uma suspeita de ataque cardíaco, e eu estava preocupada com ele.

— Você disse ao motorista da ambulância para deixá-la no final da quadra da sua casa.

— O homem só teve um ataque de ansiedade, estava bem cinco minutos depois.

— Você faz tudo pela metade, perde tempo, nunca termina nada que não seja uma garrafa de vinho ou uma barra de chocolate. Muda de ideia o tempo todo. Você não consegue se comprometer.

Tudo bem, aquilo enfim me atingiu. Em parte porque foi grosseiro, mas principalmente porque ele estava totalmente certo.

— Eu tive um relacionamento de cinco anos, como assim problema em me comprometer?

— Ele a deixou há três anos.

— E eu estou tirando um tempo pra ficar comigo mesma. Pra me conhecer e essa porcaria toda.

— Você já se conhece?

— É claro. Gosto tanto de mim que estou planejando passar o resto da vida comigo.

O homem sorriu.

— Ou pelo menos mais quinze minutos.

Chequei o relógio.

— Ainda temos quarenta e cinco minutos.

— Você vai sair mais cedo. Sempre sai.

Engoli em seco.

— E daí?

— E daí, nada. Só estava registrando. Gostaria de alguns exemplos?

Ele voltou a digitar no teclado antes que eu tivesse tempo de responder.

— Jantar de Natal na casa dos seus pais. Você saiu antes da sobremesa. No ano anterior, nem chegou ao prato principal, estabelecendo um novo recorde.

— Eu tinha uma festa pra ir.

— Da qual você também saiu mais cedo.

Fiquei boquiaberta.

— Ninguém nem notou.

— Bem, aí é que você se engana. De novo. Notaram, sim.

— Quem viram?

— Quem *viu*? — corrigiu ele e apertou o botão para baixo várias vezes.

Senti vontade de me sentar na beira da cadeira, mas não queria dar essa satisfação a ele. Fiquei em silêncio, olhando ao redor do escritório, fingindo que não me importava. E por estar fingindo que não me importava, percebi que significava que eu me importava.

Finalmente ele parou de digitar.

Eu me virei para encará-lo.

O homem sorriu. Então apertou novamente o botão para baixo.

— Isso é ridículo.

— Desculpe, estou entediando você?

— Pra ser sincera, sim.

— Bem, agora você sabe como eu me sinto. — Ele parou de digitar. — Melanie.

Minha melhor amiga.

— O que tem ela?

— Ela foi a mulher que ficou aborrecida por você ter ido embora mais cedo.

— Ninguém diz "aborrecida".

— Abre aspas: "Eu queria que, pelo menos uma vez, ela pudesse ficar até o fim". Fecha aspas.

Fiquei um pouco irritada com aquilo, tenho certeza de que conseguiria citar várias vezes em que fiquei até o fim de algum evento.

— No aniversário de 21 anos dela — falou ele.

— O que tem isso?

— Foi a última vez que você ficou até o fim em uma das festas dela. Na verdade, não conseguiram se livrar de você, não é mesmo? Você acabou dormindo lá.

Tec, tec, tec.

— Com o primo dela.

Tec.

— Bobby.

Eu gemi irritada.

— Ela não se importou com isso.

Tec, tec, tec.

— Abre aspas: "Como ela fez isso comigo no meu aniversário? Meus avós estão aqui, todo mundo sabe o que aconteceu. Estou morrendo de vergonha". Fecha aspas.

— Ela não me disse isso — reclamei. Ele apenas deu de ombros. — Por que estamos fazendo disso um problema tão grande? Por que estamos *falando* sobre isso?

— Porque eles estão.

Tec, tec, tec.

— "Sinto muito que ela tenha ido embora, mãe, quer que eu vá falar com ela?" Esse é Riley, seu irmão.

— É, eu percebi.

— "Não, meu bem, tenho certeza de que ela tem um lugar mais impor-tante para estar." Ontem, você foi embora do almoço de família trinta e dois minutos antes do horário previsto e de uma forma bastante dramática.

— Ontem foi diferente.

— Por que foi diferente?

— Porque eles me traíram.

— Como eles fizeram isso?

— Autorizando a auditoria da minha vida.

Ele sorriu.

— Ora, essa é uma boa analogia. Mas, se eles não tivessem feito isso, você não estaria aqui comigo.

— Pois é, e veja como estão indo as coisas. — Silêncio. — Então vamos direto ao ponto: essa reunião é sobre eu sair mais cedo de jantares e festas.

Não era tão ruim, eu poderia lidar com aquilo, bastaria explicar por que saía mais cedo de cada evento e para onde ia depois. Aquela coisa toda poderia acabar mais cedo do que eu pensava.

O homem começou a rir.

— É claro que não. Eu só me distraí. — Ele checou a hora. — A gente não tem muito tempo para cobrir tudo. Vamos combinar de nos encontrarmos de novo?

— Ainda temos trinta minutos.

— Não mais do que cinco, a julgar pela sua estratégia de saída usual.

— Só continua — falei.

— Tudo bem. — Ele se inclinou para a frente. — Então, o que você está fazendo?

— O que você quer dizer com o que eu estou fazendo? Estou aqui, perdendo o meu tempo falando com você, é isso que eu estou fazendo.

Para a próxima parte, ele não precisou de anotações, apenas me encarou.

— Você acorda às sete da manhã todo dia, exceto aos sábados e domingos, quando acorda à uma da tarde.

— E daí?

— Você come uma barra de cerais perdida no armário da cozinha, toma um cappuccino do Starbucks no final da quadra da sua casa, compra o jornal, às vezes vai para o trabalho de carro, outras vezes de trem, e faz palavras cruzadas. Você chega ao trabalho entre nove e nove e meia, mas não começa a fazer nada antes das dez. Então faz uma pausa para um cigarro e café às onze, mesmo que você não fume, só porque acha injusto que fumantes tenham intervalos extras. Você sai para o almoço à uma da tarde, se senta sozinha e faz mais palavras cruzadas. E sempre volta atrasada. Então demora até as duas e meia pra começar a trabalhar de novo, mas à tarde você se dedica e conclui o trabalho. E encerra tudo às seis da tarde.

— Por que você tá me dizendo coisas que eu já sei? — perguntei como se não me importasse, mas na verdade era perturbador ouvir.

Perturbava-me ainda mais saber que todas as coisinhas que eu fazia em segredo estavam sendo anotadas por alguém e sendo registradas em um computador para algum nerd estressado ler durante o trabalho, como se eu fosse uma espécie de jogo de paciência.

— Você vai à academia todos os dias depois do trabalho. O cronograma sugere que corra por vinte minutos, mas sempre para aos dezessete, então treina por mais trinta minutos. Às vezes você encontra amigos para jantar, mas sempre prefere estar em casa, por isso sai cedo. Então vai para a cama e faz palavras cruzadas de novo. E acorda às sete da manhã.

Ele deixou o silêncio pairar no ar por algum tempo.

— Está percebendo o tema geral?

— Minha tendência a resolver palavras cruzadas? E daí? Qual é o seu ponto?

Ele se endireitou na cadeira e me encarou outra vez com aqueles olhos cansados, sem piscar.

— Não. Qual é o seu?

Engoli um grande nó seco que tinha se formado na minha garganta.

— Bem, acho que isso é muito profundo.

— Na verdade, não. É só uma pergunta. Tudo bem, que tal eu falar de uma forma que você entenda? É o seguinte: você vai sair desta sala ainda faltando trinta minutos para o fim da nossa reunião, então vai tentar esquecer tudo sobre o que conversamos. E vai conseguir. Vou ser reduzido a um homenzinho irritante e frustrante que te fez desperdiçar algumas horas do seu domingo e você vai voltar a viver a sua vida exatamente do jeito que era.

Ele parou de falar. Esperei que continuasse, mas o homem não disse mais nada. Eu estava confusa. Não era possível que ele acreditasse naquilo. Então eu entendi.

— Isso é mentira.

— Não é mentira se o resultado for o mesmo.

Eu não queria perguntar, mas não consegui evitar.

— E qual vai ser o resultado?

— Você vai se sentir tão sozinha, entediada e infeliz quanto estava antes de me conhecer, mas dessa vez vai ser pior, porque dessa vez você vai perceber. Vai perceber a cada segundo de cada dia.

E, com isso, peguei minha bolsa e fui embora. Exatamente trinta minutos antes da hora, exatamente como ele disse.

CAPÍTULO SEIS

Silchesters não choram. Foi o que meu pai me disse, depois de tirar as rodinhas pela primeira vez, quando eu tinha 5 anos e caí da bicicleta. Ele estava ao meu lado, me guiando pela entrada da garagem de casa, e, embora estivesse mais longe do que eu gostaria, eu não quis pedir que se aproximasse porque sabia que ele ficaria decepcionado comigo. Com apenas 5 anos, eu já sabia disso. Não me machuquei, fiquei mais em choque com a sensação do meu joelho batendo no asfalto duro e da bicicleta sendo esmagada entre minhas pernas.

Lembro de estender os braços para ele em busca de ajuda, mas no final consegui me levantar sozinha sob suas instruções. Ainda consigo ouvir a voz dele.

"Afasta a bicicleta da sua perna. Agora se levanta, não faça esse barulho, Lucy, se levanta."

Fiquei em pé, curvada como se minha perna precisasse ser amputada, até meu pai me dizer para endireitar o corpo. Eu queria um abraço, mas não disse nada, sabia que pedir um abraço — até mesmo querer um — seria errado aos olhos dele, apesar de, no fundo, sentir que não era. Aquele era só o jeito do meu pai, e sempre compreendi isso. Mesmo com apenas 5 anos de idade. A não ser quando Blake me deixou e quando Vida me lembrou disso, eu raramente chorava, e raramente sentia vontade de fazer isso.

No fim, tudo acabou muito rápido. Ficamos juntos por cinco anos, tivemos uma vida cheia de eventos sociais, divertida e ocupada. Chegamos a conversar sobre casamento e todas essas coisas e, embora não estivéssemos nem um pouco prontos para fazer qualquer uma delas, o acordo tácito era que um dia as faríamos. Um com o outro. Quando amadurecêssemos. Mas, no processo de amadurecimento, eu o perdi. Em algum lugar ao longo do caminho. Não foi em um dia, aconteceu aos poucos, ele foi desaparecendo um pouco mais a cada dia. Não na presença física, já que estávamos sempre juntos, mas eu sentia que *ele* estava indo para outro lugar, mesmo quando estávamos no mesmo cômodo. Então ele me chamou para uma conversa. E foi isso. Bem, a conversa veio depois de uma decisão importante.

Naquela época, Blake tinha acabado de assinar o contrato para fazer o programa de viagens, então começou a viajar sozinho, acho que era uma espécie de treino, ou foi o que imaginei, mas talvez fosse algo mais. Talvez ele estivesse procurando por algo que apenas não conseguia encontrar no nosso apartamento de tijolinhos expostos. Se eu penso no assunto, às vezes acho que ele estava saindo com outra pessoa, mas não tenho nenhuma razão além da paranoia para sustentar essa hipótese. Blake viajou para a Finlândia e, quando voltou, dava para jurar que lá ele tinha andado na lua ou que tinha tido uma experiência religiosa. Ele não parava de falar sobre a calma, o silêncio, a paz, como se sentira em harmonia com fosse lá o que conseguisse sobreviver a temperaturas negativas extremas. Blake não parava de falar que eu não tinha ideia, que não tinha como entender do que ele estava falando. Eu disse a ele que conseguia entender. Entendia a calma, a clareza, a satisfação na vida quando se tem aquele momento perfeito. Sim, eu entendia, mesmo. Não usei as exatas palavras com as quais ele descrevia a experiência, meus olhos não se iluminaram com um azul puro e gelado como se eu estivesse vendo os portões do céu, mas, sim, eu entendia aqueles sentimentos.

"Lucy, você não entende, acredita em mim, *você* não entende."

"O que você quer dizer com *você* não entende? O que me torna tão diferente das outras pessoas a ponto de não conseguir entender como é ter um momento de satisfação plena, cacete? A gente não precisa ir pra onde Judas perdeu as botas pra encontrar a paz interior, sabe? Alguns de nós conseguem fazer isso aqui mesmo, no centro da cidade. Em um banho de espuma. Com um livro. E uma taça de vinho."

Então veio a conversa. Não de imediato, pode ter sido alguns dias, algumas semanas depois. Mas o que quer que tenha sido, foi depois. E me deu tempo suficiente para perceber que Blake me considerava um tipo de pessoa diferente dele, alguém que não entendia sua profundidade. Eu nunca tinha sentido aquilo antes. Sempre soube que nós éramos diferentes, mas não sabia que ele sabia disso. Parece um detalhe, mas, na verdade, quando se pensa a respeito, se torna tudo. Se eu viajava, escolhia conhecer lugares novos; se Blake viajava, era para encontrar novas partes de si mesmo. Acho que, quando uma pessoa está tentando encontrar todas as partes de si mesma, fica difícil estar com alguém que já está completo.

Então chegamos ao momento em que fizemos uma coisa estúpida, e ele me levou a uma posição que, todos os dias da minha vida, eu desejo poder mudar. É óbvio que fiquei chateada por não o entender. Fiquei muito chateada, tão chateada que me voltei para a religião — a religião Silchester de me preocupar com o que as *Pessoas* pensariam. Blake me disse que, caso fizesse eu me sentir melhor, poderíamos dizer às pessoas que eu o tinha deixado. No meu atual estado mais ou menos razoável, não sei por que eu quis concordar com aquilo. Mas concordei.

Dizer que tinha sido eu a terminar o relacionamento acabou me ajudando depois do término, me deu a força de que eu precisava enquanto tinha aquelas conversas inevitáveis com amigos e familiares, já que pude dizer: "A gente só não deu certo, então tive que deixar Blake". O que garantia que eu ouvisse menos perguntas. Se eu tivesse dito a todo mundo que ele me deixou, começaria um desfile de piedade sem fim, de gente tentando me ajudar a entender o que eu tinha feito de errado, como a culpa era minha, então as pessoas ficariam receosas de falar sobre ele quando o encontrassem ou o vissem com uma nova namorada.

Dizer que fui eu a responsável pelo rompimento facilitava tudo. Só que não foi mais fácil, porque a verdade era que, apesar de ele ter me deixado, tive que ouvir cada detalhe sobre Blake e fingir que não doía, para em seguida vê-lo no programa de TV e fingir que não doía. E, sempre que eu ficava brava com ele, tinha que ouvir que eu não tinha o direito de ficar brava e que ele devia estar muito magoado, o pobrezinho, e eu me vi presa nessa enorme mentira.

Como acabei carregando esse grande segredo que ninguém sabia — essa grande bola de mágoa que se transformara em raiva e que, por fim, se transformou em pesar, depois em solidão, já que nunca tive conversas necessárias para me ajudar a superar o que aconteceu —, eu me senti sozinha na minha realidade secreta. Então, no início, carreguei a mágoa, a raiva e a pena e, por conta de circunstâncias que eu talvez revele depois, fui demitida do meu emprego respeitável que pagava bem. Mas, para contar às pessoas por que fui demitida, eu teria que contar *por que* fui demitida, e não poderia fazer aquilo, já que, depois de tanto tempo, seria realmente muito estranho admitir uma mentira tão grande, por isso eu disse a todos que tinha pedido demissão, e aí o resto da minha vida se acomodou em um novo lugar recheado de um monte de mentiras enormes. E eram mentiras enormes, por mais que o resultado ainda fosse o mesmo.

Isso é tudo o que vou admitir porque, no fim, fiquei feliz com a forma como minha vida se acomodara. Se Vida tivesse tentado se encontrar comigo dois anos antes, eu teria entendido, porque sentia que estava em queda livre, mas não agora, não mais. Eu tinha despencado de uma grande altura e estava abrigada no que alguns poderiam presumir ser um lugar bastante precário, que poderia facilmente trincar, quebrar e me fazer cair outra vez, mas eu estava muito feliz, confortável até, e estava tudo bem, absolutamente bem.

Quando cheguei ao saguão deprimente do edifício que parecia um Lego, a mulher com sotaque sulista não estava mais lá. Deixei a barra de chocolate aerado que comprei para ela em cima do balcão, a que ela dissera que gostava quando falamos ao telefone, e saí do prédio, tentando esquecer o homenzinho frustrante que desperdiçara algumas horas do meu domingo. Mas não consegui. Aquele homenzinho frustrante representava minha vida e, pela primeira vez, eu simplesmente não conseguia esquecê-la.

Naquele momento, não havia qualquer distração que me ajudasse a tirar aquilo da mente — nenhum carro para levar à oficina, nenhum e-mail para mandar, nenhuma papelada para enviar, nenhum membro da família para quem ligar, nenhum amigo para ajudar a resolver um problema — e eu estava sentindo uma leve sensação de ansiedade. Minha vida tinha acabado de me dizer que eu ficaria sozinha e infeliz. Não sei o que se deve fazer com essa informação, realmente não sei. Ele não me disse como não ficar sozinha e infeliz, e tudo o que eu queria fazer era lutar contra a realidade, como pacientes que acabam de receber a notícia de uma doença e estão em negação, porque é possível ser diagnosticado, mas ainda não sentir os sintomas.

Ao ver uma cafeteria na esquina seguinte, encontrei a solução. Eu gosto de café, me faz feliz daquele jeito pequenininho que as coisas das quais gostamos têm de nos animar, então imaginei que estar em uma cafeteria me daria a sensação de ter companhia, e tomar um café me colocaria diante de algo que me fazia feliz. Já bastava de ficar sozinha e infeliz. O interior do lugar estava cheio, com exceção de uma mesinha. Eu me espremi ao passar entre as mesas, ouvindo as conversas se elevando no ar. Aquilo me deixou satisfeita, outras vozes me tirariam de dentro da minha mente. Pedi um café e me sentei, satisfeita por poder escutar as conversas de outras pessoas.

Eu precisava parar de pensar sobre o que tinha acontecido. Minha vida estava bem, perfeitamente bem. Eu era uma mulher solteira, empregada, feliz, e que só precisava de uma distração. Qualquer tipo de distração. A porta do café se abriu, o sino tocou e, na mesma hora, metade do café levantou os olhos. Então os homens héteros voltaram às conversas e o restante continuou a olhar para a porta, boquiabertos, porque o homem mais lindo que eu já tinha visto em carne e osso tinha acabado de entrar. Ele olhou ao redor do café, e então caminhou na minha direção.

— Oi — disse o homem lindo para mim, com um sorriso, apoiando as mãos na cadeira à minha frente. — Você tá sozinha?

— Como?

— Tem alguém sentado aqui? O café tá cheio, você se importa se eu me juntar a você?

Na verdade, havia um assento livre atrás de mim, mas não era eu que ia dizer a ele. O homem tinha um rosto lindo — nariz, lábios e olhos em uma proporção perfeita, e um maxilar tão bem-marcado que seria possível cortar um queijo ali. Pensei na minha família assinando a intervenção, e juro que não conseguia entender; por que diabo Vida viera até mim? Havia muitas pessoas que ficavam infelizes depois de um término, com certeza meu caso não era uma emergência. Eu segui em frente, estava vivendo minha vida. Não tinha medo de conhecer pessoas novas. Não estava presa ao passado. O que eles achavam que havia de errado comigo?

— Sem problema — respondi, então virei o restante do meu café enquanto ele se sentava. — Na verdade, pode ficar com a mesa só para você, estou saindo pra encontrar o meu namorado.

O homem lindo pareceu decepcionado, mas me agradeceu com um aceno de cabeça.

Certo, eu menti.

Mas, dali a apenas algumas horas, o resultado seria o mesmo.

CAPÍTULO SETE

— Acordamos às quatro e meia essa manhã — disse ele, ofegante, com gotas de suor escorrendo pela lateral do rosto bronzeado e se perdendo no maxilar com a barba por fazer. — A trilha desde o hostel até Machu Picchu levou cerca de uma hora e meia. Disseram para a gente acordar cedo assim e sair de Wiñay Wayna às cinco e meia, para chegar a Machu Picchu antes do nascer do sol.

Ele estava usando uma camiseta azul-marinho, as mangas eram apertadas em volta dos bíceps, e existiam marcas de suor no peito, nas costas e embaixo dos braços. Usava também uma bermuda cargo bege e botas de caminhada, suas pernas eram bronzeadas e musculosas como o resto do corpo. Apareceu uma cena dele em plano geral caminhando pela trilha e pausei a TV. O sr. Pan pulou no sofá ao meu lado.

— Oi, Mary. — Ele ronronou. — Blake está fazendo a Trilha Inca hoje. O plano era fazermos isso juntos. Vamos ver com quem ele está fazendo agora...

Examinei as mulheres na imagem. Ela não estava lá. Apertei o play novamente.

— Como vocês podem ver, a trilha contorna a encosta dessa montanha e desce para a floresta enevoada antes de chegar a um lance quase vertical de cinquenta degraus que levam até a passagem final, em Intipunku, que significa Porta do Sol.

Seguiram-se muitas filmagens dele ofegante, outras de paisagens, close-ups dele, dos sapatos de caminhada, da mochila, da parte de trás da cabeça e da vista diante dele no reflexo dos óculos de sol. Era tudo novo, não havia nada que eu tivesse comprado para ele.

— E aqui estamos. — Ele sorriu para a câmera, os dentes grandes, brancos e perfeitos. Então voltou-se para o horizonte, tirou os óculos para revelar os lindos olhos e o rosto dele se transformou. — Uau.

Pausei no rosto dele. Fiquei analisando a imagem e sorri. Sabia que era uma reação sincera, que não fora filmada vinte vezes para captar a melhor aparência, sabia que ele estava no céu ali, naquele momento e, de um jeito engraçado, tive a sensação de estar experimentando aquilo ao seu lado. Assim como fazíamos juntos, anos antes. A câmera girou, então eu pude ver o que ele via: toda Machu Picchu se espalhando diante de nós.

— Lá está, Machu Picchu em toda a sua glória. Uma visão fantástica. Linda — falou Blake, ainda absorvendo tudo.

Houve uma filmagem mais ampla dele observando a vista. Pausei a TV novamente e estudei as mulheres ao redor dele. Ela não estava lá. Apertei o play mais uma vez. Cortou para depois: ele já havia enxugado o suor do rosto, trocado a camiseta por uma versão mais limpa, estava sentado e parecia descansado, com o fôlego recuperado para a cena de encerramento. Ele fez o breve resumo da jornada e então:

— Lembrem-se de que a felicidade é uma forma de viajar, não um destino. — Então Blake sorriu, com aqueles dentes, com aqueles olhos, aquele cabelo, aqueles braços e mãos… Eu me lembro de tudo aquilo ao meu redor, dormindo ao meu lado, tomando banho comigo, cozinhando para mim, me tocando, me beijando. Me largando. — Queria que você estivesse aqui — disse ele com uma piscadela, então se foi, e os créditos tomaram o lugar do rosto.

— Eu também — sussurrei.

Engoli em seco o nó duro e áspero que estava preso na minha garganta. Senti aquela sensação horrível de enjoo e a dor no peito que sempre chegava quando os créditos terminavam de passar e eu me dava conta de que Blake tinha ido embora. Esperei a dor inicial passar, então pausei os créditos e procurei. O nome dela ainda estava lá. Usei o notebook para entrar no Facebook e checar o status. Solteira.

Eu estava sendo paranoica e sabia disso, mas também sabia que na maioria das vezes a paranoia fazia sentido, e que na maioria das vezes não era paranoia, era instinto, e que na maioria das vezes ele estava correto. Mas já fazia quase três anos e, ao que parecia, eles não ficaram juntos. Eu nem sabia o quanto ela era presente na vida dele como assistente de produção. Não sabia como programas de TV funcionavam, mas, quando Blake assinou o contrato para fazer o programa, fomos nos encontrar com a equipe. Eu a conheci e tive um pressentimento sobre ela. Foi só isso, uma daquelas sensações que uma namorada tem sobre outras mulheres.

Então, quando terminamos, minha intuição gritou ainda mais, e aquilo se manifestou de uma forma tão intensa que beirava a obsessão. Mas não conseguia evitar. O nome dela era Jenna. Jenna era uma vaca. E, toda vez que ouvia o nome Jenna, pensava nela e, no mesmo instante, odiava a pobre pessoa que não tinha nada a ver com aquilo a não ser se chamar Jenna. Ela era da Austrália, e eu passei a odiar todo mundo na Austrália. Foi uma coisa muito esquisita que tomou conta de mim. Eu nem conhecia a mulher, e antes até gostava da Austrália, mas criei essa ideia fixa em torno dela, essa antipatia, pelo país e por qualquer coisa, por menor que fosse, que eu soubesse sobre ela.

Só para me torturar, imaginava os dois transando no topo da montanha assim que a câmera era desligada e me perguntava com quem Blake teria acampado todas aquelas noites naquela barraquinha, naquelas acomodações pequenas e lotadas em que ele se hospedava. Todos os ambientes em que ele estava eram apertados demais para que compartilhasse com outra mulher, especialmente com Jenna, especialmente com a personagem que eu tinha construído em minha mente. Mas ela se esgueiraria para dentro da barraca dele na calada da noite e revelaria o corpo nu. Blake tentaria lutar contra os próprios impulsos, mas não conseguiria, porque era homem e estava todo empolgado por causa da caminhada montanha acima, e o contato com a natureza o deixava ainda mais excitado.

Toda vez que assistia a um episódio, eu imaginava os dois juntos. Nem sabia o que uma assistente de produção fazia, mas pesquisei no Google para descobrir. Não sabia se ela era uma assistente de produção da locação ou do escritório — e havia uma grande diferença entre as duas posições, porque podia significar que ou ela estava com ele o tempo todo, ou que era raro seus caminhos se cruzarem. De vez em quando, eu lia os nomes nos créditos para ter certeza de que não tinha entrado outra pessoa que também poderia estar dormindo com Blake na locação, mas investiguei cada uma delas com o poder do Google e desconfiava de que Jenna, a piranha da Austrália, era a única mulher que ele escolheria.

Meu celular tocou e me tirou do meu devaneio. Era Riley de novo. Desde o almoço da véspera, eu recebera nove chamadas perdidas do meu irmão e duas da minha mãe. Silchesters não ignoravam as pessoas, não faziam drama nem causavam confusão, por isso eu tinha mandado uma mensagem para os dois dizendo que não estava disponível para falar e que ligaria de volta assim que pudesse. Não era mentira. Eu simplesmente não sabia como enfrentá-los. Não conseguia ficar brava com os dois porque, como minha família, estavam preocupados, tentando me ajudar. Mas eu não conseguiria ficar de conversa fiada com eles porque estava magoada de verdade, pasma até, por terem achado que eu precisava tanto de ajuda que não podiam sequer me abordar diretamente para me contar. Eu sempre me esforcei ao máximo para não revelar nada sobre mim para a minha família, nem mesmo para Riley. Apesar de ser meu cúmplice nas reuniões familiares, ele não era meu melhor amigo — era meu irmão, e havia coisas que irmãos não precisavam nem queriam saber.

Ignorei a chamada e, assim que o celular parou de tocar, enviei uma mensagem educada dizendo que estava fora com amigos. Riley respondeu na mesma hora.

Então vc deixou a TV ligada, pq estou na porta do seu apartamento.

Eu me levantei em um pulo e o sr. Pan também, mas ele não me seguiu. A coragem sempre o abandonava quando chegávamos à porta do banheiro — onde ele entrava para me defender de trás do cesto de roupa suja.

— Riley? — chamei através da porta.

— Sim.

Soltei um suspiro.

— Você não pode entrar.

— Tudo bem. Você pode sair?

Destranquei a porta, abri uma fresta bem pequena para que ele não pudesse ver o interior e saí para o corredor. Riley tentou olhar para dentro. Fechei a porta.

— Você tem companhia?

— Sim. Um homem nu e gostoso com uma enorme ereção está deitado na minha cama esperando por mim, por isso você não pode entrar.

Ele fez uma expressão angustiada.

— Lucy.

— Tô só brincando.

— Então não tem ninguém aí?

— Não é isso, mas tem, sim.

Não era mentira. O sr. Pan estava me esperando.

— Desculpe. É... você sabe quem?

— Vida? Não. Nós nos encontramos hoje no escritório dele.

— Dele?

— Sim.

— Estranho.

— Sim.

— Como foi?

— É, foi bom. Ele foi legal, só queria me ver e bater um papo, esse tipo de coisa, acho que não vou ter que me encontrar de novo com ele.

— Sério?

— Não precisa ficar tão surpreso — retruquei.

— Tudo bem. — Ele mudou o peso do corpo para o outro pé. — Então tá tudo bem?

— Sim, ele até estava um pouco confuso sobre o motivo de ter que me encontrar.

— Sério?

— Sim, é como um daqueles testes de bafômetro, só que é um teste de vida aleatório. Eles me escolheram ao acaso, juro, infelizmente pra mim.

— Ah. Sei...

Deixei o silêncio pairar no ar.

— Bem, tô aqui porque encontrei isso. — Riley tirou um par de sapatos de trás das costas. — Tenho andado pelo reino para ver em quem eles servem. — Eu sorri. — Posso?

Ele se ajoelhou, levantou meu pé, viu que eu estava usando meias diferentes e foi óbvio o jeito que se esforçou para não comentar. Então, tirou uma das meias e calçou o sapato no meu pé. Riley olhou para mim com uma expressão de falsa surpresa.

— Agora seremos incestuosos para sempre? — perguntei.

Ele franziu o cenho, então se encostou no batente da porta e olhou para mim.

— O que foi?

— Nada.

— O que foi, Riley? Você não veio até aqui só para me dar os sapatos.

— Nada — repetiu ele. — Só... — Meu irmão parecia prestes a dizer alguma coisa séria. — É que eu conheci alguém que trabalhou com você alguns anos atrás na Quinn & Downing, e ele me disse umas coisas que... — Riley me observou. Tentei parecer confusa, não demonstrar o medo que sentia, mas ele deve ter percebido porque mudou o jeito de perguntar. Pigarreando, comentou: — Não importa, ele provavelmente estava errado.

— Quem era? — perguntei com uma frieza fingida.

Meu irmão me observou de uma maneira um pouco mais intensa.

— Gavin Lisadel.

Revirei os olhos.

— A pessoa mais dramática com quem já trabalhei. — Na verdade, Gavin era um cara muito respeitável. — Ouvi dizer que ele anda contando todo tipo de história esquisita sobre mim. Não se preocupe, seja o que for, é mentira. Sem falar que dizem que ele trai a esposa com um homem há anos, então, você sabe... — Gavin era um homem hétero e feliz no casamento, até onde eu sabia. E eu tinha acabado de destruir a imagem perfeita dele em menos de um minuto, mas não me importei, ele também destruíra a minha, não que ela já tivesse sido perfeita e, mesmo que tivesse acabado comigo, Gavin provavelmente não mentiu. Então me senti mal pelo que disse e acrescentei rapidamente: — Mas todo mundo gosta muito do Gavin, e ele é muito bom no que faz.

Riley assentiu, ainda não convencido, mas decidiu mudar o clima da conversa.

— Ainda não consigo acreditar que você disse que o pai parecia o tipo de pessoa que não foi amamentada.

Ele começou a rir, então jogou a cabeça para trás e deu uma gargalhada alta.

Acabei me juntando a ele.

— Mas você acha que a nossa avó se incomodou? Com aqueles peitos velhos e enrugados?

Ele balançou a cabeça, enojado com o pensamento. A porta na frente da minha foi aberta e um rosto simpático e pesaroso surgiu.

— Oi, Lucy, desculpa mesmo, mas você se importa de falar um pouco mais baixo? É que eu... ah, oi — disse a vizinha, reparando na presença de Riley.

— Desculpa — falou Riley. — Já estou indo.

— Não, sei que é grosseria da minha parte pedir, é só que eu tenho... — Ela apontou com o polegar para dentro do apartamento, mas não disse nada. — Vocês são tão parecidos. Você é irmão da Lucy? — perguntou, examinando-o atentamente.

— Isso. Riley.

Ele estendeu a mão e os dois se cumprimentaram, o que foi estranho porque eu nem conseguia lembrar o nome da vizinha, esqueci no momento em que nos conhecemos e, com o passar do tempo, pareceu grosseiro perguntar, por isso optava por nunca me dirigir a ela pelo nome, trocávamos apenas muitos "ois" de um lado e de outro. Eu tinha uma forte desconfiança de que o nome era Ruth, mas nunca tive certeza o bastante para resolver usá-lo.

— Eu sou Claire.

Ainda bem que não o usei.

— Oi, Claire.

Riley brindou-a com seu olhar mais fofo, e também doce, embora forte e másculo, no estilo "confie em mim", em um flerte escancarado, o que me assustou, mas Claire não se deixou iludir: se desembaraçou depressa daquela teia de promessas silenciosas e se despediu.

— Você deve estar perdendo o jeito, Riley.

Ele olhou para mim, sério outra vez.

— Não se preocupe, isso acontece com todos nós — acrescentei.

— Não, não é isso...

— O que foi, Riley?

— Nada.

Ele deixou o pensamento de lado e foi até o elevador.

— Obrigada pelos sapatos — falei, o tom mais gentil.

Riley não se virou, apenas levantou o braço em despedida e desapareceu no elevador. Pouco antes de eu fechar a porta, ouvi a vizinha — cujo nome eu já tinha esquecido — abrir a porta dela e dizer:

— Se você quiser entrar pra tomar um café ou alguma coisa parecida, é só bater. Não precisa avisar, eu tô sempre aqui.

— Ah, certo.

Parecia estranho. Fazia pelo menos um ano que eu a conhecia e, além da conversa no elevador de manhã, aquela foi a frase mais longa que qualquer uma de nós já havia dito uma para a outra. A mulher nunca falava quando eu a via. Provavelmente passar todo aquele tempo confinada ali dentro a deixou desesperada para falar com qualquer adulto, inclusive eu.

— Obrigada. E... da mesma forma — falei. Então não consegui pensar em mais nada para dizer e fechei a porta.

Mas a verdade era que eu não queria de jeito nenhum que ela aparecesse para tomar um café, assim como nunca deixava Riley entrar no apartamento. Meu irmão nunca me visitara antes, nem ninguém da minha família. E também nenhum dos meus amigos. Aquele era meu espaço. Mas estava se tornando uma monstruosidade até para mim. O carpete precisava ser limpo. Eu mesma cuidaria da limpeza, sem avisar ao proprietário, porque não queria que ele fosse conferir o estado, visse as queimaduras e depois me cobrasse pelos danos. Procurei no carpete o lugar onde escrevera o nome da empresa de limpeza, peguei o celular e liguei em seguida para a central de informações antes de mudar de ideia.

Eu me dei conta de que algo monumental estava acontecendo. Eu estava fazendo algo que precisava ser feito e sentia o peso disso a cada passo do caminho. Enquanto transferiam a ligação, comecei a pensar em desligar. Não era só a ligação que me incomodava... era ter que dar continuidade à ação. Eu teria que ficar em casa em algum dia determinado, esperar por um estranho que chegaria horas depois do horário combinado, então teria que mostrar a ele todas as manchas pessoais que eu queria remover. Nossa, que humilhante. O celular tocou e tocou do outro lado e, quando o toque mudou, tive a impressão de que estava prestes a ser atendida ou a cair em uma secretária eletrônica. Eu já ia desligar e abandonar a ideia toda quando um homem atendeu.

— Alô?

Havia barulho ao fundo. Barulho de pub. Tive que afastar o celular do ouvido.

— Desculpe, espera só um minuto — gritou a voz.

Tive vontade de gritar de volta que não precisava se incomodar, que eu tinha ligado para o número errado, em parte porque tinha mudado de ideia — não queria lidar com um desconhecido em casa — e em parte porque estava começando a achar que tinha mesmo digitado errado. Procurei o cartão de visita que a mulher com sotaque sulista me dera, para ver se correspondia ao número na tela. Mas o homem não estava com o telefone perto do ouvido e não ouviria minha explicação — no momento, o aparelho estava sendo esfregado em seu corpo ou em dezenas de outros corpos enquanto ele se encaminhava para um lugar mais silencioso.

— Só um minuto — gritou o homem de novo.

— Deixa, não tem problema — gritei de volta, apesar de minha sala estar silenciosa. Mas ele já se afastara do telefone de novo.

Enfim houve silêncio, ouvi passos, depois risadas à distância, então:

— Alô? Você ainda tá aí?

Eu me deixei cair de volta no sofá.

— Sim, oi.

— Desculpe a confusão, quem tá falando?

— Hum, na verdade, talvez você se irrite, levando em consideração todo o trabalho que teve para conseguir falar comigo, mas acho que liguei para o número errado.

— Depois de tudo isso... — falou ele, rindo.

— Pois é, desculpa.

Pulei por cima do encosto do sofá e estava na cozinha. Cheguei a geladeira. Nada para comer, como de costume. O homem ficou em silêncio, então ouvi um fósforo e o som de uma tragada.

— Desculpe, mau hábito. Minha irmã disse que, se eu começasse a fumar, conheceria alguém.

— Eu finjo que sou fumante no trabalho para ter mais intervalos.

Fiquei surpresa ao dizer aquilo em voz alta.

— E se eles descobrirem que você não está fumando?

— Se tiver alguém lá, então eu fumo.

Ele riu.

— É um drama e tanto para ter um intervalo.

— Faço qualquer coisa por um intervalo.

— Como ligar para números errados?

— Mais ou menos isso.

— Pode me dizer seu nome ou isso quebra o código de ética do número errado?

— Não vejo problema algum em dizer o meu nome a um completo estranho. É Gertrude.

— É um belo nome, Gertrude.

Eu podia ouvir o sorriso em sua voz.

— Ora, obrigada.

— Eu sou Gepeto.

— É um prazer conhecer você, Gepeto. Como vai o Pinóquio?

— Ah, você sabe, contando mentiras e se gabando de estar livre, leve e solto.

— Ele não para nunca. — Então me dei conta de que, apesar de aquilo estar sendo mais confortável do que ligar para meu próprio pai, era esquisito. — Bem, é melhor eu deixar você voltar para o pub.

— Na verdade, estou em um show do Aslan.

— Adoro Aslan.

— A gente tá na rua Vicar, você deveria vir pra cá.

— Quem é "a gente"?

— Eu e o Tom.

— Poxa, eu até iria, mas Tom e eu tivemos um desentendimento e seria esquisito se eu aparecesse.

— Mesmo que ele se desculpasse?

— Acredita em mim, ele nunca vai se desculpar.

— Tom sempre fala besteira, ignora ele. Eu tenho um ingresso sobrando, posso deixar na bilheteria pra você.

A falta de cerimônia dele me intrigou.

— Eu poderia ser uma mulher casada desdentada, com dez filhos e um tapa-olho.

— Meu Deus, você é uma mulher?

Eu ri.

— Então, você vem?

— Você sempre convida pra sair quem te liga por engano?

— Às vezes.

— E alguma dessas pessoas já aceitou?

— Uma vez, e me vi diante de uma mulher casada desdentada, com dez filhos e um tapa-olho.

— Eles já cantaram "Down on Me"?

— O show ainda não começou. É a sua favorita?

— É.

Abri o congelador. Frango ao curry ou empadão de carne moída. O frango ao curry tinha passado da validade uma semana antes, e o empadão venceria no dia seguinte. Peguei o frango ao curry e espetei o papel-filme com um garfo.

— Você já ouviu o Aslan ao vivo?

— Não, mas está na minha lista de desejos.

— O que mais tem na sua lista?

— Jantar.

— Você sonha alto, gosto disso. Pode me dizer o seu nome verdadeiro agora?

— Não. Pode me dizer o seu?

— Don.

— Don o quê?

— Lockwood.

Meu coração fez uma coisa engraçada. Fiquei paralisada onde estava. O sr. Pan percebeu minha mudança de humor, pulou e olhou ao redor procurando algum motivo para me defender... ou para se esconder.

— Alô? — disse ele. — Você ainda tá aí?

— Você disse Don Lockwood? — perguntei devagar.

— Sim, por quê?

Eu arquejei.

— Você tá brincando?

— Não. Nascido e criado. Na verdade, isso é mentira, era pra ser Jacinta, então descobriram que eu era um menino. É muito mais fácil notar a diferença agora, posso garantir. Por que, no fim das contas, não foi uma ligação por engano?

Eu estava andando pela cozinha, tinha perdido o interesse pelo frango ao curry. Eu não acreditava em sinais porque não sabia ler sinais, mas aquela era mesmo uma coincidência emocionante e inacreditável demais.

— É que Don Lockwood... presta atenção... é o nome do personagem do Gene Kelly em *Cantando na Chuva*.

— Entendo.

— Então!

— E você ou é fã do Gene Kelly ou desse filme, talvez de ambos, por isso esse é um acontecimento muito empolgante.

— Só a maior fã. — Eu ri. — Não me diga que ninguém nunca te falou isso.

— Digo com tranquilidade que ninguém com menos de 85 anos já me disse isso antes.

— Nem mesmo uma das pessoas que ligaram pra você por engano?

— Nem mesmo elas.

— Quantos anos você tem? — perguntei, de repente preocupada com a possibilidade de estar conversando com um garoto de 15 anos e com o risco de que a polícia estivesse a caminho.

— Tenho 35 anos e 9 meses.

— Não consigo acreditar que em todos os seus 35 anos e 9 meses ninguém nunca lhe disse isso.

— Porque a maior parte das pessoas que conheço não tem 100 anos como você.

— Só faço 100 anos daqui a duas semanas.

— Ah. Entendo. Trinta? Quarenta? Cinquenta?

— Trinta.

— A partir daí, é tudo ladeira abaixo, pode acreditar.

Ele ficou em silêncio, eu também, então a conversa perdeu a naturalidade e voltamos a ser apenas dois estranhos em uma ligação por engano que queriam desligar. Dei o primeiro passo.

— Foi bom falar com você, Don. Obrigada por me oferecer o ingresso.

— Tchau, mulher casada e desdentada — disse ele, e nós dois rimos.

Desliguei, me vi de relance no espelho do banheiro e me achei parecida com a minha mãe, apenas um rosto tomado por um sorriso. E aquele sorriso desapareceu no momento em que lembrei que eu tinha acabado de conversar com um completo desconhecido por chamada. Talvez todos estivessem certos, talvez eu estivesse perdendo o controle.

Fui para a cama cedo e à meia-noite e meia o celular tocou, me fazendo acordar assustada. Olhei para a tela e não reconheci o número, então ignorei e esperei que parasse para que eu pudesse voltar a dormir. Alguns segundos depois, o celular tocou de novo. Atendi, torcendo para que não fossem más notícias. Só conseguia ouvir barulho, gritos e berros. Afastei o aparelho do ouvido, então ouvi a música, ouvi o canto e reconheci a canção. Ele estava me ligando, Don Lockwood estava me ligando para que eu pudesse ouvir minha canção favorita. A letra dizia:

Se você acha que sua vida é uma perda de tempo, se acha que seu tempo é uma perda de vida, venha para essa terra, dê uma olhada ao redor. Trata-se de uma situação trágica ou uma manifestação em massa, onde nos escondemos?

Fiquei deitada na cama, ouvindo a música. Então, quando ela terminou, continuei na linha para falar com ele. Assim que a música seguinte começou, Don desligou.

Eu sorri. Então mandei uma mensagem de texto para ele.

Obrigada.

Ele respondeu na mesma hora.

Uma coisa a menos na sua lista de desejos. Boa noite.

Fiquei olhando para aquelas palavras por um longo tempo, então adicionei o número dele aos meus contatos. Don Lockwood. Apenas ver o nome ali me fez sorrir.

CAPÍTULO OITO

Uma semana depois, acordei às sete da manhã com um humor de cão. Acredito que esse seja o termo técnico para o sentimento. Não que eu tivesse passado uma semana desacordada — esse foi só o tempo que levou para acontecer alguma coisa digna de nota na minha vida. Soube que estava de mau humor assim que abri os olhos e percebi que o apartamento fedia ao coquetel de camarão que eu tinha deixado em cima da bancada. Senti a irritação no âmago do meu ser, como aquele frio úmido que atinge o osso e de que é impossível se livrar. Também acho que meu corpo sentiu, antes mesmo de eu vê-lo, que um novo envelope aterrissara no carpete queimado. Soube que ele chegara recentemente porque não estava mijado e tinha pousado em cima das pequenas pegadas cor-de-rosa que o sr. Pan deixara depois de derrubar o coquetel de camarão e espalhar pelo carpete.

Recebi uma carta todos os dias desde que conheci Vida no domingo anterior. Ignorara todas, e nada mudaria naquela segunda-feira. Pisei no envelope como uma criança cujo único poder é exercer autoridade sobre uma boneca. O sr. Pan sabia o que tinha feito de errado e deve ter percebido meu humor, porque se manteve longe de mim. Tomei banho, tirei um vestido do varão da cortina e estava pronta em minutos. Dei o café da manhã ao sr. Pan, ignorei a carta pela segunda semana consecutiva e saí do apartamento.

— Bom dia, Lucy — cumprimentou minha vizinha, abrindo a porta quando eu saí.

Fiquei desconfiada do timing dela... se não soubesse que era pouco provável, teria imaginado que ela estava parada na porta esperando por mim.

— Bom dia — respondi e tentei fazer meu cérebro irritado lembrar o nome da mulher, mas ali não havia espaço para informações, só para frustração.

Dei as costas para ela e tranquei a porta.

— Você se importa se eu lhe pedir um favor? — A voz da vizinha soou trêmula, e eu me virei para encará-la na mesma hora.

Os olhos dela estavam vermelhos e inchados, como se tivesse chorado a noite toda. Eu me senti suavizar enquanto meu mau humor cedia por um momento.

— Você poderia deixar isso na portaria pra mim? Chamei um mensageiro pra pegar, mas disseram que não subiriam. Ele tá dormindo, então não posso deixar...

— Claro, sem problema.

Peguei a bolsa de ginástica da mão dela.

A mulher enxugou os olhos, me agradeceu, mas a voz dela falhou e saiu como um sussurro.

— Você tá bem?

— Sim, obrigada, eu só... hum... — Aquela voz saiu mais uma vez trêmula enquanto ela tentava se recompor. A vizinha endireitou o corpo e pigarreou, tentando manter algum tipo de dignidade, mas seus olhos continuavam marejados e ela estava se esforçando muito para controlar as lágrimas. — Minha mãe foi levada para o hospital ontem. A situação não parece muito boa.

— Nossa... Sinto muito.

Ela tentou esconder o constrangimento do choro com um aceno de mão, como quem diz "deixa pra lá", ainda tentando se recompor.

— Aí dentro tem umas coisinhas que achei que ela poderia precisar. Quer dizer, o que se oferece a uma pessoa que... — Ela terminou a frase apenas mentalmente.

— Não vão deixar você vê-la?

— Ah, deixam, sim. Mas não posso ir até lá porque... — Ela apontou para o apartamento, onde estava o bebê.

— Ah. — Eu sabia o que deveria dizer naquele momento, mas não tinha certeza se queria, não tinha certeza se era o certo a fazer. Continuei com relutância: — Eu poderia tomar conta pra você, se você quiser. Do... — eu não sabia se dizia ele ou ela — do bebê.

— Isso. Do Conor. — Ela pigarreou de novo. — É muita gentileza da sua parte se oferecer, mas não gosto muito de deixar ele...

— Entendo perfeitamente — interrompi, aliviada. — Vou deixar isso na portaria pra você.

A vizinha me agradeceu em um sussurro mais uma vez. E eu já estava no elevador quando a voz dela soou no corredor.

— Lucy, se eu mudar de ideia e precisar de você... se for, sabe como é, uma emergência, como eu entro em contato com você?

— Ah. Bem. Você pode esperar até eu voltar por volta das sete da noite ou... — Eu não queria fazer aquilo, não queria dar o número do meu celular a ela. Sabia que aquilo poderia me trazer todo tipo de aborrecimentos no futuro. — Você pode me mandar um e-mail... — Eu olhei para o rosto dela, tão perturbado, mas esperançoso. A mãe da mulher talvez estivesse morrendo e eu estava dizendo a ela para me mandar um e-mail. — Ou você pode me ligar.

Os ombros dela pareceram relaxar. Eu dei meu número e saí dali depressa. Peguei um cappuccino no Starbucks no final da quadra de casa, comprei um jornal e tive que perder a oportunidade de ver o cara bonitinho no trem para dirigir Sebastian até o trabalho. Eu precisava deixar o carro de novo na oficina naquele dia e já estava com medo da conta. Usei meu cartão de identificação para atravessar as catracas na entrada do prédio de escritórios. A Mantic ficava longe do centro da cidade, em um novo ponto comercial com uma arquitetura que parecia uma nave extraterrestre pousando. Dez anos antes, eles transferiram a fábrica para a Irlanda e fundiram os escritórios com a estratégia de aumentar a produtividade, mas, desde que se mudaram para cá, porque pagam aluguéis exorbitantes, os lucros diminuíram e eles tiveram que dispensar cem funcionários dos mil e duzentos da empresa.

Mantic é a palavra grega para quem tem poderes proféticos e divinos, o que era irônico, na verdade, levando em consideração todos os problemas que tinham no momento, mas ninguém ria da piada. Parecia que, ao menos por ora, as coisas se acalmaram, e nos garantiram que nossos empregos estavam seguros, mas a maioria dos funcionários ainda se sentia sensível depois de tantas demissões. Ainda estávamos cercados pelas mesas e cadeiras vazias dos que partiram e, embora nos sentíssemos solidários pelas pessoas que perderam o emprego, também foi bom conseguir mesas mais bem posicionadas e assentos mais confortáveis.

Eu tinha ficado surpresa por não ter sido uma das primeiras a ser mandada embora. Trabalhava como tradutora na seção de manuais e, no momento, éramos uma equipe de seis pessoas. Traduzir manuais de instruções para os aparelhos fabricados pela empresa para o alemão, francês, espanhol, holandês e italiano pode parecer uma tarefa fácil, e era, só que eu não falava espanhol, ou falava, mas não muito bem, então terceirizei essa parte do trabalho para um contato que falava espanhol muito bem, na verdade, um espanhol perfeito, já que ela era de Madri. Essa pessoa não se importou em fazer o trabalho e não era nada que uma garrafa de *poitín* — uma bebida tradicional da Irlanda — de presente no Natal não resolvesse.

Estava funcionando para mim até aquele momento, no entanto, meu contato com frequência era preguiçoso e lento, e me deixava na expectativa, entregando as traduções apenas no último instante. Eu me formei em administração e letras e fiz também um mestrado em administração internacional. Passei um ano trabalhando em Milão, um ano na Alemanha, fiz o mestrado em uma escola de administração em Paris, fiz aulas noturnas de holandês por lazer, mas foi na despedida de solteira de uma amiga em Madri que conheci a mulher que se tornaria meu álibi de espanhol. Apesar de eu não ter feito o curso de direito como meu pai e Riley ou medicina como Philip, acho que meu pai tinha certo orgulho das minhas realizações universitárias e do meu conhecimento de idiomas, até que fui trabalhar na Mantic e qualquer pequena alegria que ele tivesse por mim desceu pelo ralo.

A primeira pessoa que eu via no escritório todas as manhãs era Vaca Enxerida, que fora batizada pelos pais como Louise. Vou chamá-la de Enxerida por uma questão de gosto. Ela era a gerente, se casaria em doze meses e planejava o grande acontecimento desde o primeiro dia no útero. Quando Cara de Peixe, a chefe, não estava por perto, Enxerida folheava revistas e arrancava fotos para criar painéis de inspiração do seu dia perfeito. Não que eu fosse uma mulher de grandes saberes, mas gostava de pensar que tinha pelo menos um pouco e estava exausta das conversas incessantes sobre todas as coisas estéticas, que seriam as mesmas, não importasse qual homem ela escolhesse para se casar.

A pesquisa dela sobre o "dia perfeito" de outras pessoas era interminável. Em sua busca por informações, Enxerida se parecia menos com uma pega-rabuda, aquela ave que adora recolher coisinhas brilhantes, e mais com uma piranha, porque devorava cada palavra assim que era dita. As conversas com ela eram entrevistas, e eu sabia que cada pergunta era elaborada para se adequar às decisões que ela tomava sobre a própria vida, mas nunca baseada na cortesia de perguntar sobre a minha vida.

Enxerida torcia o nariz para as coisas de que não gostava e, quando ouvia algo que a interessava, mal esperava o final da frase e já estava correndo de volta à mesa para anotar as novas descobertas. Eu sentia um desgosto profundo por ela, e o fato de a mulher usar camisetas justas, com estampas ridículas, me irritava mais e mais a cada dia. Eram os detalhes de uma pessoa que regavam as sementes da antipatia, embora, em uma contradição a isso, as coisas que eu mais odiava no Blake, como o bruxismo noturno, acabassem sendo as coisas de que eu mais sentia falta nele. Eu me perguntava se Jenna, aquela cretina, se importava com o ranger de dentes dele.

Naquele dia, Enxerida usava um blazer por cima de uma camiseta preta, que tinha uma estampa de Shakespeare e abaixo lia-se MINHA ACADEMIA É LITERÁRIA. Às vezes eu me perguntava se ela ao menos entendia o que significavam aquelas palavras.

— Bom dia, Lucy.

— Bom dia, Louise.

Sorri para ela e esperei pela pergunta aleatória número um do dia.

— Você já foi ao Egito?

Fui com Blake. Nós tínhamos feito de tudo: andado de camelo no Saara, nos sentado com os faraós, mergulhado no Mar Vermelho, navegado pelo Nilo. No entanto, Enxerida estava perguntando com propósitos puramente egoístas, não para que ela pudesse flutuar comigo em maravilhosas bolhas de lembranças.

— Não, sinto muito — respondi, e a esperança se apagou em seu rosto.

Fui direto para minha mesa, joguei o copo de cappuccino no lixo, pendurei o casaco e fui fazer um café fresco. O resto da equipe estava espremido dentro da cozinha minúscula.

— O que é isso? Uma reunião secreta?

— Bom dia, princesa — cumprimentou Graham, o Galinha. — Café?

— Pode deixar, eu faço pra mim.

Eu me espremi para passar por ele e chegar à chaleira elétrica. Graham se inclinou um pouco para a frente na bancada, então tive que me esfregar na virilha dele. Pensei em lhe dar uma joelhada. Graham era o galinha do escritório, tinha assistido a episódios demais da série *Mad Men* e estava em busca de um caso no local de trabalho. Casado e com filhos, é claro, Galinha penteava o cabelo para trás em um topete oleoso, em uma tentativa de imitar os publicitários da Madison Avenue com quem ele estava sempre em contato, e usava tanta loção pós-barba que dava para saber que o homem tinha chegado pelo cheiro doce que pairava no ar.

Eu não me sentia nem um pouco lisonjeada por seus avanços bajuladores — até poderia, se quisesse passar uma noite com o Zé Bonitinho e se os avanços dele não fossem direcionados a todas as mulheres que se aproximassem a menos de um quilômetro de seu fedor. Para lhe dar algum crédito, talvez ele até já tenha sido atraente em algum momento, antes que a jornada do compromisso vitalício com o mesmo ser humano, alguém disposto a compartilhar tudo com ele, incluindo a alma, mas que nunca entenderia quem Galinha era de verdade, não tivesse apagado a sua chama interior.

Enchi a chaleira com água.

— Você ouviu? — perguntou Mary, a Ratinha, na voz que parecia sempre estar um decibel abaixo de um tom de fala normal.

Os olhos dela eram quase o dobro do tamanho da cabeça, um milagre impressionante da natureza. O nariz e os lábios eram pontinhos no rosto, daí o apelido de Ratinha.

— Ouvi o quê?

— Ora, ora, não queremos assustar a Lucy, ela acabou de chegar.

Era Quentin, vulgo Pisca-Pisca por causa do hábito de piscar os olhos duas vezes em intervalos de vinte segundos, um tique que se intensificava em reuniões ou quando ele precisava falar em público. Quentin era um cara legal, embora um pouco tedioso, e eu não tinha problemas com ele. Era ele que fazia os gráficos para os manuais, portanto nossos trabalhos se relacionavam diretamente.

— Vamos ter uma reunião na sala da Edna agora de manhã — anunciou Ratinha, o rosto imóvel, mas movendo os olhos grandes como os de um roedor assustado.

— Quem te contou isso?

— Louise ouviu do Brian, do marketing. Todos os setores vão ter uma reunião.

— Brian Murphy ou Bryan Kelly? — perguntou Steve, o Salsicha.

Explicar o apelido de Steve era simples. Steve, que Deus o abençoasse, parecia uma salsicha.

— Qual é a diferença? — perguntou Ratinha, sempre com os olhos arregalados.

— O Brian do Brian Murphy se escreve com *i*, e o do Bryan Kelly se escreve com *y* — falei, embora soubesse muito bem que não era aquilo que ela estava perguntando.

Senti o hálito de Galinha na minha nuca enquanto ele ria para si mesmo e fiquei satisfeita. Eu era uma cadelinha do riso, sempre disposta a aceitá-lo, não importava de quem viesse.

— Não, estou querendo saber por que importa quem nos contou? — perguntou ela, acanhada.

— Porque o Brian Murphy é um mentiroso, e o Bryan Kelly não é — explicou Galinha.

— Sempre achei que os dois eram caras decentes — comentou Pisca-Pisca com um tom respeitoso.

Ratinha abriu a porta.

— Louise?

Enxerida se juntou a nós na cozinha já abarrotada.

— O que tá acontecendo?

— Quem te contou sobre a reunião foi o Brian Murphy ou o Bryan Kelly?

— Por que isso importa?

— Porque o Bryan Kelly é um mentiroso — falei, misturando os nomes de propósito.

Galinha riu de novo e foi o único que percebeu.

— E aparentemente o Brian Murphy não é — disse Ratinha. — Então, quem contou?

— Qual deles é o Murphy? — perguntou Enxerida. — O ruivo ou o calvo?

Revirei os olhos, fiz meu café o mais rápido possível e abri caminho pelo meio do grupo.

— Seja como for, isso quer dizer mais cortes, né? — falei, para ninguém em particular.

E ninguém em particular respondeu. Todos olharam para o horizonte, recolhidos na própria mente, pensando nos perigos pessoais que os aguardavam.

— Tenho certeza de que vai ficar tudo bem — disse Pisca-Pisca. — Não vamos começar a nos preocupar.

Mas eles já estavam preocupados, então voltei à minha mesa para fazer palavras cruzadas e deixei todos lá.

Corriqueiro, sem originalidade ou inteligência.

Olhei ao redor.

Banal.

Quando ouvi a porta do escritório se abrir, escondi as palavras cruzadas embaixo de alguns papéis e fingi me concentrar em novos manuais enquanto Cara de Peixe passava bamboleando, deixando um rastro de cheiro de couro e de perfume. Edna Larson era a chefe do setor e se parecia muito com um peixe. Tinha a testa alta, com a linha do cabelo começando bem atrás, os olhos saltados e as maçãs do rosto altas, que ficavam ainda mais enfatizadas pelo *bronzer* que ela aplicava para destacá-las. Cara de Peixe entrou na sala dela, e esperei que as persianas fossem abertas. Aquilo não aconteceu. Olhei em volta e percebi que todos estavam fazendo a mesma coisa que eu. Depois de um tempo esperando a reunião ser convocada, percebemos que estava tudo normal e que não passava de um boato mesmo — o que desencadeou um breve debate sobre a veracidade da palavra de Bryan Kelly *versus* a de Brian Murphy.

Seguimos com nossa manhã. Fiz uma pausa para um cigarro na escada de incêndio porque não queria ir até o andar de baixo e sair, mas, mesmo não sendo fumante, tive que fumar, porque Graham estava comigo. Eu já tinha recusado os convites para almoçar e jantar e, como se compreendesse que aquelas duas coisas eram compromisso demais para mim, ele voltou com uma contraproposta, sexo sem compromisso, que também recusei. Depois, trabalhei por uma hora com Pisca-Pisca, cuidando do novo manual de um superforno a vapor que nenhum de nós poderia pagar, mesmo se penhorássemos todos os nossos eletrodomésticos. Edna ainda não havia aberto as persianas do escritório e Louise não tirara os olhos das janelas da sala da chefe nem por um instante, nem mesmo quando estava ao telefone.

— Deve ser pessoal — comentou Louise para ninguém em particular.

— O que deve ser pessoal?

— Edna. Ela deve estar tendo algum problema pessoal.

— Ou então está dançando nua e cantando "Footloose" — sugeri, e Graham olhou para as janelas com esperança de ver alguma coisa, já planejando novos avanços na mente.

O celular de Louise tocou, e sua voz, em geral monótona, se tornou animada por um instante, mas o entusiasmo desapareceu depressa e na mesma hora percebemos que havia algo errado. Todos paramos de trabalhar e a encaramos. Louise pareceu levar uma eternidade para desligar, tinha os olhos arregalados quando se virou para nós.

— Os outros departamentos acabaram de terminar as reuniões. Bryan Kelly foi demitido.

Houve um longo silêncio, todos em suspense.

— É isso que se ganha por ser um mentiroso — falei baixinho.

Graham foi o único que entendeu a brincadeira. Mesmo que eu não estivesse disposta a dormir com ele, apreciava o fato de ele ainda se dispor a rir das minhas piadas e, por isso, ele conquistara meu respeito.

— É o Brian Murphy que é mentiroso — corrigiu Louise, frustrada.

Eu franzi os lábios.

— Quem era? — perguntou Salsicha.

— Brian Murphy — respondeu Louise.

Ao ouvir aquilo, nenhum de nós conseguiu se conter e pela primeira vez nos unimos nas risadas durante um momento bastante difícil na vida deles. Digo "deles" porque eu não me sentia daquele jeito, não me sentia preocupada, ansiosa ou com medo, porque não achava que tinha algo a perder. Um acordo de rescisão seria muito bem-vindo, e um bônus e tanto depois da minha última demissão. Então, a porta de Edna finalmente se abriu, e ela nos encarou com os olhos vermelhos e inchados. Sua expressão era perdida e pesarosa ao mesmo tempo e, por um momento, tentei analisar como estava me sentindo, mas me percebi completamente indiferente. Edna pigarreou. Então disse:

— Steve, posso falar com você, por favor?

Todos observamos horrorizados enquanto Steve entrava. Não houve mais risadas. Ver Steve sair da sala da chefe depois foi como ver um ex-namorado saindo de casa. Com lágrimas nos olhos e em silêncio, ele arrumou as próprias coisas: a fotografia da família, a minicesta de basquete e a bolinha, a caneca que dizia STEVE GOSTA DE CAFÉ PURO COM UM CUBO DE AÇÚCAR e o Tupperware com a lasanha que a esposa preparara para o almoço dele. Então, depois de apertar a mão de Pisca-Pisca e a minha, dar um tapinha nas costas de Graham, um abraço em Mary e um beijo na bochecha de Louise, ele se foi. Restou uma mesa vazia, como se ele nunca tivesse estado ali.

Não falamos mais nada depois disso. Edna não abriu as persianas pelo resto do dia, e eu não fiz mais pausas para fumar, em parte por respeito a Steve, mas principalmente porque eram os cigarros dele que eu costumava filar. Ainda assim, eu me perguntava quanto tempo levaria para qualquer um dos outros pensar em ocupar a mesa de Steve, que tinha uma iluminação muito melhor.

Eu os deixei na hora do almoço, como sempre fazia, daquela vez para levar meu carro à oficina, pela segunda semana consecutiva. Lá, me entregaram outra carta de Vida e voltei para o escritório com um humor ainda pior.

Praguejei quando me sentei e logo me levantei de um pulo.

— O que aconteceu? — perguntou Graham, parecendo achar graça.

— Quem colocou isso aqui? — Levantei o envelope e acenei com ele para todos na sala. — Quem colocou isso na minha mesa?

Todos permaneceram em silêncio.

Olhei para Louise na recepção, ela deu de ombros e veio na minha direção com outro envelope.

— Fomos ao refeitório almoçar, então ninguém viu, mas eu também recebi um. Também endereçado a você.

— Recebi um também — falou Mary, e entregou outro envelope a Louise para que ela me passasse.

— Também tinha um na minha mesa — disse Pisca-Pisca.

— Eu ia lhe entregar mais tarde — falou Graham sugestivamente, tirando um envelope do bolso interno do paletó.

— Do que se trata? — perguntou Louise, recolhendo os envelopes e me entregando.

— É particular.

— Que tipo de papel será esse? É bonito.

— Do tipo caro demais pra convites — retruquei.

Então ela se afastou, perdendo o interesse.

Incluindo a carta que eu encontrara no apartamento naquela manhã e a que fora enviada para a oficina, ele me escrevera sete vezes em um dia. Esperei até que o burburinho habitual do trabalho recomeçasse antes de ligar para o número da carta. Eu esperava que a mulher de sotaque sulista me atendesse. Não foi o que aconteceu. Quem me atendeu foi Ele.

E nem esperou que eu dissesse oi antes de falar:

— Finalmente consegui a sua atenção?

— Sim, conseguiu — falei, tentando controlar meu temperamento.

— Já faz uma semana — disse ele. — Não tive notícias suas.

— Tenho andado ocupada.

— Ocupada com o quê?

— Resolvendo coisas, meu Deus, tenho que explicar cada detalhe?

Ele ficou em silêncio.

— Tudo bem. — Meu plano se tornou matá-lo de tédio. — Na segunda-feira, me levantei e fui trabalhar. Levei meu carro pra oficina. Saí pra jantar com uma amiga. Quando cheguei, fui pra cama. Na terça-feira, trabalhei, peguei meu carro na oficina, voltei pra casa, então fui pra cama. Na quarta-feira, trabalhei, voltei pra casa, fui pra cama. Na quinta-feira, trabalhei, depois fui ao supermercado, voltei pra casa, fui a um funeral, então cama. Na sexta-feira, trabalhei, depois fui à casa do meu irmão e cuidei dos filhos dele no fim de semana. No domingo, voltei pra casa. Assisti a *Um americano em Paris* e me perguntei pela centésima vez se sou a única pessoa que quer Milo Roberts e Jerry Mulligan juntos... Aquela garotinha francesa faz ele de bobo. Acordei hoje de manhã e vim trabalhar. Feliz agora?

— Que emocionante. Você acha que continuar vivendo como um robô vai mesmo fazer com que eu me afaste?

— Não acho que tenho vivido como um robô, mas, por mais que eu tente, está óbvio que você não vai me deixar em paz. Deixei meu carro outra vez na oficina hoje, e Keith, o mecânico, me entregou uma carta sua, o pior foi que ele *abriu* e, em termos chulos, sugeriu que sexo com ele resolveria o meu problema. Obrigada por isso.

— Pelo menos estou ajudando você a conhecer alguém.

— Não preciso de ajuda para conhecer alguém.

— Então talvez precise de ajuda para manter as pessoas com você. — Aquilo foi golpe baixo, e acho que até ele sabia disso. — Então, quando podemos nos encontrar de novo?

Suspirei.

— Escuta, eu só acho que essa história entre nós dois não vai dar certo. Pode funcionar para outras pessoas, mas não para mim. Prezo demais o meu espaço, gosto de fazer as coisas sem ter alguém sempre respirando no meu cangote, então acho que o mais adulto, o mais maduro a fazer aqui é você seguir o seu caminho enquanto eu sigo o meu.

Fiquei impressionada com meu tom, com a firmeza. Ao ouvir aquelas palavras, *eu* quis me largar, o que, por mais estranho que seja, era a essência do que eu estava tentando fazer. Eu estava tentando terminar comigo mesma.

Ele ficou em silêncio de novo.

— Não é como se nossos momentos juntos fossem cheios de risadas, né? A gente nem gosta da companhia um do outro. Sendo sincera, acho que devíamos ir um para cada lado e pronto.

Mesmo assim ele não disse nada.

— Oi, você ainda tá aí?

— Por pouco.

— Não tenho permissão para fazer ligações pessoais enquanto estou no trabalho, então preciso ir agora.

— Você gosta de beisebol, Lucy?

Revirei os olhos.

— Não sei nada a respeito.

— Já ouviu falar de bola curva?

— Sim, é o jeito que os caras com a bola jogam nos caras com os bastões.

— Sucinta, como sempre. Sendo mais específico, é um tipo de arremesso, feito de um modo que a bola dá um giro para a frente, fazendo com que desça em linha reta.

— Parece complicado — falei, dando corda para ele.

— É mesmo. E é por isso que fazem. Pega o batedor desprevenido.

— Sei, quem bate precisa mesmo cuidar da agressividade, é melhor não ficar batendo em tudo, né...

— Você não me leva a sério.

— Só porque você está falando sobre um esporte estadunidense do qual eu não sei nada, e eu estou no meio do meu horário de trabalho, além de preocupada com a sua saúde mental. Esse último é sério.

— Vou jogar uma pra você. — Foi só o que ele disse, a voz brincalhona.

— Você vai... — Olhei ao redor da sala. — Você tá aqui? Você não tem permissão pra brincar com uma bola dentro de um escritório, deveria saber disso.

Silêncio.

— Alô? Alô?

Minha vida tinha desligado na minha cara. Poucos momentos depois, a porta de Edna se abriu outra vez. Seus olhos estavam de volta ao normal, mas ela parecia cansada.

— Ah, Lucy, você está aí, podemos conversar rapidinho, por favor?

Os olhos de Ratinha se arregalaram ainda mais. Galinha me lançou um olhar triste — não sobraria mais ninguém para ele assediar.

— Sim, claro.

Senti todos os olhares em mim quando entrei na sala dela.

— Pode se sentar, não tem nada com que se preocupar.

— Obrigada.

Eu me sentei diante dela, quase na beirada da cadeira.

— Antes de começar, chegou isso pra você.

Edna me entregou outro envelope. Revirei os olhos e o peguei.

— A minha irmã já recebeu um desses — comentou ela, os olhos fixos em mim.

— Sério?

— Sim. Ela deixou o marido e agora está morando em Nova York. — A expressão dela mudou quando ela falou sobre a família, mas a mulher ainda parecia um peixe. — Ele era um canalha. A minha irmã está muito feliz.

— Bom pra ela. A sua irmã por acaso deu uma entrevista pra uma revista?

Edna franziu o cenho.

— Acho que não, por quê?

— Deixa pra lá.

— Se houver alguma coisa que eu possa fazer pra deixar você... mais feliz aqui, você vai me falar, não vai?

Franzi o cenho.

— Sim, claro. Eu estou muito bem, Edna, obrigada. Acho que foi só um erro do computador ou alguma coisa assim.

— Sei. — Ela mudou de assunto. — Bem, eu a chamei porque Augusto Fernández, o chefão do escritório alemão, vai nos visitar amanhã, e eu queria saber se você poderia assumir a liderança e apresentá-lo ao pessoal daqui. Talvez seja bom nos esforçarmos ao máximo para fazê-lo se sentir bem-vindo e deixar claro que estamos trabalhando duro por aqui.

Fiquei confusa.

— Ele não fala muito bem o nosso idioma — explicou ela.

— Ah. Por um instante, achei que você queria que eu dormisse com ele.

Aquilo poderia não ter sido bem recebido. Em vez disso, Edna jogou a cabeça para trás e riu com gosto.

— Ah, Lucy, você é o antídoto perfeito... Eu precisava disso, obrigada. Mas olha só, sei que você gosta de sair na hora do almoço, mas vou ter que pedir para que fique por aqui, caso ele apareça. Michael O'Connor vai mostrar o prédio para o cara, é claro, mas, quando ele chegar nesse andar, seria legal que o nosso grupinho o recebesse. Explicar a ele o que todo mundo faz e como estamos trabalhando duro. Você entende?

Ela estava me encarando firme. *Por favor, não deixa nenhum de nós ser demitido.* Gostei que ela se importasse.

— Sem problema. Entendi.

— Como estão todos lá fora?

— Como se tivessem acabado de perder um amigo.

Edna suspirou, e consegui ouvir e sentir o estresse que ela devia estar sofrendo. Saí da sala dela e estavam todos reunidos em volta da mesa de Ratinha, como pinguins amontoados para se aquecer, com medo de derrubar os ovos, todos me olhando em expectativa, os rostos pálidos preocupados, achando que eu tinha sido demitida.

— Alguém tem uma caixa de papelão sobrando?

Houve um coro de murmúrios angustiados.

— Brincadeirinha, mas é bom saber que vocês se importam.

Sorri, e eles relaxaram, apesar de ficarem um pouco irritados.

Mas então algo que Edna me disse voltou de repente à minha mente e fiquei tensa. Bati à porta dela e entrei de novo.

— Edna — falei, o tom urgente.

Ela ergueu os olhos da papelada.

— O Augusto, ele é ...

— Da sede, na Alemanha. Não conte aos outros, não quero que eles se preocupem ainda mais.

Alívio.

— É claro. É só que não é um nome alemão típico.

Sorri, e já ia fechar a porta...

— Desculpa, Lucy, agora entendi o que você quis dizer — falou ela. — Ele é espanhol.

Sorri, mas estava chorando por dentro. Eu estava preocupada, muito preocupada, porque meu espanhol não ia muito além do necessário para pedir uma rodada de coquetéis Slippery Nipples e uma barra para brincar de limbo, e, embora ainda não soubesse da visita, a equipe contaria com minha paparicagem ao homem para evitar que passassem pelo próximo processo de eliminação. Foi só quando me sentei e vi as cartas ainda na mesa que a conversa fez sentido.

Ele e suas analogias... Vida tinha me arremessado uma bola curva.

CAPÍTULO NOVE

— Vocês viram que ele fez a Trilha Inca semana passada? — disse meu amigo Jamie, se dirigindo a todos na mesa.

Estávamos no Wine Bistro, no centro da cidade, nosso lugar de sempre para colocar o papo em dia, e fomos servidos pelo garçom gay de sempre que tinha um falso sotaque francês. Estavam ali sete dos rostos familiares, reunidos para o aniversário de Lisa. Costumavam ser oito antes de Blake começar as viagens, mas, pelo modo como todos estavam falando, era como se ele até estivesse sentado na cabeceira da mesa, no lado oposto ao meu.

O grupo passara os vinte minutos anteriores falando de Blake, desde que o prato principal chegou, e eu tinha a sensação de que continuariam por mais vinte, por isso enfiei o máximo de salada possível na boca. Silchesters não falavam enquanto comiam, portanto, além de um ocasional aceno interessado de cabeça, ou um levantar de sobrancelha, eu não precisava participar. Eles falaram sobre o episódio da noite anterior, que foi filmado na Índia — eu tinha assistido e esperava que Jenna tivesse sido vítima daquela diarreia que atacava alguns visitantes do país. Eles falaram sobre coisas que Blake dissera e vira, sobre o que vestira, então criticaram carinhosamente os comentários bajuladores no final e aquele olhar cafona para a lente da câmera seguido da piscadela — sendo sincera, aquela era minha parte favorita, mas não contei isso a eles.

— O que você achou, Lucy? — perguntou Adam, encerrando a discussão e fazendo todas as atenções se voltarem para mim.

Demorei um pouco para mastigar e engolir algumas folhas de alface.

— Eu não assisti — devolvi e enfiei mais comida na boca.

— Nooossa — brincou Chantelle —, como ela é fria.

Dei de ombros.

— Você já viu algum dos episódios do programa? — indagou Lisa.

Balancei a cabeça, negando.

— Nem sei se tenho acesso ao canal. Não chequei.

— Todo mundo tem acesso ao canal onde passa o programa do Blake — informou Adam.

— Ah. Ops.

Sorri.

— Era pra vocês terem feito essa viagem juntos, né? — pressionou Adam, inclinando-se sobre a mesa, jogando toda a energia na minha direção.

Adam fingia estar brincando, mas, mesmo que tivesse sido quase três anos antes, o fato de achar que o melhor amigo fora abandonado ainda o deixava muito ressentido. Se eu não fosse o alvo da agressividade dele, minha admiração pela lealdade dele seria muito maior. Não sei bem como Blake conseguira provocar uma devoção tão dedicada da parte do Adam, mas o que quer que ele tenha dito, ou qualquer lágrima de crocodilo que tenha derramado com ele, tinha funcionado, e eu era sua inimiga pública número um. Eu sabia daquilo, e Adam, no fundo, queria que eu soubesse, mas parecia que ninguém mais sabia. Mais uma vez, a paranoia estava tomando conta, mas eu a seguia como se fosse minha guia. Assenti para Adam.

— É, tínhamos planejado ir para comemorar o aniversário de 30 anos dele.

— E você fez o cara ir sozinho, sua megera cruel — disse Lisa, e todos riram.

— Com uma equipe de filmagem — acrescentou Melanie, meio que em minha defesa.

— E um bronzeador em spray, ao que parece — complementou Jamie e todos riram de novo.

E com Jenna. Aquela vaca. Da Austrália.

Só dei de ombros de novo.

— É isso que a pessoa ganha quando me serve ovos fritos em vez de poché. Uma mulher não pode aceitar café da manhã de má qualidade na cama.

Eles riram mais uma vez, mas Adam não. Ele me encarou com raiva, em defesa do amigo. Coloquei mais salada na boca e olhei para o prato de Melanie para ver o que eu poderia roubar. Como de costume, estava cheio de comida. Espetei um tomate pequenininho, que me daria pelo menos vinte segundos de mastigação. O tomate explodiu na minha boca e as sementes dispararam pela garganta, me fazendo engasgar. Não foi uma reação legal. Melanie me entregou um copo com água.

— Bom, acho que Blake não ficou tão no prejuízo assim, já que a gente acabou indo a Vegas para comemorar o aniversário de 30 anos dele — falou Adam, me lançando um longo olhar de quem sabia "de coisas" que quase me matou.

Os homens à mesa se entreolharam com expressões maliciosas, no mesmo instante compartilhando um fim de semana cheio de loucuras que nunca seriam reveladas. Meu coração se contorceu no peito quando imaginei Blake em um bar com uma stripper lambendo Pernod de seu abdômen e chupando azeitonas do umbigo. Não era o jeito como ele costumava se divertir, apenas imaginação minha.

Meu celular bipou. O nome de Don Lockwood apareceu na tela. Desde nossa conversa por telefone, mais de uma semana antes, eu vinha tentando pensar em algum tipo de resposta criativa para a música de Aslan, mas ainda não tinha conseguido. Assim que abri a mensagem, apareceu uma imagem. Era uma peça de porcelana de uma velha desmazelada com um tapa-olho e abaixo dela o texto dizia:

Vi isso e pensei em você.

Me desliguei da conversa na mesa e respondi à mensagem na mesma hora.

É uma grosseria tirar uma foto minha sem permissão. Se eu soubesse, teria lhe dado o meu sorriso de campeã.

Você não tem dentes, lembra?

Sorri de um jeito exagerado e bobo, e tirei uma foto dos meus dentes. Enviei.

Melanie estava me olhando com um sorriso curioso.

— Com quem você está conversando?

— Com ninguém, eu só estava vendo se estou com alface presa nos dentes — menti sem nem piscar.

95

Foi fácil demais. Eu estava ficando boa naquilo.

— Você podia ter me perguntado. Sério, quem é?

— Só um número errado.

Não era mentira. Peguei a bolsa e deixei vinte euros na mesa.

— Gente, foi ótimo, mas agora eu tenho que ir.

Melanie gemeu.

— Mas mal conseguimos conversar.

— Não fizemos nada além de conversar — falei, rindo e já me levantando.

— Mas não sobre você.

— O que você quer saber?

Peguei meu casaco com o garçom gay com sotaque francês falso que apontou para o cabideiro e perguntou:

— *C'est este aqui?*

Melanie ficou um pouco surpresa por ter sido colocada na berlinda.

— Ora, eu só queria saber como está indo a sua vida, mas você já tá a meio caminho da porta, então não vamos ter tempo pra isso.

Deixei o garçom gay com sotaque falso me ajudar a vestir o casaco, então falei para ele:

— *Il y a eu une grande explosion. Téléphonez les pompiers et sortez du batiment, s'il vous plaît.* — Houve uma grande explosão, por favor, ligue para a emergência e evacue o prédio imediatamente.

O homem pareceu um pouco agitado, sorriu, então se afastou apressado antes que eu pudesse arrancar a máscara dele bem ao estilo do final dos episódios de *Scooby Doo*.

— Ah, não precisamos de muito tempo pra falar sobre mim porque não tem nada de interessante acontecendo. Pode acreditar. Mas que tal nos encontrarmos outro dia? Posso ir a uma das suas apresentações na semana que vem e a gente se diverte um pouco na sua cabine, que tal?

Melanie era uma DJ muito requisitada no circuito de festas e atendia pelo nome de DJ Breu, mais pelo fato de ela nunca ver a luz do dia do que como uma homenagem à sua deslumbrante aparência armênia.

Ela sorriu, me deu um abraço e esfregou minhas costas com carinho.

— Adorei a ideia, mesmo que a gente precise fazer leitura labial. Aah.

— Ela me abraçou com mais força. — Só me preocupo com você, Lucy.

Fiquei imóvel. Ela deve ter percebido, porque me soltou em seguida.

— Como assim, se preocupa comigo?

A expressão dela me dizia que minha amiga tinha enfiado os pés pelas mãos.

— Eu não queria ofender você. Foi ofensivo?

— Bem, não sei ainda, eu não sei o que significa quando uma amiga diz que está preocupada com a gente.

Agora estavam todos ouvindo a conversa. Tentei manter a leveza, mas queria chegar ao fundo da questão. Melanie nunca dissera nada parecido antes, por que estava dizendo naquele momento? O que havia em mim que estava fazendo as pessoas de repente se preocuparem comigo? O comentário de Vida sobre eu ter saído antes do fim de uma festa de Melanie voltou à minha mente. Talvez ela se sentisse de várias maneiras a meu respeito e eu não soubesse. De repente, me perguntei se estavam todos envolvidos, se todos assinaram a mesma papelada que minha família. Olhei para cada um. Pareciam preocupados.

— O que foi? — Sorri para todos. — Por que estão me olhando desse jeito?

— Não sei os outros, mas eu estava esperando uma briga — adiantou-se David. — Briga doida mesmo, com beliscões, arranhões e dedo no olho.

— Arranca as roupas dela, belisca os mamilos — brincou Jamie, e todos riram.

— Não vou arrancar as roupas dela — falei, sorrindo, e passei o braço ao redor de Melanie. — Ela já não está usando muita coisa.

Eles riram.

— Eu só queria saber por que a Melanie estava preocupada comigo, só isso — falei em um tom leve. — Mais alguém nessa mesa está preocupado comigo?

Cada um respondeu alguma coisa, e nunca me senti tão amada.

— Só quando sei que você vai dirigir aquele carro — falou Lisa.

— Só com o fato de você conseguir beber mais do que eu — acrescentou David.

— Eu me preocupo com a sua saúde mental — declarou Jamie.

— Já a minha preocupação é esse vestido combinado com esse casaco — disse Chantelle.

Eu ri.

— Ótimo, mais alguém quer me tirar uma casquinha?

— Não, eu não me importo com você — garantiu Adam.

Ninguém interpretou o que ele disse como eu.

— Então, depois desses comentários animadores, deixo todos vocês. Tenho que acordar cedo de manhã. Feliz aniversário, Lisa. Tchau, barriguinha. — Beijei a barriga dela.

E fui embora.

Peguei o ônibus para casa. Sebastian estava sendo monitorado por aparelhos, fortemente medicado, e precisou dormir na oficina.

Meu celular apitou.

Caninos impressionantes. Talvez, se me enviar mais fotos, eu possa montar seu rosto. Se seu namorado não se importar?!

Espertinho.

Isso não é resposta.

É, sim. Só não é a resposta que você estava procurando.

O que você vai fazer amanhã?

Tô ocupada. Vou ser demitida.

Namorado... emprego... Você não tá tendo uma boa semana. Gostaria de ajudar com um desses problemas!

Você fala espanhol?

É um requisito para os seus namorados?

De novo... espertinho. Mas é um requisito para manter o meu emprego. Estou prestes a ser desmascarada como uma tradutora de espanhol que não fala espanhol.

Odeio quando isso acontece. "Estoy buscando a Tom." Significa que estou procurando pelo Tom. Foi útil na Espanha. É tudo o que consigo dizer em espanhol.

Ainda naquela noite, quando estava deitada na cama ouvindo um áudio para aprender espanhol, recebi uma mensagem.

Aos poucos, mas com consistência, estou decifrando o seu pseudônimo. Com certeza não é desdentada, nem casada, talvez tenha um tapa-olho e os dez filhos. Amanhã, vou investigar.

Desliguei o flash do celular e levantei o aparelho na frente do meu rosto. Tirei uma foto dos meus olhos. Precisei de algumas tentativas para acertar. Enviei. Esperei que ele me respondesse rápido. Nada. Talvez eu tivesse ido longe demais. Horas depois, naquela noite, meu celular bipou e o peguei sem hesitar.

Você me mostrou o seu...

Rolei a tela para baixo e me deparei com uma orelha perfeitamente formada e sem piercing.

Sorri. Então fechei os olhos e dormi.

CAPÍTULO DEZ

Dei uma garfada em minha salada de três feijões, na qual só consegui encontrar dois tipos de feijão, e que eu estava comendo à minha mesa pela primeira vez em dois anos e meio. Louise tinha roubado uma cadeira executiva de couro grande de algum lugar — depois das demissões, cadeiras aleatórias passaram a surgir por ali com frequência — e, naquele momento, o pessoal estava reencenando uma versão corporativa de *Mastermind*, o conhecido programa de perguntas e respostas da TV britânica.

Era a vez de Pisca-Pisca ser testado, e a especialidade dele eram os eventos da novela *Coronation Street: Grandes Eventos 1960-2010*. Ratinha era a mestre de cerimônias do quiz e disparava perguntas encontradas na internet para ele, Louise estava cronometrando. Por enquanto, Pisca-Pisca estava indo bem, depois de três etapas e com quinze pontos. Graham apoiara a cabeça entre as mãos e seus olhos estavam fixos no lanche aberto à sua frente — de vez em quando, ele tirava a mão da cabeça para remover um pepino do sanduíche.

— Não sei por que você não pede pra não colocarem pepino no sanduíche. Todo dia você tem que tirar eles — comentou Louise, observando-o.

— Se concentra no cronômetro — falou Ratinha, em pânico, então falou ainda mais rápido. — Em 1971, como Valerie Barlow deixou o programa?

Pisca-Pisca disparou a resposta, igualmente rápido:

— Ela se eletrocutou com um secador de cabelo com defeito.

A qualquer momento, o sr. Fernández entraria pela porta e, depois de dois anos e meio naquele trabalho, eu teria que revelar ao escritório minha total incapacidade de falar espanhol. Já estava sentindo os efeitos do constrangimento que aquilo me causaria, e o que mais me surpreendia era a sensação horrível de que eu sabia que ia decepcioná-los, uma preocupação que nunca tive antes.

Quanto menor o número de pessoas no escritório, mais aquele lugar parecia a casa de uma família disfuncional e, mesmo que eu estivesse sempre de fora olhando para dentro, percebi que, embora não fôssemos um grupo muito unido, naquele momento com certeza éramos menos desgarrados. Não gostávamos particularmente uns dos outros, mas zelávamos pela nossa unidade e, de certa forma, eu os havia traído. Pensei em fingir que estava doente naquele dia ou encarar Cara de Peixe e confessar meu desconhecimento do espanhol, o que evitaria o constrangimento público na frente da equipe, mas ainda seria humilhante, só que em particular. No fim, decidi contra as duas opções, porque parte de mim dizia que talvez eu pudesse jogar o mesmo joguinho que minha vida e que havia uma chance de eu aprender um idioma inteiro da noite para o dia. Assim, depois de admirar a orelha muito bem-feita de Don Lockwood na noite passada, mergulhei nos livros de espanhol. Às três da manhã, eu descobrira que era impossível aprender um idioma da noite para o dia.

Graham finalmente terminou de retirar os pepinos do sanduíche e dava uma mordida no lanche. Ele assistia ao desenrolar do jogo de *Mastermind* com um olhar cansado. Era em momentos como aquele que eu o achava atraente — quando não fingia ser alguém que não era. Ele olhou para mim e trocamos um olhar de tédio afetuoso em relação ao jogo. Então Graham deu uma piscadela e voltei a detestá-lo.

— Muito bem, minha vez.

Louise praticamente arrancou Pisca-Pisca da cadeira para ela mesma se sentar.

Pisca-Pisca se aprumou aturdido e ajeitou os óculos.

— Muito bem, Pisca-Pisca — falei.

— Valeu.

Ele puxou a calça para cima, de modo a ficar no meio da cintura, cobrindo metade da barriga, e pareceu orgulhoso.

— Em que tema você é especialista? — perguntou Ratinha a Louise.

— Peças de Shakespeare — respondeu Louise, muito séria.

Graham estava no meio de uma mordida no lanche. E ficou paralisado. Todos nós nos viramos para ela.

— Brincadeirinha. A minha especialidade é: "A vida e a carreira de Kim Kardashian".

Nós rimos.

— Você tem dois minutos, vamos começar. Durante um caso controverso nos anos noventa de quem o pai de Kim Kardashian, Robert Kardashian, foi advogado?

— O. J. Simpson — respondeu Louise, tão rápido que as palavras saíram quase inaudíveis.

Pisca-Pisca se sentou ao meu lado e ficamos assistindo.

— O que você está comendo? — perguntou ele.

— Salada de três feijões, mas dá uma olhada, só consigo encontrar dois feijões nela.

Pisca-Pisca se inclinou para examinar a salada.

— Feijão-fradinho, feijão branco... você comeu o outro?

— Não, com certeza não, eu teria notado.

— Se eu fosse você, devolveria.

— Mas já estou na metade, vão achar que eu comi.

— Vale a pena tentar. Quanto você pagou por isso?

— Uns trinta pila.

Ele balançou a cabeça em negativa, incrédulo, e respirou fundo.

— É, eu devolveria.

Parei de comer e voltamos os olhos para o jogo.

— Em qual série paralela Kim Kardashian mudou de cidade para abrir uma loja de roupas nova com a irmã?

— *Kourtney and Kim Take New York* — gritou ela. — O nome da loja é Dash.

— Você não ganha mais pontos por informações extras — reclamou Graham.

— Xiii — disse ela, para fazê-lo se calar, um olho sempre fixo no relógio.

Ouvi a voz de Michael O'Connor no corredor: alta, confiante e distribuindo informações enquanto ele destacava fatos banais do andar em que eu trabalhava todos os dias. Edna devia ter ouvido também, porque abriu a porta da sala dela e me chamou com um aceno de cabeça. Eu me levantei e alisei meu vestido, esperando que o tecido impecável com estampa de beija-flor inspirasse minha habilidade de falar espanhol. Michael O'Connor cumprimentou Edna na porta e coube a mim convidar Augusto para entrar no escritório.

Pigarreei e estendi a mão enquanto caminhava em direção a ele.

— *Señor Fernández, bienvenido.*

Trocamos um aperto de mão. Ele era muito bonito, e fiquei ainda mais nervosa. Olhamos um para o outro em um longo silêncio.

— Hum. Hum.

Minha mente ficou completamente em branco. Todas as frases que eu aprendera desapareceram no mesmo instante da minha cabeça em um ato óbvio de sabotagem.

— *¿Hablas español?* — perguntou ele.

— Ahã.

Ele sorriu. Então, enfim me lembrei de alguma coisa:

— *¿Cómo está usted?* — Como vai?

— *¿Bien, gracias, y usted?*

As palavras saíam rápido e não soavam exatamente como a voz no áudio que acompanhava o livro didático que eu tinha estudado na véspera, mas reconheci algumas delas, então apenas segui em frente, tentando falar mais rápido, como ele.

— Huuum. *Me llamo...* Lucy Silchester. *Mucho gusto, encantado.*

— É um grande prazer conhecê-lo.

O sr. Fernández disse uma frase longa e detalhada em um ritmo acelerado. Sorrindo às vezes, depois parecendo sério, gesticulando de um jeito importante. Assenti em resposta, sorrindo quando ele sorria e ficando séria quando o via sério. Então o homem ficou em silêncio e esperou por uma resposta.

— Certo. *¿Quisiera bailar conmigo?* — Gostaria de dançar comigo?

Ele franziu o cenho. Atrás da cabeça do sr. Fernández, eu podia ver Graham em pânico, tentando enfiar o lanche que estava comendo dentro de uma gaveta, como se ser pego comendo à mesa de trabalho na hora do almoço pudesse roubar seu emprego. Os pepinos que ele tirara voavam para todo lado, então fui à mesa de Pisca-Pisca. Aquilo me tirou do rumo.

Na minha cabeça, eu planejara começar minha fala com Graham e tive que passar para o segundo parágrafo do texto que decorara. Pisca-Pisca se levantou e ajeitou os óculos, orgulhoso como um pavão.

— Eu sou Quentin Wright, é um prazer conhecê-lo. — Pisca, pisca. Então olhou para mim. Eu olhei para Augusto. Minha mente ficou em branco mais uma vez.

— Quentin Wright — falei, com uma espécie de sotaque espanhol, e os dois homens trocaram um aperto de mão.

Augusto disse alguma coisa. Olhei para Pisca-Pisca e engoli em seco.

— Ele gostaria de saber o que você faz aqui.

Pisca-Pisca franziu o cenho.

— Tem certeza de que foi isso que ele disse?

— Ah... sim.

Ele pareceu confuso, mas logo começou a falar sem parar, contando de um emprego anterior e da honra que era trabalhar para a empresa. Teria sido comovente se eu não tivesse vontade de interrompê-lo depois de cada frase. Olhei para Augusto. Sorri.

— Hum, ele disse: *un momento por favor.* — Um momento, por favor. — *España es un país maravilloso.* — A Espanha é um país maravilhoso. — *Me gusta el español.* — Gosto de espanhol.

Augusto olhou para Pisca-Pisca, que olhou para mim.

— Lucy — falou Pisca-Pisca, o tom acusador.

Eu estava suando... Senti uma onda de calor se espalhar pelo meu corpo. Eu não me lembrava de algum dia já ter me sentido tão... envergonhada.

— Hum... — Olhei ao redor da sala tentando pensar em uma desculpa para sair, então Gene Kelly me resgatou mais uma vez e me lembrei da mensagem de Don Lockwood. — *Estoy buscando a Tom.*

Os dois homens à minha frente franziram o cenho.

— Lucy — perguntou Quentin um tanto nervoso, piscando muito mais vezes do que eu já tinha visto antes —, quem é Tom?

— Você conhece o Tom — sorri para ele. — Tenho que descobrir onde ele está, é muito importante que eu apresente o sr. Fernández ao Tom. — Então olhei para Augusto e repeti: — *Estoy buscando a Tom.*

A sala parecia girar quando comecei a me afastar. Alguns gritos no corredor me detiveram no meio do caminho. Foi um alívio tão grande ouvir uma distração que não tive certeza se era minha imaginação. Então, os outros no escritório reagiram e eu soube que estava mesmo acontecendo alguma coisa. Michael O'Connor e Edna pararam de conversar e ele colocou a cabeça para fora da porta da sala dela para dar uma olhada. Houve mais gritos, seguidos de vozes masculinas altas e furiosas. Então, uma agitação, seguida de arquejos e respirações ofegantes, como se pessoas estivessem brigando.

Na sequência, algumas coisas aconteceram ao mesmo tempo: Edna disse algo para Michael O'Connor e, na mesma hora, ele fechou a porta para nos proteger de fosse lá o que fosse; Ratinha e Enxerida imediatamente se abraçaram uma à outra; Galinha se apressou a se aproximar delas para protegê-las. Edna parecia ter visto um fantasma, e ver o rosto dela me fez pensar que era o fim. Michael O'Connor caminhou muito devagar até Augusto, segurou-o com firmeza pelo cotovelo e o levou para a sala de Edna, fechando a porta atrás deles e nos deixando como alvos fáceis para o que quer que estivesse acontecendo do lado de fora da nossa porta.

— Edna, o que está acontecendo?

Ela estava muito pálida e confusa, era óbvio que não sabia o que fazer. Os gritos ficaram mais altos do lado de fora conforme as pessoas se aproximavam, então ouvimos um estrondo, como se um corpo tivesse sido arremessado contra a parede do nosso lado, seguido por um grito de dor, nos fazendo pular de susto. De repente, Edna entrou no modo chefe e disse com a voz firme:

— Pessoal, quero que todos vocês se enfiem embaixo das mesas. Agora.

— Edna, o que...

— Agora, Lucy — gritou ela.

Todos se abaixaram e se arrastaram para debaixo das mesas. Debaixo da minha, eu podia ver Mary encolhida sob a dela, se balançando para a frente e para trás, chorando. Graham, que estava por perto, tentava alcançá-la debaixo da própria mesa para confortá-la e também para silenciá-la. Eu não conseguia ver Louise, que estava do outro lado da sala. E Pisca-Pisca estava o mais imóvel possível, sentado no chão, olhando para uma fotografia da esposa e dos filhos, uma em que estavam fazendo um piquenique, ele com o filho nos ombros e a esposa carregando a filha, uma foto em que ele tinha mais cabelo... eu me perguntei se ele era mais feliz naquela época, por não ser tão calvo.

Espiei para fora para ver onde Edna estava e a vi de pé, respirando fundo, puxando a ponta do blazer, então respirando ainda mais fundo e puxando um pouco mais a ponta do blazer. De vez em quando, ela encarava a porta com uma expressão determinada nos olhos, como se pudesse enfrentar qualquer coisa, então o olhar vacilava e ela voltava a respirar fundo e a ajeitar a ponta do blazer. E o que eu fiz? Tudo o que eu conseguia fazer era olhar para a salada de três feijões, que eu derrubara no chão no desespero do momento, e examiná-la, pedaço por pedaço, procurando o terceiro tipo de feijão. Feijão-fradinho, tomate, milho, pimenta, feijão-branco, feijão-fradinho, cebola roxa, alface, feijão-branco, tomate. Aquilo era tudo o que eu conseguia fazer para impedir que meu corpo e minha mente fizessem o que desejavam: surtar.

Os gritos e estrondos ficaram cada vez mais altos. Através da janela, podíamos ver pessoas passarem a toda velocidade, mulheres com os sapatos nas mãos, homens sem paletó, só correndo. Se todos corriam, por que não podíamos fazer o mesmo? Minha pergunta foi respondida logo depois. Vi alguém avançando na direção oposta aos homens e mulheres em fuga, e a pessoa me pareceu familiar. O homem estava vindo direto para nossa porta. Então vi uma equipe de seguranças o perseguindo. Nossa porta foi aberta.

Era Steve, o Salsicha.

Ele segurava a pasta na mão, o paletó estava rasgado na manga e havia sangue jorrando de um corte na testa. Fiquei tão chocada que não conseguia falar. Olhei para Pisca-Pisca para ver se estava vendo o que eu via, mas ele tapava o rosto com as mãos, os ombros tremiam enquanto chorava baixinho. No começo fiquei aliviada, era só Steve. Estava prestes a sair de baixo da mesa e ir na direção dele quando ele jogou a pasta no chão e arrastou uma mesa próxima para bloquear a porta. Apesar da compleição física, ele se mexia com rapidez e empilhou cadeira após cadeira em cima da mesa para bloquear ainda mais a porta. Quando ficou satisfeito, pegou a pasta de novo e, com a respiração descompassada, foi até a mesa que costumava ocupar. E começou a gritar:

— Meu nome é Steve Roberts e trabalho aqui. Meu nome é Steve Roberts e trabalho aqui. Vocês não podem me tirar desse escritório.

Quando os outros perceberam quem era, começaram a sair aos poucos de baixo das mesas. Graham foi o primeiro a se levantar.

— Steve, cara, o que você tá...

— Fica longe de mim, Graham — gritou Steve, com a respiração acelerada, enquanto o sangue pingava de seu nariz, pelo queixo, por baixo da camisa. — Não podem tirar esse trabalho de mim. Só o que eu quero é me sentar e continuar a trabalhar. Só isso. Agora se afasta. Sério, você também, Mary, você também, Louise.

Quentin ainda estava embaixo da mesa dele. Eu me levantei.

— Steve, por favor, não faz isso — pedi, minha voz trêmula. — Você vai arrumar tantos problemas. Pense na sua esposa, nos seus filhos.

— Pense na Teresa — falou Graham, acrescentando o toque pessoal. — Vamos. — A voz dele era gentil. — Você não quer decepcioná-la.

Steve estava cedendo, os ombros relaxando, os olhos um pouco menos duros, mas ainda muito escuros e ensandecidos. Ele mexia a cabeça, observando tudo como se estivesse drogado, incapaz de se concentrar em uma coisa só.

— Steve, por favor, não piora essa situação — disse Edna. — Podemos encerrar isso agora.

Mas foi como se um interruptor tivesse sido acionado e Steve se acendeu de novo. Ele olhou para Edna e quase jogou a pasta nela, e meu coração acelerou.

— Não pode ficar pior, Edna, você não tem ideia de como as coisas já estão ruins. Não tem ideia. Tenho 50 anos e hoje uma menina de 20 me avisou que seria impossível me contratarem de novo. Impossível! Tirando o dia em que minha filha nasceu, nunca faltei um dia de trabalho na vida. — A voz dele estava carregada de raiva, e ele direcionou a fúria para Edna. — Sempre me esforcei ao máximo por você, sempre.

— Eu sei disso. Acredita em mim...

— Você é uma mentirosa! — gritou ele, a voz pastosa de raiva. O rosto estava de um vermelho forte, as veias do pescoço salientes. — Meu nome é Steve Roberts e trabalho aqui.

Ele colocou a pasta no chão, puxou a cadeira e se sentou. As mãos de Steve tremiam enquanto ele tentava abrir a pasta. Quando não conseguiu, ele gritou tão alto que todos nós nos sobressaltamos e ele bateu com o punho na mesa.

— Abra, Graham! — gritou de novo.

Sem hesitar, Graham se adiantou e abriu a maleta marrom surrada que Steve tinha carregado todos os dias que trabalhara ali, então o Galinha teve o bom senso de recuar vários passos, afastando-se do outro. O homem se acalmou um pouco, então colocou a caneca de volta no lugar, a que dizia STEVE GOSTA DE CAFÉ PURO COM UM CUBO DE AÇÚCAR, mas a bateu com tanta força que a base lascou. Ele rearrumou a bolinha de basquete e a minicesta, e também a fotografia dos filhos. Não havia a marmita com o almoço. A esposa não imaginara que ele fosse trabalhar naquele dia. As coisas estavam mal-arrumadas, diferentes de antes. Nada era como ele tinha antes.

— Cadê o meu computador? — perguntou ele com calma.

Ninguém respondeu.

— Cadê o meu computador? — gritou Steve.

— Não sei — respondeu Edna, a voz trêmula. — Passaram por aqui hoje de manhã e o levaram.

— Levaram? Quem levou?

Ouvimos batidas na porta do escritório enquanto a segurança tentava entrar. A porta não se movia, já que Steve havia habilmente colocado — embora eu desconfiasse que por acidente — uma das cadeiras abaixo da maçaneta da porta, e ela estava travada com firmeza. Eu ouvia vozes aceleradas do lado de fora, tentando descobrir o que fazer. Estavam preocupados, não tanto conosco, eu imaginava, mas com os dois chefes da empresa lá dentro, e eu também esperava que Steve não descobrisse aquilo tão cedo. As batidas na porta não estavam ajudando em nada a acalmar Steve. O barulho constante das cadeiras e da mesa na porta era como uma fervura lenta, e já estávamos todos esperando a grande explosão. Steve estava começando a entrar em pânico.

— Bem, então, traga o seu computador — falou ele.

— O quê? — Edna ficou surpresa.

— Vá até a sua sala e traga o seu computador. Melhor ainda, que tal eu ficar com a sua mesa, o que você acha disso? — gritou ele. — Então vou ser o chefe por aqui e não vão conseguir se livrar de mim. Talvez eu te demita! — berrou. — Edna! Você está demitida, porra! O que acha disso?

Era extremamente perturbador ver um colega desmoronar daquele jeito. Edna engoliu em seco e ficou apenas o encarando, sem saber o que fazer. Seus dois chefes, os homens que tinham a vida dela nas mãos, estavam escondidos naquela sala.

— Não tem como você entrar — balbuciou Edna. — Eu a tranquei na hora do almoço e não consigo encontrar a chave.

Ela teve dificuldade para dizer aquilo e todos sabíamos, até mesmo Steve em seu estado demente, que não era verdade.

— Por que você está mentindo pra mim?

— Não estou mentindo, Steve — afirmou Edna com um pouco mais de firmeza. — Você não pode mesmo entrar ali.

— Mas é a minha sala — gritou ele, se aproximando dela. Ela piscava a cada palavra berrada. — É a minha sala, e você tem que me deixar entrar. Vai ser a última coisa que vai fazer antes de arrumar as suas coisas e ir embora!

O comportamento de Steve era intimidador — éramos seis ali, mais dois na sala da Edna, e juntos poderíamos tê-lo derrubado, mas ele nos mantinha paralisados, com medo de um homem que pensávamos conhecer.

— Steve, não entra ali — disse Graham.

Steve o encarou, confuso.

— Por que, quem tá ali?

— Só não entra, tá certo?

— Tem alguém ali, não tem? Quem é?

Graham balançou a cabeça.

— Quentin, quem é?

Foi só então que percebi que Quentin havia saído de baixo da mesa.

109

— Diga pra saírem — falou ele para Edna, que estava torcendo as mãos.

— Não posso fazer isso — respondeu ela, desistindo, a confiança morrendo.

— Quentin, abra a porta pra mim.

Quentin olhou para mim; eu não sabia o que fazer.

— Abra a porcaria da porta — gritou Steve mais uma vez, e Quentin correu até lá.

Ele abriu a porta bem devagar, não olhou para dentro e voltou na mesma hora para a própria mesa, para ficar longe da ação.

Steve se aproximou um pouco mais da sala de Edna e espiou lá dentro. Então, começou a rir. Mas não era uma risada alegre, e sim demente, perturbadora.

— Saiam — falou ele para os homens dentro da sala.

— Escuta, senhor... — Michael O'Connor olhou para Edna em busca de ajuda.

— Roberts — sussurrou ela, sem se dar conta de que falava tão baixo.

— Você nem sabe o meu nome — bradou Steve. O rosto dele continuava muito vermelho, o nariz estava coberto de sangue e a mancha vermelha na camisa estava aumentando. — Ele nem sabe o meu nome — gritou o homem para o resto de nós. — Ontem mesmo você arruinou a minha vida e nem sabe a porra do meu nome — berrou. — Meu nome é Steve Roberts e eu trabalho aqui!

— Todos nós precisamos nos acalmar aqui, quem sabe abrir a porta e dizer a todos lá fora que estamos bem, então podemos conversar sobre o que aconteceu.

— Quem é ele? — perguntou Steve, olhando para Augusto.

— Esse é... ele não fala inglês, sr. Roberts.

— Meu nome é Steve — gritou ele. — Lucy — chamou Steve, e meu coração, que estava disparado, pareceu parar. — Venha aqui. Você fala outros idiomas. Pergunta pra ele quem ele é.

Eu não me mexi. Quentin me encarou preocupado, e eu soube que ele sabia.

— Esse é Augusto Fernández, do escritório alemão, e está aqui para nos visitar hoje — falei, a voz falhando ao longo do caminho.

— Augusto... eu ouvi falar de você. Você é o cara que me demitiu — disse Steve, novamente nervoso. — Você é o filho da puta que me demitiu. Bem, eu sei o que fazer com você.

Steve correu na direção de Augusto e parecia disposto a lhe dar um soco.

Michael O'Connor tentou agarrá-lo, mas Steve foi rápido e deu um soco na barriga dele, e Michael voou de volta para dentro da sala da Edna, caindo no chão. Ouvi o estrondo quando a cabeça dele bateu na mesa. Acho que Steve não percebeu. Ele parou a centímetros do rosto de Augusto. Esperamos uma cabeçada, um soco, algo horrível acontecer com o rosto espanhol perfeito e bronzeado, mas não aconteceu.

— Por favor, devolve o meu emprego — pediu Steve em uma voz tão gentil que partiu meu coração. O sangue escorria para a boca e respingava enquanto ele falava. — Por favor.

— Ele não pode fazer isso, sr. Roberts — informou Michael de dentro da sala, claramente sentindo dor.

— Pode, sim, devolve o meu emprego, Augusto. Lucy, diz pra ele que eu quero o meu emprego de volta.

Engoli em seco.

— Hum... — Tentei pensar nas palavras certas, tentei me lembrar de tudo que aprendera, mas não vinha nada.

— Lucy! — rugiu Steve, e enfiou a mão no bolso.

Pensei que ele fosse pegar um lenço. Seria normal, já que o sangue escorria da cabeça, cobria o nariz e manchava a mão com que ele tinha limpado a boca. Esperei o lenço sair do bolso, mas em vez disso vi uma arma. Todo mundo gritou e se jogou no chão, menos eu, porque a arma estava apontada para mim e fiquei paralisada.

— Diga a ele pra devolver o meu emprego.

Ele se aproximou de mim, e só o que eu conseguia ver era uma coisa preta apontada para a minha cara. A arma tremia na mão instável de Steve. Eu podia ver o dedo no gatilho e ele estava tremendo tanto que tive medo de o revólver disparar a qualquer momento. Minhas pernas também tremiam, eu sentia meus joelhos prestes a cederem.

— Se devolver o meu emprego, deixo ele ir embora sem se machucar. Diga isso a ele.

Eu não consegui responder a ele. Steve se aproximou ainda mais de mim, a arma a apenas alguns centímetros do meu rosto.

— Diga pra ele! — gritou.

— Pelo amor de Deus, abaixa a arma — ouvi Graham gritar, a voz aterrorizada.

Então os outros começaram a gritar e era demais, demais para eu suportar. Eu estava com medo de que fosse demais para Steve também, todas aquelas vozes, todas aquelas vozes aterrorizadas confundindo nossos pensamentos.

Meus lábios tremiam, meus olhos estavam marejados.

— Por favor, Steve, não faz isso. Por favor, não faz isso.

A voz dele ficou mais dura:

— Não chora, Lucy, só faça o que você é paga pra fazer e diga para o homem que eu quero o meu emprego de volta.

Meus lábios tremiam tanto que eu mal conseguia entender as palavras.

— Eu não posso.

— Pode, sim.

— Não posso, Steve.

— Faz logo, Lucy — pediu Graham, o tom encorajador. — Diz de uma vez o que ele quer que você diga.

As batidas na porta cessaram, e eu me senti perdida. Mais perdida do que nunca. Achei que tinham nos abandonado. Que tinham nos largado ali.

— Eu não posso.

— Anda logo! — gritou Steve. — Fala logo, Lucy!

Ele acenou com a arma mais perto do meu rosto.

— Jesus, Steve, eu não consigo fazer isso, tá certo? Eu não falo espanhol. Entendeu? — gritei de volta.

Houve um longo silêncio e todos me olharam em choque, como se aquela revelação fosse mais surpreendente do que a arma na mão de Steve, então eles se lembraram do que estava acontecendo e voltaram a atenção para Steve.

Ele estava me encarando tão chocado quanto todos os outros, então os olhos dele escureceram de novo, o tremor na mão cessou e o braço dele ficou firme.

— Mas eles me demitiram.

— Eu sei. Sinto muito, Steve. De verdade.

— Eu não merecia isso.

— Eu sei — sussurrei.

Em meio a um silêncio pesado, enquanto Michael rolava devagar para o lado para se levantar e os outros se encolhiam juntos, Quentin se levantou. Steve se virou com a arma para encará-lo.

— Jesus, Quentin, abaixa — gritou Graham.

Mas Quentin não se mexeu. Em vez disso, encarou o sr. Fernández, que estava no chão, bastante aterrorizado, e começou a falar com ele em uma voz firme, no que parecia ser um espanhol perfeito. O homem se levantou, então pareceu se acalmar e respondeu em um tom confiável, carregado de autoridade, mesmo que nenhum de nós tivesse a mínima ideia do que ele estava dizendo. No meio daquela loucura, os dois tiveram uma conversa bastante civilizada. De repente, ouvimos o som de uma furadeira do lado de fora. Finalmente houve algum movimento, e a maçaneta da porta começou a chacoalhar. Steve olhou para a porta, e pareceu que uma pequena parte dele havia desistido.

— O que ele disse? — perguntou a Quentin.

A voz dele era baixa e mal conseguimos ouvi-lo por causa do barulho da furadeira.

Quentin, piscando sem parar, traduziu a resposta de Augusto.

— O sr. Fernández disse que lamenta muito o erro que levou você a perder o emprego. Que tem certeza de que houve um erro no sistema e, assim que puder, vai ligar para a matriz para o recontratar. Também pede desculpas pelo sofrimento que isso causou a você e à sua família, e garantiu que vai organizar tudo para lhe devolver o emprego o mais rápido possível. É óbvio, pelas suas ações hoje, que você é um funcionário bom e dedicado, alguém de quem ele e a empresa devem se orgulhar muito.

O queixo de Steve se ergueu mais alto, cheio de orgulho. Ele assentiu.

— Obrigado. — Steve passou a arma para a outra mão, foi em direção a Augusto e estendeu a mão livre ensanguentada. Os dois se cumprimentaram. — Muito obrigado — falou. — É uma honra trabalhar para a sua empresa.

Augusto assentiu, a expressão ao mesmo tempo cautelosa e cansada. Então a maçaneta da porta caiu, a porta foi aberta, a mesa foi jogada do outro lado da sala e três homens pularam em cima de Steve.

Ainda naquele dia, assim que tive a oportunidade, fiz minha ligação. Ele atendeu.

— Tudo bem — falei, a voz ainda trêmula de choque. — Vou encontrar você de novo.

CAPÍTULO ONZE

Combinamos de nos encontrar no dia seguinte, no Starbucks no fim da quadra de casa. Não pude encontrá-lo no dia do incidente no escritório — na verdade, eu preferia não ter visto ninguém nem nada, além do sr. Pan e da minha cama naquele dia, mas a notícia chegou à minha mãe por meio de plantões noticiários e ela estava frenética de preocupação. Meu pai estava subindo pelas paredes. Minha mãe enviara um mensageiro ao trabalho do meu pai com a notícia de que a filha deles e os colegas de trabalho dela estavam sendo mantidos reféns sob a mira de uma arma e, por isso, meu pai pedira recesso em um caso controverso e de grande repercussão. Ele havia quebrado todos os limites de velocidade pela primeira vez na vida para encontrar com minha mãe em casa, e os dois ficaram sentados diante da mesa da cozinha, comendo torta de maçã e tomando chá, chorando abraçados e relembrando as histórias que tanto amavam contar da Lucy menina, revivendo minha alma como se eu tivesse levado um tiro no escritório naquele dia.

Certo, eu menti.

Não sei como meu pai se sentiu a respeito do que aconteceu — o sentimento velado parecia ser que eu merecia por ter arrumado um emprego tão humilde com pessoas tão comuns —, mas não estava com vontade de saber o que ele pensava sobre o assunto. Eu me recusei a visitá-los, insistindo que estava bem, mas daquela vez até eu sabia que estava mentindo, então Riley apareceu na minha porta sem aviso.

— A sua carruagem está à espera — falou ele assim que atendi a porta.

— Riley, eu tô bem — disse, mas não fui convincente nem para mim.

— Você não está bem — retrucou Riley. — Parece péssima.

— Obrigada.

— Só pega as suas coisas e vem logo comigo. Vamos pra minha casa. A mamãe vai nos encontrar lá.

Eu gemi, irritada.

— Por favor, eu já tive um dia difícil.

— Não fala assim dela — disse meu irmão, sério, o que não era comum e me fez sentir mal. — Ela está preocupada com você. O que aconteceu esteve no noticiário o dia todo.

— Tudo bem — falei. — Espera aqui.

Fechei a porta e tentei juntar minhas coisas, mas não conseguia pensar, minha mente estava entorpecida, não funcionava. No final, me recompus e peguei meu casaco. Quando saí para o corredor, a vizinha, cujo nome eu tinha esquecido, estava conversando com Riley. Ele estava se inclinando na direção dela, alheio à minha presença, então pigarreei, um som longo, alto e catarrento que ecoou no corredor. Aquilo chamou a atenção de Riley. Ele olhou para mim, meio irritado com a interrupção.

— Oi, Lucy — disse a vizinha.

— Como tá sua mãe?

— Não tá bem — respondeu ela, e rugas profundas surgiram entre as sobrancelhas.

— Você foi visitá-la?

— Não.

— Ah. Bem, se decidir ir, lembra que eu tô aqui pra… você sabe.

Ela assentiu, agradecendo.

— A sua vizinha parece legal — comentou Riley quando já estávamos no carro dele.

— Ela não é o seu tipo.

— Como assim? Eu não tenho um tipo.

— Ah, tem sim. O tipo loiro e vazio.

— Isso não é verdade — reclamou Riley. — Eu também gosto de morenas.

Nós rimos.

— Ela mencionou o bebê?

— Não.

— Interessante…

116

— Você tá tentando me afastar dela? Porque, se estiver, me dizer que ela tem um bebê não vai funcionar. Eu já namorei uma mulher com dois filhos.

— Rá. Então você tá interessado nela.

— Talvez um pouco.

Achei aquilo estranho. Seguimos em silêncio e comecei a lembrar de Steve apontando uma arma para meu rosto. Eu não queria saber o que Riley estava pensando.

— Onde tá a mãe dela?

— No hospital. Não sei em que hospital nem o que tem de errado com ela. Mas é sério.

— Por que ela não foi visitar a mãe?

— Porque ela disse que não quer deixar o bebê sozinho.

— Você se ofereceu pra tomar conta da criança?

— Sim.

— Isso é legal da sua parte.

— Não sou de todo ruim.

— Eu não acho que alguma parte de você seja ruim — falou ele, me encarando.

Como eu não virei o rosto na direção dele, Riley se concentrou novamente na estrada.

— Por que ela não leva o bebê para o hospital também? Não entendo.

Dei de ombros.

— Você deve saber. Vai, me conta.

— Não sei, não.

Olhei pela janela.

— Qual é a idade do bebê?

— Também não sei.

— Ah, qual é, Lucy.

— Juro, não sei. Ela anda em um carrinho.

Ele olhou para mim.

— A criança?

— Meninos e meninas pequenas parecem iguais pra mim. Até os 10 anos, não tenho a mínima ideia do sexo deles.

Riley riu.

— Será que a mãe da sua vizinha não aprova que ela seja mãe solo? Quem sabe é isso.

— Pode ser — falei, e me concentrei no mundo que passava e não na arma que eu continuava vendo diante do meu rosto.

Riley morava a dois quilômetros do centro da cidade, em Ringsend, um subúrbio de Dublin, onde ele tinha uma cobertura com vista para Boland's Mills, no Grand Canal Dock.

— Lucy — chamou minha mãe, com os olhos arregalados e uma expressão preocupada, assim que entrei pela porta.

Mantive os braços às costas enquanto ela me apertava com força.

— Não se preocupe, mãe, eu nem tava lá — resolvi dizer, do nada. — Precisei resolver uma coisa fora e perdi toda a diversão.

— Sério? — perguntou ela, parecendo aliviada no mesmo instante.

Riley me encarava, o que estava me deixando desconfortável — ele vinha agindo de forma muito estranha naqueles dias, menos como o irmão que eu conhecia e amava e mais como uma pessoa que sabia que eu estava mentindo.

— De qualquer forma, eu trouxe isso pra você.

Tirei as mãos das costas e entreguei a ela um capacho que eu tinha roubado da porta do vizinho de Riley. Escrito nele lia-se OI, SOU UM CAPACHO e parecia novo.

Minha mãe riu.

— Ah, Lucy, você é tão engraçada. Muito obrigada.

— Lucy — disse Riley, furioso.

— Ah, deixa de bobagem, Riley, não é nada de mais. Nem foi caro. — Dei um tapinha nas costas dele e entrei no apartamento. — Ray tá em casa?

Ray era colega de apartamento de Riley e médico — os dois nunca estavam em casa ao mesmo tempo, já que ambos trabalhavam em horários opostos. Sempre que Ray estava em casa, minha mãe flertava descaradamente com ele, embora ela tivesse me perguntado certa vez se Ray era namorado de Riley. Parte das ilusões que nossa mãe mantinha de ter um filho homossexual moderninho e que nunca a substituiria por outra mulher.

— Ele está trabalhando — explicou Riley.

— Sinceramente, vocês dois nunca conseguem passar um tempo de qualidade juntos? — perguntei, me contendo para não rir quando vi que Riley parecia louco para me dar uma rasteira e me derrubar no chão, como fazia quando éramos pequenos. Logo mudei de assunto: — Que cheiro é esse?

— Comida paquistanesa — respondeu minha mãe, animada. — Como não sabíamos o que você iria querer, pedimos metade do cardápio.

Minha mãe ficava animada quando estava no apartamento do filho lindo e solteiro, onde podia fazer coisas exóticas como comer comida paquistanesa, assistir à série *Top Gear* e se divertir com uma lareira que mudava de cor e era acionada por controle remoto. Não havia restaurantes paquistaneses perto da casa dela e meu pai com certeza não se disporia a ir com ela até algum; ele também não assistia a qualquer coisa além da CNN. Abrimos uma garrafa de vinho e nos sentamos diante de uma mesa de vidro, perto das janelas que iam do chão ao teto com vista para o rio. Tudo parecia calmo e tranquilo, cintilando ao luar.

— Então — disse minha mãe, e pude perceber pelo tom que uma conversa séria e investigativa estava prestes a começar.

— Como estão indo os planos de renovação dos votos de casamento? — perguntei primeiro.

— Ah... — Ela esqueceu o que ia me perguntar e se animou. — Tenho tanta coisa pra falar com você sobre isso. Estou tentando escolher um espaço para o evento.

Então, fiquei ouvindo pelos vinte minutos seguintes minha mãe discorrer sobre coisas que eu nunca soube que uma pessoa precisaria levar em consideração quando se tratava de escolher quatro paredes e um teto, porque as alternativas que envolviam nenhum teto, ou três paredes, ou menos que isso, ao que parecia, eram atraentes demais.

— Quantas pessoas vão ser convidadas? — perguntei depois que ela listou alguns dos locais em que estava pensando.

— Até agora, são quatrocentos e vinte.

Eu quase me engasguei com o vinho.

— O quê?

— Ah, são principalmente os colegas do seu pai — explicou ela. — Na posição dele, é difícil convidar uns e não outros. As pessoas ficam muito ofendidas. — E, parecendo achar que tinha sido rude, ela se corrigiu. — E com razão.

— Então não convida nenhum deles — sugeri.

— Ah, Lucy — disse ela, sorrindo para mim —, não posso fazer isso.

Meu celular começou a tocar, e o nome de Don Lockwood apareceu na tela. Antes que eu tivesse a chance de controlar meus músculos faciais, exibi a expressão toda boba.

Minha mãe ergueu as sobrancelhas para Riley.

— Com licença, vou atender ali fora.

Saí para a varanda. Como era grande, me afastei para que não conseguissem me ver nem me ouvir.

— Alô?

— Então, você foi demitida hoje?

— Não exatamente. Ainda não. Mas descobri que o cara não sabia quem era Tom. Obrigada pela dica mesmo assim.

Ele deu uma risadinha.

— Aconteceu a mesma coisa na Espanha. Tom é um mistério. Não se preocupa. Podia ter sido pior. Você poderia estar no escritório onde aquele pobre sujeito teve um surto.

Hesitei. Em um primeiro momento, achei que era uma armadilha, mas então meu bom senso prevaleceu — como aquele cara poderia saber? Se nem sabia meu nome verdadeiro, não poderia saber que eu trabalhava lá.

— Alô? — chamou ele, a voz preocupada. — Você ainda tá aí?

— Sim — respondi baixinho.

— Ah, que bom. Achei que tinha dito alguma coisa errada.

— Não, não disse, é só que... bem, aquele era o meu escritório.

— Jura?

— Sim. Infelizmente.

— Jesus. Você tá bem?

— Melhor do que ele, com certeza.

— Você viu o cara?

— Era o Salsicha — falei, olhando para Boland's Mills do outro lado do rio.

— Como?

— Apelidei ele de Salsicha. Era o cara mais tranquilo da empresa e apontou uma arma bem na minha cabeça.

— Merda — disse Don. — Você tá bem, tá machucada?

— Eu tô bem. — Mas eu não estava bem, e ele percebeu, só que eu não conseguia vê-lo e não o conhecia, então não importava, por isso continuei falando. — Era só uma pistola d'água, descobrimos depois, quando eles... o derrubaram no chão. Era do filho dele. Salsicha tinha pegado naquela manhã e disse à esposa que ia conseguir o emprego de volta. Jesus, a porra de uma pistola d'água me fez questionar minha vida inteira.

— É claro que sim. Quer dizer, você não sabia, né? — falou Don com gentileza. — E, se ele tivesse puxado o gatilho, você poderia estar com o cabelo muito arrepiado no momento.

Eu ri. Joguei a cabeça para trás e soltei uma gargalhada.

— Ah, Deus. Lá estava eu, esperando ser demitida, e o cara desistiu da própria vida pra ter o emprego de volta.

— Eu não diria que ele desistiu da vida, já que nem se tratava de uma arma letal. E, de todo modo, eu ainda não vi seu cabelo arrepiado. Aliás, não vi você de jeito nenhum. Como é seu cabelo?

Eu ri.

— Castanho.

— Humm, outra peça do quebra-cabeça.

— Então, me conta sobre o seu dia, Don.

— Com certeza não vou conseguir superar o seu. Vamos tomar um drinque, aposto que você está precisando de um — convidou ele, o tom gentil. — Aí posso lhe contar tudo sobre o meu dia cara a cara.

Fiquei em silêncio.

— Podemos nos encontrar em algum lugar lotado, um ambiente familiar, você escolhe, pode levar dez amigos com você se quiser, dez homens grandões e musculosos. Eu não gosto de homens grandes, para ser honesto, ou de qualquer homem, e prefiro que nenhum te acompanhe, mas se dissesse isso de cara você ia achar que eu tô planejando te sequestrar. O que não estou. — Ele suspirou. — Não sou encantador?

Eu sorri.

121

— Obrigada, mas não posso. O meu irmão e a minha mãe estão me mantendo refém.

— Esse foi o tema do seu dia. Outra hora, então. Esse fim de semana? Aí você vai ver que há mais em mim do que apenas uma linda orelha esquerda.

Comecei a rir.

— Don, você parece ser um cara muito legal...

— Eita.

— Mas, sendo sincera, eu tô um caos.

— Claro que está, qualquer um estaria depois do dia que você teve.

— Não, não é só por causa de hoje, estou dizendo que, no geral, eu tô um caos. — Esfreguei o rosto cansada, e me dei conta de que, ao contrário do que eu mesma vivia tentando me convencer, eu realmente estava um caos. — Passo mais tempo contando coisas da minha vida a alguém para quem liguei por engano do que para minha família.

Ele deu uma risadinha e tive a sensação de que seu hálito chegava pela linha do telefone até meu ouvido. Estremeci. Era como se ele estivesse parado bem ao meu lado.

— Isso deve ser um bom sinal, né? — Ele se animou. — Vamos lá, se eu for uma coisa grande e feia que você nunca mais vai querer ver na vida, então pode ir embora e nunca mais vou te incomodar. Ou, se você for assim, também não vai ter com o que se preocupar, porque eu nunca mais vou querer te ver. Ou talvez você esteja procurando por uma coisa grande e feia e, nesse caso, não faz sentido me encontrar porque não sou assim.

— Não posso, Don, desculpa.

— Não acredito que você está terminando tudo comigo, e eu nem sei o seu nome.

— Eu já lhe disse, é Gertrude.

— Gertrude — repetiu ele, o tom um pouco derrotado. — Tá certo, bem, lembra que você me ligou primeiro.

— Foi engano — falei, rindo.

— Tá certo, então — disse Don, por fim. — Vou deixar você em paz. Fico feliz por você estar bem.

— Obrigada, Don. Tchau.

Encerramos a ligação. Eu me apoiei no parapeito e fiquei olhando para fora, vendo o reflexo das luzes de todos os apartamentos cintilando na água escura. Meu celular avisou que uma mensagem havia chegado. *Um presente de despedida.*

Rolei a tela. Um par de lindos olhos azuis me encarou. Fiquei observando eles até quase imaginá-los piscando. Quando voltei para dentro de casa, minha mãe e Riley foram gentis o bastante para não me fazerem perguntas sobre a ligação. Mas, quando Riley foi pegar as chaves do carro para me levar embora, minha mãe aproveitou o momento e senti a aproximação de uma conversa especial.

— Lucy, não tive a oportunidade de falar com você depois que foi embora do almoço na semana passada.

— Eu sei, desculpa por ter saído apressada daquele jeito — falei.

— A comida estava ótima, só lembrei que tinha que encontrar alguém.

Ela franziu o cenho.

— Sério? Porque achei que tinha sido por eu ter assinado os documentos para a reunião com a sua vida.

— Não, não foi — interrompi. — De verdade. Não consigo lembrar bem o que era, mas era importante, entende? Cometi o erro de marcar dois compromissos no mesmo horário, você sabe como sou esquecida às vezes.

— Ah. Eu tinha certeza de que você estava com raiva de mim. — Ela me observou com atenção. — Não tem problema dizer que ficou com raiva.

Do que ela estava falando? Silchesters não revelavam aquelas coisas.

— É claro que não. Você só estava cuidando de mim.

— Isso — concordou ela, aliviada. — Foi isso mesmo. Mas passei muito tempo em dúvida sobre o que fazer. Levei semanas para assinar a papelada, porque acreditava que, se houvesse alguma coisa errada, você me procuraria e falaríamos a respeito. Mesmo sabendo que Edith é muito boa em ajudá-la com coisas que talvez você não queira contar para sua mãe.

Ela sorriu com timidez e pigarreou.

Que momento horrível e absurdamente constrangedor. Acho que minha mãe estava esperando que eu discordasse, mas, como eu não tinha certeza, acabei não dizendo nada. Onde estava minha capacidade de mentir quando eu precisava dela?

— Acabei decidindo assinar depois que conversei com o seu pai.

— Ele disse pra você assinar? — perguntei com o máximo de gentileza que consegui, mas sentia a raiva crescendo dentro de mim.

O que meu pai sabia sobre a minha vida? Ele nunca havia feito qualquer pergunta sobre mim, nunca demonstrara o menor interesse em...

— Na verdade, não — falou minha mãe, interrompendo meus pensamentos. — Seu pai disse que era tudo bobagem, mas aquilo me fez perceber que eu não concordava com ele. Não acho que seja tudo bobagem. O que eu pensei foi: que mal poderia fazer? Entende? Se a minha vida quisesse se encontrar comigo, acho que eu ficaria bastante animada. — Ela sorriu. — Deve ser maravilhoso ver uma coisa assim acontecendo.

Fiquei impressionada por ela ter agido contra as instruções do meu pai, e intrigada e surpresa com seu desejo de se encontrar com a própria vida. Eu teria imaginado que aquela seria a última coisa que minha mãe gostaria de fazer. O que as *Pessoas* diriam?

— Mas, antes de mais nada, eu estava preocupada que fosse minha culpa também. Eu sou sua mãe e, se tem alguma coisa errada com você, bem, então...

— Não tem nada *errado* comigo, mãe.

— É claro que não, eu me expressei mal, desculpa. O que eu quis dizer...

— Eu sei o que você quis dizer — falei baixinho —, e não é culpa sua. Quer dizer, se *houvesse* algo errado comigo, não seria culpa sua. Você não fez nada de errado.

— Obrigada, Lucy.

Minha mãe pareceu rejuvenescer uma década naquele momento, e nunca me ocorrera até ali que ela poderia se sentir culpada pelo estado da minha vida. Achei que aquilo era apenas trabalho meu.

— Então — disse ela, mais uma vez animada. — Você se encontrou com ela?

— Na verdade, é ele, e o conheci na semana passada.

— Ele?

— Eu também fiquei surpresa.

— Ele é bonito? — perguntou a minha mãe com uma risadinha.

— Mãe, que nojo, ele é a minha vida.

— É claro.

Ela tentou disfarçar o sorriso, mas eu podia vê-la esperando por sinos de casamento. Qualquer homem serviria como genro, ou talvez ela estivesse torcendo por um par para Riley.

— Ele não é nada bonito, na verdade é bem feio. — Lembrei do homem de pele seca, mau hálito e que se lamuriava no terno amassado. — Mas, de qualquer forma, está tudo bem, estamos bem. Acho que ele não quer me encontrar de novo.

Minha mãe franziu o cenho novamente.

— Tem certeza? — Então ela me deixou por um momento e voltou pouco tempo depois com uma sacola cheia de envelopes com as espirais da vida impressas na frente, todos em meu nome e endereçados à casa dela. — Recebemos um por dia pelo correio durante toda a semana passada. E de novo ontem de manhã.

— Ah — falei. — Ele deve ter esquecido meu endereço. Não é de espantar que eu não tenha recebido. — Balancei a cabeça e ri. — Talvez o único grande problema da Vida seja a desorganização.

Minha mãe sorriu para mim, parecendo um pouco triste.

Riley saiu do quarto com as chaves do carro prontas e viu o envelope na minha mão.

— Ah, a gente vai fazer isso agora? — Ele enfiou a mão em uma gaveta da mesa do hall e levou uma pilha de envelopes até a mesa de jantar. Riley jogou tudo de qualquer jeito, pegou um pedaço de paparis, o pão crocante, e o esmagou na boca. — Me faz um favor, irmã? Para de ignorar a sua vida. Esses envelopes estavam bloqueando a minha caixa de correio.

No começo eu era indiferente em relação à minha vida, depois, pensando no dia que tivera, senti raiva dela, mas aquelas cartas enviadas para minha família me deixaram ainda mais furiosa. Eu marquei de encontrar com o homem no dia seguinte no Starbucks e insisti para que ele não fosse até meu apartamento. Edna tinha ligado para avisar que ganhamos o dia de folga do trabalho e fiquei feliz — dessa vez não só pela folga do trabalho, mas também porque eu estava mesmo envergonhada pela forma espetacular como descobriram o fato de eu não saber espanhol. Colocar-me de propósito em uma situação constrangedora só para forçar um encontro era mais do que desprezível. Ele não tinha colocado apenas minha integridade física em risco, mas a de todos naquele salão. Por causa dessa raiva, eu estava ansiosa para meu segundo encontro com Vida.

No dia seguinte, enquanto eu pensava em coisas inteligentes e desagradáveis para dizer à minha vida, meu celular tocou. Era um número que eu não reconheci, então ignorei. Mas tocou de novo. E de novo. Então ouvi batidas na porta. Corri para abrir e vi minha vizinha, cujo nome eu não conseguia lembrar, em pânico.

— Desculpa incomodar você. É minha mãe. Meu irmão ligou. Disseram pra ir ao hospital agora.

— Sem problema.

Peguei as chaves e fechei a porta atrás de mim. A mulher estava tremendo.

— Tá tudo bem, você precisa ir até lá — falei com gentileza.

Ela assentiu.

— É que eu nunca deixei ele antes...

— Está tudo bem. Confia em mim, vai ficar tudo bem.

Ela me levou para dentro do apartamento e me apresentou os cômodos, nervosa, atirando ordens sem parar.

— Já preparei a mamadeira, esquenta antes de dar pra ele. Ele só bebe se estiver quente. Conor mama às sete e meia e gosta de assistir a um programinha infantil antes de dormir. É só apertar o play no DVD. Então ele apaga. E ele não dorme sem o Ben, o ursinho pirata ali. Se Conor acordar aborrecido, canta "Brilha, brilha estrelinha", e ele se acalma. — Ela foi me mostrando tudo, mordedores, brinquedos de pelúcia, o esterilizador, caso eu derrubasse a mamadeira e precisasse fazer uma nova. Então, checou o relógio. — É melhor eu ir. — Ela parou. — Talvez eu não deva, talvez seja melhor ficar.

— Pode ir. Tá tudo bem aqui.

— Sim, verdade. — Ela vestiu o casaco e abriu a porta. — Tudo bem. Não estou esperando ninguém, e você não vai receber amigos nem nada, né?

— É claro que não.

— E você tem o meu número de celular, não tem?

— Aqui. — Acenei com o celular no ar.

— Tudo bem. Obrigada. — Ela se inclinou por cima do cercadinho. — Tchau, bebê. Logo, logo a mamãe volta pra casa — falou, com lágrimas nos olhos.

E foi embora.

O que me deixou em apuros. Liguei para o escritório da Vida, mas ninguém atendeu, nem a secretária, o que significava que ela encerrara o expediente e ele já estava a caminho do Starbucks. Esperei até a hora marcada para nosso encontro, então liguei para o Starbucks.

— Alô — atendeu um cara estressado, parecendo sob pressão.

— Oi, eu combinei de encontrar uma pessoa aí agora, e tenho que dizer a ela...

— Qual é o nome dessa pessoa? — interrompeu o homem.

— Ah, hum, na verdade eu não sei o nome dele, mas o cara está usando um terno, deve parecer um pouco estressado e cansado e...

— Ei, telefone pra você — gritou o atendente no meu ouvido e saiu.

Ouvi o telefone sendo passado adiante.

— Alô?

— Oi — falei no meu tom mais simpático. — Você não vai acreditar no que acabou de acontecer.

— É melhor que você não esteja ligando pra cancelar — disse ele na mesma hora. — Espero de verdade que você só esteja atrasada, o que é ofensivo o bastante, para ser bem sincero, mas melhor do que cancelar.

— Estou ligando pra cancelar, mas não pelo motivo que você pensa.

— Que motivo você acha que eu penso?

— Que não quero me encontrar com você, e isso não é verdade. Bem, é meio que verdade, e já sei que tenho que mudar isso, mas não é o motivo pelo qual estou cancelando. Uma vizinha me pediu pra ser babá. A mãe dela está muito doente e ela teve que ir correndo ao hospital.

Ele ficou em silêncio enquanto parecia pensar no que eu dissera.

— Isso entra na mesma categoria de "meu cachorro comeu o meu dever de casa".

— Não, não entra, não chega nem perto.

— Qual é o nome da vizinha?

— Não consigo me lembrar.

— Essa é a pior mentira que você já inventou.

— Porque não é mentira. Se eu estivesse mentindo, teria inventado um nome como... Claire. Na verdade, acho que esse é o nome dela. Claire — falei. — Isso, o nome dela é Claire.

— Você está bêbada?

— Não. Estou de babá.

— Onde?

— No apartamento dela. Do outro lado do corredor. Mas você não pode vir aqui, se é nisso que está pensando. Ela foi específica ao dizer que não permite a entrada de desconhecidos.

— Eu não seria um desconhecido se você comparecesse aos nossos agendamentos.

— Bem, não vamos punir a Claire pelos meus erros, certo?

Ele encerrou a ligação com menos raiva do que começou e acreditando em cada palavra que eu disse, pelo menos era o que eu esperava. No entanto, quando eu estava acomodada na cadeira de balanço assistindo ao personagem Makka Pakka tomar suco pinky ponk no dirigível Pinky Ponk, no desenho da criança — apesar de, na verdade, estar lembrando os eventos do dia anterior —, ouvi batidas na porta pela segunda vez naquela noite. Abri a porta da vizinha e o vi, parado na porta do meu apartamento, de costas para mim.

— Você tá me vigiando? — perguntei. Ele se virou. — Você se barbeou — comentei, surpresa. — Não parece tão detonado quanto antes.

Vida olhou além de mim, para dentro do apartamento.

— Então, cadê o bebê?

— Você não pode entrar. Essa casa não é minha, não posso apenas deixá-lo entrar.

— Tudo bem, mas pode pelo menos me mostrar o bebê? Pelo que eu sei, você pode ter invadido esse apartamento só pra fugir de mim. E não me olha assim, porque é exatamente o tipo de coisa que você faria.

Soltei um suspiro.

— Não posso mostrar o bebê.

— Só traz ele até a porta. Não vou tocar nele nem nada.

— Não posso mostrar o bebê.

— Me mostra o bebê — repetiu ele também. — Me mostra o bebê, me mostra o bebê.

— Cala a boca — sibilei. — Não tem bebê nenhum.

— Eu sabia.

— Não, você não sabe de nada. — Então sussurrei: — Claire *acha* que tem um bebê, mas não tem bebê nenhum. *Tinha* um bebê, mas ele morreu, e ela pensa ou finge, ou sei lá o que ela faz, mas age como se tivesse um bebê. Não tem bebê nenhum.

Ele olhou para além de mim no hall, parecendo desconfiado.

— Tô vendo muitas coisas de bebê espalhadas por aí.

— Tem mesmo. Ela leva o carrinho pra passear, mas está sempre vazio, ela acha que ele chora a noite toda por causa dos dentes nascendo, mas não escuto nada. Não tem bebê nenhum aqui. Dei uma olhada nas fotos, e essa é a que ele parece mais velho. Acho que tinha pelo menos 1 ano quando morreu. Olha.

Peguei uma foto da mesa do corredor e passei para ele.

— Quem é o homem?

— Acho que é o marido dela, mas não vejo o cara há pelo menos um ano. Tenho a impressão de que ele não conseguiu lidar com ela desse jeito.

— Nossa, que deprimente.

Vida me devolveu a foto e ficamos em silêncio por um momento, ambos sérios por causa da situação. Foi ele que quebrou o silêncio.

— Então você tem que ficar aqui mesmo que não tenha bebê?

— Se eu for embora e ela voltar, não posso dizer que saí porque não há bebê nenhum aqui, isso seria cruel.

— Então você não pode sair e eu não posso entrar — concluiu ele. — Ah, a ironia. — Ele sorriu e, por um breve momento, pareceu atraente. — A gente pode conversar aqui.

— Já estamos fazendo isso.

Ele se apoiou na porta e deslizou para se sentar no chão. Fiz o mesmo e me sentei diante dele no corredor do apartamento. Um vizinho saiu do elevador, olhou para nós e passou pelo meio. Ficamos nos encarando em silêncio.

— As pessoas podem ver você, né? — perguntei.

— Você acha que eu sou o quê? Um fantasma? — Ele revirou os olhos. — Posso ser invisível pra você, mas outras pessoas neste mundo prestam muita atenção em mim. Outras pessoas se interessam de verdade em saber sobre mim.

— Ai, ai, como ele é sensível — falei.

— Você está pronta pra conversar?

— Eu estou com raiva de você — falei quase na mesma hora, de repente me lembrando de tudo o que eu tinha ensaiado na mente.

— Por quê?

— Por causa do que você fez com todas aquelas pessoas ontem.

— O que *eu* fiz?

— Sim, eles não mereciam ser envolvidos na sua... bola curva ou como quer que você tenha chamado.

— Espera aí, você acha que eu manipulei aquelas pessoas pra que acontecesse o que aconteceu ontem?

— Ora... e não foi isso?

— Não! — respondeu ele com veemência. — O que você acha que eu sou? Na verdade, não precisa responder. Só o que eu fiz foi sincronizar a coisa do Augusto Fernández, não tive nada a ver com sei lá qual é o nome do cara.

— Steve — falei com firmeza. — Steve Roberts.

Ele pareceu achar graça.

— Ah, agora vejo uma lealdade que não havia na semana passada. Como foi que você chamou ele? Salsicha?

Desviei os olhos.

— Não fui eu que armei aquilo. Você é responsável pela sua vida e pelo que acontece nela, assim como as outras pessoas. A sua vida não teve nada a ver com o que aconteceu lá. Você estava se sentindo culpada — afirmou ele, e como não era uma pergunta, não respondi.

Coloquei a cabeça entre as mãos.

— Tô com dor de cabeça.

— Pensar sobre as coisas provoca isso, e é algo que você não fazia havia um tempo.

— Mas você disse que planejou a coisa do Fernández. Você se intrometeu na vida dele.

— Eu não me intrometi. Apenas sincronizei a vida de vocês. Fiz os seus caminhos se cruzarem para ajudar vocês dois.

— Como isso o ajudou? O pobre homem teve uma pistola apontada pra cabeça dele, e isso não precisava acontecer.

— O pobre homem teve uma pistola *d'água* apontada para a cabeça, e acho que você vai ver que ele ficará melhor depois de tudo isso.

— Como?

— Não sei. Vamos ter que ficar de olho nele.

— Na hora, não fez diferença que fosse uma pistola d'água — resmunguei.

— Tenho certeza de que não. Você está bem?

Fiquei em silêncio.

— Ei.

Ele esticou a perna e cutucou meu pé de brincadeira.

— Tô. Não. Não sei.

— Ah, Lucy — disse ele, com um suspiro.

Então cruzou o corredor e me abraçou.

Eu resisti no começo, mas ele me abraçou com mais força e, no fim, cedi e retribuí o abraço, colando o rosto no tecido do terno barato, respirando o cheiro de mofo. Nós nos afastamos e ele enxugou lágrimas imaginárias do meu rosto com ternura. Aquela gentileza o fez parecer um pouco mais atraente. Ele me entregou um lenço de papel e assoei o nariz com força.

— Cuidado — disse ele. — Você vai acordar o bebê.

Nós dois rimos, culpados.

— Eu sou patética, não sou?

— Estou inclinado a dizer que sim, mas antes preciso lhe perguntar: de que maneira?

— Aqui estou eu, depois de ser mantida sob a mira de uma pistola d'água, cuidando de um bebê que não existe.

— E ainda está sentada com a sua vida — acrescentou ele.

— Boa observação. Sentada com a minha vida, que é uma pessoa. Não pode ficar mais estranho do que isso.

— Pode, sim. A gente nem começou ainda.

— Por que minha vizinha não está sendo perseguida pela vida? Olha como isso é triste!

Eu me referi ao chão cheio de coisas de bebê atrás de mim.

Ele deu de ombros.

— Eu não me envolvo na vida de outras pessoas. Você é a minha única preocupação.

— A vida dela deve estar em negação — comentei. — Você deveria seguir o exemplo dela.

— Ou o seu.

Suspirei.

— Você é mesmo tão infeliz?

Ele assentiu e desviou os olhos. Então apertou a mandíbula e levou algum tempo para se recompor.

— Mas eu não entendo como as coisas estão tão ruins pra você. Eu me sinto bem.

Ele balançou a cabeça em negativa.

— Você não se sente bem.

— Eu não acordo toda manhã cantarolando "Bom Dia", mas não estou — abaixei a voz — fingindo que as coisas existem quando não é o caso.

— Não está mesmo? — Ele pareceu achar aquilo engraçado. — Funciona assim. Se você cai e quebra uma perna, sente dor e vai ao médico, então tiram uma radiografia e, quando a seguram contra a luz, todo mundo consegue ver o osso quebrado. Certo?

Eu assenti.

— Ou então você está com um dente inflamado, sente dor, então vai ao dentista e ele enfia uma câmera na sua boca, vê qual é o problema e indica um tratamento de canal ou coisa assim, certo?

Assenti de novo.

— Essas são coisas muito aceitáveis na sociedade moderna. Se fica doente, você vai ao médico, toma antibióticos. Ou se está deprimida, fala com um psiquiatra, que pode indicar antidepressivos. Aparecem fios de cabelo grisalhos na sua cabeça, você tinge. Mas, no que se refere à própria vida, você toma algumas decisões ruins, tem azar algumas vezes, não importa, mas tem que continuar, certo? Ninguém consegue ver o que está por baixo de quem você é, e se não é possível ver, se um raio X ou uma câmera não podem tirar uma foto disso, você acha que o problema não está lá. Mas eu estou aqui. Eu sou outra parte de você. O raio X da sua vida. Como se um espelho estivesse sendo segurado diante do seu rosto, e eu fosse o reflexo, mostrando como você está sofrendo, como está infeliz. Tudo se reflete em mim. Faz sentido?

Aquilo explicava o mau hálito, a pele seca e o corte de cabelo ruim. Pensei a respeito.

— Sim, mas isso é bastante injusto com você.

— Essa é a carta que me foi dada. Agora cabe a mim me fazer feliz. Então, veja bem, isso é tanto sobre mim quanto sobre você. Quanto mais você vive a sua vida, mais feliz eu me sinto; quanto mais satisfeita você fica, mais saudável eu sou.

— Então a sua felicidade depende de mim.

— Prefiro pensar que somos uma equipe. Você é a Lois Lane do meu Superman. O Pinky do meu Cérebro.

— O raio X da minha perna quebrada — falei.

Nós sorrimos, e senti uma espécie de trégua sendo estabelecida.

— Você conversou com a sua família sobre o que aconteceu? Aposto que eles estavam preocupados.

— Você sabe que sim.

— Acho melhor que nós dois tratemos as nossas conversas como se eu não soubesse de nada.

— Não se preocupa. Ontem vi a minha mãe e meu irmão. Fui à casa do Riley. A gente jantou comida paquistanesa que eles compraram, e a mamãe insistiu em me fazer chocolate quente, como fazia sempre que eu caía quando era pequena — disse eu, rindo.

— Parece que foi bom.

— Foi.

— Vocês conversaram sobre ontem?

— Eu disse a eles que estava resolvendo uma coisa em outro escritório e que perdi toda a ação.

— Por que você fez isso?

— Não sei… Não queria preocupá-los.

— Nossa, como você é atenciosa — comentou ele, o tom sarcástico.

— Você não fez isso para protegê-los, e sim para se proteger. Porque não teria que falar a respeito, não teria que admitir *sentir* nada. Essa palavra estranha de que você não gosta.

— Não sei. Talvez. Tudo o que você diz parece muito complicado, e eu não penso desse jeito.

— Quer ouvir a minha teoria?

Apoiei o queixo na mão.

— Manda ver.

— Alguns anos atrás, quando o Blake... — ele hesitou — foi abandonado por você.

Eu sorri.

— Você começou a mentir para as outras pessoas, e, com isso, facilitou muito mais mentir pra si mesma.

— Essa é uma teoria interessante, mas eu não faço ideia de se é verdade ou não.

— Bem, vamos colocar a minha teoria à prova, então. Em breve, você vai ter que parar de mentir para os outros, o que, a propósito, vai ser mais difícil do que você pensa, então vai começar a descobrir a verdade sobre si mesma, o que também vai ser mais difícil do que você pensa.

Esfreguei minha cabeça dolorida, desejando não ter me metido naquela confusão.

— E como isso acontece?

— Você me deixa passar um tempo com você.

— Claro, com os agendamentos semanais?

— Não, estou falando sobre me deixar trabalhar com você, conhecer os seus amigos, esse tipo de coisa.

— Não posso fazer isso.

— Por que não?

— Não posso apenas levar você pra jantar na casa dos meus pais ou pra sair com os meus amigos. Eles vão pensar que eu sou uma aberração.

— Você tem medo de que eles saibam coisas sobre você.

— Se a minha vida, ou seja, você, se sentar à mesa, eles vão saber quase tudo.

— E por que isso é tão assustador?

— Porque é pessoal. Você é pessoal. Ninguém leva a própria vida para um jantar.

— Acho que você vai acabar descobrindo que a maior parte das pessoas que ama já faz isso. Mas não é esse o ponto, o ponto é que a gente precisa começar a fazer mais coisas juntos.

— Por mim, tudo bem. Só não vamos fazer coisas com amigos e com a minha família. Vamos manter essas coisas separadas.

— Mas você já está fazendo isso. Nenhum deles sabe nada sobre você.

— Não vai rolar — insisti.

Ele ficou em silêncio.

— Você vai aparecer assim mesmo, né? — perguntei.

Ele assentiu.

Eu suspirei.

— Eu não minto pra todo mundo, sabia?

— Eu sei. O cara do número errado.

— Tá vendo? Outra coisa esquisita.

— Na verdade, não. Às vezes, números errados são os números certos — falou ele, e sorriu.

CAPÍTULO DOZE

Ele queria começar nossa jornada juntos vendo onde eu morava. Acho que imaginou que, ao ver meu apartamento, desvendaria todos os grandes mistérios sobre mim. Não concordei, aquilo só serviria para destrancar a porta de um estúdio malcuidado e jogar um cheiro pútrido de peixe no rosto dele. A compreensão da metáfora era apenas o começo das nossas diferenças. Estávamos debatendo aquilo quando Claire voltou do hospital e olhou com uma expressão ansiosa para o estranho e para mim, sentados no chão, do lado de fora do apartamento dela. Eu me levantei na mesma hora.

— Não deixei ele entrar — falei.

O rosto de Claire se suavizou, e ela olhou para ele.

— Você deve estar me achando grosseira.

— Não, acho que você está certíssima — disse Vida. — Embora eu esteja surpreso que você tenha deixado ela entrar.

Ela sorriu.

— Sou muita grata pela ajuda da Lucy.

— Como está a sua mãe? — perguntou ele.

Eu sabia que ele ainda estava testando meu álibi e eu tinha passado no teste, porque o rosto dela disse tudo. Ninguém conseguiria fingir estar tão perturbado.

— Ela tá estável... por enquanto — disse ela. — Como tá o Conor?

— Hum. Ele tá dormindo.

— Ele tomou a mamadeira?

— Tomou.

Eu tinha jogado tudo na pia.

Claire pareceu satisfeita, procurou a carteira na bolsa e pegou algum dinheiro.

— Isso é pelo seu tempo, muito obrigada — falou ela, e me entregou o dinheiro.

Eu quis muito aceitar. Sério. Sebastian precisava de muitos consertos, o carpete ainda precisava ser limpo, meu cabelo aceitaria bem uma escova no salão, eu poderia comprar alguma coisa diferente para comer além de jantares de micro-ondas, mas não, Vida estava me observando, portanto fiz a coisa certa.

— Não posso aceitar. — Empurrei as palavras para fora da boca, embora elas estivessem morrendo de vontade de ficar dentro de mim. — Foi um prazer, de verdade.

Então chegou o momento. Coloquei a chave na fechadura e girei. Estendi a mão, convidando-o a entrar antes de mim. Vida parecia contente. Eu não senti nada. Entrei também e fechei a porta, ciente, de uma maneira quase dolorosa, do cheiro de peixe e esperando que ele fosse educado o suficiente para não o mencionar. O sr. Pan se virou e se espreguiçou, então se esgueirou de fininho para receber nosso convidado, os quadris se mexendo lenta e preguiçosamente de um lado para o outro em um estado hipnótico, como o gato mais afetado do mundo. Ele olhou para minha vida, então se esfregou nas pernas dele, o rabo erguido no ar.

— Você tem um gato — comentou ele, então se ajoelhou e o acariciou.

O sr. Pan se deleitou daquela atenção gloriosa.

— Esse é o sr. Pan, sr. Pan, esse é... como eu te chamo?

— Vida.

— Não posso apresentar você às pessoas assim, vamos ter que pensar em um nome.

Ele deu de ombros.

— Eu não me importo.

— Muito bem, Engelbert.

— Eu não quero ser chamado de Engelbert. — Ele olhou ao redor da sala para as muitas fotos de Gene Kelly que eu tinha emolduradas e para o pôster de *Cantando na chuva* na porta do banheiro. — Me chama de Gene.

— Não, você não pode usar esse nome.

Havia um limite de Genes que eu poderia ter na minha vida. Apenas um. E também um Don Lockwood, a quem eu disse para nunca mais me ligar.

— Quem é o outro cara? — perguntou Vida.

— Donald O'Connor, ele faz o papel de Cosmo Brown.

Então, com um sotaque norte-americano dos anos 1950, ele disse:

— Bem, então me chama de Cosmo Brown.

— Não vou apresentar você às pessoas como Cosmo.

— É Cosmo ou Vida, querida.

— Certo, tudo bem. Deixa eu te mostrar o apartamento. — Fiquei parada perto da porta da frente como uma aeromoça e estendi os braços como se estivesse repassando os procedimentos de emergência. — À minha esquerda fica o banheiro. Se quiser usar, deve acender a luz do exaustor da cozinha, já que a lâmpada daquele cômodo está queimada. À minha direita fica a cozinha. Mais à esquerda fica o quarto e mais à direita a sala de estar. Fim da apresentação.

Fiz uma mesura.

Ele conseguia ver tudo de onde estava, só o que precisava fazer era mexer os olhos. Ele examinou o espaço.

— Então, o que você acha?

— Fede a peixe. E o que é isso no carpete?

Suspirei. Ele não conseguiu ser educado nem por um minuto, e a educação era o alicerce sobre o qual minha vida tinha sido construída.

— É coquetel de camarão, o sr. Pan derramou e caiu no chão. Tá bem?

— Certo, mas eu estava me referindo a isso.

Ele apontou para o que eu tinha escrito no carpete.

— Ah, esse é o nome de uma empresa de limpeza de carpetes.

— Claro que é. — Ele olhou para mim, e havia um sorriso em seus olhos. — Não vou perguntar por que está escrito no carpete. Ligue pra eles — falou, e foi direto para o meu armário de canto, onde vasculhou minhas guloseimas. O sr. Pan, o traidor, seguiu colado em seu calcanhar. Vida se sentou diante da bancada e comeu alguns cookies, o que me irritou, já que eu estava planejando jantá-los. — O carpete está nojento, você tem que ligar pra eles.

— Não tenho tempo pra ficar em casa e recebê-los. Coisas assim são sempre um incômodo.

— Chame-os no fim de semana e, se não puderem, sempre tem a grande possibilidade de você ser demitida amanhã.

— Achei que seu papel era fazer eu me sentir melhor.

— Achei que você queria ser demitida.

— Eu queria. Mas também queria um bom acordo de rescisão, e não ser demitida só porque não falo espanhol.

— Não é um detalhe pequeno, você devia ser a especialista em idiomas deles.

— Eu falo os outros cinco idiomas — retruquei.

— Aaah, mas não fala o idioma da *verdade* — disse ele, rindo, antes de colocar um cookie inteiro na boca.

Eu o olhei de cima a baixo, com aversão.

— Você é uó.

— O que é isso?

— Por que você não checa naquele seu computador capenga?

— Vou fazer isso. — Então, ele sacou o iPhone. — Agora ligue pra eles, esse carpete tá nojento. Ele não é limpo desde que você se mudou e desconfio que há mais tempo do que isso, portanto deve guardar a pele, o cabelo e as unhas dos pés seus e de algum estranho, além de pelos de gato e quaisquer insetos e bactérias que estejam vivendo enraizados nele, e cada vez que você respira, está inalando tudo isso pra dentro dos seus pulmões.

Enojada, estendi a mão na mesma hora para pegar o celular dele, mas ele segurou firme.

— Esse celular é meu, usa o seu. Tô pesquisando "uó" no Google.

Segurei o alto do nariz e disquei o número. Um segundo antes de ser atendida, esperei ouvir de novo a voz do Don. Mas não foi ele que me atendeu, e sim um homem mais velho chamado Roger, e em dois minutos eu tinha combinado que ele passasse no apartamento no domingo. Encerrei a ligação me sentindo muito orgulhosa de mim mesma. Eu tinha feito alguma coisa. Mas Vida não parecia prestes a me parabenizar, porque estava me olhando com muita raiva.

— O que foi?

— É algo ruim, chato.

Eu ri.

— Ora, você é um pouco, né?

— Não por culpa minha.

— Sou muito interessante. Até vou à academia cinco dias por semana — me defendi.

— E essa provavelmente é a única razão pela qual nós dois ainda estamos de pé — declarou ele, descendo da bancada, subindo pelo encosto do sofá e se sentando.

— Preciso comentar sobre a sua aparência. Você parece tão... sujo. Precisa de uma repaginada. Tem mais alguma coisa no seu guarda-roupa?

— Eu me interrompi. — Você tem um guarda-roupa?

— Isso aqui não é *As patricinhas de Beverly Hills*, Lucy, e eu não sou um projeto. Você não pode passar o dia cuidando das minhas unhas, arrumando meu cabelo e esperando que fique tudo bem de novo.

— Que tal uma depilação completa?

— Você é repulsiva e tenho vergonha de ser a sua vida. — Ele mordeu outro cookie e acenou na direção da minha cama. — Alguém a visita ali?

— Eu não me sinto confortável falando sobre isso com você.

— Porque eu sou homem?

— Porque... não acho que seja importante. E sim. Porque você é homem. Mas não sou pudica. — Ergui o queixo, então subi no encosto do sofá para me juntar a ele. — A resposta é não, ninguém nunca esteve aqui, mas isso não quer dizer que não tenha acontecido nenhuma atividade.

Ele franziu o nariz.

— Que horror.

— Não estava me referindo àquela cama. — Revirei os olhos. — E sim à minha vida.

— Espere um pouco. — O homem sorriu, enfiou a mão na mochila e tirou um iPad. — Foi Alex Buckley — leu. — Corretor da bolsa, que você conheceu em um bar. Você gostou da gravata dele, ele gostou dos seus peitos, mas não disse isso em voz alta. Pelo menos não pra você, Buckley fez o comentário pro colega dele, Tony, que respondeu: "Porra, por que não?". Encantador. Mas pra você ele disse, abre aspas: "Deve haver alguma coisa errada com os meus olhos, porque não consigo parar de olhar pra você". Fecha aspas. — Ele riu de um jeito que mais parecia um uivo. — *Isso* funciona com você?

— Não. — Puxei uma pena na almofada. O sr. Pan estava me olhando e se aproximou para brincar com o novo brinquedo felpudo. — Mas os drinques que ele pagou pra mim, sim. De qualquer forma, ele era legal.

— Você foi à casa dele — leu Vida, então pareceu enojado. — Acho que não preciso ler tudo isso. Blá-blá-blá, então você foi embora antes do café da manhã. Isso foi há dez meses.

— Isso não foi há dez meses, foi... — Fiz as contas de cabeça. — Ora, seja como for, não foi há dez meses.

— Essa foi a última vez que você teve alguma ação — afirmou ele, o tom zombeteiro e desaprovador. — Ao menos fora desse apartamento.

— Para de falar disso. Eu sou exigente quando se trata de homens. Não consigo dormir com qualquer cara.

— Ah, claro, porque Alex Buckley, o corretor da bolsa que gostou dos seus peitos, era mesmo muito especial.

Eu ri.

— Você sabe o que eu quero dizer.

— Exigente é um eufemismo. — Ele ficou sério. — A verdade é que você não está nem um pouco pronta pra se relacionar com outros homens. Ainda não superou Blake.

— Eu superei Blake faz tempo, isso é um absurdo! — exagerei, e pareci uma adolescente petulante falando.

— Não superou, não. Se fosse esse o caso, todos os seus relacionamentos com outros homens desde então não teriam envolvido uma grande ingestão de álcool. Se você tivesse superado Blake, conseguiria tocar a vida e conhecer alguém novo.

— Devo lembrá-lo de que me sentir completa não tem a ver apenas com conhecer um homem, mas sim com estar satisfeita comigo mesma.

Tentei não rir quando disse isso.

— Sê fiel a ti mesmo — disse ele, e assentiu. — Eu acredito nisso. Mas, se você não consegue conhecer outra pessoa porque está presa ao passado, então isso é um problema.

— Quem disse que o problema sou eu? Estou sempre aberta a conhecer alguém novo. — Peguei os cookies da mão dele.

— E o cara no café? No domingo em que nos conhecemos, só faltou eu jogar o homem em cima de você, que nem se deu ao trabalho de olhar direito pra ele. E ainda cito: "Tô saindo pra encontrar o meu namorado" — disse ele, me imitando.

Soltei um arquejo de indignação.

— Aquilo foi você?

— Eu precisava ver o quanto você estava mal.

— Eu sabia. Sabia que ele era atraente demais pra ser uma pessoa normal... O cara era um ator.

— Ele não era um ator. Você não tá entendendo como isso funciona. Eu sincronizei a vida de vocês. Fiz seus caminhos se cruzarem para que alguma coisa acontecesse.

— Mas nada aconteceu, então você falhou — rebati.

— Algo aconteceu. Você rejeitou o cara e ele voltou para a namorada, de quem sentia muita falta e com quem se arrependia de ter terminado. Sua reação fez com que se desse conta disso.

— Como você ousa me usar desse jeito?

— Como eu estou usando você? De que outra forma você acha que a vida acontece? Uma série de coincidências e eventos tem que acontecer de alguma forma. A vida de todo mundo colide e você acha que não tem uma razão ou motivo pra isso? Se não houvesse razão pra tudo isso, qual seria o sentido? Por que você acha que as coisas acontecem? Há um resultado, repercussões e ocorrências para todos que você conhece e tudo o que você diz. Sinceramente, Lucy.

Ele balançou a cabeça em negativa e mordeu outro cookie.

— Mas esse é o ponto, eu não pensei que *houvesse* um.

— Um o quê?

— Sentido!

Ele franziu o cenho, confuso. Então entendeu.

— Lucy, sempre há um sentido.

Eu não tinha certeza de que acreditava naquilo.

— Com quem mais você *sincronizou* a minha vida?

— Nos últimos tempos? Não muitos de quem você se lembraria. Só aquela senhora estadunidense simpática na recepção. Posso dizer pela sua cara que você está chocada com isso, e, a propósito, pode agradecer

142

a ela por eu estar aqui hoje, porque foi por causa dela que eu resolvi te dar outra chance depois do nosso último encontro.

— Como se você já não estivesse desesperado pra me encontrar de novo de qualquer maneira.

— Acredite em mim, eu não estava. Mas, quando vi a barra de chocolate que você deixou pra ela, tive um momento Willy Wonka.

— Esse é um código secreto pra alguma coisa íntima?

— Não. Sabe a parte em que Slugworth diz ao Charlie pra roubar a bala infinita, porque assim ele vai tomar conta da família do garoto pra sempre, mas Charlie não faz isso e deixa a bala no escritório do Wonka no final do filme, o que mostra ao Wonka o verdadeiro valor do Charlie como pessoa?

— Você acabou de me dar um spoiler.

— Pare com isso, você já assistiu a esse filme vinte e seis vezes. Você deixou a barra de chocolate pra sra. Morgan, e isso foi muito gentil da sua parte.

— Bem, deixei, ela disse que gostava deles.

— Isso me fez lembrar que você tem um coração, que se importa com as pessoas. Esse nunca foi o problema. Só tenho que tentar fazer você se importar comigo.

Aquilo quase partiu meu coração. Ninguém nunca dissera palavras como aquelas para mim antes e lá estava ele, aquele homem exausto, desesperado, com mau hálito e um terno amassado, só querendo ser amado.

— Então esse foi o motivo pra você contratar aquela senhora? Pra que eu pudesse ter outra chance com você?

Ele pareceu surpreso.

— Nunca pensei na situação dessa forma. — Então, de repente, ele bocejou. — Onde eu vou dormir?

— Onde você sempre dorme.

— Acho que devo ficar aqui, Lucy.

— Tudo bem, isso não é problema — falei com calma. — Vou estar na casa da minha amiga Melanie, caso precise de mim.

— Ah, sim, a Melanie, aquela que está chateada porque você vai embora cedo de todo lugar aonde vocês vão. — Ele mexeu no iPhone de novo. — A mesma Melanie que disse, logo depois que você saiu do restaurante outro dia, abre aspas: "Tem alguma coisa errada com ela, mal vejo a hora da gente se encontrar a sós pra descobrir o que é". Fecha aspas.

Ele parecia radiante. Eu estava horrorizada. Ficar sozinha com Melanie não era do que eu precisava no momento, e eu não iria para a casa do Riley para ficar com ele e com a minha mãe.

— Você pode dormir no sofá — falei, derrotada, então subi por cima do encosto do dito sofá para ir para minha cama.

Vida dormiu no sofá com o sr. Pan, coberto por uma manta empoeirada que tirei do alto do guarda-roupa enquanto ele iluminava o interior para mim, resmungando o tempo todo. Não em voz alta, mas eu podia ouvir na minha cabeça um estalar de língua rítmico constante, como o relógio de pêndulo que tínhamos quando eu era criança, e que ficava no corredor cheio de eco e me assustava ao ponto de me manter acordada à noite até eu enfiar um travesseiro no pêndulo e depois culpar Riley. Ele roncava tão alto que, pela primeira vez em muito tempo, minha vida me manteve acordada a noite toda. Eu me lembrei do truque do relógio de pêndulo e joguei um travesseiro nele por volta das duas da manhã, mas errei e acabei aborrecendo o sr. Pan.

Quatro minutos depois das duas foi a última vez que olhei para o relógio antes de adormecer, e fui acordada às seis da manhã por ele tomando banho. Então, minha vida saiu sem fazer alarde e voltou logo depois, jogando as chaves com força em cima da bancada e fazendo barulho suficiente para acordar o prédio. Eu sabia que ele estava tentando me irritar, por isso me forcei a manter os olhos fechados por pelo menos dez minutos a mais do que eu realmente queria. Por fim, o aroma me venceu. Ele estava sentado diante da bancada, comendo uma omelete. As mangas da camisa estavam enroladas até os cotovelos, o cabelo molhado e penteado para trás. Parecia diferente. Parecia limpo.

— Bom dia — falou ele.

— Uau. Seu hálito não está mais ruim.

Ele pareceu insultado.

— E daí? — retrucou ele, voltando a ler o jornal. — As suas palavras não podem me ferir. Trouxe café e palavras cruzadas pra você.

Fiquei surpresa e comovida de verdade.

— Obrigada.

— E comprei uma lâmpada para o seu banheiro. Mas você mesma pode trocar.

— Obrigada.

— E essa omelete ainda está quente.

Havia uma omelete de presunto, queijo e pimentão vermelho em cima da bancada.

— Muito obrigada — agradeci com um sorriso. — Isso é muito atencioso da sua parte.

— Sem problemas.

Ficamos sentados juntos, em silêncio, comendo, ouvindo os âncoras de um programa matinal na TV pularem de fofocas de novela para atualidades, então para um estudo recente sobre acne adolescente. Não troquei a lâmpada, isso teria exigido muito esforço e muito tempo em uma manhã que já estava corrida depois de eu me sentar e tomar um café da manhã normal. Deixei a porta do banheiro entreaberta por causa da falta de luz e fui tomar um banho, mas fiquei o tempo todo observando a abertura para ter certeza de que minha vida não era um pervertido. Eu me vesti no banheiro. Quando saí, ele estava pronto para sair, com a mochila e o terno amassado. Por mais inusitado que fosse, eu estava me sentindo confortável em sua companhia, mas de repente senti que havia alguma coisa errada. Nada era tão fácil assim.

— Bem, acho que por hoje é isso — falei, esperançosa.

— Vou com você pro trabalho — declarou ele.

Eu estava nervosa quando entrei no escritório, em primeiro lugar, é óbvio, porque tinha que enfrentar todo mundo depois do incidente de terça-feira, mas principalmente porque Vida estava comigo. Tive a esperança de que a segurança da empresa me livrasse de pelo menos um desses dois problemas. Passei meu crachá e a catraca foi liberada para eu passar. Vida entrou logo atrás de mim, e ouvi quando deixou escapar um som como se estivesse sem fôlego. Tentei não sorrir, mas falhei miseravelmente.

— Ei — gritou o segurança.

Eles eram bastante atentos de um modo geral, mas depois do episódio com Steve estavam em alerta máximo.

Eu me virei e tentei parecer o mais pesarosa possível para Vida.

— Olha, eu tenho que correr, senão vou me atrasar. Encontro você na hora do almoço, tá?

Ele abriu a boca, mas eu me virei e corri para o elevador, tentando me misturar à multidão como se estivesse sendo perseguida. Enquanto esperava, vi o segurança com o dobro do tamanho de Vida se aproximar como se estivesse disposto a bater nele. Então, Vida enfiou a mão na mochila e tirou de lá alguns papéis. O segurança os segurou como se fosse um pedaço de peixe podre e os leu. Então me encarou, leu o papel mais uma vez, olhou para Vida e, por fim, devolveu o papel a ele, voltando para trás do balcão para abrir a cancela.

— Obrigado — disse Vida.

O segurança acenou para que ele seguisse em frente. Vida me encarou com um sorriso presunçoso e subimos em silêncio no elevador lotado. O grupinho de sempre já estava no escritório antes de eu chegar, todos juntos e, óbvio, falando de mim, porque se calaram assim que entrei e me encararam. Todos os olhos se voltaram de imediato para Vida. Então estavam de novo em mim.

— Oi, Lucy — disse Enxerida. — Esse é o seu advogado?

— Por que? Você está procurando um para o seu casamento? — respondi, o tom maldoso.

Graham não riu, o que me desanimou um pouco, já que ele sempre ria das minhas piadas ruins. Eu me perguntei se significava que ele não seria mais um importunador sexual, o que também me incomodou. Minha resposta a Louise tinha sido rasa, mas, na realidade, disfarçava o fato de que eu não sabia o que dizer. Eu tivera muito tempo para pensar em como apresentar minha vida às pessoas, mas, além de chamá-lo de Cosmo — o que imaginei que criaria mais perguntas do que respostas —, ainda não inventara uma história.

Eu conseguia pensar em uma mentira boa. Conseguia pensar em muitas mentiras muito boas: ele era um paciente terminal cujo último desejo era passar um tempo comigo; era um primo de fora da cidade; um universitário em busca de alguma experiência; era um amigo que recebera alta do hospital psiquiátrico; ou ainda um jornalista escrevendo um artigo sobre mulheres trabalhadoras modernas que me escolhera como tema. Tenho certeza de que todos acreditariam em todas essas coisas, mas Vida não aprovaria. Eu estava tentando inventar a mentira perfeita que ele aprovaria, o que era irônico, pois eu achava que, em toda a história do mundo, era provável que ainda não houvesse uma mentira dessas e que nunca haveria.

Edna me salvou do cerco de olhares, perguntas e acusações que pairavam no ar quando me chamou à sala dela, para uma sessão das mesmas reações, mas ao menos com ela era um para um, e eu conseguia enfrentá-la. No caminho, abri um sorriso doce e pesaroso para os outros, por ter que me separar deles. Eu me virei para Vida antes de entrar e disse baixinho:

— Você vai esperar aqui fora?

— Não, eu vou com você — declarou ele, mantendo a voz em um nível normal, o que me impediu de falar mais.

Entrei na sala de Edna e me sentei à mesa redonda perto da janela. Havia uma rosa branca artificial em um vaso alto e fino e uma cópia de *Ulisses* na estante atrás da mesa dela, duas coisas que sempre me incomodaram nela, porque eu desprezava flores artificiais e acreditava que ela nunca tinha lido *Ulisses* na vida, só achava que ter o livro na estante a fazia parecer culta. Ela olhou para minha vida.

— Oi — disse, como se perguntasse *quem é você?*

— Senhora Larson, o meu nome é... — Ele olhou para mim e vi seus lábios se contraírem para conter um sorriso — Cosmo Brown. Tenho alguns documentos para lhe mostrar que detalham minha permissão para estar com Lucy Silchester o tempo todo, e inclui acordos de confidencialidade que foram assinados por mim e carimbados e autenticados em cartório. Pode confiar que qualquer coisa que eu ouvir sobre a empresa nesta conversa não sairá desta sala, mas, no que se referir à vida pessoal de Lucy, é meu direito comentar como bem entender.

Edna pegou os papéis e, enquanto lia, vi em seu rosto o momento em que compreendeu o que estava acontecendo.

— Muito bem, sr. Brown, por favor, sente-se.

— Por favor, me chame de Cosmo — disse ele, sorrindo, e eu sabia que aquilo era uma provocação direcionada a mim.

Ela olhou para ele quando falou.

— Essa reunião é sobre os eventos que ocorreram na terça-feira. Tenho certeza de que está ciente do incidente envolvendo Steven Roberts.

Vida assentiu.

— Com licença, você tem que se dirigir a ele quando fala sobre mim?

— Olhei para Vida. — Ela tem que se dirigir a você?

— Ela pode olhar pra quem quiser, Lucy.

— Mas não *tem* que ser pra você.

— Não, não tem que ser pra mim.

— Tudo bem. — Olhei de volta para Edna. — Você não tem que se dirigir a ele.

— Obrigada, Lucy. Agora, onde eu estava? — Ela voltou os olhos outra vez para Vida. — Então, o que vamos discutir não é o que aconteceu com Steve, embora, se Lucy tiver alguma preocupação pessoal sobre o que aconteceu e, sendo franca, eu não ficaria surpresa se tivesse, como sua superiora imediata, sou a pessoa com quem ela pode falar sobre qualquer problema que surgir por causa do que aconteceu...

— Hum, desculpa, mas estou aqui. Você não precisa falar como se eu não estivesse.

Ela me encarou com uma expressão dura, e desejei que tivesse continuado olhando para Vida.

— Essa reunião tem a ver com a revelação que surgiu daqueles eventos, quando descobrimos que você não sabe falar espanhol.

— Eu sei falar espanhol. Só estava sob muita pressão. Tinha uma arma apontada pra minha cara e eu não conseguia pensar.

Edna pareceu aliviada e finalmente amoleceu.

— Lucy, foi isso que *eu* presumi, até mesmo porque, meu Deus, eu mal conseguia lembrar o meu próprio nome naquelas circunstâncias e só estava esperando que me confirmasse isso. Como você deve entender, tenho que oficializar a...

— Com licença, posso interromper aqui? — disse Vida.

Eu o encarei com os olhos arregalados.

— Acho que você não tem permissão pra isso. — Eu me virei para Edna. — Ele tem permissão pra interromper? Acho que ele deve apenas testemunhar a minha vida e não participar de nada...

— Não, não, eu tenho permissão pra participar — garantiu ele. Então olhou para Edna. — Eu gostaria de confirmar que a Lucy não sabe falar espanhol.

Fiquei boquiaberta. Os olhos de peixe de Edna se tornaram ainda mais arregalados.

— Desculpe, você disse "sabe" ou "não sabe"?

— Afirmo que eu disse "não sabe" — respondeu ele, devagar, com ênfase no "não". E Vida apontou para mim para garantir que estávamos todos bem cientes de que ele não se referia à rosa artificial na mesa. — Ela é incapaz de falar espanhol. Acho que você está correndo o risco de ser enganada mais uma vez, e o mínimo que posso fazer é intervir e mantê-la informada sobre a situação.

Ele olhou para mim como se dissesse: *Tudo bem? Lidei bem com a situação?*

Eu estava sem palavras. Minha vida me apunhalara pelas costas. Edna também ficou sem palavras por um instante, mas então recuperou a voz e voltou a se dirigir a ele em vez de a mim.

— Cosmo, tenho certeza de que você compreende que essa é uma situação muito séria.

Senti gotas de suor brotando na minha testa.

— É claro — concordou ele.

— E como a Lucy é contratada como nossa especialista em idiomas para os manuais, tendo assumido o cargo nos últimos dois anos e meio, estou preocupada que a falta de conhecimento dela em espanhol tenha colocado os clientes que compram os produtos em grave perigo e a empresa em risco. Afinal, quem realmente estava fazendo as traduções para o espanhol? Será que eram precisas? Ou foram tiradas de um dicionário?

— O trabalho foi feito por uma nativa do espanhol muito respeitável, e as traduções das instruções de aparelhos são inigualáveis — disse, apressada para esclarecer.

— Bem, você não tem certeza disso — falou Vida.

— Nunca houve nenhuma reclamação — retruquei, cansada de ser apunhalada pelas costas.

— Até onde sabemos — comentou Edna, e Vida concordou. Incapaz de esconder o choque na voz, Edna continuou: — Quem é essa pessoa que estava traduzindo o trabalho pra você?

— Uma respeitável...

— Você já disse isso — interrompeu ele.

— ... empresária da Espanha — continuei mesmo assim. — Na verdade, foi mais uma terceirização do que uma *trapaça*, embora eu saiba que ninguém mencionou essa palavra, mas é assim que estão me fazendo sentir. — Endireitei o corpo na cadeira. — Olha só, eu falo muito bem todos os outros idiomas, e isso com certeza não é mentira, diga isso a ela.

Olhei para Vida em busca de apoio, mas ele levantou as mãos.

— Não acho que esse seja o meu papel aqui.

Engoli em seco e abaixei a voz.

— Escute, se você puder manter o emprego, por favor, talvez possamos deixar as traduções para o espanhol com o Quentin, assim tudo fica aqui entre nós, perfeitamente legal, e não há nada com o que se preocupar. Peço imensas desculpas por não ter contado toda a verdade...

— Por ter mentido — disse Vida.

— Por não ter contado toda a verdade — insisti.

— Por ter mentido. — Ele olhou para mim. — Você mentiu.

— Meu Deus, quem não mente no currículo? — retruquei, por fim.

— Todo mundo mente. Pergunta a qualquer uma dessas pessoas aí fora se já mentiram, e todos vão dizer que exageraram um pouco a verdade. Aposto que você também. — Olhei para Edna. — Você disse que trabalhou na Global Maximum por quatro anos, e todo mundo sabe que foram apenas dois, e metade disso foi como gerente júnior, e não sênior, como você disse que era.

Edna arregalou os olhos. Então, quando percebi o que tinha acabado de dizer, também arregalei os meus.

— Mas isso não quer dizer que você *mentiu*, só estou falando que todos nós exageramos a verdade, isso não apaga qualquer conquista que você ou eu possamos ou não ter...

— Tudo bem, acho que já ouvi o bastante aqui — falou Edna, massageando as têmporas. — Vou ter que levar isso a uma instância mais alta.

— Não, por favor, não faça isso. — Estendi a mão e segurei o braço dela. — Por favor. Olha, não há nada com o que se preocupar. Você sabe que o jurídico não teria aprovado nenhum manual que fizemos se tudo não fosse cem por cento preciso. As coisas são conferidas o tempo todo, e não sou eu quem dá a última palavra. Então nada pode respingar em você e, *se* isso acontecer, então não tem nada com o que se preocupar, porque você não sabia. Ninguém sabia.

— Quentin sabia? — perguntou ela, estreitando os olhos.

Franzi o cenho.

— Por que a pergunta?

— Só me diga a verdade, Lucy. Quentin sabia, não sabia?

Fiquei surpresa.

— Ninguém sabia.

— Mas ele soube na terça-feira, quando Steve estava pedindo para você traduzir. Estava claro que sabia, porque se levantou rapidinho de baixo da mesa.

— Acho que ali todo mundo soube, ficou óbvio que eu não tinha nenhuma palavra de espanhol na cabeça.

— Acho que você está mentindo de novo — disse ela.

— Não estou, não. Tudo bem, não estou sendo bem sincera, acho que o Quentin descobriu um pouco antes, quando...

Edna balançou a cabeça.

— Quantas mentiras mais eu vou ter que arrancar de você, Lucy? Quer dizer...

— Não, não, escuta — interrompi. — Ele só soube alguns minutos antes, quando eu estava tentando falar com o Augusto Fernández.

Ela não estava mais me ouvindo. Tinha desistido.

— Não sei. — Edna arrumou os papéis sobre a mesa e se levantou. — Não sei mais no que acreditar. Francamente, estou surpresa com você, Lucy, eu achava mesmo que você, de todas as pessoas, tinha tudo sob controle, de todos nessa... — Ela observou as mesas do lado de fora. — Bem, de qualquer forma, estou surpresa com você. Mas a verdade é que... — Ela olhou para Vida. — Eu pensava o mesmo sobre minha irmã, e ela se viu nesse mesmo tipo de... *apuro* — finalizou ela, depois de procurar uma palavra para descrever minha situação.

Vida assentiu como se tivessem compartilhado um segredo.

Edna suspirou.

— Quentin sabia, depois não sabia, você parece não estar sendo muito clara ou convincente a esse respeito.

— Não, não, tenho certeza em relação a isso, por favor...

— Acho que já esgotamos nosso tempo aqui — disse ela. — Por que você não volta e se junta aos outros? Vou pensar sobre o que conversamos. Obrigada, Lucy. Obrigada, Cosmo.

Edna nos deu um aperto de mão e logo fui conduzida para fora da sala dela. Voltei para minha mesa em choque com o que acontecera. Vida me seguiu. Eu me sentei à mesa vazia que dava para a direção oposta. Ele tamborilou os dedos na mesa.

— Então, o que você vai fazer agora? — perguntou. — Quer que eu tire cópia de alguma coisa?

— Não acredito que você fez isso — falei. — Simplesmente não acredito que você teve coragem de fazer isso comigo. O que aconteceu com aquele papo de que *somos uma equipe*? Você estava só me bajulando pra me fazer de idiota. — Ergui a voz sem querer, e os outros olharam para mim. — Vou fumar um cigarro — falei, então me levantei e saí, o queixo erguido, a postura firme, enquanto caminhava sob o olhar atento de todos.

A última coisa que ouvi antes de sair da sala foi a voz alta e clara de Vida dizendo:

— Ela não fuma. Só finge, para ter mais intervalos.

Bati com força a porta atrás de mim.

CAPÍTULO TREZE

Eu estava na escada de incêndio, o terceiro local secreto para fumantes — os outros eram o banheiro para deficientes no segundo andar e a sala da equipe de limpeza. Havia outras duas pessoas ali, um homem e uma mulher, mas eles não estavam juntos e nenhum de nós se falou. Não era como a área para fumantes de uma casa noturna ou de um pub, onde todo mundo se fala, unidos pela felicidade de estar em uma ocasião social. Estávamos no trabalho, e a única razão pela qual estávamos todos naquele local, além de precisar suprir a dose de nicotina, era para não ter que conversar com outras pessoas. Íamos ali para dar uma pausa nos pensamentos e no trabalho duro que vinha junto à interação constante com idiotas. Ou pelo menos com pessoas que considerávamos idiotas porque não liam mentes, e tínhamos que ser pacientes e usar palavras educadas para explicar coisas que estávamos pensando, quando, na verdade, estávamos lutando contra o desejo de segurar a cabeça delas e bater silenciosa e repetidamente com as testas na parede. Mas não havia aquele tipo de educação ali, estávamos desligando o cérebro, ignorando de propósito uns aos outros e satisfeitos com nosso direito de fazer isso, nos concentrando apenas em respirar e soprar a fumaça. Mas não eu. Eu não tinha parado de pensar, e não estava fumando.

Ouvi a porta se abrir atrás de mim. Não me dei ao trabalho de me virar, não ligava se o local número três tivesse sido encontrado e se todos nós tivéssemos sido pegos. Seria apenas outra contravenção na minha ficha criminal. Mas os outros dois se importaram e esconderam os cigarros na palma amarelada da mão, esquecendo que a fumaça os denunciaria, e ambos se viraram depressa para ver quem topara com o covil. Eles não pareceram muito preocupados com quem viram, mas também não relaxaram, o que significava que não era o chefe, mas também não era alguém que conheciam. O homem deu uma última longa tragada no cigarro e saiu em seguida, o susto de quase ter sido surpreendido o bastante para arruinar a emoção da nicotina. A mulher permaneceu onde estava, mas olhou o novo recém-chegado de cima a baixo como fez comigo quando me juntei ao local. Continuei de costas para a pessoa, em parte porque não me importava, mas porque sabia bem quem era.

— Oi — disse ele, e parou tão perto de mim que nossos ombros roçaram.

— Não estou falando com você — declarei, ainda olhando para a frente.

A mulher sentiu que algo emocionante poderia se desenrolar e se acomodou para fumar o resto do cigarro.

— Eu avisei que seria mais difícil do que você pensava — falou ele com gentileza. — Mas não se preocupe, vamos chegar lá.

— Vamos mesmo? — respondi. — Com licença — disse, e me virei para a mulher —, você se importaria de me emprestar um cigarro, por favor?

— Acho que ela quer saber se você pode lhe *dar* um cigarro. Afinal, não pode devolver depois de fumar — acrescentou Vida por mim.

A mulher me olhou como se preferisse vender a avó favorita, mas me deu um cigarro assim mesmo, porque é isso que as pessoas fazem, elas são educadas, mesmo quando estão se sentindo rudes por dentro.

Eu traguei. Então tossi.

— Você não fuma — afirmou ele.

Traguei de novo na cara dele, então tentei abafar o ataque de tosse que se seguiu no mesmo instante.

— Por que você não me diz o motivo de estar tão brava?

— Por quê? — Eu finalmente me virei para ele. — Você se faz de sonso ou o quê? Sabe muito bem o motivo, cacete. Você me fez de boba lá dentro. Me fez parecer uma... uma...

— Mentirosa, por acaso?

— Olha, eu tinha um plano. Tinha tudo sob controle. Você só ficaria sentado lá, observando, foi o que você disse.

— Eu nunca disse isso.

— Alguém disse isso.

— Não, você presumiu.

Continuei a fumar em silêncio.

— Então me diga, qual era o grande plano? Você mentiria de novo e de repente, como o grande gênio que é, aprenderia espanhol da noite para o dia?

— Eu tenho uma grande facilidade para aprender idiomas, foi o que o meu professor de francês disse — falei, irritada.

— E o seu professor de educação cívica disse "você pode melhorar". — Ele desviou os olhos. — Eu fiz a coisa certa.

Silêncio. A fumante fungou.

— Tudo bem, então eu devia ter dito a verdade, mas tem que haver outro jeito de fazer isso. Você não pode apenas invadir minha vida e tentar consertar cada mentirinha que eu já contei. O que vai fazer quando conhecer os meus pais? Revelar cada mínima mentira e fazer com que eles tenham um ataque cardíaco? Vai lhes contar que, na noite em que eles foram à festa de 40 anos da minha tia Julie, em vez de me reunir com um grupo de estudos, eu dei uma festa em casa e meu primo, Colin, transou com uma garota na cama deles? E que a Fiona correu pelo gramado para pegar o último cigarro de maconha e que, desculpa, não, não era sopa de legumes no chão como eu disse, era vômito da Melanie e eu não deveria ter deixado o cachorro comer? E, a propósito, a Lucy não fala espanhol.

Eu estava ofegando.

Ele ficou surpreso.

— Até os seus pais acham que você fala espanhol?

— Eles pagaram pelo verão que passei na Espanha, o que mais eu devia ter dito a eles? — retruquei.

— A verdade? Isso já te ocorreu?

— Eu fui dançarina de *pole dance* em uma boate em vez de fazer o trabalho que os dois arrumaram pra mim na recepção de um hotel. Que tal?

— Talvez não nesse caso.

— O que eu tô querendo saber é: onde a grande revelação começa e onde termina? Em um minuto, você está comprando uma lâmpada e, no seguinte, está dizendo ao meu pai que eu acho que ele precisa descer do pedestal e parar de ser um merdinha pretensioso. Você precisa ter um pouco de sensibilidade em relação a isso, afinal, deveria estar me ajudando a melhorar as coisas, não me colocando na fila do desemprego e acabando com o relacionamento já sofrível que eu tenho com a minha família. Precisamos de um plano.

Ele ficou em silêncio por um tempo, e eu podia ver que estava pensando sobre o que eu dissera. Esperei por mais uma de suas analogias, mas não veio nenhuma. Em vez disso, ele falou:

— Você está certa. Me desculpe.

Eu fingi cair sobre o corrimão, mas ele e a fumante me puxaram de volta, achando que eu estava mesmo caindo.

— Obrigada — disse a ela, um pouco envergonhada, e a mulher foi sábia e achou que era o momento apropriado para ir embora.

— Não me arrependo do que fiz, apenas da forma como agi. Vamos organizar outra estratégia para o futuro.

Respeitei o senso de justiça dele, a capacidade de admitir quando estava errado. Então dei outra tragada no cigarro e o apaguei, como um sinal de respeito. Mas ele não estava todo queimado, e examinei a parte amassada e fumegante para ver se eu poderia acender de volta e continuar fumando.

— Eu só não podia ficar sentado ouvindo você mentir de novo, Lucy, nunca vou conseguir fazer isso, então, qualquer estratégia que a gente combinar, não pode envolver mais mentiras. Isso me dá azia.

— As minhas mentiras dão azia em você?

— Bem aqui.

Ele esfregou o centro do peito.

— Ah. Nossa… Sinto tanto por isso.

Ele estremeceu e esfregou outra vez o peito.

— Seu nariz acabou de crescer, Pinóquio.

Eu o empurrei de brincadeira.

— Por que você não *me* deixa contar a verdade para as pessoas? Quer dizer, no meu próprio tempo.

— Não acredito que haja tempo suficiente no mundo para permitir que isso aconteça.

— Bem, eu não vou chamar todo mundo e admitir tudo de uma vez, mas vou contar a verdade. E vou fazer isso quando for a hora certa.

Que tal concordarmos que eu não vou mais contar mentiras de agora em diante, e aí você faz esse seu negócio de observar e acompanhar o processo, se for preciso.

— Como você vai parar de mentir?

— Acho que sei como *não* mentir se eu não quiser — falei, me sentindo ofendida. — Não é como se eu tivesse um problema grave em relação a isso.

— O que o cara do número errado tem que faz você dizer a verdade a ele?

— Quem?

— Você sabe quem. Tá vendo, você acabou de fazer de novo — acusou ele, bem-humorado. — A sua primeira reação é negar qualquer conhecimento de qualquer coisa.

Ignorei a observação perspicaz.

— Eu disse a ele pra não me ligar mais.

— Por quê? Você ligou e descobriu que ele está noivo?

Embora ele tenha ficado satisfeito com a piadinha, eu a ignorei.

— Não. Estava ficando esquisito demais.

— É uma pena.

— É — respondi meio vaga, sem ter certeza se realmente lamentava. Estendi a mão. — Então, combinado? Eu não minto, você observa?

Ele pensou a respeito.

— Quero acrescentar mais uma coisa a esse acordo.

Abaixei a mão.

— É claro que você quer.

— Toda vez que você mentir, eu vou revelar uma verdade. — Ele estendeu a mão. — Combinado?

Pensei a respeito, e não gostei. Eu não podia prometer com sinceridade que nunca mais mentiria, só o que podia fazer era tentar, e não podia confiar nele em relação à quantidade de verdades que revelaria sobre minha vida. Mas, se eu concordasse com o acordo, isso pelo menos traria a bola para o meu campo, impedindo que ele corresse desembestado pela minha vida como um touro em uma loja de porcelana.

— Tudo bem. Combinado.

Trocamos um aperto de mão.

O ambiente estava tenso quando voltei ao escritório. Os outros não conseguiam se decidir se ficavam bravos comigo ou não, assim como não conseguiam se decidir se ficavam bravos com Steve ou não, por isso acabamos trabalhando em silêncio e, claro, optando por deixar qualquer ponto que exigisse que falássemos uns com os outros na recém-criada bandeja *quando tudo voltar ao normal*, ao lado da caixa de entrada e da caixa de saída.

Vida me encarava da mesa oposta, o que era aceitável, porque aposto que não havia uma alma na sala, além de Edna, que conseguisse lembrar o nome do cara que trabalhara ali. Ele fora retirado da luta ainda no primeiro round, no começo do ano anterior, quando eu mal o via de onde me sentava, no canto bem abaixo da saída de ar-condicionado — onde minha única tarefa diária era tentar me manter aquecida e me esforçar ao máximo para impedir que Graham ficasse olhando para meus mamilos. Nem preciso dizer que a promessa bastante comovente de Augusto Fernández de que faria tudo o que pudesse para devolver o emprego a Steve era balela, portanto, a mesa dele estava vazia. Mas, se Vida tivesse escolhido se sentar naquela mesa, isso teria causado um rebuliço. Teria sido agressivo, doloroso demais. Vida passou o dia com os olhos no computador, digitando-digitando-digitando e fazendo anotações, me observando, reparando no modo como eu falava com os outros — o que aconteceu em um nível perto de zero, já que ninguém estava disposto a se comunicar.

Então, comecei a pensar sobre o que ele dissera. Sobre o cara do número errado, Don Lockwood, sobre por que não menti para ele. Não sei por que não menti, mas a resposta mais óbvia era porque eu não o conhecia, o homem era um completo estranho para mim e a verdade não importava em nada para ele.

A verdade não importava. Mas por que importava para o resto das outras pessoas?

Peguei o celular e dei uma olhada nas fotos — parei na que mostrava os olhos de Don, examinei bem, dei zoom em um de cada vez, como uma stalker obsessiva, vi os pontinhos azul-esverdeados no meio do azul, então coloquei a foto como meu protetor de tela. Causou um efeito bem impressionante quando pousei o celular na mesa e aqueles olhos ficaram me encarando.

— Por que você está sorrindo? — perguntou Vida de repente, me sobressaltando ao ouvir sua voz bem perto.

— O quê? Jesus, você me assustou. Não se esgueire pra perto de mim desse jeito.

— Eu estou sentado bem aqui, o que você estava fazendo?

— Ah. — Eu estava prestes a dizer *nada*, quando olhei para o protetor de tela. Não queria mentir. — Só olhando fotos.

Satisfeito por eu estar dizendo a verdade, ele decidiu fazer uma pausa e foi até a cozinha. Os olhos de Graham o seguiram pelo salão, então ele observou todos os outros para ter certeza de que estavam concentrados em seu trabalho, depois se levantou e seguiu Vida até a cozinha. Fiquei olhando para a porta, esperando um deles sair, mas depois que cinco minutos se passaram e nada aconteceu, comecei a me preocupar. Vida estava na cozinha com Graham havia muito tempo, e torci para que ele não tivesse cedido a uma das cantadas de Galinha, uma ideia que eu sabia que não podia ser verdade, mas que me deixou nauseada mesmo assim. Fiquei em pé perto do arquivo que Louise colocara estrategicamente perto da porta da cozinha, abri uma gaveta e fingi procurar uma pasta enquanto escutava.

— Então ela mentiu sobre saber espanhol — dizia Graham.

— Sim — disse Vida, e ele parecia estar comendo, raspando alguma coisa.

Um pote de iogurte, deduzi. Era de Louise, ela estava seguindo uma dieta restritiva e comia iogurtes o dia todo, do tipo que tinha mais açúcar do que um donut.

— Ora, ora, ora. E ela mentiu sobre fumar.

— Sim — repetiu Vida.

E continuou a raspar, raspar, raspar.

— Você sabe que eu fumo — disse Graham.

— Não, eu não sabia disso.

E parecia que também não se importava muito.

— Às vezes eu e a Lucy vamos juntos ao lugar secreto — contou Graham, mantendo a voz baixa, não porque estivesse falando sobre o lugar privado para fumantes, mas daquele jeito que os homens faziam quando falavam sobre coisas sexuais que tinham feito, ou, em geral, que desejavam ter feito.

— A escada de incêndio — falou Vida, mantendo a voz em um nível normal, o que dizia a qualquer um que não fosse Graham que ele não queria baixar o tom de voz nem o nível da conversa.

— Eu fiquei pensando que talvez ela tenha uma queda por mim. Que fingir ser fumante era só uma forma de se aproximar de mim.

Graham deu uma risadinha safada, se esquecendo do fato de que era sempre ele que andava atrás de mim.

— Você acha?

Raspa, raspa.

— Bem, é difícil se aproximar mais aqui, com esse monte de gente. O que você acha? Ela já falou alguma coisa a meu respeito? Ou ela não teria que dizer, você só saberia... é isso? Vamos, pode me contar.

— Sim, eu sei de quase tudo — falou Vida, e fiquei irritada por que Galinha sabia que ele era minha vida.

Já não bastava ele me assediar, agora ainda jogava aquele papinho para cima da minha vida também.

— Então o que você acha? Ela quer?

— Quer?

As raspadas pararam. O iogurte foi exterminado, sua integridade insultada.

— Ela me rejeitou algumas vezes, não vou mentir pra você, mas o problema é que eu sou casado, e, pra uma mulher como a Lucy, isso é um impedimento. Mas ainda tenho a sensação de que... Ela falou alguma coisa sobre mim?

Ouvi um guincho, a tampa da lixeira subindo; então, o farfalhar do saco plástico quando alguma coisa foi jogada lá dentro, o pote de iogurte; por fim, um tilintar na pia, a colher. E um longo suspiro da minha vida.

— Graham, posso dizer com segurança que a Lucy quer gostar de você e que, de vez em quando, consegue ver vislumbres de um cara legal, mas no fundo, no fundo, bem no fundo, ela acha que você é um cuzão.

Eu sorri, fechei a gaveta do arquivo e voltei depressa para minha mesa. Soube então que, embora tivesse me apunhalado pelas costas naquela manhã mesmo, à tarde minha vida resolveu me proteger. O escritório, em especial Graham, estava ainda mais silencioso à tarde, e não fui demitida naquele dia. Deitada na cama naquela noite, eu sabia que Vida estava acordado, porque ele não estava roncando. Eu estava repassando todos os acontecimentos do dia e tudo o que fora dito — entre mim, Vida e todos os outros no meio do caminho. Acabei chegando a uma conclusão.

— Você planejou tudo isso, não foi? — perguntei para o quarto escuro.

— Planejei o quê?

— Você entrou com tudo de propósito e contou a verdade pra Edna de um jeito que me faria ter a ideia de contar a verdade eu mesma.

— Parece que você está analisando demais as coisas, Lucy.

— Estou certa?

Silêncio.

— Sim.

— O que mais você está planejando?

Ele não chegou a me responder. E foi melhor assim.

CAPÍTULO CATORZE

Eu me arrependi de ter combinado com Melanie de nos encontrarmos já na noite seguinte. Não só porque Vida me manteve acordada a noite toda com o ronco, mas porque sair com Melanie seria como uma bala de revólver gigantesca da qual eu já vinha tentando me desviar havia um bom tempo. Para compensar ter saído do jantar mais cedo na semana anterior, eu prometera que iria quando Melanie fosse tocar em Dublin.

Por acaso seria na sexta-feira, no clube noturno mais descolado da cidade, pelo menos durante aquele mês. Era tão descolado que nem tinha nome, e todo mundo chamava o lugar de Balada sem Nome na Henrietta Street, o que era irônico. Era um local privado, ou pelo menos tinha sido reformado e comercializado com a intenção de ser assim, mas com as taxas extorsivas que cobrava — provavelmente decorrentes da conta das centenas de aquecedores a gás colocados do lado de fora para enganar os irlandeses, levando-os a acreditar e a ter a sensação de que não estavam no centro de Dublin, mas sim em West Hollywood —, somado com o momento que vivíamos, significava que o lugar estava deixando qualquer um entrar. Qualquer um que, no fim de semana, eles considerassem bonito e espetacular o bastante, o que liberava a entrada de qualquer pessoa feia durante a semana, para que conseguissem cobrir o pagamento do salário dos funcionários.

Era noite de sexta-feira, o que significava que estavam escolhendo os bonitos e espetaculares, o que não era um bom sinal para a minha vida. Eu ouvira os resmungos de que não estava tão movimentado quanto costumava estar — cem pessoas a menos em uma sexta-feira —, o que quem resmungava presumia ser um sinal do fim dos tempos. Achei aquilo irônico, porque para mim era mais um sinal do fim dos tempos um clube sem nome estar situado no que costumava ser uma das piores favelas da

Europa — onde pessoas viviam em prédios georgianos transformados em cortiços; de onde os ricos se mudaram para viver nos subúrbios; onde até quinze pessoas dividiam um quarto; onde até cem pessoas com todos os tipos de doenças viviam em um prédio com um único banheiro no quintal onde vivia o gado.

Toquei a campainha na grande porta vermelha e esperei que a portinhola se abrisse e um gnomo saísse. Isso não aconteceu. A porta inteira foi aberta por um homem careca vestido de preto que parecia uma bola de boliche. Ele tratava os frequentadores como se fosse o Príncipe Encantado, como se as mulheres que estavam ali servissem apenas para que ele escolhesse sua princesa, antes que o pai maléfico o casasse com um ogro. Ele pareceu satisfeito com minha aparência, mas infelizmente não gostou nada da aparência da minha vida, o que era irônico, porque aquela era a essência de um clube — os clientes não deveriam levar a vida junto. Em tese, deveriam deixá-la em casa, no banheiro bagunçado, ao lado do spray de cabelo e do bronzeador artificial e de todos os outros apetrechos que ajudavam a criar uma nova persona.

Bola de Boliche encarou minha vida com uma cara de quem tinha acabado de comer cocô. Vida levou mais uma vez a mão ao bolso interno do paletó para pegar o pedaço de papel que lhe dava acesso a todas as áreas da minha vida.

— Não — falei, e ergui a mão para detê-lo.

— Por que não?

— Aqui, não. — Olhei para o segurança. — Você poderia, por favor, chamar Melanie Sahakyan para a gente?

— Quem?

— DJ Breu. Somos convidados dela.

— Qual é o seu nome?

— Lucy Silchester.

— E qual é o nome dele?

— Cosmo Brown — disse Vida em voz alta, e não precisei me virar para saber que ele achava aquilo hilário.

— O nome dele não está na lista — falei. — Deve haver uma menção a um acompanhante.

— Não tem acompanhante aqui.

O segurança falou como se a lista sozinha revelasse os mistérios do mundo. Eu me perguntava o que a prancheta diria sobre as crenças maias a respeito do ano de 2012, ou, se não estivesse na lista, não valia. Bola de Boliche examinou minha vida. Vida não se importou muito, ele se apoiou nas grades pretas brilhantes, que crianças empobrecidas com rostos sujos escalaram no passado, e parecia apreciar o espetáculo que estava se desenrolando.

— Deve haver um mal-entendido. Você poderia, por favor, chamar a Melanie?

— Eu tenho que fechar a porta. Você pode esperar lá dentro, mas ele tem que esperar do lado de fora.

Suspirei.

— Eu vou esperar aí dentro.

Com minha aparência, eu podia entrar na balada. Com minha vida, não. Era um mundo muito cruel. Enquanto grupos passavam por nós, e eu ouvia trechos das conversas antes de eles entrarem, eu me perguntava se, caso aquele critério de julgamento valesse para todos, o clube não estaria completamente vazio. O que *seria* um sinal do fim dos tempos. Cinco minutos depois, a porta se abriu e Melanie apareceu, usando um vestido preto com a barra assimétrica e enfeitada com pulseiras que subiam pelos braços bronzeados até os cotovelos. O cabelo estava preso em um rabo de cavalo alto e, com aquelas maçãs do rosto de ébano, cintilantes, ela parecia uma princesa egípcia.

— Lucy!

Ela abriu os braços para me abraçar. Eu me virei para que, quando nos abraçássemos, Melanie tivesse uma visão lateral, e não por cima do meu ombro, de frente para minha vida.

— Quem mais está com você?

Passei por ela e fui até a entrada, onde revelei minha vida. Ele me seguiu para dentro. Melanie fez uma avaliação rápida do que via, tão rápida que só eu consegui notar seus cílios cheios se mexendo para cima e para baixo. Vida não percebeu, estava ocupado tirando o paletó amassado para entregar à mulher na chapelaria — que tinha como ganchos uma fileira de braços musculosos e finos se projetando da parede. A mulher pendurou o casaco de Vida no dedo médio esticado de um dos braços. Que ousado... Vida arregaçou as mangas até os cotovelos e isso ajudou bastante, mas ainda não chegava perto dos braços musculosos e dourados.

— Você é uma mulher cheia de segredos — comentou Melanie.

— Não é nada disso, de verdade — falei, e estremeci.

— Ah — disse ela, desapontada. — Oi, eu sou a Melanie — disse, e estendeu o braço carregado de pulseiras.

Vida brindou-a com um sorriso cintilante.

— Oi, Melanie, é um prazer conhecer você em pessoa, ouvi muito a seu respeito. Cosmo Brown.

— Que nome legal — falou ela, rindo. — Não é...?

— Sim, é do filme. Ele nunca veio aqui antes e tá muito animado, então vamos, mostra o lugar pra gente!

Fingi estar empolgada, Melanie ficou animada com minha empolgação e saiu saltitando pelo salão. Por todo lugar que passávamos, os homens paravam e olhavam para ela, o que era uma pena para eles, porque estavam latindo para a árvore errada. Aquilo tinha sido uma bênção para mim, porque, desde que Melanie assumira a homossexualidade, aos 16 anos, e os homens descobriram que ela não só não estava interessada, como nem sequer estava aberta a negociações, eles se voltavam para mim, o que não me incomodava nem um pouco, porque, se hoje quase não tenho orgulho, tinha menos ainda quando era adolescente.

O clube, pelo que parecia, fora decorado no tema dos quatro elementos da vida. Quando enfim chegamos a uma porta fechada, que tinha o número cinco, Vida olhou para mim com uma expressão duvidosa.

— O quinto elemento — expliquei.

— Que é... amor?

— Bem romântico — disse Melanie. — Mas não. — Ela abriu a porta e deu uma piscadela atrevida para Vida. — É álcool.

E vimos, dentro de uma taça de champanhe gigante, uma dançarina burlesca com borlas nos mamilos e nenhuma outra roupa que eu conseguisse distinguir, a menos que o tecido em questão tivesse desaparecido em suas partes íntimas. Eu esperava que Melanie começasse a trabalhar imediatamente para que não houvesse chance de perguntas, ou, se houvesse, fossem perguntas rápidas, que poderiam receber as respostas habituais de uma palavra, mas ainda era cedo e ela só começaria depois da meia-noite, portanto nos sentamos a uma mesa e Melanie examinou minha vida.

— Então, como vocês dois se conheceram?

— Nós trabalhamos juntos — respondi. Ele olhou para mim e quase pude ouvi-lo dizer: *Lembra do nosso acordo.* — Bem, é mais ou menos isso.

— Você trabalha na Mantic? — perguntou Melanie a ele.

— Não.

Ele olhou para mim. *Você mente, eu digo uma verdade.*

— Não. — Eu ri. — Ele não trabalha lá. Ele... ele é, hã, ele... não é daqui — falei, olhando para Vida em busca de aprovação.

Não era tecnicamente uma mentira. Consegui vê-lo avaliando a resposta. Vida me deu um aceno de aprovação, mas seu olhar me dizia *você está entrando em um terreno perigoso.*

— Que legal — disse Melanie, e se virou para ele quando perguntou: — Mas como vocês dois se conheceram?

— Ele é meu primo — falei em um rompante. — Tá doente. Em estado terminal. E está passando o dia comigo para escrever um artigo sobre mulheres modernas. É seu último desejo.

Não consegui me controlar.

— Vocês são primos? — perguntou ela, surpresa.

Vida começou a rir.

— De tudo o que ela falou, o que surpreende você é o fato de sermos *primos?*

— Ora, eu achava que já tinha conhecido todos eles. — Então ela suavizou o tom. — Mas que notícia triste. Você é jornalista. Você está bem?

Mas aí Vida e Melanie riram.

— Ah, por favor, sou amiga da Lucy quase a vida toda e conheço essa mulher bem o bastante para saber quando ela está mentindo.

Se ela soubesse...

— Você não consegue mesmo se conter, né? — falou Vida. — Muito bem, agora é minha vez. — Ele se inclinou na direção de Melanie e eu me preparei. Ela sorriu e se inclinou, entrando na brincadeira. — Lucy não gosta da sua música — soltou ele, e se recostou na cadeira.

O sorriso de Melanie desapareceu e ela também se recostou. Enfiei a cabeça nas mãos.

Vida olhou para mim.

— Acho que agora vou pegar alguma coisa para bebermos. Lucy?

— Mojito — respondi por trás das mãos que cobriam meu rosto.

— Pra mim também.

— Ótimo.

— Diga pra colocarem na minha conta — disse Melanie, sem olhar para ele.

— Não precisa, vou pedir reembolso — falou Vida, e se afastou.

— Quem é esse homenzinho horrível? — perguntou Melanie.

Eu me encolhi. Não podia contar a ela naquele momento.

— Melanie, eu nunca disse que não gostava da sua música. Só que não *entendia* a sua música, o que não é o mesmo que dizer que não gosto dela. Tem batidas, umas coisas rítmicas que eu apenas não reconheço.

Ela olhou para mim, piscou uma vez e perguntou, como se eu não tivesse dito nada:

— Lucy, quem é esse homem?

Enterrei novamente o rosto nas mãos. Era minha nova mania. Se eu não podia ver as pessoas, elas não podiam me ver. Ergui o rosto para respirar. Então, pousei o celular sobre a mesa e fitei os olhos de Don na tela, para me dar força.

— Certo, tudo bem, vou te contar a verdade. Esse homem é minha vida.

Melanie arregalou os olhos.

— Nossa, que romântico.

— Não, estou dizendo que ele *é* mesmo minha vida. Faz algum tempo, recebi uma carta da Agência da Vida, de verdade, marcando para que eu me encontrasse com minha vida, e é isso. É ele.

Melanie ficou boquiaberta.

— Você tá de sacanagem. Aquilo é a sua vida?

Nós duas nos viramos para olhar para ele.

Vida estava parado diante da bancada do bar, na ponta dos pés, tentando ser servido. Eu me encolhi outra vez.

— Ele é... uau, bem, ele é...

— Infeliz — completei para ela. — Você chamou minha vida de homenzinho horrível.

Os olhos grandes dela estavam cheios de preocupação.

— Você tá infeliz, Lucy? — perguntou Melanie.

— Eu? Não. Não tô infeliz. — E não era mentira. Eu não me *sentia* infeliz, só um pouco triste desde que Vida aparecera e me revelara meus defeitos. — Mas *ele* é infeliz pra caralho.

— Me explica como funciona.

— É como se ele fosse o Pinky e eu o Cérebro — falei. — Ou eu sou o raio X e ele o pé quebrado. — Tentei explicar, mas fiquei confusa. — Ele é o nariz e eu sou o Pinóquio. Sim — disse, e sorri —, acertei nessa última.

— Do que você está falando?

Eu suspirei.

— Ele só me acompanha. Como agora.

— Por quê?

— Pra observar, então tentar melhorar as coisas.

— Melhorar as coisas pra quem? Pra você?

— E pra ele.

— Que tipo de coisa, o que tem de errado?

Vasculhei meu cérebro em busca de uma resposta que não fosse mentira. Havia pouquíssimos pensamentos na minha cabeça naquele momento. Melanie *nunca* lia jornais ou ouvia as notícias, portanto não saberia sobre o incidente no escritório.

— Um exemplo. Aconteceu uma coisa no trabalho outro dia. Um homem com quem eu trabalhava foi demitido e voltou ao escritório com uma arma... não se preocupa, era uma pistola d'água, embora não soubéssemos disso na hora em que aconteceu, mas ele deixou todo mundo abalado, e algumas coisas aconteceram, então agora Vida está aqui por um tempo.

Era o mais vaga que eu poderia ser.

Achei que um alarme de incêndio havia disparado e, por um instante, fiquei grata por termos que evacuar o local e encerrar a conversa, mas então percebi que era o som de um carro de polícia americano fazendo *uón uón*. Olhei ao redor para ver o que estava acontecendo e vi uma

168

garçonete caminhando na nossa direção com uma sirene piscando na bandeja com nossas bebidas.

— Nossa, que sutil — comentei.

— Oi, pessoal — cantarolou a garçonete. — Aquele cara pediu pra avisar que vai tomar o drinque dele no bar.

— Obrigada. — Melanie mirou-a de cima a baixo e a brindou com um sorriso mais sedutor. Quando a mulher se afastou, Melanie se inclinou. — Ela é nova. E é uma gracinha.

Dei uma boa olhada na garçonete.

— Belas pernas.

Quando Melanie me contou que era lésbica, quando éramos adolescentes, fiquei imediatamente desconcertada, embora tentasse não demonstrar. Não porque eu fosse homofóbica, foi mais porque nós sempre tínhamos sido muito próximas e compartilhávamos muitas coisas, como vestiários, chuveiros, banheiros em saídas à noite, esse tipo de coisa. Eu não sabia como continuar com esses hábitos depois de ela me dizer que gostava de mulheres. Também não soube esconder muito bem minha preocupação. Então, certa noite, enquanto eu corria para me trancar sozinha em um cubículo do banheiro, ela me informou com bastante firmeza — e ao resto da fila atrás dela — que não estava, nem jamais, *jamais*, estaria, nem um pouco interessada em mim. Aquilo acabou fazendo com que eu me sentisse pior, ainda mais pelo uso duplo de "jamais", afinal... ela nem *consideraria* a possibilidade de me dar uma chance? Era bem possível que eu pudesse mudar no futuro, e a mente fechada dela me incomodou. Tomamos nossos drinques. Eu esperava que pudéssemos mudar de assunto logo, embora soubesse que não havia a menor chance disso acontecer.

— Então, que tipo de coisas aconteceram? — continuou Melanie de onde paramos.

— Ah, nada, eu só me meti em uma espécie de encrenca, só isso.

Ela arregalou os olhos.

— Que tipo de problema?

— Eu contei uma mentirinha no meu currículo.

Minimizei aquilo com um aceno desdenhoso da mão. Melanie jogou a cabeça para trás e riu.

— Qual?

Ela estava se divertindo com o assunto, mas eu sabia que aquilo não continuaria por muito mais tempo, sabia que estava seguindo por um rumo que eu não queria tomar. Já estava quase contando uma mentira grande e suculenta quando Vida, que devia ter percebido, se juntou a nós na mesa.

Melanie o encarou, dessa vez com admiração.

— Lucy estava me contando que você é a vida dela.

Vida olhou para mim, feliz por eu ter dito uma verdade.

— Isso é ótimo, Lucy.

— Que coisa legal, posso lhe dar um abraço?

Melanie não esperou por uma resposta e partiu direto para o ataque, passando os longos braços ao redor dele com força. Vida pareceu se derreter com a atenção. Ele fechou os olhos.

— Espera um instante. — Ela se afastou. — Tenho que tirar uma foto. — Melanie revirou a bolsa em busca do celular e segurou diante de si mesma e de Vida. Ele sorriu, e seus dentes pareciam cor de mostarda perto dos dentes muito brancos de Melanie. — Essa é para o Facebook. Então, a Lucy estava me contando que mentiu sobre o currículo dela.

Melanie sorriu e se preparou para ouvir a fofoca, os lábios grandes e cintilantes bem plantados no canudo da bebida, como alguém respirando oxigênio de um tanque.

— Sério?

Vida olhou para mim, mais uma vez impressionado. Eu estava ganhando pontos de mérito.

— Sim. — Cocei a cabeça. — Eu só disse que sabia falar um idioma que não sei — soltei, esperando que pudéssemos rir daquilo e que o assunto morresse, mas eu sabia que não teria tanta sorte.

Melanie jogou a cabeça para trás e riu de novo.

— Qual era o idioma? Suaíli ou algo assim?

— Não — respondi, rindo sem jeito.

— Ora, que idioma você disse que sabia falar e não sabia? Juro, Cosmo, eu preciso arrancar as informações dessa mulher o tempo todo.

— Espanhol.

Os olhos castanhos dela escureceram mais um pouco, mas ela sorriu, embora já não tão entusiasmada.

— Você consegue ser pior em espanhol do que eu.

— Sim — concordei, ainda sorrindo.

Eu queria mudar de assunto, mas não conseguia pensar em nada para dizer que não fosse forçado e antinatural.

— Mas e se tivessem lhe pedido para fazer alguma coisa usando espanhol? — perguntou ela, e tive certeza de que estava me testando.

— Pediram. — Tomei um gole do meu drinque. — Pediam o tempo todo. Os principais idiomas dos manuais são inglês, francês, holandês e italiano.

— E espanhol — completou ela, me examinando com atenção.

— E espanhol — confirmei.

Melanie sugou o canudo, os olhos ainda fixos nos meus.

— Então o que você fez?

Ela estava começando a entender, ou já tinha entendido. Ou eu estava paranoica, mas já sabia que minha paranoia era fruto de intuição, ou seja, de qualquer forma eu estava encrencada.

— Eu tive uma ajudinha.

Vida estava olhando dela para mim e de mim para ela, percebendo que algo estava acontecendo, mas sem saber bem o quê. Esperei que pegasse o computador para procurar a resposta, mas ele não fez isso, apenas esperou educadamente.

— De quem? — perguntou ela.

Melanie estava imóvel. Tensa. Na expectativa. Esperando apenas a confirmação.

— Melanie, desculpa.

— Não peça desculpas, só responda à minha pergunta — disse ela, o tom frio.

— A resposta é sim, e eu sinto muito.

— Você procurou a Mariza.

— Sim.

Melanie me encarou, chocada. Mesmo sabendo que aquela seria a resposta, ela não conseguia acreditar. Pensei que minha amiga fosse jogar a bebida em mim, mas a raiva diminuiu e ela parecia apenas magoada.

— Você ainda fala com a Mariza?

Mariza era o amor da vida de Melanie, mas a magoara muito, e todos estávamos destinados a odiar a mulher pelo resto da vida. E eu a odiei, até Mariza me mandar um e-mail certo dia perguntando como estava Melanie. No começo, eu tinha agido como uma boa amiga, fui friamente distante e distantemente fria, menti sobre como Melanie estava indo muito bem, mas então a situação mudou, e eu precisei dela.

— Só um breve contato. Foi só para as traduções, nada pessoal.

— Nada pessoal?

— Certo, talvez um pouco. Ela sempre perguntava a seu respeito, eu disse que você estava viajando pelo mundo, muito bem-sucedida, conhecendo outras pessoas, nunca contei à Mariza nada que você não gostaria que eu contasse. Juro. Ela estava preocupada com você.

— É claro que estava. — Então outra coisa lhe ocorreu. — Você está nesse emprego há quanto tempo?

— Dois anos e meio — murmurei.

Fiquei muito envergonhada, em parte porque aquela conversa estava acontecendo na frente da minha vida, mas principalmente porque a conversa *estava* acontecendo.

— Ou seja, você tem falado com ela durante os últimos dois anos e meio. Lucy, eu não acredito nisso. — Melanie se levantou e deu alguns passos aleatórios em direções diferentes, mas a verdade era que não queria ir a lugar nenhum. Então, voltou à mesa, mas permaneceu de pé. — Como você se sentiria se eu tivesse passado os últimos dois anos e meio falando com um ex seu sem o seu conhecimento, enquanto você não tinha qualquer notícia direta dele desde que ele te deixou? A quantidade de vezes que eu me perguntei o que a Mariza andava fazendo, ou onde ela estava, e *você sabia* o tempo todo e não me disse nada. Como você se sentiria se eu fizesse isso com você?

Vida olhou para mim. Senti que ele estava me incitando a dizer alguma coisa sobre Blake. Eu não podia arriscar que ele dissesse a verdade. Não naquele momento, que seria o pior possível, mas eu não podia mentir.

— Eu entendo. Eu também ficaria muito magoada. — Engoli em seco.

— Mas você fala com o Blake o tempo todo — falei, em minha defesa.

Ela me encarou como se eu fosse idiota.

— Com o Blake é diferente. Ele não decidiu, de um dia para o outro, sem nenhuma razão clara, pisar no seu coração e quebrá-lo em um milhão de pedacinhos. Você o deixou. Portanto, não tem ideia de como me sinto.

Vida estava com os olhos fixos em mim. *Fale agora ou cale-se para sempre*. Eu me calei para sempre.

Melanie se conteve antes que falasse demais, embora já tivesse falado.

— Preciso de um minuto, tenho que tomar um ar.

Ela pegou o maço de cigarro e saiu da mesa. Olhei para minha vida.

— Feliz agora?

— Estou me sentindo um pouco melhor.

— Quanto melhor você se sentir, mais vou afastar as outras pessoas de mim. Em que isso vai me ajudar?

— Agora, não muito, mas no futuro vai valer a pena. Essas pessoas só precisam conhecer você.

— Elas me conhecem.

— Se nem você se conhece, como pode esperar que as outras pessoas a conheçam?

— Nossa, que filosófico.

Peguei minha bolsa.

— Aonde você vai?

— Pra casa.

— Mas acabamos de chegar.

— Melanie não me quer aqui.

— Ela nunca disse isso.

— Não precisa.

— Então dá um jeito de consertar as coisas com ela.

— Como?

— Ficando. Você nunca fez isso antes.

— E fazer o quê aqui?

Ele ergueu as sobrancelhas.

— Dançar.

— Eu não vou dançar com você.

— Vamos lá.

Ele se levantou, pegou minhas mãos e me puxou para que eu me levantasse. Tentei resistir, mas ele era forte.

— Eu não danço — falei, tentando me afastar dele.

— Mas dançava antes. Você e o Blake foram os vencedores do concurso Dirty Dancing dois anos seguidos.

— Tudo bem, mas eu não danço mais. Nem tem ninguém na pista de dança, vamos parecer dois idiotas. E não vou dançar Dirty Dancing com você.

— Dance como se ninguém estivesse olhando.

Mas estavam todos olhando, incluindo Melanie, que tinha voltado para dentro do salão e estava nos observando de um canto escuro, mesmo estando brava comigo. Senti um peso que eu nem sabia que existia ser tirado dos meus ombros depois de revelar aquela verdade. Vida se exibia na pista como um tio bêbado em um casamento ruim, tentando dançar como John Travolta em uma mistura bizarra de *Pulp Fiction* e "Stayin' Alive", mas ele estava feliz e me fez sorrir. Então encarnei um pouco a Uma Thurman e dancei com Vida como se ninguém estivesse olhando, até sobrarmos apenas nós dois na pista de dança, até sermos os últimos a sair pela porta. Ele era convincente, a vida tem um jeito todo especial de conseguir o que quer quando realmente sabe o que quer.

CAPÍTULO QUINZE

— Então, me conta sobre o seu papai — perguntou Vida na manhã seguinte.

Estávamos sentados em um banco do parque tomando café em copos descartáveis e assistindo ao sr. Pan perseguir uma borboleta e saltar com tanta alegria que tentei não pensar no fato de que a última vez que ele sentira a grama sob as patinhas foi na mudança de apartamento.

— Primeiro que não é papai — corrigi. — É "pai". Ele deixou isso bem claro assim que conseguimos formar palavras de verdade. E segundo, não há muito o que contar.

— Jura?

— Sim, juro.

Vida se virou para a senhora ao lado dele.

— Com licença, o namorado dessa moça a largou, e os dois inventaram uma mentira pra fazer as pessoas pensarem que foi o contrário.

— Ah, nossa — respondeu a mulher, confusa, achando que deveria saber do que ele estava falando, mas sem conseguir entender direito.

— Não acredito que você fez isso — resmunguei.

— Você mente, eu digo uma verdade — disse ele, repetindo seu mantra.

— Eu não menti, não tem mesmo muito o que contar sobre o meu pai.

— Lucy, já te ocorreu que eu posso estar aqui por um motivo específico? E que, assim que eu investigar tudo e descobrir o que há de errado com sua vida, eu vou embora, sumo de vez? E você não vai ter que me ver novamente. Imagina como os seus dias serão felizes. Portanto, é do seu interesse cooperar, mesmo que você não ache que o assunto que estou abordando é um problema.

— O que você veio consertar?

— Eu não sei, é uma cirurgia exploratória. Eu examino todas as áreas e descubro qual é o problema.

— Então você é o colonoscópio no meu ânus.

Ele estremeceu.

— Mais uma vez, estamos tendo problemas com as metáforas.

Nós sorrimos.

— Eu me lembro de você dizendo que o seu pai era um homenzinho pretensioso que precisava descer do pedestal. Isso deixa claro que temos algo sobre o que conversar.

— Não foi isso o que eu disse. Chamei ele de *merdinha* pretensioso.

— Eu estava parafraseando.

— Nós apenas nunca nos demos bem. Até nos entendíamos, até certo ponto, quando éramos educados o bastante para nos tolerarmos, mas não há mais espaço para isso. — Olhei para ele. — Você está aqui pra resolver meus *daddy issues*? Porque, se for isso, podemos muito bem cancelar tudo agora, afinal, se eu realmente tivesse problemas com o meu pai, passaria os meus dias fazendo de tudo para agradá-lo, e como consequência eu me tornaria um prodígio, e neste momento não estou nem perto disso. Ele não consegue nem me irritar o suficiente para que eu me torne uma mulher bem-sucedida. Nossos problemas não passam de perda de tempo.

— Você está certa. Você é um fracasso porque não tem problemas com o seu pai.

Nós rimos.

— Ele não gosta de mim — declarei, seca. — Não há nada mais profundo do que isso, nada para consertar, nada para explorar. Ele só nunca gostou de mim.

— O que faz você dizer isso?

— Ele me disse.

— O seu pai não te disse isso.

— Você sabe que ele disse. Ser demitida do meu último emprego foi a gota d'água pra ele, o que foi um absurdo porque até aquele momento eu estava indo bem, então, se pensarmos bem, deveria ter sido a primeira gota. Na verdade, não devia ter sido gota nenhuma, porque eu não contei a ele que fui demitida, disse à minha família que deixei o emprego porque não concordava com a posição da empresa sobre responsabilidade ambiental. Tivemos uma discussão, eu comentei que sabia que ele me odiava, e ele respondeu, abre aspas: "Lucy, eu não a odeio, só não gosto muito de você". Fecha aspas. — Olhei para Vida. — Ou seja, não é só paranoia minha. Pega o seu computadorzinho e veja por si mesmo.

— Tenho certeza de que ele estava se referindo apenas àquele momento.

— Sim, ele com certeza estava se referindo àquele momento, a questão é que o momento não acabou, ainda estamos presos nele.

— Por que você foi demitida?

Finalmente tínhamos chegado àquilo.

Suspirei.

— Você sabe o que é RSC?

Ele franziu o cenho e balançou a cabeça em negativa.

— RSC, também conhecido como Responsabilidade Social Corporativa, é uma forma de autorregulamentação corporativa integrada a um modelo de negócios. A política de RSC honra o resultado triplo: pessoas, planeta, proventos. É como uma consciência corporativa, integrando o interesse público à tomada de decisões corporativas, incentivando o crescimento e o desenvolvimento da comunidade, bem com eliminando práticas que prejudicam o consumidor, mesmo que não seja obrigatório por lei. A ideia é que a empresa obtenha mais lucro operando de modo estratégico, embora alguns argumentem que isso resulta em um desvio do papel econômico dos negócios. — Tomei um gole de café. — A propósito, concordo com essa abordagem voltada à RSC. Eu trabalhava em uma grande multinacional que devia ter levado essa política mais a sério, porque eu não concordava com as decisões que estavam tomando.

— Mas o que aconteceu? Você encontrou papel na lixeira destinada a plástico?

— Não. — Revirei os olhos. — Não vou entrar em detalhes, mas, em resumo, compartilhei as minhas opiniões com o CEO e fui demitida bem rápido.

Vida assentiu para si mesmo e pensou por algum tempo sobre o que eu acabara de contar. Então jogou a cabeça para trás e riu, tão alto que a senhora ao lado dele pulou de susto, e mesmo assim ele riu de se acabar. E estava sem fôlego quando as gargalhadas finalmente cederam.

— Cara, essa foi boa — falou. — Obrigado.

— De nada.

Tomei um gole do meu café, me preparando para a vingança.

— Acho que você vai ver que valeu a pena. — Ele se virou de novo para a senhora. — Às vezes, ela passa semanas a fio sem lavar o sutiã.

Eu arquejei. A mulher enfim se levantou e foi embora.

— Então, de onde você tirou essa mentira? — perguntou ele.

— Wikipédia. Não conseguia dormir certa noite, então procurei uma boa história.

— Legal. Foi isso que você contou pra todo mundo?

— Sim. Ninguém nunca perguntou quais eram as práticas da empresa com as quais eu não concordava. Até pensei em dizer alguma coisa como despejo ilegal de resíduos, mas me pareceu muito óbvio, e muito anos 1980.

Ele riu de novo. Então parou.

— Não foi isso que disse ao seu pai, foi?

— Foi. — Eu me encolhi, relembrando o momento. — Acontece que ele já sabia a verdade, mas ainda assim me deixou fazer o meu breve discurso antes de me confrontar. O meu pai é o único que sabe a verdade por trás dessa mentira em particular. Daí a discussão.

— Como ele soube?

— Ele é juiz, e aprendi que o mundo judiciário é bem pequeno.

— Ah. Você se importaria em fazer a gentileza de compartilhar a verdade comigo?

Terminei de tomar o café e atirei o copo na lixeira mais próxima. Errei e ele caiu no chão. Soltei um suspiro cansado, sentindo o peso do mundo sobre meus ombros só por causa daquele incidente, então me levantei, coloquei o copo no lixo e voltei para o banco.

— Eu estava bêbada quando fui buscar um cliente no aeroporto. Eu me perdi, ficamos rodando de carro por uma hora, ele perdeu a reunião que tinha, então o levei ao hotel errado e o deixei lá. — Olhei para Vida. — Eles me demitiram e tive a carteira de motorista suspensa por um ano, então vendi o carro e aluguei um apartamento na cidade, onde podia ir de bicicleta pra qualquer lugar.

— O que estava ligado à coisa da responsabilidade ambiental.

Assenti.

— Inteligente.

— Obrigada.

— Então, ao que parece, você mentiu para o seu pai, que te desmascarou, e agora você está brava com ele porque ele ficou bravo com você?

Pensei no que ele acabara de dizer. Quis protestar, me justificar e explicar os anos em que havia suportado os comentários condescendentes e a agressividade do meu pai, que desempenharam um papel importante no fim do nosso relacionamento porque, é claro, foi muito mais complicado do que apenas uma discussão, mas era muita coisa para contar e eu não sabia por onde começar, não tinha tempo, energia ou inclinação para mergulhar nos mínimos detalhes. Por isso, depois de algum tempo, optei pelo caminho mais preguiçoso e assenti.

— O problema é que as suas mentiras são construídas em cima de outras mentiras, né? Se conta uma, tem que contar outra e, se revela uma pequena verdade, a coisa toda desmorona. Então você continua empilhando mais mentiras, como aquela de falar espanhol no trabalho, que está ligada à Melanie e à ex-namorada dela.

Assenti.

Ele continuou.

— Se você disser às pessoas que foi demitida do trabalho, elas vão perguntar *por quê*. A resposta é porque você estava bêbada. E *por quê*? Porque aquele foi o dia em que Blake a deixou, e você estava mal e tinha folga naquele dia, não estava pensando direito, então abriu uma garrafa de vinho e o bebeu. Aí ligaram da empresa, mesmo você estando de folga, e lhe disseram que houve um problema e que você precisava buscar Robert Smyth no aeroporto pra levá-lo a uma reunião importante. Como havia muita coisa em jogo, afinal você já tinha perdido o namorado e não queria perder o emprego também, resolveu pegar o carro, bêbada, mas não tanto quanto acabou ficando, porque o efeito do álcool ainda não estava no auge, mas você foi piorando conforme o tempo passava. Foi um dia desastroso e, como resultado, perdeu o emprego, a carteira de motorista e o carro.

Aquilo me pareceu tão triste... Minha vida inteira emaranhada em uma série de mentiras ridículas que iam de mal a pior.

— Se você já sabe de tudo isso, então por que me pergunta?

— Quero ouvir alguma coisa que os arquivos do computador não estão me dizendo.

— E já ouviu?

— Sim.

Olhei para ele, esperando que explicasse melhor.

— Você não é irresponsável. Você só está triste.

Silchesters não choravam, mas isso não significava que Silchesters nunca *quisessem* chorar. Senti vontade de chorar naquele momento, mas não fiz isso. Nós ficamos sentados ali, juntos, em um silêncio longo, mas não desconfortável; pelo menos cinco minutos se passaram sem que disséssemos uma só palavra. O dia estava lindo, o parque cheio, não havia uma brisa no ar, tudo parecia estável, todos relaxados, deitados na grama recém-cortada, lendo, comendo, fofocando, ou fazendo o que estávamos fazendo, que era absorver tudo. Por fim, Vida quebrou o silêncio.

— Mas eu acho mesmo que você sempre passa os dias tentando *des*agradá-lo. O que é alguma coisa — falou.

Aquilo saiu do nada, um comentário aleatório, e fingi não saber do que ele estava falando. Mas eu sabia.

Naquela noite era o aniversário de Chantelle, o que significava que todos nós tínhamos sido chamados para o Wine Bistro. Nós nunca comprávamos presentes um para o outro, em vez disso, concordávamos em pagar a parte do aniversariante na comemoração. Antes nos encontrávamos toda semana no apartamento que eu dividia com Blake, mas, quando nos separamos, as reuniões foram realocadas para o restaurante, onde a comida era boa e barata.

Vida me encontrou no fim do quarteirão e, para minha absoluta surpresa e alegria, estava usando calça jeans e, por baixo do paletó amassado e enrugado, uma camisa de linho branca e limpa. Dentes limpos e roupas melhores sem dúvida significavam que eu estava em ascensão. Mas eu não conseguia parar de bocejar — Vida ainda não tinha se dado ao trabalho de arrumar clipes nasais para não roncar, só que o bocejo não era só porque eu estava cansada, era também porque estava muito ansiosa, o que ele logo percebeu.

— Não se preocupa, vai ficar tudo bem.

— É claro que eu tô preocupada, não tenho a mínima ideia do que você vai dizer a eles.

— Não vou dizer nada, vou só observar. Mas, se você mentir, vou contar uma verdade.

Aquilo me deixava ansiosa, afinal, minhas amizades foram construídas com base em mentiras. Bocejei de novo.

— Só toma cuidado com o Adam. Ele é o melhor amigo do Blake e me odeia.

— Tenho certeza de que ele não odeia você.

— Só toma cuidado.

— Tudo bem.

Comecei a andar com pressa pela rua, o que era difícil com o salto muito alto de plataforma. Eu me sentia como se estivesse em um sonho, tentando correr sem chegar a lugar nenhum. Sem fôlego, comecei a fazer o resumo do grupo para ele.

— Lisa tá grávida, deve ter o bebê daqui a um mês, e o rosto e a mão estão muito inchados, então não encara muito, e, por favor, tenha paciência com ela. David é o marido dela, ele é o cara que tem paciência com ela. A Lisa saía com o Jamie anos atrás, e o David e o Jamie são amigos, às vezes as coisas ficam um pouco esquisitas, mas no geral corre tudo bem. Não foi traição nem nada, eles ficaram juntos anos depois, então não precisa se preocupar com isso.

— Tudo bem, vou tentar não me preocupar com o Jamie e o David. Se em algum momento você achar que estou ficando muito interessado na vida emocionante deles, basta entrar na conversa e me parar.

— Você sabia que o sarcasmo é a forma mais baixa de humor?

— E ainda assim é muito divertido.

— Talvez Chantelle tente dar em cima de você, ela fica muito atirada depois de beber. Ou seja, se você sentir uma mão por baixo da mesa, é a dela. A namorada do Adam, Mary, é fotógrafa, usa preto o tempo todo, e eu não confio nela.

— Porque ela usa preto?

— Não seja ridículo, é porque ela é fotógrafa.

— Nossa, fico muito feliz por só eu estar sendo ridículo.

— Ela está sempre tentando ver as coisas por ângulos diferentes. Tudo. Até coisas simples, tipo, se eu disser: "Fui fazer compras hoje". Aí ela diz coisas como — imitei ela com uma voz profunda e lenta: — "Por quê? Em que loja? Você tem medo de lojas? É por causa da sua infância? Como era a luz lá?". — Vida riu de mim, e eu voltei à minha voz normal, ofegante e caminhante, caminhante e ofegante. — Ela complica as coisas. Sobra, então... — Repassei todos do grupo na minha mente. — Eu. E tô com problemas demais agora. — Parei de andar quando chegamos à porta do restaurante e o encarei. — Por favor, não faça os meus amigos me odiarem.

— Lucy, me dê a mão.

Não dei, então ele tentou pegar minha mão mesmo assim.

— Não, suas mãos estão sempre suadas. — Olhei para o restaurante, vi todos sentados lá dentro. Eu era a última a chegar, como sempre. — Que ótimo, estamos atrasados.

— Se serve de consolo, você vai ser a primeira a ir embora.

— Você também é vidente?

— Não, mas você nunca fica até o fim. E as minhas mãos não estão suadas — falou Vida, mais para si mesmo do que para mim, tocando uma com a outra. Então ele segurou minhas mãos. — Viu só?

As mãos dele estavam mesmo secas; sem dúvida, eu estava melhorando, só não era como me sentia naquele momento.

— Lucy, olha pra mim. Acalme-se. Não vou fazer os seus amigos te odiarem mais do que já odeiam. Isso foi uma piada, não precisa ficar tão assustada. É sério, não vou fazer os seus amigos te odiarem. Prometo. Agora respira.

Nós voltamos a andar e ele ainda segurava minha mão. Eu me acalmei por um instante, então vi Adam nos observando de dentro do restaurante, por isso logo soltei a mão de Vida e entrei em pânico novamente. Assim que entramos, o garçom com o sotaque francês falso me viu e nem tentou esconder a expressão angustiada.

— *Bonjour* — disse a ele enquanto tirava meu casaco. — *D'accord, tu peux rester près de moi tant que tu ne parles pas de la chaleur qu'il fait ici.* — Certo, você pode ficar ao meu lado, desde que não fale sobre como está quente aqui.

O rapaz abriu um grande sorriso, que mostrava que já estava ficando farto de mim, e pegou os cardápios.

— Purr aqui — murmurou ele.

— O que foi isso? — perguntou Vida.

Eu não respondi, ocupada demais seguindo o falso garçom francês e colocando um grande e falso sorriso no rosto para meus amigos, que não olhavam para mim, mas encaravam Vida. Estavam todos sentados em seus lugares favoritos, a não ser por Melanie. O assento dela estava vazio porque ela viajara para Ibiza naquela manhã para se apresentar em uma festa do P. Diddy. Eu me sentei à cabeceira da mesa e olhei para o lugar onde Blake deveria estar. Era sempre um lembrete. Vida se sentou ao meu lado, no lugar de Melanie. Estavam todos com os olhos fixos em nós.

— Pessoal, esse é... — Eu me enrolei um pouco, mas foi tão breve que esperava que ninguém tivesse notado.

— Cosmo Brown — disse ele, terminando a frase por mim. — Sou amigo da Lucy, estou na cidade por algumas semanas.

Olhei para ele, surpresa, então para todos os outros, para ver se engoliram a mentira. Por que não engoliriam? Estavam todos assentindo, fazendo sons simpáticos e alegres, e foram se apresentando um a um, os homens trocando apertos de mão por cima da mesa. Adam examinou Vida com cautela, Mary sem dúvida checou a iluminação no rosto dele em busca de sinais de traumas de infância.

— Cosmo — disse Lisa, olhando para o marido, David. Ela esfregou a barriga proeminente. — Gostei desse nome.

— É... — falou David, tentando ser educado com Lisa e com minha vida, mas claramente odiando o nome.

— Então é um menino — falou Chantelle, pegando os dois no flagra.

— Não — disse Lisa.

Os outros vaiaram enquanto Lisa tentava falar mais alto do que eles.

— Eu já disse que não sabemos, mas, *se* fosse um menino, Cosmo seria um nome legal. Meu Deus, tenho que ser tão específica com vocês...

Ela se escondeu atrás do cardápio.

— Então, há quanto tempo vocês dois se conhecem? — perguntou Adam.

Que primeira pergunta interessante. Eu traduzi como: "Então, há quanto tempo você está dormindo com a Lucy pelas costas do Blake?".

Olhei para Vida, preocupada com a possibilidade de ele deixar escapar a história toda, mas ele manteve a promessa.

— Ah... — Vida olhou para mim e riu. — Desde sempre.

— Sempre? — perguntou Adam, erguendo as sobrancelhas. — Por quanto tempo você vai ficar em Dublin?

— Ainda não tenho certeza — respondeu Vida, tirando aquele paletó horrível e dobrando as mangas da camisa de linho nova. — Vou ver como as coisas rolam.

— Você está aqui a trabalho?

— De um modo geral? Ou agora?

— Aqui, em Dublin — esclareceu Adam.

— É trabalho e prazer — falou Vida, com um grande sorriso, para que a falta de informações não parecesse rude.

Eu precisava aprender com ele. Era melhor dar pequenos fragmentos de informação do que contar mentiras. Mas aquilo parecia não estar funcionando com Adam, porque ele queria saber tudo sobre minha vida.

— Qual é a sua linha de trabalho? — perguntou ele.

— Não se preocupe, não é nada que possa representar uma ameaça.

Vida levantou as mãos na defensiva, deixando claro que percebia o interrogatório de Adam.

Todos riram, menos Adam, que pareceu irritado. Mary colocou a mão no colo dele e lhe deu um pequeno aperto na mão. Foi como se dissesse: *acalme-se*. Ela também me odiava. Quando Blake e eu terminamos, não tive mais notícias dela — um sinal claro de que só éramos amigas porque nossos namorados eram —, e, por mais insultante que aquilo fosse, acabei ficando muito feliz por nunca mais ter que ir a exposições de fotos bizarras que tinham como tema "Momentos do Tomilho: um olhar único e distinto sobre a natureza".

— Tô brincando com você — falou Vida, diretamente a Adam. — Sou auditor.

Franzi os lábios e tentei não sorrir. Eu sabia que aquilo era uma referência direta ao dia em que nos conhecemos, quando eu dissera a ele que sentia que minha vida estava sendo auditada. Acho que foi um movimento inconsciente, mas Vida passou o braço ao redor das costas da minha cadeira de forma protetora — embora o gesto pudesse ser lido de forma diferente, como acho que Adam interpretou, porque ele estava olhando para mim como se eu fosse o tolete de merda mais nojento que ele já tinha visto.

— Era *isso* que precisávamos fazer — falou Lisa de repente, levando mais uma vez a mão à barriga. Ela olhou para David. — Cuidar dos documentos. Você assinou aqueles formulários?

— Não, eu esqueci.

— Deixei os papéis sobre a bancada da cozinha, ao lado do telefone, pra que você os visse.

— E eu vi, só esqueci de assiná-los.

O rosto de Lisa ficou vermelho.

— Vamos fazer isso quando chegarmos em casa — disse David com calma. — Seja como for, é sábado, não tem muito o que possamos adiantar.

— Porra, David, era sexta-feira ontem, quando eu te disse pra assi-nar — retrucou ela.

David olhou para Jamie, cansado.

— Então, o Blake está na cidade — falou Jamie, para melhorar o clima.

Aquilo chamou minha atenção, mas, como sempre, eu precisava tomar cuidado com as reações que tinha em relação a qualquer coisa que dissesse respeito a ele, por isso abaixei a cabeça para o cardápio e fingi lê-lo. Li "sopa do dia" treze vezes.

— Cosmo, você conhece o Blake? — perguntou Jamie.

— Blake? — Vida olhou para mim, e meu coração estava disparado.

— Sim, Blake, o pobre homem inocente que Lucy cruelmente dis-pensou, como a *femme fatale* que ela é — brincou Chantelle. — E nunca vamos deixá-la se esquecer disso.

Dei de ombros, indiferente.

— Sendo sincera, acho que todas as mulheres deveriam lidar com términos de relacionamento como você, Lucy — afirmou Lisa. — Meu Deus, lembra como eu era?

Todos gemeram, lembrando ao mesmo tempo do drama nos telefonemas chorosos feitos por Lisa tarde da noite, de como ela *nunca* queria ficar sozinha, das batalhas intermináveis para convencê-la de que ela *não* estava tendo um ataque cardíaco — que, por mais doloroso que fosse, era apenas a dor de um coração partido. Jamie sorriu com ternura, provavelmente pela lembrança deles juntos e não pelo amargo rompimento que ocorreu depois. Ele e Lisa trocaram um olhar. David se mexeu na cadeira, desconfortável.

— Bem, precisamos encarar essas coisas de forma positiva, né? — falei, tentando dar um sorriso confiante, mas com a sensação de que meus lábios estavam tremendo por dentro. — Pelo menos nos separamos antes de o mercado imobiliário entrar em colapso e recebemos um bom dinheiro com a venda. — Que eu torrei. — Nós nunca venderíamos aquele apartamento agora.

Eles ficaram me olhando.

— Eu amava aquele apartamento — disse Chantelle, triste.

Eu também.

— Lá estava sempre quente demais — comentei com desdém.

Lembrei de Blake andando pelos cômodos sem roupa depois de eu aumentar a temperatura de propósito. Ele estava sempre com muito calor e parecia uma fornalha na cama. Olhei para o cardápio. *Sopa quente do dia. Quente, quente, quente.*

— Não cheguei a conhecer o Blake — disse Vida para Adam, que ainda esperava uma resposta.

— Ele é gente boa — falou Adam.

— Claro que é. Você é o melhor amigo dele.

— O que você quer dizer com isso?

— Posso anotar os seus pedidos, por favor?

O garçom chegou na hora certa. Soou como *"sus pedides, pur faveur"*, como se todo o treinamento de francês dele tivesse sido tirado de um episódio de 'Allo, 'Allo, uma série dos anos 1980 marcada pela teatralidade exagerada dos sotaques dos personagens.

Soube muitas coisas sobre Blake durante aquele jantar, por exemplo, que o último episódio do programa dele iria ao ar naquela semana, e que ele ficaria em casa pelo resto do verão; que ele tinha aberto um centro de atividades esportivas e aventuras ao ar livre em Bastardstown, no condado de Wexford, algo que planejávamos fazer juntos. Ele estava fazendo tudo o que planejávamos fazer juntos, só que sem mim. Voltei a encarar o cardápio e pisquei uma dúzia de vezes. *Sopa do dia, sopa do dia, sopa do dia.*

— Vocês falaram de abrir esse centro de atividades esportivas juntos, né? — comentou Adam.

— Ah, sim — falei, soando blasé, os olhos ainda inspecionando o cardápio. — Talvez eu devesse processar o Blake por roubar minha ideia.

Os outros sorriram, menos Adam, é claro, então Lisa começou a fazer o pedido, em seu novo tom autoritário, fazendo alterações em todos os pratos para atender às próprias necessidades alimentares. O garçom, um pouco nervoso, teve que pedir licença para ver se o chef faria o que ela queria. Momentos depois, o próprio chef se aproximou da nossa mesa. Ele era mesmo francês e foi educado ao informar a Lisa que não poderia fazer o pastel de queijo de cabra sem o queijo de cabra, porque então seria apenas massa, e ele já havia recheado cada um com o queijo de cabra.

— Beleza — retrucou Lisa, o rosto vermelho outra vez. — Vou querer pão. — Ela fechou o cardápio com força. — Só um prato de pão, por favor, porque é só o que posso comer aqui... Não, na verdade, não posso, porque tem nozes e não posso comer nozes.

— Desculpa — disse David, com o rosto vermelho também. — Ela está muito cansada.

— Agradeço se você não se desculpar por mim. — Ela se acomodou, sem jeito, no assento. — Tem menos a ver com estar cansada e mais a ver com essas cadeiras de merda, desconfortáveis demais. — Então ela começou a chorar. — Merda — guinchou Lisa. — Desculpa. Tem alguma coisa no meu olho.

A frase terminou com a voz dela uma oitava mais alta do que a de um esquilo.

— Lees — chamou Jamie, em um tom suave, apontando para o cardápio —, olha só, tem pimentões assados como acompanhamento. Você adora. Por que não pede isso?

David olhou um pouco irritado para Jamie.

— Ah, meu Deus! — Lisa sorriu para Jamie. — Lembra deles?

— Sim. — Jamie riu. — Foi por isso que os sugeri.

Eu tive certeza de que David estava imaginando os dois transando em uma cama de pimentões vermelhos assados, quando, na realidade, os dois talvez tenham ido a um restaurante e comido muitos pimentões como os diabinhos travessos que eram.

— Pode ser — disse Lisa com um suspiro, e abriu o cardápio de novo.

Todos deixamos de prestar atenção àquela conversa enquanto o chef se ajoelhava e pacientemente examinava o cardápio com Lisa para ver o que ele podia e o que não podia fazer por ela.

— Então, onde você está hospedado? — perguntou Chantelle a Vida.

Ela ainda não tinha começado a dar em cima dele, em parte porque estava apenas na segunda taça de vinho tinto e em parte porque ainda não tinha certeza se eu e ele estávamos juntos.

— Estou ficando na casa da Lucy — respondeu ele, e precisei me esforçar muito para não olhar para o rosto de Adam.

— Uau — disse Chantelle. — Nós nunca tivemos autorização para entrar na casa da Lucy, é como um grande segredo ou coisa parecida. Você já viu lá dentro, então conta, o que estamos perdendo?

Eu ri.

— Ah, para com isso, não estou escondendo nada.

— Pornografia? — perguntou Jamie quando o chef voltou para a cozinha. — É pornografia, não é? Desconfio que a Lucy tem uma queda por revistas desse tipo e as deixa espalhadas pela casa.

— Não, tem que ser mais emocionante do que isso. — Chantelle se aproximou. — Me diz que tem alguém acorrentado lá dentro, porque é isso que venho imaginando nos últimos três anos.

Eu ri deles. Jamie piscou.

— Mas ela estava mesmo escondendo alguém — falou Adam, e pegou um pedaço de pão.

Mais uma vez, ninguém viu nada de mais no comentário. Sei que todos ouviram, só não entendia por que não escutaram da mesma forma que eu. Mas talvez Vida tivesse.

— Como assim? — perguntou ele, então desejei que não tivesse notado, porque não gostei do tom.

Era o mesmo tom que Blake usava antes de entrar em uma briga ridícula com um cara que me olhasse do jeito errado em um bar. E Adam estava mordendo a isca, porque ele vinha esperando que eu assumisse esse tom desde que Blake e eu nos separamos.

— Ah, qual é, há quanto tempo vocês se conhecem? Desde sempre? Acho que há pelo menos alguns anos, né? E, pelo que me lembro, a Lucy estava com o Blake alguns anos atrás.

Ele estava mantendo o tom leve, com um sorrisinho no rosto, mas eu podia ver a raiva borbulhando por baixo, saindo pelas narinas dilatadas.

— Adam! — repreendeu Lisa, chocada.

— Ah, qual é, já tô de saco cheio disso, todo mundo sempre contornando o assunto como se ela fosse intocável.

— Porque não é da nossa conta — disse Chantelle, com os olhos arregalados e um tom de alerta para Adam.

— Blake é nosso amigo — insistiu Adam.

Lisa olhou feio para ele.

— E a Lucy também.

— Sim, mas é por causa dela que o Blake não está aqui agora, e isso faz com que seja da nossa conta.

— Blake não está aqui porque ele conseguiu o trabalho que sempre quis, um trabalho que o obriga a deixar o país com frequência. Supera isso — falou Jamie, me defendendo, com as veias latejando em seu pescoço.

Percebi que ele estava zangado. Senti vontade de lhe dar um beijo enorme, mas estava mais preocupada em arrumar uma desculpa para sair logo da mesa, porque tudo tinha sido rebaixado a um nível que me deixava profundamente desconfortável.

— Acho que todos nós deveríamos mudar de assunto — disse David.

O garçom deu a volta ao redor da mesa e parou ao meu lado. Ele percebeu que era um momento embaraçoso para mim e estava adorando.

Todos estavam com os olhos fixos em mim, esperando que eu dissesse alguma coisa que dissipasse a tensão.

— A sopa do dia — pedi. — Por favor.

Adam revirou os olhos.

— Lá vai ela de novo, sem responder nada a respeito de nada, toda misteriosa... cacete.

— Eu só não sei qual é a sopa do dia — brinquei, sem muita energia.

— Abóbora e milho — disse o garçom.

Adam murmurou alguma coisa que eu não entendi, e fiquei bem satisfeita com isso, meus joelhos já estavam tremendo com a longa fila de insultos específicos vindos de um suposto amigo. Eu estava acostumada com aquele comportamento de Adam, mas pelo jeito ele não fazia mais questão de esconder. Todo mundo podia ouvir seu tom, e não só meu ouvido paranoico.

— Ei, cara, não fala dela desse jeito — repreendeu Jamie, subitamente sério.

De repente, tudo ficou muito sério.

— Eu nem sei por que estamos falando sobre isso. Essa história aconteceu há o quê, três anos? — perguntou David.

— Dois — respondi baixinho. — Dois anos e onze meses.

E dezoito dias.

Jamie olhou para mim.

— Pois é, então foi há muito tempo. Eles namoraram, terminaram, seguiram com a vida, podem conhecer outras pessoas. Só porque duas pessoas ficaram juntas uma vez não significa que temos que lembrar disso pra sempre — desabafou David.

Aquilo fez com que todos o encarassem, pois sabiam que ele estava se referindo à própria vida pessoal, ou seja, a Jamie e Lisa. David tomou um gole de água. Jamie encarou o prato. Lisa pegou mais pão e tirou as nozes dele.

— Só estou dizendo o que todos nós achamos — disse Adam.

Engoli em seco.

— *Todos* vocês acham que eu traí o Blake?

Aquilo era novidade para mim. Olhei ao redor da mesa. Chantelle parecia estranha.

— Tudo pareceu meio súbito, aí você se tornou tão reservada...

— Vou ficar fora disso — falou David sem me olhar nos olhos, o que dizia tudo.

— Eu pensei nessa possibilidade *uma vez* — confessou Lisa. — Não vou mentir, mas também não sou como o Sherlock e Watson ali, que passa cada segundo do dia tentando desvendar o mistério — falou ela.

— Sherlock e Watson eram duas pessoas — comentou David sem pensar, e Lisa o fuzilou com o olhar.

Jamie ignorou os dois e me encarou, sem desviar o olhar.

— Eu com certeza não acho que você traiu o Blake. Você tem todo o direito de terminar com quem quiser, quando quiser... sem ofensa, cara — acrescentou ele, dirigindo-se a Vida —, sem que tenhamos que saber qualquer coisa a respeito. Não é da nossa conta. Adam bebeu demais e está falando merda.

— Ei — reclamou Mary, ofendida —, ele não está bêbado.

— Tudo bem, ele só está falando merda, então — brincou Jamie, mas ninguém riu, nem mesmo ele, porque não era uma piada de verdade.

— Mary? — Eu olhei para ela. — Você acha a mesma coisa?

— É que o seu comportamento mudou drasticamente, Lucy. No que diz respeito ao Blake, estava tudo *bem* entre vocês, então, como a Chantelle falou, você só o deixou e se tornou, bem, muito reservada. — Ela olhou para minha vida. — Quer dizer, sem ofensa, essa é a primeira vez que ouvimos falar de você. Estou surpresa que ela o tenha convidado.

— Nós somos só amigos — falei, me sentindo muito desconfortável.

— Então agora temos que acreditar que esse cara é só amigo dela? — falou Adam para Jamie.

— Porra, mas quem se *importa*? Por que você se importa tanto? — perguntou Jamie.

— Adam se importa porque Blake é o melhor amigo dele, e Adam é leal, e o pobre Blake não sabe o que fez de errado... — começou Mary, mas eu a interrompi.

Não precisava ouvir mais nada. Não podia ouvir mais nada ou quebraria todas as regras dos Silchesters em menos de um minuto.

— Sim, pobre Blake — falei, e me levantei. Eu ouvi o tremor em minha voz. Silchesters não choravam e, sem dúvida, não ficavam furiosos, mas eu estava perto de mandar tudo aquilo para o espaço. — Pobre Blake-zinho, vivendo uma vida tão triste viajando pelo mundo, enquanto aqui estou eu, com o meu trabalho fabuloso, no meu apartamento fabuloso e misterioso, com o meu amante secreto. — Peguei minha bolsa. Vida seguiu meu exemplo e se levantou. — E você está certo, Adam, Cosmo não é só meu amigo. É muito mais do que isso, porque um amigo é o que você deveria ser, e ele me apoiou muito mais do que você jamais fez.

Então eu fui embora. Cedo. Quando saí, continuei andando até estar longe o bastante para que eles não conseguissem me ver ou ouvir. Então, quando encontrei o lugar certo, diante de uma porta, longe de todos, tirei um lenço de papel do bolso e pensei em quebrar todas as regras. Esperei, e esperei, sabendo que deveria haver lágrimas, *anos* delas acumuladas e prontas para cair. Mas não veio nenhuma, então amassei o lenço e o enfiei de volta no bolso. Não naquele momento, não por causa daquelas pessoas… Minhas lágrimas tinham orgulho.

Vida apareceu ao meu lado com uma expressão preocupada. Quando viu que eu estava bem, falou:

— Tudo bem, talvez você esteja certa.

— Ele me odeia.

— Não. — Ele pareceu confuso. — Jamie e David estão muito de boas um com o outro depois da coisa toda com a Lisa. — Vida falou aquilo de um jeito que parecia uma grande fofoca, que me fez sorrir. — Embora eu não saiba bem se isso é verdade — acrescentou —, mas eles são a menor das minhas preocupações. Você está com frio?

Estremeci quando a brisa da noite ficou mais fria.

— Vamos — falou Vida com gentileza.

Então ele tirou o paletó, colocou em volta dos meus ombros e manteve o braço protetor ao meu redor. E, sob o brilho alaranjado dos postes de luz, caminhamos para casa juntos.

CAPÍTULO DEZESSEIS

— O que você quer fazer hoje? — perguntei.

Estávamos aproveitando uma manhã preguiçosa no sofá, os jornais de domingo espalhados por toda parte, usados e abusados, enquanto procurávamos nossas seções favoritas e descartávamos o restante, então alternávamos entre momentos de silêncio e comentários e risadas sobre as histórias que estávamos lendo. Eu estava bem satisfeita na companhia dele, que parecia sentir o mesmo.

Minha cortina feita de roupas estava aberta para permitir que o sol entrasse, e as janelas estavam escancaradas, trazendo o ar fresco e o silêncio do domingo. O apartamento cheirava às panquecas com xarope de bordo que ele fizera, assim como ao café fresco que ainda estava quente em cima da bancada. O sr. Pan tinha se acomodado em cima e ao redor do sapato de Vida, e parecia tão contente quanto um gato que acabara de cair no creme — que ironicamente era quase verdade, já que ele ganhara mesmo um pouco do creme que tínhamos comido com os mirtilos frescos que eu mesma plantara e cultivara no jardim orgânico do qual vinha cuidando no terraço desde que Vida chegara ao meu mundo. Eu colhera os mirtilos naquela manhã, usando um chapéu de palha enrolado em uma fita branca e um vestido de linho branco e transparente, que balançava de forma hipnótica sob a brisa suave do telhado para deleite dos vizinhos homens, que estavam relaxados em espreguiçadeiras, untados com protetor solar como carros de luxo em exibição.

Certo, eu menti.

Vida comprou os mirtilos. Não temos um jardim no terraço do prédio. Vi o vestido em uma revista e, por milagre, me imaginei loira naquele devaneio.

— Hoje — continuei, fechando os olhos —, só quero ficar na cama.

— Você deveria ligar pra sua mãe.

Na mesma hora abri os olhos.

— Por quê?

— Porque ela está tentando planejar uma renovação de votos e você não está ajudando.

— Essa é a coisa mais absurda que eu já ouvi. Meus pais já são casados, e essa festa é só uma desculpa para que ela tenha algo pra fazer. Minha mãe deveria fazer, sei lá, aulas de cerâmica. Além disso, nem o Riley nem o Philip a estão ajudando. E não posso encontrar com ela hoje porque marquei com o pessoal da limpeza do carpete. Eles provavelmente vão se atrasar. Esse tipo de gente sempre se atrasa. Acho que vou cancelar.

Peguei o celular.

— Não vai, não. Encontrei um fio de cabelo grisalho na minha meia hoje e sei que não veio de uma cabeça, assim como sei que não era meu.

Deixei o celular de lado.

— E você deveria ligar de volta para o Jamie — acrescentou ele.

— Por quê?

— Ele já ligou pra você antes?

— Nunca.

— Então deve ser importante.

— Ou ele estava bêbado, esbarrou no celular e ligou pro meu número por engano.

Vida pareceu insatisfeito.

— Se eu ligar, ele vai pedir desculpas pelo que aconteceu ontem à noite no jantar, e isso não é necessário. Jamie não fez nada de errado, ele ficou do meu lado.

— Então retorna a ligação e diz isso pra ele.

— Não quero falar sobre isso com ninguém.

— Tudo bem, continua varrendo a sujeira pra debaixo do tapete, logo vai ficar tão cheio de calombos que você vai acabar tropeçando.

— Você acha que qualquer uma dessas ligações é mais importante do que passar um tempo com a minha *vida*?

Achei que aquilo o amaciaria. Ele apenas revirou os olhos.

— Lucy, você está correndo o risco de ir numa direção bastante errada. Eu não queria que se tornasse uma mulher egoísta que fica sentada o dia todo falando sobre si mesma com a própria vida. É preciso encontrar um equilíbrio. Cuidar de si mesma, mas também cuidar das pessoas que se importam com você.

— Mas é difícil — disse, me lamentando, e cobri a cabeça com um travesseiro.

— E essa é a vida. Por que eu quis me encontrar com você?

— Porque eu estava te ignorando. — Então, falei as palavras que eu ensaiara. — Porque eu não estava encarando a minha vida de frente.

— E agora, o que você está fazendo?

— Encarando a minha vida de frente. Passando cada segundo com a minha vida, tanto que mal consigo fazer xixi sozinha.

— Você conseguiria fazer xixi com privacidade se trocasse a lâmpada do banheiro.

— Isso dá muito trabalho — falei com um suspiro.

— Como assim?

— Antes de mais nada, não consigo alcançar a lâmpada.

— Pega uma escada.

— Eu não tenho uma.

— Então suba na tampa do vaso sanitário.

— É perigoso. Além disso, é uma tampa de plástico barata, e eu vou cair.

— Então suba na beirada da banheira.

— Também é perigoso.

— Tudo bem. — Vida se levantou. — Levanta.

Eu gemi.

— Levanta — repetiu ele.

Eu me levantei como uma adolescente mal-humorada.

— Agora vai até sua vizinha e pergunta se ela pode emprestar uma escada pra você.

Desabei de volta no sofá.

— Vai — insistiu ele, o tom severo.

Voltei a me levantar, irritada, e segui em direção à porta. Fui até o apartamento de Claire, bati e voltei momentos depois com uma escada.

— Viu? Não foi tão ruim, certo?

— Conversamos sobre o clima, então sim, foi ruim. Detesto conversa fiada.

Ele bufou.

— Agora coloca a escada no banheiro.

Fiz o que ele mandou.

— Agora sobe.

Continuei seguindo as instruções.

— Agora desenrosca a lâmpada.

Ele iluminou o teto com a lanterna do celular para que eu pudesse ver o que estava fazendo. Desenrosquei a lâmpada velha, resmungando como uma criança forçada a comer vegetais. A lâmpada enfim se soltou, então parei de reclamar para me concentrar. Entreguei a lâmpada velha a ele.

— Aja como se eu não estivesse aqui.

Estalei a língua, então cantarolei: "Eu odeio minha vida, odeio minha vida" várias vezes, enquanto descia a escada, deixava a lâmpada velha na pia, lançava um olhar feio para ele, tirava a lâmpada nova da caixa, subia a escada de novo e começava a rosquear a lâmpada nova no lugar. Então estava feito. Desci mais uma vez a escada, liguei o interruptor e o banheiro foi inundado de luz.

— E viva eu! — exclamei, erguendo a mão espalmada para bater na de Vida em comemoração.

Ele me encarou como se eu fosse o espécime mais triste que já tinha visto.

— Não vou retribuir esse bate aqui por você ter trocado uma lâmpada.

Abaixei a mão, um pouco constrangida, mas logo me animei.

— E agora, mais panquecas?

— Agora que o banheiro está iluminado, você poderia fazer uma boa limpeza nesse lugar.

— Nããão — gemi. — Olha só, é por isso que eu não faço as coisas, porque uma vai levando a *outra*.

Fechei a escada e a deixei no corredor, abaixo do cabideiro, ao lado das botas sujas do festival de verão, o último a que eu tinha ido antes do término, quando me informaram que no show do Iggy Pop eu pagara peitinho do meu poleiro nos ombros do Blake.

— Você não vai deixar isso aí.

— Por que não?

— Porque vai acumular poeira e ficar aí pelos próximos vinte anos, assim como essas botas cobertas de lama. Devolve logo a escada pra Claire.

Fiz o que ele mandou e arrastei a escada de volta para a vizinha.

— Vem. — Segurei ele pela mão. — Vamos nos aconchegar no sofá de novo.

— Não. — Ele se soltou e riu. — Não vou ficar aqui deitado o dia todo, vou tirar o restante do dia de folga.

— Como assim? Aonde você vai?

Ele sorriu.

— Até eu preciso descansar.

— Mas aonde você vai? Onde você mora? — Olhei para o céu e fiz um movimento para cima com a cabeça. — É lá em cima?

— No andar de cima?

— Não! No... você sabe.

Indiquei outra vez o céu com a cabeça.

— No céu? — Ele ficou mais boquiaberto do que eu jamais tinha visto alguém ficar e soltou uma gargalhada. — Ah, Lucy, você realmente consegue me fazer rir.

Eu ri com ele como se eu tivesse feito uma piada, embora não fosse o caso.

— Antes de sair, posso te deixar um dever de casa, se quiser, só pra você não sentir a minha falta.

Eu franzi o nariz. Ele foi na direção da porta.

— Beleza, pode ser, só se senta de novo.

Dei uma batidinha no sofá. De repente, eu só não queria ficar sozinha.

— Com o que você sonha, Lucy?

— Legal, adoro conversas sobre sonhos. — Eu me aconcheguei no lugar. — Ontem à noite, sonhei que estava transando com o cara bonito do trem.

— Tenho certeza de que isso é ilegal.

— A gente não estava transando *no* trem.

— Não, eu estava me referindo ao fato de que ele é muito jovem e você vai fazer 30 anos a qualquer momento — provocou Vida. — De qualquer forma, não foi isso o que eu quis dizer. Estava perguntando com o que você sonha no que diz respeito a esperanças e ambições.

— Ah — falei, entediada. Pensei um pouco e então respondi: — Eu não entendi a pergunta.

Ele suspirou e falou comigo como se eu fosse uma criança.

— O que você *realmente* gostaria de fazer se pudesse? Algo que gostaria de realizar, como um emprego dos sonhos, por exemplo.

Pensei um pouco mais.

— Queria ser jurada do *X Factor* pra poder jogar coisas nos candidatos se eles forem uma porcaria. Ou puxar um alçapão e fazer eles caírem em uma piscina de feijão, ou alguma coisa assim, seria legal. E eu ganharia o concurso de moda toda semana, então Cheryl e Dannii diriam: "Nossa, Lucy, onde você comprou seu vestido?", e eu diria: "Ah, isso aqui? É só uma coisinha que encontrei no varão da minha cortina". E o Simon diria: "Ei, vocês duas deveriam seguir algumas dicas da Lucy, ela é...".

— Entendi, entendi, entendi — falou Vida, levando os dedos às têmporas e massageando-as levemente. — Algum sonho *melhor*?

Pensei mais, me sentindo pressionada.

— Eu gostaria muito, muito mesmo, de ganhar na loteria pra nunca mais ter que trabalhar e poder comprar todas as coisas que eu quero.

— Isso não é um sonho de verdade — falou Vida.

— Por que não? Acontece com as pessoas. Tipo aquela mulher em Limerick que ganhou trinta milhões e agora mora em uma ilha deserta, ou alguma coisa assim.

— Então o seu sonho é morar em uma ilha deserta.

— Não. — Fiz um gesto desdenhoso com a mão. — Seria chato e odeio coco. Mas aceitaria o dinheiro.

— Isso é coisa de gente preguiçosa, Lucy. Se você tem um sonho, quer pelo menos tentar realizá-lo de alguma forma. Pode ser algo que parece fora do seu alcance, mas que você sabe que, com um pouco de esforço, pode conseguir. Andar até a banca de jornal local pra comprar um bilhete de loteria não é inspirador. Sonhos devem nos fazer pensar: "Se eu tivesse coragem e não me importasse com o que os outros pensariam, seria isso o que eu realmente faria".

Ele olhou para mim esperançoso, com expectativa.

— Eu sou uma pessoa normal, o que você quer que eu diga? Que eu quero muito ver a Capela Sistina? Eu juro que não dou a mínima para uma pintura que preciso deslocar o pescoço pra ver. Isso não é um sonho pra mim, é uma *exigência* quando se está de férias em Roma... O que, a propósito, já fiz, quando o Blake me levou lá no primeiro fim de semana em que viajamos juntos. — Eu estava ciente de que estava me levantando e aumentando o tom de voz, mas não consegui evitar, achei a pergunta dele muito absurda. — Ou com o que mais as pessoas sonham? Pular de paraquedas? Já fiz isso, até fiz um curso de instrutora para pular de um avião com qualquer um no momento que eu quisesse.

"Ver as Grandes Pirâmides? Já vi. Com o Blake, no meu aniversário de 25 anos. Estava calor, e elas são tão grandes e majestosas quanto se pode imaginar, mas eu voltaria lá? Não, um cara estranho tentou me enfiar no carro dele quando o Blake foi ao banheiro em um McDonald's lá perto. Nadar com golfinhos? Feito. Faria de novo? Não. Ninguém conta que, de perto, eles fedem. Bungee jump? Fiz quando o Blake e eu estávamos em Sydney. Até mergulhei em gaiola para ver tubarões na Cidade do Cabo, sem mencionar uma viagem de balão com o Blake em um Dia dos Namorados.

"Já fiz a maioria das coisas com que as pessoas sonham, e eu nem sequer sonhava com nada disso. Eram só coisas que eu fazia. Sobre o que estão falando no jornal hoje? — Peguei uma das páginas que eu estava lendo e apontei com força para um artigo. — Um homem de 70 anos quer embarcar em uma dessas naves pra ver a Terra do espaço. Bom, eu estou vivendo na Terra agora e, vista daqui, ela é uma merda, então por que eu iria querer ver de outro ângulo? O que isso *faria* por mim? Sonhos são uma perda de tempo, e essa foi a pergunta mais absurda que você já me fez. Eu fazia coisas o tempo todo, então como você ousa me fazer sentir como se eu não fosse nada sem um sonho? Não basta que minha vida seja tão insuficiente pra você, meus sonhos também precisam ser substanciais?

Respirei fundo depois do discurso.

— Certo. — Ele se levantou e pegou o paletó. — Foi uma pergunta idiota.

Estreitei os olhos.

— Então por que você perguntou?

— Lucy, se você não está interessada em ter essa conversa, então não vamos tê-la.

— Não estou interessada mesmo, mas quero saber por que você perguntou — retruquei, na defensiva.

— Você está certa, está mais que óbvio que já viveu a sua vida ao máximo, não restou mais nada para fazer e agora é hora de parar. Você já pode muito bem morrer.

Eu arquejei.

— Não estou dizendo que você vai morrer, Lucy — falou Vida, frustrado. — Ao menos não agora. Mas um dia vai.

Arquejei de novo.

— Todos vamos.

— Ah. Sim.

Ele abriu a porta e olhou para mim.

— O motivo pelo qual perguntei sobre os sonhos é porque, independentemente do que você diga, ou o quanto minta, você não está feliz e, quando pergunto sobre o que você quer, qualquer coisa no mundo inteiro, sem restrições, você me diz *ganhar dinheiro e comprar coisas*.

O tom dele era ríspido, e me senti envergonhada.

— Eu ainda acho que a maioria das pessoas diria ganhar na loteria. — Ele me lançou um olhar irritado e seguiu em direção à porta de novo. — Você está bravo comigo. Não entendo por que está bravo comigo só porque não gosta do meu sonho. Quer dizer, isso é um absurdo.

Ele me respondeu com gentileza, o que me deixou ainda mais nervosa:

— Estou bravo porque, além de você não estar feliz onde está, nem consegue pensar onde preferiria estar. O que eu acho... — Ele procurou a palavra. — Triste. Não é de espantar que você esteja presa a um ciclo vicioso.

Pensei um pouco mais a respeito, sobre meus sonhos, meus desejos, minhas ambições, onde eu desejaria estar que faria com que eu me sentisse melhor do que me sentia ali. Não consegui pensar em nada.

— Foi o que eu pensei — disse Vida, por fim. — Até amanhã.

Ele pegou o paletó, a mochila e saiu do apartamento, que foi o pior final possível para o mais lindo começo de um dia.

Os comentários de Vida me incomodaram. Sempre me incomodavam. Era como se ele falasse em um tom específico que ia direto ao cérebro, como um apito para cachorro, inaudível ao ouvido humano. Tentei me lembrar dos meus sonhos, de onde eu queria estar, do que eu queria de verdade. Mas acho que, para saber o que se quer, é preciso saber o que não se quer, e só o que consegui descobrir foi que eu realmente queria que Vida não tivesse entrado em contato comigo, para que eu pudesse ter continuado no caminho que estava seguindo. Nosso encontro complicou as coisas, tentou fazer com que tudo seguisse adiante, sendo que eu estava bem satisfeita. Ele chamou aquilo de ciclo vicioso, mas ele já tinha me tirado dessa posição apenas apontando que eu estava lá, e eu jamais seria capaz de voltar. Eu gostava do ciclo, sentia falta do ciclo, e lamentaria para sempre a perda dele.

Ao meio-dia, eu estava com dor de cabeça, mas com um apartamento arrumado. E, para surpresa de ninguém, a empresa de limpeza não tinha aparecido. Nem ao meio-dia e quinze. Ao meio-dia e meia, eu estava começando a comemorar o fato de que esqueceram do agendamento e a planejar qual seria a melhor forma de aproveitar minha liberdade, mas não consegui chegar a nenhuma conclusão. Melanie estava fora, mas, mesmo que não estivesse, nós não tínhamos tido nenhum contato desde nosso último encontro, e eu sabia que, naquele momento, não estava no topo da lista de pessoas com quem ela desejava conversar. Depois do jantar na noite anterior, meus amigos, que achavam que eu tinha traído meu ex-namorado, não estavam na minha própria lista de pessoas com quem eu desejava conversar. E, embora o término do meu relacionamento com Blake logo tivesse sido seguido pelo meu transplante de personalidade — que na época eu achei que ninguém havia reparado, mas naquele momento, com o benefício dos ensinamentos de Vida, podia ver que todos notaram —, até compreendia o rumo que os pensamentos deles tomaram, mas ainda assim doía.

Uma batida na porta perturbou meus pensamentos. Era Claire, com o rosto molhado e franzido, chorando de novo.

— Lucy — disse ela, fungando. — Desculpa te incomodar num domingo, ouvi a televisão ligada e... bem, eu queria saber se você poderia tomar conta do Conor de novo. Eu não queria pedir de novo, mas é que o hospital me ligou e disse que é uma emergência e...

Ela desabou.

— É claro. Você se importa se ele ficar aqui em casa? É que eu tô esperando o pessoal de uma empresa que vem limpar o carpete e preciso estar aqui.

Claire pensou a respeito e não parecia muito segura, mas também não tinha muita escolha. Ela voltou para o apartamento e fechou a porta. Eu me perguntei se teria se sentado e contado lentamente até dez antes de voltar ao meu apartamento ou se estava mesmo fazendo todos os movimentos de pegar uma criança e a colocar no carrinho. Senti uma profunda tristeza por ela. A porta se abriu, e o carrinho vazio foi empurrado para dentro do meu apartamento, as correias amarradas.

— Ele dormiu faz cinco minutos — sussurrou ela. — E costuma dormir por duas horas durante o dia, então já devo estar em casa quando ele acordar. Ele não tem estado bem nos últimos dias, não sei qual é o problema. — Ela franziu o cenho e olhou para o carrinho vazio. — Então talvez durma um pouco mais do que o normal.

— Tudo bem.

— Obrigada.

Ela deu uma última olhada no carrinho e se virou para ir embora. Quando olhou para o corredor, havia um homem parado do lado de fora do apartamento dela.

— Nigel — disse Claire, chocada.

O homem se virou.

— Claire.

Eu o reconheci das fotos: o marido dela, pai de Conor. Ele olhou para o número na porta dela e depois para o número na minha.

— Estou no apartamento errado?

— Não, essa é Lucy, a nossa... a minha vizinha. Ela vai tomar conta do Conor para mim.

O homem me olhou de um jeito que me deu vontade de me encolher e morrer. Percebi que ele estava pensando que eu me aproveitava de Claire, mas o que eu poderia fazer, dizer a ela que não havia criança nenhuma? Com certeza, bem no fundo, ela sabia daquilo.

— De graça — falei em um rompante, só para que ele me perdoasse ao menos por aquilo. — Para que ela possa sair de casa.

Ele assentiu uma vez, compreendendo, então voltou os olhos para Claire e disse em um tom gentil:

— Eu vou levar você. Tudo bem?

Fechei a porta quando eles foram embora.

— Oi de novo — falei para o espaço vazio no carrinho de bebê. — Seus pais não vão demorar.

Então coloquei minha cabeça entre as mãos e me sentei, curvada sobre a bancada. O sr. Pan subiu de um pulo e senti o focinho frio perto do meu ouvido. Pesquisei no Google sobre os sonhos e as ambições das pessoas e, como me senti entediada na mesma hora, fechei o notebook. Meio-dia e quarenta e cinco chegou e passou, então tive uma ideia. Tirei uma foto do rosto de Gene Kelly no pôster na porta do meu banheiro e enviei para Don Lockwood com a seguinte legenda:

Vi isso e pensei em você.

Então esperei. E esperei. Ansiosa. Então esperançosa. Então profundamente decepcionada. Então com uma mágoa tão intensa que me cortou como uma faca. Eu não o culpava. Disse a ele para nunca mais me ligar, mas ainda tinha esperança. Então a esperança desapareceu e fiquei deprimida. E sozinha, e vazia, e perdida. E nem um minuto se passou.

Abri a geladeira e olhei para as prateleiras vazias. Quanto mais eu olhava, mais a comida não aparecia. Então meu telefone apitou. Fechei correndo a porta da geladeira e peguei o celular. Como era de se esperar, na mesma hora a campainha da porta também tocou. Decidi guardar a mensagem e atendi a porta primeiro. Um tapete mágico vermelho me encarou de volta. Estava estampado no peito do homem à minha frente. Levantei os olhos e vi que ele estava usando um boné azul, bem baixo sobre o rosto, com outra imagem de tapete. Olhei atrás dele: ninguém, nenhuma ferramenta ou equipamento.

— Roger? — perguntei, e dei um passo para o lado para que ele entrasse.

— Roger é o meu pai — explicou o homem, e entrou no apartamento. — Ele não trabalha nos fins de semana.

— Entendi.

Ele olhou em volta. E então para mim.

— Eu conheço você? — perguntou.

— Hum. Não sei. Meu nome é Lucy Silchester.

— Sim, tenho essa informação no... — Ele levantou uma prancheta no ar, mas não terminou a frase.

Ele continuou me encarando, os olhos fixos nos meus. Questionadores e curiosos. Aquilo me deixou nervosa. Desviei o olhar e dei alguns passos em direção à cozinha para colocar a bancada entre nós. O homem percebeu isso e recuou alguns passos, o que eu apreciei.

— Então, onde estão os outros? — perguntei.

— Os outros?

— O pessoal da limpeza — falei. — Não é uma equipe?

— Não, só eu e o meu pai. Mas, como eu disse, ele não trabalha nos fins de semana, então... — Ele olhou em volta. — Tudo bem se for só eu?

A pergunta tornou tudo mais fácil.

— Sim, claro.

— As minhas coisas estão na van. Só quis vir até aqui e dar uma olhada no lugar antes de subir com tudo.

— Ah. Tudo bem. Quer ajuda para carregar alguma coisa?

— Não, obrigado. Tenho certeza de que você não pode deixar o bebê.

Ele sorriu, o que revelou covinhas, e de repente me peguei diante do homem mais lindo que eu já tinha visto. Então me lembrei de Blake, e o homem à minha frente perdeu o posto. Era sempre assim.

Olhei para o carrinho.

— Ah, isso. Não é meu. Quer dizer, ele. É da vizinha. Quer dizer, ele é de uma vizinha. Estou só tomando conta.

— Quantos anos ele tem?

O homem deu um sorriso afetuoso e esticou a cabeça para poder ver dentro do carrinho. Abaixei mais a capota para impedi-lo.

— Ah, é pequeno. Ele está dormindo.

Como se aquilo explicasse alguma coisa.

— Vou tentar trabalhar o mais silenciosamente possível. Tem alguma área em particular na qual você quer que eu me concentre?

— Ah, o chão.

Eu estava falando sério, mas saiu como piada. Ele riu.

— O chão inteiro?

— Isso, as partes sujas. — Nós dois sorrimos. Ele continuava sendo bem bonito, mesmo na comparação com Blake. — Então provavelmente é o chão todo.

Ele olhou para o chão, e de repente me dei conta de que tinha um homem bonito parado no meu muquifo. Fiquei envergonhada. De repente, ele se ajoelhou e examinou uma área no chão. Então esfregou o lugar com a mão.

— Isso é...?

— Ah, sim, eu só anotei pra não esquecer. Não consegui encontrar nenhum papel.

Ele olhou para mim com um sorriso largo.

— Você usou um marcador permanente?

— Hum... — Procurei o marca-texto na gaveta da cozinha. — Foi isso aqui.

Ele o examinou.

— É permanente, sabia?

— Ah. Você consegue tirar? Porque, se não conseguir, o meu senhorio vai me enrolar no carpete e me jogar pra fora daqui.

— Vou tentar. — Ele olhou para mim com uma expressão bem-humorada. — Vou pegar o meu equipamento na van.

Eu me sentei na banqueta, determinada a fazer o tempo passar com Don Lockwood. Li a mensagem dele.

E ela volta à ativa. Então, como foi a sua semana?

Não estou sob a mira de uma pistola d'água desde terça-feira. Como Tom está?

Ouvi um bipe de celular no corredor e percebi que o cara da limpeza do carpete estava de volta. Mas ele não apareceu. Espiei com a cabeça no corredor e o vi lendo a tela do celular.

— Desculpa — disse ele, e guardou o aparelho no bolso.

O homem pegou uma máquina que parecia um aspirador de pó gigante e a levou para dentro. Os músculos dos braços dele pareceram três vezes maior que o tamanho da minha cabeça. Tentei não encarar, mas falhei.

— Vou ficar sentada quietinha aqui. Se precisar de alguma coisa, se você se perder por aqui ou algo parecido, estou aqui.

Ele riu, então olhou para o sofá enorme.

— Veio de um apartamento maior — expliquei.

— É bonito. — Ele estava com as mãos na cintura, ainda examinando o sofá. — Pode ser complicado mover isso.

— Ele desmonta.

Como todo o restante.

O homem olhou ao redor.

— Você se importa se eu colocar uma parte dele em cima da cama e outra no banheiro?

— Pode colocar, mas, se você encontrar dinheiro embaixo, é meu. Qualquer outra coisa pode ficar pra você.

Ele levantou o sofá, e fiquei observando os músculos, que eram tão impressionantes que expulsaram todos os pensamentos da minha mente.

— Não vou ter muita utilidade pra isso — comentou ele, rindo, enquanto olhava para um sutiã rosa-cereja empoeirado no chão.

Tentei pensar em uma resposta engraçada, mas, ao correr para pegar o sutiã, bati com o dedão do pé no canto da bancada da cozinha e saí voando na direção do sofá.

— Caralhooo.

— Você está bem?

— Sim — respondi, a voz aguda. Peguei o sutiã e tentei amassá-lo em uma bola, então segurei o dedão do pé até a dor passar. — Tenho certeza de que você nunca viu um sutiã, então estou feliz por ter mergulhado dramaticamente no chão para pegá-lo — falei entre dentes.

Ele riu.

— Qual é a desse cara? — perguntou ele ao passar pelo pôster do Gene Kelly na porta do banheiro para colocar outra parte do sofá lá dentro. — As garotas adoram ele.

— Ele representava a classe trabalhadora com os musicais — expliquei, ainda esfregando o dedão do pé. — Nada daquela coisa pretensiosa de fraque e cartola do Fred Astaire. Gene era um homem de verdade, sabe?

Ele pareceu interessado, então voltou ao trabalho e não disse mais nada. Depois, como não percebi mais nenhum movimento, levantei os olhos. Ele estava parado no meio da sala com um pedaço do sofá nos braços, olhando ao redor, perdido. Entendi o dilema: a cama estava com uma pilha de coisas, o banheiro, incluindo a banheira, estava lotado, e não havia outro lugar para colocar aquela parte do sofá.

— Podemos colocar no corredor — sugeri.

— Vai bloquear o caminho.

— E na cozinha?

Havia um pequeno espaço no chão, que era onde estava o carrinho. Movi o carrinho, e o homem veio na minha direção, mas não sei o que houve, pareceu que ele dera uma topada em algo, ouvi a bota bater, talvez na bancada, e o sofá saiu voando dos seus braços e aterrissou no carrinho.

— Meu Deus! — gritou ele. — Meu Deus!

— Tudo bem — eu disse depressa, tentando explicar. — Fica calmo, não tem nada...

— Ah, merda. Meu Deus — repetiu ele várias vezes enquanto tentava levantar a parte do sofá que caíra no carrinho.

— Relaxa, fica tranquilo. Não tem nenhum bebê aí — falei em voz alta.

Ele se deteve e me encarou como se eu fosse a pessoa mais esquisita do planeta.

— Não?

— Não, olha. — Eu o ajudei a levantar a parte do sofá e colocar em cima da bancada. — Viu? Tá vazio.

— Mas você disse...

— É, eu sei. É uma longa história.

Ele fechou os olhos e engoliu em seco, a testa suada.

— Jesus.

— Eu sei, desculpa. Mas tá tudo bem.

— Por que você...

— Por favor, não pergunta.

— Mas você...

— Falando sério, é realmente melhor você não perguntar.

Ele me encarou mais uma vez em busca de uma resposta, mas balancei a cabeça em negativa.

— Cacete — sussurrou ele, respirando fundo.

Ele deu uma última olhada no carrinho para ter certeza de que não imaginara o espaço vazio, então respirou fundo mais uma vez e começou a montar o equipamento de limpeza gigante. Em seguida, tirou o celular do bolso e mandou uma mensagem. Tec, tec, tec. Revirei os olhos para o sr. Pan. Ficaríamos o dia todo ali se ele continuasse grudado naquele telefone.

— Então. — O homem finalmente se virou para mim. — A primeira coisa que eu vou fazer é usar a extração com água quente para limpar o carpete. Então vou impermeabilizar e desodorizar.

— Certo. Você foi o garoto-propaganda na TV, por acaso?

— Não — respondeu ele com um gemido. — Era meu pai. Ele se imagina um pouco como ator. Ele quer que eu participe de uma propaganda também, mas acho que prefiro... — O homem pareceu pensar a respeito. — É, prefiro morrer.

Eu ri.

— Poderia ser divertido.

Ele me encarou com os olhos arregalados.

— Sério? Você faria?

— Se você me pagasse, eu faria quase qualquer coisa. — Franzi o cenho. — Menos o que eu acabei de dar a impressão que faria. *Aquilo* eu não faria.

— Eu não pediria que fizesse. Não por dinheiro, quer dizer. — O rosto dele ficou vermelho. — Podemos mudar de assunto?

— Sim, por favor.

Meu celular bipou e nós dois consideramos aquilo um bom sinal para encerrar a conversa na mesma hora.

Maldito Tom. Ele conheceu uma garota e decidiu virar adulto, vai morar com ela na semana que vem. Preciso dividir o apartamento, então... Homem alto, moreno e bonito de 35 anos e 9 meses procurando alguém que possa pagar o aluguel.

Respondi na mesma hora.

Você também está procurando alguém?! Vou espalhar a informação. Pergunta pessoal: qual é o seu sonho? Alguma coisa que você queira de verdade.

O celular do limpador de carpetes bipou. Eu resmunguei, mas minha desaprovação não foi ouvida por causa do barulho da máquina de limpeza. Ele a desligou e tirou o celular do bolso.

— Você tá popular hoje.

— Sim, desculpa — disse enquanto lia. Então respondeu a mensagem.

Meu celular bipou.

Um café. Queria muito um agora.

Olhei para o cara da limpeza; ele estava limpando, perdido em pensamentos. Desci da banqueta de um pulo.

— Aceita um café?

Ele não respondeu.

— Com licença, você aceita um café? — falei mais alto.

Ele levantou os olhos.

— Você deve ter lido a minha mente. Adoraria um café, obrigado.

Ele tomou um gole, pousou a xícara na bancada e voltou a trabalhar. Eu me sentei e reli a conversa, observando as entrelinhas em busca de mais respostas enquanto esperava por outra mensagem. O limpador de carpetes pegou novamente o celular. Tive muita vontade de reclamar, mas segurei a língua porque comecei a examiná-lo e reparei no sorrisinho secreto em seus lábios enquanto ele mandava as mensagens, e, no mesmo instante, aquilo me fez odiar a pessoa do outro lado da linha. Ele estava mandando mensagens para uma mulher, e eu já a odiava.

— Isso vai demorar muito? — perguntei, por fim, sem qualquer gentileza na voz.

Ele ergueu os olhos do celular.

— Como?

— O carpete. Vai demorar muito?

— Umas duas horas.

— Vou levar o bebê pra passear.

Ele pareceu confuso. E era para estar. Eu estava. Recebi a resposta de Don quando estava no elevador.

Meu sonho é ganhar na loteria pra poder largar o meu emprego e nunca mais ter que trabalhar. Mas o que eu quero mesmo é conhecer você.

Encarei a mensagem, boquiaberta. O elevador tinha chegado ao térreo e as portas se abriram, mas estava tão surpresa que esqueci de sair, em parte porque tínhamos o mesmo sonho preguiçoso, mas principalmente porque ele havia dito uma coisa tão linda, quase cafona, que na verdade era fofa demais, mas também assustadora. As portas do elevador se fecharam e, antes que eu tivesse a chance de apertar os botões, ele subiu outra vez. Suspirei e me encostei na parede. Paramos no meu andar. Era o cara da limpeza.

— Oi.

— Esqueci de sair.

Ele riu e olhou para o carrinho.

— Então, qual é o nome dele?

— Conor.

— Ele é fofo.

Nós rimos.

— Você tem certeza de que não nos conhecemos? — perguntou ele.

Eu o examinei mais uma vez.

— Você já trabalhou como corretor da bolsa?

— Não — respondeu ele, rindo.

— Já fingiu ser um?

— Não.

— Bem, então não nos conhecemos.

Acreditava sinceramente que teria me lembrado se tivesse visto aquele homem antes — ele se aproximava mais de Blake, em comparação, do que qualquer outro ser humano vivo ou morto. Eu também o achava meio familiar, mas talvez fosse porque tinha passado a manhã toda olhando para ele como se eu fosse um velho tarado. Franzi o cenho e balancei a cabeça.

— Desculpa, eu nem sei o seu nome.

Ele apontou para o peito, onde havia uma etiqueta costurada em que se lia *Donal*.

— A minha mãe fez isso, insistiu que tornaria a empresa mais moderna. Foi ideia dela fazer a propaganda. Ela leu um livro de marketing sobre a Starbucks e agora acha que é o Donald Trump.

— Sem o penteado, espero.

Ele riu. As portas se abriram e ele me deixou sair primeiro.

— Uau — falei quando chegamos do lado de fora do prédio.

A van era de um amarelo forte, com um tapete voador mágico vermelho estampado na lateral. No bagageiro do teto havia um tapete vermelho de plástico enrolado, maior que o normal.

— Tá vendo? É isso que me obrigam a dirigir. O tapete gira quando o motor está ligado.

— Um livro e tanto a sua mãe leu, hein? Mas é só pra trabalhar. Não é o seu carro do dia a dia, né? — Pelo jeito que ele estava olhando para mim, percebi que estava errada. Nova ideia. — Não seria legal se esse fosse o seu carro do dia a dia?

Ele riu.

— Claro. É um verdadeiro ímã para encontros.

— É como um carro de super-herói — falei, dando a volta no veículo, e ele pareceu ver o veículo com novos olhos.

— Nunca pensei nisso dessa forma. — Então ele voltou a atenção para mim. Era como se estivesse tentando dizer alguma coisa, mas não conseguia. Fiquei arrepiada. — Termino em cerca de uma hora — falou ele, em vez disso. — O carpete vai estar molhado, por isso aconselho a não andar nele por algumas horas. Volto esta noite para colocar seus móveis no lugar, se não tiver problema, e para saber se ficou satisfeita com o serviço.

Eu estava prestes a dizer a ele que não precisava se incomodar de voltar para colocar os móveis no lugar, que eu poderia fazer isso, mas me contive, em parte porque não havia a possibilidade de eu conseguir levantar todos aqueles móveis, mas principalmente porque eu queria mesmo que ele voltasse.

— Não precisa se preocupar em trancar a porta, pode só fechar quando sair.

— Tudo bem, pode deixar. Foi um prazer conhecer você, Lucy.

— O prazer foi meu, Donal. Até mais tarde.

— Encontro marcado — falou ele, e nós rimos.

Conor e eu nos sentamos no banco do parque e, quando ninguém estava olhando, eu o coloquei no balanço. Eu sabia que o bebê não estava ali, mas, por Claire e pela memória do menino, fiquei ali até o sol se pôr atrás das árvores do parque, empurrando-o para a frente e para trás com a esperança de que sua alminha estivesse dizendo "Iupiii" de algum lugar, como a minha de repente estava.

Naquela noite, quando o carrinho já estava em segurança com Claire, tirei os sapatos, coloquei a banqueta da cozinha no centro da sala e me sentei para assistir ao programa de viagens de Blake. Assim que começou, ouvi uma chave virando na porta. Ela se abriu e Vida entrou, usando um blazer novo.

— Como conseguiu uma chave?

— Fiz uma cópia da sua quando você estava dormindo — disse ele, tirando o blazer e jogando as chaves em cima da bancada, como se morasse ali.

— Obrigada por pedir a minha permissão.

— Eu não precisava, a sua família já assinou a papelada.

— Ei, ei, ei — falei, enquanto ele levantava o pé para pisar no carpete. — Tira os sapatos, esse carpete acabou de ser limpo.

— O que você tá assistindo? — perguntou ele enquanto fazia o que eu tinha dito, olhando para a imagem pausada de uma cobra saindo de uma cesta.

— O programa de viagens do Blake.

Vida ergueu as sobrancelhas, os olhos fixos em mim.

— Sério? Achei que você nunca assistisse ao programa.

— Às vezes assisto.

— Com que frequência?

— Só aos domingos.

— Pelo que sei, o programa dele só passa aos domingos. — Ele colocou outra banqueta ao lado da minha. — O carpete não parece diferente.

— É porque tá molhado. Vai clarear quando secar.

— Como eles eram?

— Quem?

— O pessoal do carpete.

— Era só um cara.

— E?

— E ele foi muito legal e limpou o carpete. Você pode parar de falar? Quero assistir ao programa.

— Nervosinha.

O sr. Pan pulou no colo dele e ficamos desconfortavelmente sentados nas banquetas assistindo a Blake. Ele estava escalando montanhas rochosas, usando uma camiseta azul-marinho coberta de manchas de suor e revelando os músculos das costas saltados. Aquilo me fez lembrar do cara da limpeza do carpete. Achei impressionante que Blake, o homem mais perfeito do universo, me fizesse pensar bem de outro homem e, assim que me senti confortável com esse pensamento, comparei o tamanho dos músculos dos dois.

— O bronzeado dele é artificial?

— Cala a boca.

— Ele usa dublê?

— Cala a boca.

Pausei a TV e a procurei. Ela não estava lá.

— O que você tá fazendo?

— Cala a boca.

— Então, por que essa obsessão com Blake, no fim das contas?

— Eu não sou obcecada.

— Estou me referindo a ontem à noite. Sei que você disse que não queria falar sobre isso, mas acho que deveríamos. Quer dizer, vocês terminaram há três anos. Qual é o problema com os seus amigos? Por que eles estão tão obcecados com o que aconteceu entre você e o Blake?

— Blake é o centro de gravidade deles — expliquei, enquanto assistia ao meu ex-namorado escalar o penhasco, sem proteção. — Nós dois costumávamos ser, acredite ou não. Éramos nós que organizávamos tudo, que reuníamos todo mundo. Oferecíamos jantares toda semana, dávamos festas, organizávamos férias em grupo, saídas à noite, viagens, esse tipo de coisa. — Pausei o vídeo outra vez, examinei a cena, apertei o play para continuar. — Blake é um cara animado, ele é viciante, todo mundo gosta dele.

— Eu não gosto.

— Sério? — Eu me virei para ele, surpresa, então me voltei depressa para a TV, para não perder nada. — Mas você é parcial, não conta.

Pausei a TV novamente, então apertei o play.

— O que você tá fazendo mesmo?

— Cala a boca.

— Por favor, para de me mandar calar a boca.

— Por favor, para de me dar motivos pra isso.

Ele assistiu ao resto do programa quase em silêncio, com alguns poucos comentários sarcásticos ocasionais. Então, finalmente, quando Blake terminou de barganhar nos *souks*, os mercados marroquinos, e de tentar encantar cobras — o que fez Vida comentar de forma muito madura que Blake se reconhecia nelas porque era mesmo uma cobra encantadora —, ele se sentou em um café na Djemaa el Fna, a grande praça central da antiga cidade, e fez o comentário final para a câmera.

— Alguém disse uma vez que o mundo é um livro, e aqueles que não viajam leem apenas uma página.

Vida gemeu e fingiu vomitar.

— Que monte de merda.

Fiquei surpresa, eu até que tinha gostado daquele encerramento.

Então Blake deu uma piscadela. Saboreei o momento, olhos fixos nos segundos finais do meu tempo com ele naquela temporada — depois só saberia dele através da propaganda do "Partido Blake", se é que teria notícia dele de novo.

— Você acha possível ele ter te deixado porque é gay? — perguntou Vida.

Cerrei os dentes, me esforçando para controlar a vontade de empurrar minha vida da banqueta. Seria inútil, como dar um tiro no meu próprio pé, era o que eu estava pensando quando minha vida mudou para sempre. A cena seguinte foi rápida, tão rápida que qualquer pessoa menos treinada poderia ter deixado passar, mas não eu, nem mesmo meu olho ruim teria perdido — minha visão ficou pior depois que o Riley explodiu uma bomba de caneta em cima dele (não foi uma bomba mesmo, era mais uma bola de papel soprada do tubo de plástico de uma caneta) quando eu tinha 8 anos.

Eu torci, rezei e pedi a qualquer coisa que desse sorte para que, por conta das minhas tendências psicóticas ainda não diagnosticadas, mas sempre presentes, fosse apenas imaginação minha. A câmera se afastou em uma imagem mais aberta, eu pausei mais uma vez o vídeo e procurei. Era ela. Lá estava ela. Jenna. A vaca. Da Austrália. Ou pelo menos eu achava que era ela. Eles estavam em um café movimentado e barulhento, em uma mesa com muita comida e pelo menos uma dúzia de outras pessoas. Parecia a Última Ceia. Desci da banqueta de um pulo e me aproximei, parando na frente da tela. Se fosse Jenna, seria a última ceia dela.

— Ei, o carpete — disse Vida.

— Que se foda o carpete — falei, a voz destilando veneno.

— Uau.

— Aquela… — Comecei a andar de um lado para o outro diante da tela, observando o brinde congelado, os copos se encostando sugestivamente, os olhos um no outro, ou pelo menos ela para ele, e ele para algo por cima do ombro, mas ainda na direção dela. — Vaca — completei, por fim.

Voltei a cena do brinde, então mais uma vez. Examinei o olhar que trocaram: sim, eles sem dúvida se entreolharam enquanto os copos se tocavam. Aquilo significava alguma coisa? Era um código? Será que os dois estavam dizendo silenciosamente um ao outro: "Vamos brindar outra vez hoje à noite, só nós dois, como fizemos no topo do Everest?"? A ideia fez meu estômago se revirar. Então, analisei a linguagem corporal e até a comida nos pratos deles — os dois compartilharam alguns pratos e aquilo me deu nojo. Meu coração estava disparado no peito, e eu tinha a sensação de que o sangue queria saltar das minhas veias. Eu precisava atravessar a televisão e entrar no mundo deles para separá-los e enfiar as almôndegas marroquinas garganta dela abaixo.

— Pelo amor de Deus, qual é o problema com você? — perguntou Vida. — Você parece possuída, e está estragando o carpete.

Eu me virei e o encarei com o olhar mais determinado que consegui. Não foi difícil, estava mesmo me sentindo determinada.

— Eu sei por que você está aqui.

— Por quê?

Ele parecia preocupado.

— Porque eu ainda estou apaixonada pelo Blake. E sei qual é o meu sonho, a coisa que eu quero muito, de verdade, aquilo que eu faria se tivesse coragem e não me importasse com o que os outros pensam. É ele, eu quero o Blake. E tenho que ter ele de volta.

CAPÍTULO DEZESSETE

— Tenho que ir até ele — declarei, andando de um lado para o outro.

— Não tem, não.

— *Nós* temos que ir até ele.

— Não, com certeza não temos.

— É por isso que você está aqui.

— Não... — falou ele, bem devagar. — Eu estou aqui porque você está iludida.

— Eu estou apaixonada pelo Blake — afirmei, ainda andando de um lado para o outro, minha mente já fazendo hora extra enquanto eu tentava planejar como reconquistá-lo.

— Você está estragando o carpete, é isso que está fazendo.

— Eu sabia que ela estava querendo agarrá-lo. Soube disso assim que a conheci e ela perguntou se ele queria gelo e limão na bebida. Só pelo jeito que ela falou, eu simplesmente soube. "Gelo" — imitei. — "Você quer *gelo* com a bebida?"

— Ei, espera um pouco, de quem estamos falando agora?

— Dela. — Eu finalmente parei de andar e apontei para a tela da TV pausada, com o controle remoto na mão como se fosse uma arma. — Jenna. Jenna Anderson — cuspi o nome.

— E ela é?

— A RP. Não sabia dizer se ela é uma RP de escritório ou de set de filmagem, mas agora eu sei. Agora eu tenho certeza.

Comecei a andar de um lado para o outro de novo.

— Do que você tem certeza?

— De que ela é a RP do set de filmagem, dá pra acompanhar? — retruquei. — Espera um minuto, cadê o meu notebook?

Pisei no carpete úmido e abri o armário do canto. Peguei o computador e um cookie, que devorei enquanto o aparelho ligava. Vida me observava da banqueta. Entrei no perfil dela no Facebook e chequei o status.

Arquejei.

— O que foi agora? — perguntou ele, entediado.

— O status dela foi atualizado.

— Para o quê? Pastora? — brincou ele, olhando para a tela pausada que a mostrava sentada cercada por homens encapuzados.

— Não.

Minha mente estava acelerada. Eu sabia, eu sabia que a paranoia era um guia.

— Aí diz a quem o status dela pertence?

— Não. — Encarei a página do Facebook dela enquanto tentava ler além da página principal. — Aposto que ela tem fotos dos dois aí, todo tipo de comentários e informações privilegiadas. Se eu pudesse acessar, poderia ver tudo e saber com certeza.

— A ideia dessas coisas não é pedir para as pessoas a aceitarem como amiga?

— Você acha que eu não pensei nisso anos atrás? Ela recusou, a vaca. Vida respirou fundo.

— Você devia ter usado outro nome.

— Eu fiz isso.

— Então devia ter usado o seu próprio nome.

— Você tá louco? Por que um espião usaria a própria identidade?

— Ah, então agora você é uma espiã. Certo, 007, acho que você deveria se acalmar agora.

— Não consigo me acalmar. Será que eles eram um casal meio recente quando aquela temporada do programa foi filmada? Ainda posso separar os dois — falei, cheia de esperança.

Corri da cozinha para a cama, onde uma parte do sofá estava empilhada.

— Ei, ei, ei, cuidado com o carpete! — gritou Vida.

— Que se dane o carpete — retruquei dramaticamente. — Essa é a minha vida.

Então peguei uma mala do topo do guarda-roupa e comecei a jogar coisas dentro dela, coisas aleatórias, nada que formasse um look completo, mas o movimento de fazer a mala foi útil.

— *Eu* sou a sua vida, e estou te dizendo pra parar por um momento e pensar.

Obedeci, mas só porque eu precisava dele. Uma trama estava sendo tecida em minha mente, e ele era o centro dela.

— Você não pode do nada fazer uma mala e ir atrás do homem no...

— Ele olhou para a TV. — Marrocos.

— Eu não vou para o Marrocos. Estou indo para Wexford.

— Ora, isso não é nada glamoroso. Thelma e Louise teriam tido um destino muito diferente se tivessem decidido ir para lá.

— O centro de atividades esportivas e aventuras do Blake é lá. Se eu sair agora com o Sebastian, posso chegar pela manhã.

— É improvável que você chegue lá dirigindo o Sebastian. De qualquer forma, você trabalha amanhã.

— Eu odeio o meu trabalho.

— Achei que você tinha dito que gostava dele.

— Eu menti. Eu amo o Blake.

— Achei que você tinha dito que já havia superado isso.

— Eu menti. Odeio o meu trabalho e amo o Blake.

Dei um soco no ar. Dizer aquilo parecia certo.

Ele suspirou.

— Com você, a sensação é sempre de dar um passo para a frente e dois para trás.

— Preciso ir — falei, mais calma. — É por isso que você está aqui. Eu sei disso. Quando você foi embora, pesquisei no Google sobre os sonhos das pessoas. Porque você estava certo, eu não tinha um sonho, o que é bastante patético, porque eu *deveria* ter.

— Não sei o que é mais patético, não ter um sonho ou *pesquisar* no Google os sonhos de outras pessoas.

— Foi para me inspirar. E sabe o que uma pessoa disse? — Eu estava quase sem fôlego ao falar, já que o comentário passara a se aplicar a mim. — Ela disse que queria, um dia, de alguma forma, se reencontrar com o seu único amor verdadeiro, aquele que havia perdido. — Terminei com uma voz muito aguda. — Percebe o tanto que isso é romântico?

— Não muito, se o verdadeiro amor em questão é uma cobra egoísta que faz bronzeamento artificial.

— Ah, qual é! — implorei. — Quando você conhecer o Blake, vai perceber que gosta dele. *Todo mundo* gosta dele.

— Ele não gosta de você — disse Vida sem rodeios. — O cara te largou. Três anos atrás. O que te faz pensar que alguma coisa vai mudar?

Engoli em seco.

— Porque eu mudei. Você fez com que eu mudasse. Talvez agora ele goste de mim.

Vida revirou os olhos, nem um pouco interessado em se deixar envolver naquela conversa, mas não conseguiu evitar e acabou cedendo.

— Tudo bem, eu vou com você.

Comemorei e dei um abraço nele, que não retribuiu.

— Mas me promete que vai trabalhar amanhã. Você já está com problemas demais, não vai ajudar em nada não aparecer. E também tem que visitar a sua mãe. Pode ver o Blake depois do trabalho, na terça-feira. Vai e volta na mesma noite para estar de volta ao trabalho na quarta-feira.

— Achei que você queria que eu cuidasse da minha vida — resmunguei. — Achei que o trabalho me distraía de cuidar das coisas que importam.

— Às vezes, sim, mas não é o caso agora. É o oposto agora.

— O que você quer dizer com isso?

— Que o Blake se tornou uma distração para você evitar lidar com as coisas que importam.

— Você me faz parecer tão inteligente, como se eu estivesse fazendo de propósito todas essas coisas de distração emocional.

— Inteligente, não. Só burra. Você está tão cega em relação ao Blake que não reconheceria o homem dos seus sonhos nem se ele estivesse bem ao seu lado.

Estreitei os olhos, sem saber se ele estava tentando me dizer alguma coisa com aquilo.

— Não, não eu.

— Ufa.

— Ele poderia até estar bem diante daquela porta — falou Vida, em um tom misterioso.

A campainha tocou. Fiquei paralisada. Então me recompus. Eu não acreditava em sinais, não confiava nem em GPS. Olhei para Vida. Ele sorriu e deu de ombros.

— Ouvi passos no corredor e resolvi arriscar.

Revirei os olhos e abri a porta. Era o cara do carpete. Eu tinha me esquecido dele.

— Desculpa a demora, acabei me atrasando em outro serviço e pensei em ligar pra você, mas a bateria do meu celular acabou, o que significa que estou atrasado para meu próximo compromisso e que meu pai vai ter um ataque. Você se importa se eu pegar um carregador emprestado ou usar o seu telefone pra ligar... — Quando ele entrou no apartamento e viu Vida, pareceu um pouco desanimado, encerrou a história e assentiu em um cumprimento respeitoso. — Oi.

— Oi, sou só um amigo da Lucy — explicou Vida, balançando as pernas para a frente e para trás, ainda empoleirado na banqueta alta. — Não tem nada romântico acontecendo entre nós.

Donal riu.

— Entendi.

— Agora que você está aqui pra tomar conta da doida, eu vou embora. — Ele pulou da banqueta. — Todas essas marcas de rastros no carpete são dela. A mulher é uma lunática incontrolável, delirante, que fica andando de um lado para o outro.

Donal examinou o carpete.

— O que você andou fazendo aqui, lutando?

— Metaforicamente falando, sim — respondeu Vida.

— Você não pode ir embora, ainda temos muito o que discutir — disse eu para Vida, em pânico.

— Sobre o quê?

Arregalei os olhos para ele.

— Sobre a *viagem*.

Donal levantou a mala de cima da cama.

— Wexford — explicou Vida a Donal, entediado.

— Para um centro de aventura ao ar livre — falei, em defesa da nossa viagem.

— Em Bastardstown, pra ser mais específico — informou Vida, levantando uma sobrancelha.

— Ah, sim, é o lugar daquele cara da TV — disse Donal. — Vi o anúncio. Blake alguma coisa.

— Blake Jones — falei, me sentindo orgulhosa.

— Sim, ele. — Donal fez uma careta, o que me levou a acreditar que ele não gostava de Blake. — "E lembre-se: a única sabedoria verdadeira é saber que você não sabe nada" — disse Donal, assumindo um sotaque esnobe.

Vida riu alto e bateu palmas.

— Foi uma bela imitação. Não foi, Lucy?

Fechei a cara.

— Ele é ex-namorado dela — explicou Vida a Donal, que parou de sorrir na mesma hora e pareceu preocupado.

— Desculpa mesmo. Se eu soubesse, não teria dito nada.

— Não se preocupe — disse Vida, com um aceno de mão desdenhoso. — Ou, como Blake diria: "Nada que vale a pena saber pode ser ensinado".

Donal riu, mas logo transformou a risada em um ataque de tosse, para não me ofender.

— Podemos conversar sobre a viagem amanhã. Enquanto isso, empreste o seu celular para o homem, ele precisa ligar para o pai.

— A minha bateria está fraca — falei.

Vida me encarou com firmeza e falou em tom de advertência:

— Lucy, empreste o seu telefone para o homem.

— A bateria está fraca — repeti devagar, para que ele entendesse.

— Tudo bem, você me fez fazer isso. — Vida se virou para Donal. — Donal, eu não sou amigo da Lucy. Sou a vida dela, e estou aqui em um esforço para consertar a bagunça que ela fez de si mesma. Até agora você fez um trabalho maravilhoso com o carpete. Estou passando um tempo com a Lucy porque ela precisa de mim, embora no momento eu esteja considerando muito medicação como a melhor forma de agir.

Eu arquejei.

— Você mentiu sobre a bateria do seu celular — justificou Vida.

Abri e fechei a boca, mas nenhuma palavra saiu. Coloquei a mão no bolso e, relutante, entreguei o celular a Donal.

— Vou acompanhar você até a porta — falei, e dei o único passo necessário para chegar até lá. Segurei a porta aberta para Vida. Quando Donal estava fora do alcance, acrescentei em voz baixa: — Achei que você incluiria isso nas suas despesas reembolsáveis. Mal consigo pagar a minha própria conta, quanto mais a de outras pessoas fazendo ligações.

— Vou te dar os cinquenta centavos do custo — disse Vida, e me lançou um sorriso atrevido, revelando dentes brancos e brilhantes, antes de desaparecer pelo corredor.

Quando me virei, Donal estava me encarando com uma expressão chocada, como se tivesse visto um fantasma.

— O que foi? — perguntei, preocupada. — O que aconteceu?

— Onde você conseguiu essa foto?

Ele levantou o celular e me mostrou o par de olhos de Don Lockwood no meu protetor de tela.

— O cara que é dono dos olhos me mandou a foto — respondi, confusa. — Por quê?

A compreensão surgiu no rosto dele.

— Porque esses olhos são meus.

CAPÍTULO DEZOITO

— Do que você está falando?

Fiquei parada na porta, com as costas pressionando o metal enquanto minha mente percorria as várias possibilidades. A emoção que permanecia em todos os cenários era raiva. Tudo bem, eu não conhecia Don Lockwood, ele era um "número errado", mas eu tinha sido honesta com ele, e eu nunca era honesta com ninguém, nem comigo mesma, com certeza não nos últimos dois anos, e talvez durante toda minha vida, e doeu ainda mais que ele tivesse me enganado.

— Por que ele tiraria uma foto dos seus olhos e me enviaria?

Donal estava com um sorriso largo, rindo de uma piada que me escapava.

— Não, *eu* tirei a foto. *Eu* enviei pra você. Lucy, eu sou o Don.

— Não, você não é, você é Donal, a sua camiseta diz Donal.

E uma camiseta não mentiria. Não poderia, afinal, era uma camiseta.

— Foi minha mãe que bordou isso. Ela é a única pessoa no mundo que me chama de Donal. Lucy... — Ele enfatizou meu nome e sorriu. — *É claro,* você só podia ser uma Lucy.

Fiquei olhando para ele como um peixe boquiaberto tentando entender tudo, então ele tirou o boné, bagunçou o cabelo, um pouco constrangido, e olhou para mim. Então *bam!* Os olhos dele me atingiram, quase como uma reação física. Minha cabeça foi para trás, como se eu tivesse levado um soco. Eram os olhos que eu encarara a semana toda, e lá estavam eles, na mesma sala que eu, se movendo, piscando, com um nariz perfeito no meio e covinhas fofas abaixo deles. Não sei se é possível um ser humano fazer isso, mas eu derreti.

— Você me colocou como proteção de tela.

Ele estava sorrindo com orgulho, balançando meu celular no ar.

— Achei que eram olhos bonitos. Não tão bonitos quanto a orelha, mas bonitos.

Ele virou a cabeça para o lado, exibindo a orelha esquerda.

Eu assobiei, e ele riu.

— Eu sabia — falou Don, balançando a cabeça. — Fiquei olhando pra você e sabia que a conhecia. No fim, então, a ligação não foi engano — concluiu.

— Às vezes, números errados são os números certos — falei, mais para mim mesma, ecoando o comentário que Vida tinha feito. Achei que ele estava sendo filosófico, mas pela primeira vez estava sendo literal. Eu ainda estava tentando entender aquilo. — Mas o serviço de atendimento ao cliente me conectou com o número da empresa, não com o seu celular.

— Você ligou em um fim de semana. Meu pai não trabalha nos fins de semana, então o número do escritório é desviado para o meu celular.

— Como eu sou burra... Ouvi o som de um pub atrás e só presumi...

— Você não é burra — falou ele, o tom suave. — Só é boba mesmo.

Eu ri.

— Então, estávamos trocando mensagens de texto um do lado do outro o dia todo.

Tive que pensar sobre aquilo. Todo aquele tempo eu estava sendo hostil com a pessoa que ele conversava e, no fim, aquela pessoa era eu. A ironia.

— O que, a propósito, foi extremamente antiprofissional da sua parte — comentei.

— Não pude evitar. Mas você não respondeu à minha última mensagem, o que, a propósito, foi extremamente rude da sua parte.

Ele me devolveu o celular.

Rolei a tela e li a última mensagem: *Mas o que eu quero mesmo é conhecer você.*

Pensei um pouco enquanto ele me encarava à espera de uma resposta, mas, em vez de respondê-lo diretamente, mandei uma mensagem de texto:

Tudo bem. Te encontro para um café em cinco minutos?

Desliguei o celular, ignorei Don e fui direto para o armário, de onde tirei duas xícaras e o pó de café.

— O que você tá fazendo? — perguntou ele, ainda me observando.

Eu o ignorei e continuei a preparar o café. Então o celular dele apitou. Eu o observei pelo canto do olho. Ele leu. Escreveu uma mensagem. Enviou. Então, em vez de olhar para mim, voltou direto ao trabalho, removendo as partes do sofá da minha cama e alinhando-as de volta na frente da TV. Eu o observei enquanto esperava a chaleira ferver.

Meu celular apitou.

Estou terminando um trabalho. Vejo você em cinco minutos.

Eu sorri. Continuamos a fazer o que estávamos fazendo em silêncio — eu preparando o café, ele remontando o sofá. Então, quando terminou, ele foi até a cozinha.

— Oi — disse ele. — Don Lockwood.

E estendeu a mão para me cumprimentar.

— Eu sei — respondi, colocando a xícara de café na mão estendida. — Como foi o trabalho?

Ele olhou para a xícara como se estivesse decidindo se iria beber ou não, então a pousou em cima da bancada. Em seguida, tirou a outra xícara da minha mão e deixou ao lado da dele. Don se aproximou, colocou a mão no meu rosto — ele me tocou com muita ternura —, se inclinou e me beijou. Eu não beijava alguém por tanto tempo desde que eu tinha 12 anos, na matinê do centro de lazer, quando Gerard Looney e eu babamos um no outro por três músicas lentas consecutivas sem respirar. Mas eu não conseguia nem queria parar, então, apenas para mudar de cenário, automaticamente começamos a ir do piso vinílico da cozinha para o carpete recém-limpo e ainda um pouco úmido, até que nossos pés deixaram o chão quando desabamos na cama.

— Tenho uma ideia para uma propaganda — falei, mais tarde naquela noite, deitada de lado e apoiada no cotovelo para olhar para ele. Continuei, usando a voz de anunciante: — *Vamos dar conta do carpete e da sua cama. Vamos limpar seus carpetes e seduzir sua esposa enquanto você estiver no trabalho.*

Ele riu e entrou na brincadeira:

— Precisa que a gente confirme se as suas cortinas *realmente* combinam com o seu tapete? É só ligar.

— Que horror — respondi, rindo, e dei um tapinha brincalhão nele.

— Além disso, não tenho cortinas.

— Não — concordou ele, olhando para o varão da cortina com uma expressão divertida. — Você também não tem muito tapete.

— É verdade.

Eu sorri, e nós rimos.

— Então — disse ele em um tom mais sério, e se virou de lado, para que nós ficássemos de frente um para o outro. — Me fala da vida.

Eu gemi.

— Essa é uma conversa séria demais para se ter na cama.

— Não, eu não estou falando da *sua* vida, estou falando do cara que estava aqui no apartamento. Meu Deus, por acaso acha que eu estou *interessado* em você?

— Espero que não — falei, rindo. — Estava torcendo para que estivesse só me usando pelo meu corpo.

— E estou.

Ele se aproximou mais.

— O que você sabe sobre esse tipo de coisa?

— Sei que Vida entra em contato, então a pessoa tem que se encontrar com ela e mudar algumas coisas. Li em uma revista uma entrevista com uma mulher enquanto eu estava no dentista.

— Essa mulher estava com um penteado exagerado e posava ao lado de um vaso cheio de limões e limas?

Ele riu.

— Não consigo me lembrar dos detalhes. Mas sei que ela ficou feliz depois, é do que me lembro. — Don me olhou e eu esperei que me perguntasse se eu estava infeliz, como todo mundo fez, mas ele não perguntou, provavelmente porque eu fiquei tensa e rígida como uma tábua de passar ao lado dele. — Eu nunca tinha conhecido ninguém que tivesse mesmo se encontrado com a própria vida. Você é a primeira.

— Nossa, que orgulho.

— Bom, mesmo que não sinta orgulho, o que você não deve sentir é vergonha.

Fiquei em silêncio.

— Você está com vergonha? — perguntou Don.

227

— Me conta uma piada de peido ou coisa parecida. Esse assunto tá sério demais.

— Vou fazer algo melhor do que isso.

Senti ele se movendo ao meu lado, e logo um cheiro nojento subiu. Não pude deixar de rir.

— Obrigada.

— Faço qualquer coisa por você. — Ele beijou minha testa.

— Muito gentil da sua parte. Estamos praticamente casados agora.

— Não. Se nós fôssemos casados, eu teria abanado o peido para você.

Era nojento, mas eu ri, amei a intimidade e o quanto me sentia confortável com ele, apesar de estar preocupada. Fazia muito tempo desde que eu tinha ido para a cama com um homem deslumbrante. Fazia muito tempo desde que eu dormira com *qualquer* homem — teve o corretor da bolsa que gostou dos meus peitos há dez meses, mas bem mais tempo desde alguém como Don, com quem eu me sentia mesmo à vontade —, e eu *nunca* tinha levado um homem para o meu apartamento.

Don viu meu mundo, entrou na bolha que eu criei só para mim e, embora eu tivesse aproveitado cada segundo daquilo e não tivesse pensado em Blake em nenhum momento, naquele instante, com Don me observando com os olhos que eu sentia pertencerem mais ao protetor de tela do meu telefone e menos à minha cama, tudo que eu queria era que ele fosse embora. Achei que tinha cometido um erro. A adrenalina que eu sentira poucas horas antes, quando me dei conta dos meus verdadeiros sentimentos por Blake, havia retornado. Eu estava pensando em Jenna, a vaca da Austrália, e me perguntando se eles estavam deitados daquele jeito juntos, nus e entrelaçados, e aquilo deixou meu coração apertado.

— Você está bem? — perguntou Don, cauteloso.

— Tô. — Saí do transe. De repente, só o que eu queria era ficar sozinha de novo, mas estava escuro, eram dez horas da noite de um domingo, e eu não tinha certeza se ele pretendia ficar ou se partiria a qualquer momento e me agradeceria pelo meu tempo. — Mais cedo você não disse que estava atrasado para um compromisso?

— Não, está tudo bem, agora não importa mais.

— Não vou levar para o lado pessoal — garanti, me animando. — Se você precisa ir a algum lugar, por favor, fique à vontade.

— Eu deveria jantar com meus pais, mas você me fez um favorzão. Sexo com uma desconhecida é muito mais importante.

Tentei encontrar alguma outra maneira de fazê-lo ir embora; pedir para que homens ficassem costumava ser o bastante.

— No que você estava pensando alguns minutos atrás? — perguntou ele.

— Quando?

— Você sabe quando.

Não respondi.

— É que, de repente, eu te perdi — comentou ele com ternura, enquanto acariciava meu cabelo em um ritmo hipnótico e relaxante. Eu me esforcei para manter os olhos abertos. — Você estava bem aqui, então não estava mais.

Don estava falando com tanta gentileza, a voz tão melódica, que me puxou outra vez para o presente. Ele se aproximou e me beijou.

— Ah. Aí está você — murmurou, então me beijou com mais intensidade.

E, apesar dos meus protestos emocionais internos, apesar de eu me sentir dividida por dentro em relação ao meu amor por Blake, meu corpo não conseguia evitar reagir ao de Don, e eu me perdi de novo.

Don não roncava. Ele dormia tão silenciosamente que eu mal me dei conta de que ele estava ao meu lado. A pele dele era quente, mas não escaldante como a de Blake. Ele ficou no próprio lado da cama, sem um pé, um joelho ou um braço atravessando a linha. A pele dele cheirava a marshmallow, tinha um gosto salgado de suor. E, apesar do fato de eu estar deitada ali, planejando o que levar na mala meio arrumada ao lado das nossas roupas espalhadas no chão, e de estar pensando no que eu faria e diria quando encontrasse Blake, procurei a mão dele debaixo dos lençóis quentes. O dorminhoco silencioso com cheiro de doce abriu a palma fechada e envolveu minha mão. Demos as mãos, e eu dormi. Então Vida bateu à porta, ou, no meu caso, entrou no apartamento com a própria chave.

CAPÍTULO DEZENOVE

Acordei com o barulho de chaves sendo jogadas em cima da bancada da cozinha. Don se sobressaltou ao meu lado, assustado, provavelmente desorientado, e no mesmo instante se sentou na cama, em modo de defesa.

— Tá tudo bem — falei, grogue. — É só ele.

— Quem? — perguntou Don, alarmado, como se pudesse ser algum amante secreto que eu não revelara a ele, o que era um pouco verdade, mas esse amor secreto não invadiria meu apartamento com a própria chave nem cantaria "Earthsong", do Michael Jackson.

— Minha vida — respondi, tentando falar com a boca fechada para evitar que ele sentisse meu hálito matinal.

Ofereci a ele um sorriso de desculpa — por minha vida ter interrompido o sono dele, não pelo meu hálito.

Ele olhou para o relógio.

— Às seis da manhã?

— Ele é um homem dedicado, vinte e quatro horas por dia, sete dias por semana.

— Tá certo. — Don sorriu. — É claro. Ele vai aprovar isso?

Vida parou a cantoria de repente, assim como o farfalhar de sacolas plásticas.

— Estou ouvindo vozes? — perguntou Vida em uma voz cantarolada. — Estou ouvindo a voz de um *homem* na cama da minha querida Lucy?

Revirei os olhos e me escondi sob as cobertas. Don riu e se protegeu puxando o lençol acima da cintura.

— Ah, Luu-ciiii — cantou minha vida, a voz ficando mais alta conforme ele se aproximava. — Como você pode ser tão safadinha? Ei, é você — disse Vida, ao pé da minha cama. — Isso!

Tive que rir enquanto Vida gritava de alegria.

— Deduzo que você aprova — concluiu Don.

— Se eu aprovo? É claro que sim! Isso significa que ela não precisa pagar pelos carpetes? Porque, se for esse o caso, seu plano funcionou, Lucy. Você devia ter visto o que ela fez com o limpador de janelas.

Saí de baixo do lençol.

— Eu não dormi com ele pra pagar pelos carpetes — falei, insultada, então me virei para Don. — Embora esse fosse um gesto realmente adorável, muito obrigada, Don.

Don riu. Vida se sentou na beira da cama. Eu o chutei para longe e ele se afastou sem reclamar, então voltou com uma bandeja, que colocou no colo de Don.

— Eu não sabia se você gostava de marmelada, geleia ou mel, então trouxe os três.

— E eu?

— Faça o seu próprio café da manhã.

Don riu.

— Isso está ótimo. Você faz isso para todos os homens da Lucy?

Vida se deitou na beira da cama de novo.

— Don, não há pão suficiente no mundo para alimentar os amantes da Lucy.

Don riu.

— Isso não te incomoda? Ter ele por perto? — perguntei, surpresa.

— Ele é uma parte de você, não é? — respondeu Don, então me entregou metade da torrada.

Vida ergueu as sobrancelhas para mim. Eu queria que minha vida fosse embora e, por mais doce e maravilhoso que ele fosse, também queria que Don fosse embora. Eu precisava ver outro homem para falar sobre amor.

— Você tá com uma cara péssima agora — disse Vida para mim, enquanto mastigava uma torrada. Ele olhou para Don com uma expressão compreensiva. — Você deve estar pensando "merda!" agora, né? Tudo bem se estiver, nós dois entendemos. Ela só não é uma pessoa matinal. E também fica um pouco instável depois da uma da tarde.

Don riu e me passou mais um pedaço de torrada.

— Eu acho ela linda.

Fiquei envergonhada. Vida não fez qualquer comentário, em vez disso, me observou atentamente.

— Obrigada — falei baixinho, e peguei a torrada, embora meu apetite tivesse desaparecido.

Don era todas as coisas certas bem na hora errada. Quanto mais legal ele era, mais desconfortável eu me sentia.

— Então isso significa que a nossa viagenzinha foi cancelada? — perguntou Vida, interpretando corretamente o meu humor e me colocando em uma situação difícil.

— Não — respondi sem jeito, brava por ele ter mencionado aquilo na presença de Don. — Você pode, por favor, nos deixar em paz agora?

— Não — respondeu Vida, o tom desafiador.

— Se você não nos deixar em paz agora, vai se arrepender.

— Você está me ameaçando?

— Estou.

Vida deu outra mordida na torrada e não se mexeu da cama.

— Tudo bem — falei.

Afastei as cobertas e andei pelada até o banheiro, deixando Vida engasgando com a torrada e Don bradando como um universitário.

Tomei banho sob a nova luz do meu banheiro, me sentindo desconfortável em relação ao fato de minha vida e minha mais recente aventura estarem sentados juntos do lado de fora. Eu não queria que a água parasse de cair. Meus dedos estavam quase murchos e o banheiro estava tão cheio de vapor que eu mal conseguia ver a porta, mas não conseguia me mover. Não conseguia encarar Don. Eu queria que a água lavasse a culpa, a confusão sobre meus sentimentos por Blake, que — quaisquer que fossem — estavam de repente diminuindo qualquer sentimento que eu pudesse ter tido por Don na noite anterior.

Enquanto eu enxaguava o xampu pela terceira vez, um pensamento me ocorreu: o que me dava tanta certeza de que Don queria mais de mim? Ele bem poderia estar perfeitamente satisfeito com uma transa de uma noite, então, me sentindo esperançosa e mais animada, fechei a água. Os dois estavam quietos do lado fora. Saí do banho. As vozes começaram de novo, murmúrios, e não consegui entender nenhuma palavra. Limpei a condensação do espelho e encarei um rosto vermelho e manchado por causa do calor.

Suspirei.

— Vamos lá, Lucy — sussurrei. — Acaba logo com isso pra você poder chegar ao Blake.

Mas mesmo aquela ideia me provocou uma leve sensação de pavor. Mais uma vez, eu não gostava do que tinha, mas não sabia o que queria, ou seja, estava de novo sem rumo. Quando voltei para a cozinha — completamente vestida —, eles ficaram em silêncio. Estavam sentados um ao lado do outro diante da bancada, tomando café e comendo omeletes. Os dois me olharam. Don me observou com gentileza, enquanto Vida me mediu, mas não pareceu muito impressionado. Da cama de sapatos na janela, o sr. Pan levantou a cabeça e me avaliou com o mesmo tipo de olhar que eu lhe daria se ele tivesse mijado na correspondência: como se ele soubesse que eu fizera uma bobagem.

— Bem, é óbvio que vocês estavam falando de mim — falei, e fui até a chaleira elétrica.

— Eu sou a sua vida e ele acabou de dormir com você, sobre o que mais nós falaríamos? A propósito, ele lhe deu nota quatro de dez.

— Não dê ouvidos a ele.

— Eu nunca dou.

— Tem café na cafeteira — disse Vida.

— Você deixa café pra mim, mas não café da manhã? — retruquei.

— Não fui eu que fiz o café da manhã.

— Ah.

Olhei para Don.

— Tá no forno — disse ele. — Esquentando.

— Ah. Obrigada.

Aquele era um comportamento muito incomum para um homem que nunca mais iria me ver, mas, ainda assim, eu mantive a esperança. Um tanto constrangida, abri o forno.

— Cuidado, o prato está quente — alertou Don, mas meu cérebro demorou um pouco para compreender o significado das palavras dele e aí já era tarde demais.

233

Toquei o prato sem nenhuma proteção. Gritei. Don pulou da banqueta e puxou minha mão.

— Me deixa ver — disse ele, a voz e o rosto carregados de preocupação.

Mesmo com a dor excruciante que eu estava sentindo, examinei por um instante o rosto dele, muito tenso, preocupado e lindo. Mas a dor, a dor superou toda aquela fofura. Don segurou minha mão na dele e me guiou pela cozinha como se ele fosse o Remy de *Ratatouille*. Acabei com a mão embaixo da água fria da torneira e Don continuou a segurá-la, mesmo quando a água ficou fria demais e eu quis me afastar.

— Você precisa deixar a mão aí embaixo por pelo menos cinco minutos, Lucy — falou ele com severidade.

Abri a boca, mas decidi não contestá-lo.

— Como você faz isso? — perguntou Vida, impressionado.

— O quê?

— Conseguir que ela não retruque.

Don deu um sorrisinho, então se concentrou em minha mão com aquele olhar preocupado.

— Acho que você vai ter que amputar — comentou Vida, ainda sentado e colocando outra garfada de omelete na boca.

— Obrigada pela preocupação. Isso — disse à Vida, indicando Don com um aceno de cabeça —, isso é preocupação de verdade.

— Ele acabou de dormir com você, tem mesmo que fingir que a respeita.

Ele falou brincando, mas eu sabia que minha vida estava impressionada e que estava feliz. Vida estava usando um terno novo, azul-marinho, que realçava a cor de seus olhos — antes de uma cor indefinida e agora de um azul surpreendente. Ele havia melhorado do resfriado, o que deixava o nariz menos inchado, os dentes estavam limpos, o hálito melhor, e ele estava com boa aparência. Vida parecia feliz — ainda estava implicando comigo, mas de um jeito amoroso. Aquilo também deveria ter me deixado feliz, mas me preocupava. Eu não sabia bem por quê. Mas alguma coisa estava errada.

— Por que você está tão arrumado? — perguntei a ele.

— Porque vou encontrar os seus pais essa noite — respondeu Vida.

Don olhou para mim, com compaixão, eu acho, o que apreciei.

— Na verdade, não só eu. *Nós* vamos encontrar os seus pais. Liguei para sua casa ontem e falei com uma mulher encantadora chamada Edith. Ela foi muito gentil e ficou muito animada porque nós dois iríamos até lá, disse que logo avisaria seus pais e que prepararia um jantar especial.

Acho que tive um miniataque de pânico.

— Você tem alguma ideia do que acabou de fazer?

— Sim. Retornei as muitas ligações da sua mãe para você, e você me deve um agradecimento por isso. A sua mãe está precisando de você, e você não esteve muito presente. E ela precisa de você também. — Ele olhou para Don. — Tem uma mancha de café no tapete persa da sala de estar. — Vida fez uma careta de choque e horror. — Então passei o seu número pra ela.

Fiquei mais brava por ele ter dado o número de Don para minha mãe do que por ter marcado um jantar. Lá estava eu, tentando encontrar maneiras de me livrar de Don, e o cara já ia se infiltrar na casa dos meus pais. E seria o único homem no mundo, além da minha vida, a ir à minha casa e à deles.

— Você não entende como isso é desnecessário. Não tem ideia do quanto ela não precisa de mim. A minha mãe é capaz de organizar o próprio funeral sem a ajuda de ninguém. Quanto ao meu pai... Meu Deus, o que você fez? Ele vai conhecer você? Ele não vai ter nada pra dizer a você, absolutamente nada. — Apoiei a cabeça na minha outra mão livre, então me dei conta de que Don estava ouvindo tudo, por isso afastei a mão do rosto e agi como se não tivesse dito nada daquilo. — Parece que o dia está bonito hoje, né?

Vida balançou a cabeça para Don, que ainda segurava minha mão embaixo do jato de água gelada. E ele fez alguma coisa com todo o seu *ser*, sem se mover um centímetro ou dizer uma palavra, mas que me fez saber que ele me apoiava.

Nós saímos para a manhã fria, que estava ainda mais fria porque estávamos na sombra projetada pelo meu prédio. Do outro lado da rua, no parque, podíamos ver luz, mas nenhum raio de sol alcançava o lugar onde estávamos, e meu vestido leve envolvia minhas coxas enquanto a brisa soprava. Tentei muito manter a saia abaixada e, embora não fosse nada que Don já não tivesse visto, era diferente naquele momento.

— Aceita uma carona no carro de super-herói? — perguntou Don de um jeito meio casual, mas percebi que ele estava se sentindo desconfortável.

Don não estava apenas envergonhado por causa do seu meio de transporte, mas já era manhã, a noite tinha virado dia e ele ainda estava com as mesmas roupas, e eu estava distante já havia meia hora. Não estava dando a ele muito em que se agarrar.

— Não, obrigada, vou no meu carro pra conseguir ir para a casa dos meus pais depois do trabalho.

Então veio o momento constrangedor: apertávamos as mãos, dávamos um bate aqui ou nos despedíamos com um beijo? Senhor Don Lockwood, muito obrigada pelo sexo ardente, aleatório e espontâneo, foi mesmo um prazer conhecer você e suas partes íntimas, mas realmente preciso correr e dizer ao meu ex-namorado que ainda o amo. Tchauzinho.

— Vou estar de folga amanhã, se você quiser sair. Podemos almoçar. Ou tomar um café, jantar, beber alguma coisa.

— São muitas opções — falei, sem jeito, tentando descobrir como *recusar todas* de forma educada. — Preciso fazer uma viagem depois do trabalho e só volto...

Eu ia dizer "bem tarde", mas talvez Blake me quisesse de volta na mesma hora, e então eu teria que alugar um caminhão de mudança para embalar tudo o que havia no meu apartamento e me mudar para Bastardstown, no condado de Wexford. Aquela ideia deveria me deixar empolgada, mas não foi o que aconteceu, porque eu amava meu pequeno apartamento e não queria deixá-lo nunca mais. Será que Blake moraria nele comigo?

O Blake que eu conheci não seria visto nem morto em um apartamento como aquele, onde não havia superfície suficiente na cozinha para ele abrir uma massa para a base da pizza, e se ele a jogasse no ar, a pizza ficaria presa no trilho de luz. Teríamos que disputar espaço no varão da cortina — ele tinha tantas roupas quanto eu —, e talvez ele não coubesse no banheiro estreito, muito menos nós dois, como costumávamos fazer nas noites de domingo com uma garrafa de vinho. Imaginei Jenna passando as pernas ao redor da cintura dele na banheira e meu coração disparou outra vez. Fiquei perdida em pensamentos, tentando resolver a logística do meu futuro com Blake em minha nova vida, enquanto Don me observava.

— É claro — disse ele, me examinando um pouco intensamente demais para o meu gosto. — Você vai ver o seu ex.

Eu não sabia o que dizer, então não disse nada.

Don pigarreou.

— Não é da minha conta, mas... — Então ele decidiu mudar de assunto, talvez porque eu tivesse desviado o olhar. Seu novo tom me surpreendeu, pareceu muito distante, um pouco duro. — Tá certo, bem, obrigado por ontem à noite.

Olhei para Don, que assentiu e foi embora. Ele acenou para Vida, que acenou de volta, então entrou no carro e ligou o motor. Eu não queria que terminasse daquele jeito, embora tivesse sido eu quem levou a situação naquela direção, mas não consegui dizer nada. Eu não queria mudar o final, apenas a forma como aconteceu, então vi Don ir embora, me sentindo a maior cretina do mundo, e me encaminhei para meu carro.

— Ei. — Vida correu atrás de mim. — O que aconteceu?

— Não aconteceu nada.

— Ele simplesmente foi embora. Vocês brigaram?

— Não.

— Ele a chamou pra sair de novo?

— Sim.

— E...?

— Eu não posso. Vamos viajar amanhã.

Coloquei a chave na porta do carro, mas ela não se mexeu. Insisti, sob o olhar de Vida.

— Nós vamos e voltamos *à noite*. Você vai estar de volta amanhã, tarde da noite.

— Sim, talvez.

— O que você quer dizer com talvez?

Eu estava frustrada com a chave, frustrada com minha vida e, por isso, surtei.

— Amanhã eu vou dizer ao amor da minha vida que ainda estou apaixonada por ele. Você acha mesmo que eu espero estar de volta amanhã à noite pra ir a um encontro com um homem que dirige uma van amarela com um tapete que gira em cima?

Vida pareceu atordoado por um instante, então pegou a chave da minha mão, a girou suavemente e a porta se abriu.

— Vamos — disse ele.

— É isso?

Eu o observei dar a volta no carro, até o lado do passageiro, parecendo muito tranquilo, calmo e controlado.

— Sem sermões, sem psicologia esquisita, sem metáforas, só isso?

Ele deu de ombros.

— Não se preocupe, nada fala mais alto do que uma vida inteira de arrependimento e autodepreciação.

Ele entrou no carro e ligou o rádio.

Adele estava cantando "Someone Like You". Ele aumentou o volume.

Eu abaixei o volume. Ele aumentou de novo. Eu até escutei por um tempo sobre como o amor dela havia seguido em frente e encontrado outra pessoa, mas achei demais e mudei para o canal de notícias.

Vida olhou para mim e franziu o cenho.

— Você não gosta de música?

— Adoro música, só não escuto mais.

Ele se virou no assento para me encarar.

— Desde quando?

Fingi pensar a respeito.

— Cerca de dois anos.

— Dois anos, onze meses e vinte dias, por acaso?

— Isso é um pouco específico, não sei.

— Sim, você sabe.

— Tudo bem, tá certo.

— Você não consegue ouvir música.

— Eu não disse que *não consigo*.

Ele mudou a estação do rádio para a música de Adele de novo. Desliguei com rapidez.

— Rá! — disse ele, e apontou um dedo para mim. — Você não *consegue* ouvir música.

— Tudo bem! Eu fico triste. Por que isso te deixa tão feliz?

— Não estou feliz com isso — retrucou ele. — Só estou feliz porque estou certo.

Desviamos os olhos um do outro, ambos irritados. Senti que era um daqueles dias em que eu não amava minha vida.

Eu o perdi nas filas para passar pela segurança e entrar na Mantic e, depois de procurá-lo em todos os lugares que pude pensar, acabei desistindo e segui sozinha para o escritório, mas Vida chegara lá antes de mim e estava sentado na cadeira preta de couro sendo interrogado por uma Ratinha que falava acelerado e lia alguma coisa em uma folha de papel. Enxerida estava com o relógio de Galinha na mão, ajustado para o modo cronômetro. Pisca-Pisca estava de pé com o sorriso mais largo no rosto, bebendo na caneca de MELHOR PAI DO MUNDO. Eu me juntei a ele e fiquei observando minha vida.

— Em que ano a Lucy ficou tão bêbada que foi a um estúdio e fez uma tatuagem de coração?

— Em 2000 — respondeu Vida na mesma hora.

Arregalei os olhos. *Eu* era o assunto em que ele era especialista.

— E onde fica a dita tatuagem?

— Na bunda dela.

— Seja mais específico.

Vida agitou as mãos no ar, tentando se lembrar.

— Eu a vi esta manhã. Hum… hum… hum… na nádega esquerda dela.

— Correto.

Graham olhou para mim com uma expressão maliciosa, enquanto todos aplaudiam.

— Com a tenra idade de 5 anos, Lucy conseguiu seu primeiro papel no palco em O *Mágico de Oz* como o quê?

— Um munchkin.

— O que ela fez na noite de estreia?

— Fez xixi na calça e teve que ser tirada do palco.

— Correto! — Mary riu.

— Ah, Lucy, você está aí — falou Pisca-Pisca, finalmente se dando conta da minha presença. — Tive uma conversinha com o pessoal do refeitório esta manhã por conta da sua salada de três feijões.

Demorei um instante para me lembrar. Ele continuou:

— Eu disse a eles que uma colega minha tinha comprado a salada e que, pelo que observamos, só havia duas variedades de feijão na salada de três feijões. A moça me perguntou se eu tinha visto a minha colega comer os feijões, o que me ofendeu muito e pedi para ver o gerente. Enfim, pra encurtar a história, porque eu fiquei lá muito tempo garantindo a eles a sua palavra...

Os outros aplaudiram outra resposta correta de Vida, mas eu estava tão comovida por Pisca-Pisca ainda acreditar em mim, apesar do incidente com o espanhol, que não quis prestar atenção neles.

— ... enquanto eu estava lá, eles checaram as embalagens restantes e, de fato, você estava certa, todo o estoque de saladas de três feijões tinha apenas dois feijões. Estava faltando o feijão cannellini, que, pra ser bem sincero, não é um feijão com o qual eu esteja familiarizado. — Era óbvio que ele estava impressionado com aquela descoberta. — Então eu disse ao gerente: "Como você pretende compensar a minha colega que não recebeu o que foi prometido? Afinal, é como comprar uma torta de carne sem a carne, um bolinho de xerez sem o xerez. Isso é *inaceitável*".

— Ah, Quentin. — Cobri a boca e tentei não rir de sua expressão absurdamente séria. — Obrigada.

— Não precisa me agradecer... — Ele enfiou a mão na gaveta de baixo e pegou um saco de papel pardo. — Tá aqui, uma salada de dois feijões de cortesia e um vale-almoço.

— Quentin. — Joguei os braços ao redor dele. — Obrigada. — Ele estava um pouco aturdido. — Muito obrigada por defender a minha honra.

Cara de Peixe entrou no escritório e olhou para todos, viu Quentin e eu parados longe dos outros.

— Sempre estarei ao seu lado, Lucy, não se preocupa — falou Pisca-Pisca assim que Edna passou.

Ela me olhou com uma expressão cautelosa, e eu soube na mesma hora que ela achava que nós estávamos falando de Quentin estar me protegendo da mentira sobre eu saber espanhol.

— Desculpa, você poderia repetir a pergunta, por favor? — disse Vida em voz alta, para garantir que eu ouviria.

— Que idioma — perguntou Mary meio tímida, mas com um largo sorriso — Lucy diz, no currículo, que sabe falar, mas na verdade não sabe?

— Ora, essa resposta todos vocês sabem — falou Vida. — No três, hein! Um, dois...

— Espanhol! — gritaram todos ao mesmo tempo, incluindo Pisca--Pisca, e todos olharam para mim, rindo.

Não consegui evitar, me juntei às risadas. Pelo visto, eu acabara de ser perdoada.

CAPÍTULO VINTE

— Então você é a vida da Lucy.

Enxerida estava sentada na beira da nova mesa de Vida, à qual ele mesmo se designara e que ficava o mais longe possível de mim. Louise já estava lá havia alguns minutos, monitorando-o intensamente.

— Sim — respondeu ele enquanto digitava no notebook, sem olhar para ela.

— E esse é o seu trabalho? — perguntou Louise.

— Sim.

— Você também é a vida de outra pessoa?

— Não.

— Então é só uma pessoa de cada vez.

— Sim.

— Quando ela morre, você morre?

Ele parou de digitar e levantou a cabeça devagar. Então, a encarou, mas Louise não entendeu a indireta.

— Morre? — insistiu ela. — E não estou querendo dizer se vocês dois estiverem no mesmo acidente de carro. Mas, se ela morrer e você estiver em um lugar diferente, você também cai duro?

Ele recomeçou a digitar.

Louise mascou chiclete e fez uma bola pequena, que estourou e grudou em seus lábios. Ela o raspou com as unhas postiças.

— Você tem família?

— Não.

Parei de trabalhar e olhei para ele.

— Você mora sozinho?

— Sim.

— Tem namorada?

— Não.

— Tem permissão pra ter namorada?

— Sim.

— Mas você consegue ter uma? Assim, tipo, o seu, você sabe...

— Sim — interrompeu Vida. — Funciona.

— Mas você tem ou não tem?

Ele suspirou.

— Uma namorada ou um... — perguntou ele.

— Uma namorada — interrompeu Louise, horrorizada.

— Não.

— Então você mora sozinho.

— Sim.

— E a sua vida gira em torno da Lucy.

— Sim.

De repente, me senti triste por ele, culpada também. Eu era tudo o que Vida tinha e não estava dando muito a ele. Vida levantou os olhos de súbito e me apressei em desviar o rosto e me concentrar em minha papelada.

— Você quer ir ao meu casamento?

— Não.

Louise enfim arrastou os pés para longe da mesa dele e foi encher a paciência de outra pessoa. Mas, assim que ela saiu, percebi que o digitar no notebook de Vida tinha parado. Observei ele pelo canto do olho e o vi encarando a tela, mordendo o interior da boca, parecendo perdido. Eu me distraí, e ele me flagrou olhando.

— Ele ligou?

— Quem?

— Quem você acha? O sr. Limpa Carpetes.

Revirei os olhos.

— Não.

— Ele mandou mensagem?

— Não.

— Cretino — falou Vida, parecendo ofendido.

— Eu não me importo — falei, achando a reação dele divertida.

243

— Lucy — disse ele, e girou a cadeira para me encarar. — Entenda, se eu me importo, então você se importa. Olha.

Ele apontou para o próprio queixo.

— Eca.

— É grande?

Ele tinha uma espinha enorme no queixo.

— Imensa — respondi. — Parece dolorida. Isso apareceu porque ele não ligou?

— Não, isso apareceu porque você fez alguma coisa para ele não ligar.

— Ah, claro, a culpa é minha.

Graham parara de trabalhar e parecia se divertir com a discussão. Então a porta de Edna se abriu, e todos olhamos para lá. Ela me encarou, então se voltou para Pisca-Pisca.

— Quentin, posso dar uma palavrinha com você, por favor?

— É claro.

Ele se levantou, puxou a calça marrom para cima da barriga como de costume, ajustou os óculos no nariz, alisou a gravata e foi até Edna. Quentin não olhou para nenhum de nós, o que piorou a situação. Assim que a porta se fechou, eu me levantei de um pulo e arquejei.

— Meu Deus, não acredito — disse aos outros.

— No quê? — perguntou Mary, parecendo preocupada.

— Que ela o chamou — falei, arregalando os olhos para ela e, por algum motivo desconhecido, apontei várias vezes para a porta.

— Sim, e daí? — perguntou Louise.

— Como assim? Nenhum de vocês acha que isso é um problema? — perguntei, espantada. Em geral, não era eu quem ficava preocupada.

Eles deram de ombros e se entreolharam. Virei para minha vida.

— E você?

Ele estava examinando o celular.

— Você se lembra se eu dei o meu número a ele? Talvez ele me ligue. Ou mande uma mensagem. Uma mensagem seria legal depois de ontem à noite.

— Quentin vai ser demitido, e é tudo culpa minha! — exclamei.

Todos pularam da cadeira querendo saber mais, menos Vida, que revirou os olhos para meu drama e voltou a atenção para o celular, esperando um sinal de Don.

— Não posso explicar a vocês — falei, andando de um lado para o outro, torcendo as mãos. — Não temos tempo para isso. Preciso pensar em um jeito de evitar que ele seja demitido.

Olhei para todos eles, que me encararam com rostos cansados e desanimados. Se eles pudessem impedir que Quentin fosse demitido, já teriam agido para ajudar aos outros que perdemos ou estariam guardando a tática para si mesmos. Continuei a andar de um lado para o outro, repassando tudo na minha cabeça.

Observei Vida, que ainda estava com os olhos fixos no celular, esperando uma mensagem.

— Talvez esteja sem sinal — disse ele a si mesmo, então levantou o celular no ar e ficou movendo o aparelho de um lado para o outro. — Vou tentar no corredor.

Ele se levantou, abriu a porta e saiu da sala.

— Já sei o que eu tenho que fazer — falei com firmeza.

— O quê? — perguntou Enxerida.

Mas não respondi porque estava correndo em direção à sala de Edna, decidida, com as palavras já se formando na minha boca.

Abri a porta e entrei. Edna e Quentin levantaram os olhos.

— Me demite — falei com convicção, parada no meio da sala dela, as pernas separadas, pronta para enfrentar o mundo.

— O que disse? — perguntou Edna.

— Me demite — repeti. — Eu não mereço continuar nesse emprego. — Olhei para Quentin, esperando que ele entendesse. — Sou tipo uma salada de três feijões, que foi entregue com dois. Não cumpri o que prometi, não mereço estar aqui, só dei valor de verdade a esse trabalho nas últimas duas semanas. Antes disso, eu não levava esse emprego nem ninguém nesse prédio a sério — acrescentei, observando a expressão no rosto de Edna, que parecia apenas chocada. Eu precisava que ela ficasse brava, precisava que ela me demitisse para que Quentin pudesse ficar. Engoli em seco. — Eu dei apelidos a todo mundo. Prefiro não contar quais são, mas, se você quiser, eu conto — confessei, e fechei os olhos com força. — O seu tem alguma coisa a ver com um peixe. — Voltei a abrir os olhos, envergonhada. — Desperdicei muito tempo. Eu fumo em áreas proibidas. Sou um risco de incêndio ambulante, poderia ter matado todos nós.

Ouvi o arquejo de Mary atrás de mim e percebi que eu não fechara a porta e que todos me ouviam. Eu me virei. Vida tinha voltado ao escritório e me encarava boquiaberto. Eu esperava que ele estivesse orgulhoso — não estava mentindo, apenas me sacrificando e fazendo a coisa certa para proteger um homem inocente.

— Até a semana passada, eu nem mesmo gostava deste trabalho — continuei, estimulada pela presença de Vida. — Eu queria ser demitida. Mas agora percebo que isso foi injusto, porque todas aquelas pessoas boas foram demitidas quando deveria ter sido eu. Sinto muito, Edna, e sinto muito por todas as pessoas que foram demitidas. E peço desculpas a Louise, a Graham, a Mary e a Quentin. Por favor, não demita o Quentin, que não tem culpa nenhuma. Ele não sabia da minha mentira em relação ao espanhol até aquela manhã, não sabia mesmo. Por favor, não faça ele pagar pelos meus erros. Me demite.

Quando terminei de falar e abaixei a cabeça, houve um longo momento de silêncio. Claro que foi um silêncio de choque.

Edna pigarreou.

— Lucy, eu não estava demitindo o Quentin.

— O quê?

Encarei-os na mesma hora, então a mesa entre os dois e os papéis espalhados, que continham diagramas e instruções.

— Nós estávamos conversando sobre o manual da nova gaveta de aquecer comida. Eu estava pedindo ao Quentin para traduzir a parte em espanhol.

Fiquei boquiaberta.

Quentin estava suando e piscando mais do que nunca.

— Mas muito obrigado por me defender, Lucy.

— Hum... De nada. — Como eu não sabia bem o que fazer, comecei a recuar. — É melhor eu só...

Indiquei a porta aberta com o polegar.

— Eu acho — falou Edna, levantando a voz —, levando em consideração tudo o que você acabou de dizer e tudo o que aconteceu no passado, que você deveria...

Ela deixou que eu completasse.

— Ir embora?

Edna assentiu.

— Funciona pra você?

Pensei a respeito e me senti absurdamente envergonhada. Assenti e sussurrei:

— Sim. Hum, talvez funcione. Vou pegar as minhas coisas. — Eu hesitei. — Você quer dizer agora?

— Acho uma boa ideia — confirmou Edna com gentileza, também envergonhada por mim, mas era provável que estivesse feliz por eu ter resolvido o problema por ela.

— Tudo bem — sussurrei. — Hum... Tchau, Quentin. Foi ótimo trabalhar com você. — Eu me aproximei e estendi a mão. Ele a segurou, parecendo um tanto confuso, olhando de Edna para mim. — Hum... obrigada, Edna. Foi bacana trabalhar com você — menti, já que tinha acabado de revelar que apelidara a mulher de alguma coisa próxima a peixe. — Quem sabe depois eu ligo pra pedir uma indicação ou alguma coisa assim.

Ela pareceu hesitante, mas apertou minha mão mesmo assim.

— Boa sorte, Lucy.

Eu me virei e enfim encarei todos no escritório. Eles estavam enfileirados no caminho que levava até a porta. Vida não estava mais no escritório.

— Ele tá lá fora — avisou Ratinha.

Apertei as mãos de todos. E assim, pela terceira vez em quinze dias, eles não tinham certeza se me amavam ou me desprezavam. Arrumei minhas coisas — eu não tinha muito o que arrumar, nunca personalizei a mesa onde trabalhava — e saí desajeitada da sala, acenando, agradecendo e me desculpando, tudo ao mesmo tempo. Então fechei a porta e respirei fundo.

Vida estava me encarando. Fumegando de raiva não chegava perto.

— Que porra foi aquilo?

Abaixei a voz.

— Aqui, não.

— Aqui, sim. Por que diabo você fez aquilo? Você ia continuar no emprego, e eu não estava botando muita fé, mas, por algum motivo, você escapou impune. E o que você fez? Jogou tudo fora. Foi para aquela sala e jogou tudo fora do nada. Qual é o seu problema? Por que sabota de propósito todas as coisas boas que acontecem na sua vida? — disse ele, gritando, e eu não estava apenas envergonhada, também estava com medo. — Você quer ser infeliz?

— Não.

— Eu não acredito em você.

— Mas eu não quero mesmo.

— Você pode fazer a gentileza de ignorar todo mundo por um momento e se concentrar em mim? — continuou ele, ainda gritando. — Por uma única vez!

Olhei para ele na mesma hora. Vida tinha cem por cento da minha atenção, e de todos os outros também.

— Achei que você ficaria orgulhoso de mim. Eu defendi o Pisca-Pisca, mesmo que não *precisasse* ter feito isso, mas fiz. Coloquei outra pessoa em primeiro lugar em vez de a mim mesma, e agora temos tempo suficiente para ver Blake, para que eu possa me declarar. Tudo está funcionando... hum, com perfeição.

Vida abaixou a voz, mas a raiva borbulhava sob suas palavras enquanto ele se esforçava para mantê-las sob controle:

— O problema, Lucy, nunca foi a sua capacidade de colocar outras pessoas em primeiro lugar, foi a sua completa incapacidade de colocar você em primeiro lugar. E, por mais que tente disfarçar isso como um ato de bondade altruísta, não cola. Você não foi defender Quentin, você foi até aquela sala pra desistir *de novo*, e eu não duvido nada que você tenha inventado tudo isso só pra ir ainda hoje atrás do Blake.

Eu não podia dizer que aquela ideia não passara pela minha cabeça.

— Mas eu amo o Blake — falei, a voz débil.

— Você o ama. Mas será que o seu recém-descoberto amor não correspondido vai pagar as contas?

— Você está parecendo o meu pai.

— Não, estou parecendo *responsável*. Você sabe o que isso significa?

— Sim — respondi com firmeza, me defendendo. — Significa eu vivendo infeliz para sempre. E agora tô retomando o controle da minha vida.

— Retomando? Quem estava no controle?

Abri a boca, mas logo voltei a fechá-la.

— Por favor, não faça eu me sentir culpada. Vou conseguir outro emprego.

— Onde?

— Não sei onde — respondi. — Vou procurar, tenho certeza de que tem alguma coisa ótima à minha espera. Alguma coisa pela qual eu sou *apaixonada*.

Ele gemeu com o uso da palavra.

— Lucy, você não é apaixonada por nada.

— Sou sim, pelo Blake.

— Blake não vai pagar as contas.

— Talvez ele pague, se nós nos casarmos, se eu tiver filhos e parar de trabalhar — falei, brincando, é claro.

Eu acho.

— Lucy, você tinha um bom emprego e o jogou fora. Parabéns. Estou tão de saco cheio de você. Quando você vai crescer? — perguntou ele, me encarando com uma expressão bastante decepcionada e saiu andando.

— Ei, aonde você tá indo?

Comecei a segui-lo, mas ele acelerou o passo. Precisei correr atrás dele e entramos juntos no elevador. Havia outra pessoa lá dentro, por isso ficamos calados. Vida só olhou para a frente enquanto eu o encarava, querendo que ele olhasse para mim. As portas do elevador se abriram, e ele saiu a toda velocidade. Finalmente nós nos vimos sob o ar frio do lado de fora do prédio.

— Aonde você está indo? — gritei. — Precisamos ir a Wexford! U-hu! — continuei. — Seguir um *sonho*. Está vendo, Vida? Eu tenho sonhos!

Corri atrás dele como um cachorrinho.

— Não, Lucy, você tem que jantar com a sua família.

— Quer dizer, *nós* temos que jantar com a minha família.

Ele negou com a cabeça.

— Pra mim já deu.

Vida saiu correndo em direção ao ponto de ônibus. Logo chegou um ônibus, então ele entrou e desapareceu de vista, me deixando sozinha no estacionamento.

Quando voltei para o apartamento, tentei ignorar a cama desarrumada enquanto fazia as malas para ir a Wexford. Não adiantava esperar até o dia seguinte para ver Blake se eu já não tinha mais emprego; pela primeira vez, eu não tinha mais nada que me prendesse ali, além do jantar com meus pais naquela noite... e de um gato. Bati à porta de Claire e esperei, ouvindo ao fundo a música do desenho que o filho dela assistia. Depois de um tempo, Claire atendeu. Parecia exausta.

— Oi, Lucy.

— Você está bem?

Ela assentiu, mas ficou com os olhos marejados.

— É a sua mãe?

— Não — respondeu ela. Uma lágrima escorreu pelo rosto dela, que não se deu ao trabalho de secá-la. Eu tinha dúvidas se Claire sequer percebera que estava chorando. — Na verdade, ela tá melhorando, é o Conor que não tá bem.

— Certo.

— E eu não tenho dormido muito. Enfim... — disse ela, e secou o rosto com força. — Em que eu posso ajudar você?

Eu recuei.

— Ah, sabe de uma coisa, você já tem muitas preocupações, fica tranquila.

— Não, por favor, preciso de uma distração. O que é?

— Tenho que viajar por alguns dias e queria saber se você poderia cuidar do meu gato. Não preciso que ele fique na sua casa nem nada assim, só queria que você desse uma olhada de vez em quando, desse comida, e talvez o levasse ao parque quando você saísse.

Ela estava me olhando com raiva.

— O que foi? O que tem de errado?

— Você não tem um gato — falou Claire, os olhos escuros.

— Ah! Esqueci que você não sabia — falei, com a voz baixa. — Tenho esse gato há anos, mas, se alguém descobrir, vou ser despejada e acho que vai ser um problemão — brinquei, mas logo fiquei séria. — Você não se importa que eu tenha um gato, não é?

— Eu nunca vi esse gato.

— Ele está bem atrás de mim.

— Não está, não. Lucy, seja lá o que você está fazendo, não tem graça.

— Eu não estou fazendo nada. Do que você está falando?

— Você andou conversando com o Nigel?

— Nigel? Quem é Nigel? Eu devia ter conversado com ele?

— É o meu marido — respondeu ela com raiva.

— Não! Eu não tenho ideia do que você está falando. O que... — comecei, mas não tive a chance de terminar a frase porque Claire bateu a porta na minha cara. — O que...?

Quando me virei para perguntar para o sr. Pan sobre que diabo ele tinha feito com minha pobre vizinha, finalmente entendi. O gato não estava lá, saíra correndo pelo corredor, deixando-a pensar que eu estava pedindo para ela cuidar de um gato invisível. Eu me senti cruel, mesmo que aquela não tivesse sido minha intenção. Corri atrás dele e o encontrei bem aos pés de um vizinho mal-humorado que nunca falava comigo.

— Ah, meu Deus — falei, em choque. — É um gato de rua? Como diabo ele entrou aqui? Será que é uma fêmea? Quem pode saber? Deixa eu tirar ele daqui pra você.

Peguei o sr. Pan no colo e corri de volta para o meu apartamento, murmurando "Gatinho sujo, nojento e horrível" para que todos pudessem ouvir.

CAPÍTULO VINTE E UM

Eu me sentei à mesa de jantar na casa dos meus pais lutando contra a vontade de cutucar tudo. Entrelacei as mãos sobre a mesa e contive a ansiedade que eu sentia me dominar por dentro. Ainda não tinha encontrado coragem para dizer a eles que estava mais uma vez sem vida, não porque varrera o assunto para debaixo do tapete como costumava fazer, mas porque Vida discordara das minhas decisões e me deixara. Eu telefonara para ele sem parar a tarde toda em uma falsa tentativa de me desculpar, mas, na verdade, era para ver se poderíamos cancelar o jantar em família.

Ele não atendeu às ligações e, depois de seis ligações minhas, desligou o celular. Não deixei recado... Não consegui encontrar as palavras porque não estava nem perto de me arrepender o suficiente para implorar pelo perdão dele, e Vida saberia que eu não estava sendo sincera. Não era uma boa situação para se estar, não era engraçada nem inteligente. Uma coisa era ignorar a própria vida, outra bem diferente era ser ignorada — e abandonada — por ela. Se Vida tivesse desistido de mim, que chance eu teria?

A noite estava fria demais para comer ao ar livre, então Edith decidiu arrumar a sala de jantar, a sala mais formal dos meus pais e usada apenas para ocasiões especiais. A princípio, pensei que ela estava tentando se vingar de mim por ter roubado seu bolo para presentear minha mãe, como se eu mesma o tivesse feito, assim como tinha feito com o buquê de flores da vez anterior, mas, ao observá-la naquela noite, senti que Edith estava mesmo animada para conhecer o convidado especial e queria que ele recebesse as melhores boas-vindas dos Silchesters.

Minha mãe também não economizou nos preparativos, pois cada sala que dava para o saguão de entrada tinha um vaso de cristal cheio de flores frescas, a mesa de jantar estava coberta por uma toalha de linho branco, com os melhores talheres, ela fizera uma escova no cabelo e estava usando um vestido tweed rosa e turquesa e um paletó, e calçava um dos muitos pares de sapatilhas. A maioria das pessoas chamava as salas de jantar de "sala de jantar" ou, em algumas casas, era a "mesa da cozinha"; nós, no entanto, chamávamos a sala de jantar de "Sala de Carvalho". Graças ao Escritor Famoso que ocupara o lugar antes de nós, as paredes da sala de jantar eram revestidas de carvalho do chão ao teto, e arandelas de cristal cintilavam nas paredes, iluminando a coleção eclética e valiosa de quadros — alguns abstratos, outros de homens com bonés tweed que cobriam o rosto enquanto trabalhavam nos pântanos do condado de Mayo.

— Posso ajudar? — perguntei à minha mãe, que entrava quase flutuando na sala, pela terceira vez.

Ela carregava uma bandeja de prata para adicionar à mesa de temperos que reunia mais variedade do que qualquer ser humano precisaria em uma vida, menos ainda em uma só refeição. Havia pequenas tigelas de prata com molho de menta, mostarda — integral e francesa —, azeite de oliva, maionese e ketchup, tudo com colherinhas de prata pousadas ao lado.

— Não, querida, você é nossa convidada — respondeu ela, e examinou a mesa. — Balsâmico?

— Mãe, tá ótimo, sério, acho que já tem o bastante na mesa.

— Talvez ele goste de um pouco de balsâmico pra colocar naquela incrível salada de dois feijões que você trouxe para a mamãe, Lucy — falou Riley, agitando ainda mais... a tensão, não os condimentos.

— Isso — disse minha mãe, e olhou para Riley. — Você está certo. Vou pegá-lo.

— Ela gosta de salada — falei, defendendo o presente que eu levara.

— E o fato de ter vindo em um recipiente de plástico do refeitório do seu trabalho torna tudo ainda mais especial — comentou ele, com um sorriso.

Eu não contara a eles que minha vida não iria ao jantar, em parte porque não sabia se ele apareceria ou não, mas sobretudo porque, de um jeito bem tolo, achei que não faria muita diferença se aparecesse ou não. Pensei que, quando chegasse a hora, eu pensaria em uma desculpa educada para o não comparecimento dele, mas calculei mal. Eu não havia previsto tanta ansiedade da parte deles para conhecer minha vida.

Havia um burburinho no ar, uma empolgação e, de modo surpreendente, quase um nervosismo. Era isso. Minha mãe estava nervosa. Ela corria de um lado para o outro tentando se certificar de que tudo estava perfeito, em um esforço para agradar minha vida. Edith se comportava da mesma forma, o que me surpreendeu. Em teoria, era a mim que elas tentavam agradar, e não pude deixar de me sentir lisonjeada, mas eu sabia que estava mesmo em apuros. A notícia não seria bem aceita e, quanto mais eu demorasse para contar, pior ficaria.

O interfone do portão tocou, e minha mãe olhou para mim como um cervo pego diante dos faróis.

— O meu cabelo está bom?

Fiquei tão surpresa com o comportamento dela — Silchesters não ficavam nervosos — que não consegui responder, então minha mãe correu até o espelho dourado acima da imensa lareira de mármore e ficou na ponta dos pés para ver o alto da própria cabeça. Ela lambeu o dedo e prendeu um fio de cabelo no lugar. Olhei ao redor, para a mesa arrumada para oito pessoas e, de repente, era eu quem estava nervosa.

— Pode ser o homem do carpete — disse Edith, tentando acalmar minha mãe.

— Homem do carpete? Que homem do carpete? — perguntei, meu coração já começando a acelerar.

— Seu amigo, Vida, fez a gentileza de me dar o número de uma empresa de limpeza de carpetes que, segundo ele, fez maravilhas no seu apartamento, embora eu desejasse que ele tivesse chegado depois do jantar — disse minha mãe, e franziu o cenho enquanto checava a hora mais uma vez. — Devo dizer que foi muito agradável falar com ele ao telefone, estou realmente ansiosa para conhecê-lo em pessoa. Sei que vou adorá-lo — acrescentou ela, e fez uma expressão amorosa para mim enquanto encolhia os ombros.

— O homem do carpete?

— Não, sua vida — respondeu ela, rindo.

— O que aconteceu com o carpete, Sheila? — perguntou minha avó.

— Caiu café no tapete persa da sala de estar. Longa história, mas preciso muito que ele seja limpo até amanhã porque Florrie Flanagan vem nos visitar — explicou ela, e olhou para mim. — Você se lembra da Florrie?

Neguei com a cabeça.

— Você se lembra, sim, a filha dela, Elizabeth, acabou de ter um menino, que se chama Oscar. Não é ótimo?

Eu me perguntei por que ela nunca perguntava ao Riley se o nascimento de qualquer criança era ótimo. Ouvimos passos em direção à porta. Vi minha mãe respirar fundo e sorrir em expectativa, e tentei pensar depressa no que deveria fazer se Don ou minha vida entrasse pela porta. Mas pude deixar a preocupação de lado, porque quem enfiou a cabeça pela porta foi Philip. Minha mãe soltou o ar.

— Ah, é você.

— Nossa, obrigado pela recepção calorosa — resmungou Philip, e entrou, seguido pela filha de 7 anos, Jemima.

A criança permanecia serena como sempre, seu rosto inalterado. Ela apenas observou tranquila a sala e arregalou um pouco os olhos brilhantes quando viu Riley e eu.

— Jemima — disse minha mãe, correndo na direção da neta para um abraço. — Que surpresa adorável.

— A mamãe não conseguiu vir hoje, então o papai disse que eu podia visitar você — disse ela com a voz suave.

Riley fingiu segurar seios que não tinha e tentei não rir. A esposa de Philip, Majella, havia se transformado tanto nos últimos dez anos que não existia uma parte da pele dela que se mexia de forma natural. Philip era cirurgião plástico e, embora alegasse se dedicar apenas à cirurgia reconstrutiva, Riley e eu nos perguntávamos se o motivo de ele ter se "desviado um pouco" para a cirurgia plástica cosmética foi em benefício da esposa, algo que deixaria meu pai horrorizado.

Sempre tive a sensação de que, por causa das cirurgias de Majella, minha sobrinha se tornara completamente sem expressão. Quando a menina estava feliz, parecia serena; quando estava com raiva, também parecia serena. Jemima não franzia o cenho, não sorria muito, era raro que franzisse a testa, assim como a mãe cheia de Botox. Naquele momento, a menina e Riley trocaram um bate aqui, e ela deu a volta ao redor da mesa, indo em minha direção. Minha avó resmungou.

— Oi, Patinha — falei, e abracei minha sobrinha com força.

— Posso me sentar do seu lado? — perguntou ela.

Olhei de relance para minha mãe, que parecia confusa e começava a pegar os nomes dos lugares indicados e pensar em voz alta, do jeito que as mães fazem. Por fim, ela concordou, e Jemima se sentou ao meu lado enquanto minha mãe voltava a ajeitar as facas e os garfos que já estavam perfeitamente arrumados. Ela parecia distraída. Silchesters não ficavam distraídos.

— A empresa de carpetes disse quem eles enviariam?

— Falei com um homem chamado Roger. Ele disse que não trabalhava até tarde da noite, mas que o filho dele viria.

Meu coração subiu, depois afundou no peito, então continuou subindo e descendo como se fosse uma boia em alto-mar. Era estranho: fiquei animada com a perspectiva de vê-lo, mas não queria que fosse ali.

Minha mãe voltou a mexer nos talheres já perfeitamente posicionados ao redor da mesa.

— Como estão os planos para a renovação de votos, mãe? — perguntou Philip.

Quando minha mãe levantou os olhos, tinha uma expressão um pouco magoada, mas desapareceu tão rápido que fiquei sem saber se eu tinha interpretado errado.

— Está tudo correndo muito bem, obrigada. Já encomendei o seu terno e o do Riley. São belíssimos. E, Lucy, Edith me passou suas medidas para o vestido, obrigada. Escolhi um tecido maravilhoso e eu não queria mandar fazer o vestido sem mostrar a você primeiro.

Eu não mandara minhas medidas para ninguém, o que significa que quem enviou foi Vida, e isso me irritou — e então fez sentido o dia que acordei com uma fita métrica ao redor do peito —, mas fiquei aliviada por poder aprovar o tecido antes que fosse encomendado.

— Claro, obrigada.

— Mas a costureira me disse que, se eu não fechasse o pedido até segunda-feira, o vestido não ficaria pronto a tempo, então tive que autorizar que começassem logo — falou ela, parecendo um pouco preocupada.

— Tudo bem? Eu liguei várias vezes, mas você estava ocupada, imagino que com... como devemos chamá-lo, querida?

— Não precisa chamá-lo de nada — falei em um tom desdenhoso, então, cerrei os dentes e continuei —, tenho certeza de que o vestido vai ficar lindo.

Riley riu.

— Vai manchar — disse minha avó, voltando à vida. — Guarde minhas palavras, aquele tecido vai manchar. — Ela se virou para mim. — Lucy, não podemos nos sentar com um convidado cujo nome não sabemos.

— A senhora pode chamá-lo de Cosmo.

— E do que eu posso chamá-lo? — perguntou Riley.

Jemima riu sem franzir os olhos. Um feito da natureza surpreendente, pois ela não tinha uma gota de veneno de rato sob a pele.

— Que nome é esse? — perguntou minha avó com desprezo.

— É o primeiro nome. O nome completo é Cosmo Brown.

— Ah, como o homem daquele filme... — disse minha mãe, e começou a estalar os dedos enquanto tentava se lembrar. Minha avó a encarou com uma expressão ainda mais desgostosa. — Foi Donald O'Connor que interpretou esse papel em... — Ela continuou a estalar os dedos. — *Cantando na chuva*! — disse, enfim, e riu. Então continuou, preocupada de novo: — Ele não tem alergia a nozes, tem?

— Donald O'Connor? — perguntei. — Não sei, acho que ele faleceu há alguns anos.

— Porque comeu nozes? — perguntou Riley.

— Acho que foi uma insuficiência cardíaca congestiva — comentou Philip.

— Não, estou falando do seu amigo, Cosmo — corrigiu minha mãe.

— Ah, não, ele tá vivo.

Riley e Philip riram.

— Eu não me preocuparia com ele — falei. — Não é legal estarmos reunidos aqui, mesmo sem ele?

Riley captou algo no meu tom e se inclinou para a frente para chamar minha atenção. Não olhei para ele.

Naquele momento, Edith entrou apressada na sala de jantar, com o rosto corado.

— Lucy — disse ela com gentileza. — Eu gostaria de saber quando o seu amigo vai chegar. É que o cordeiro já está no ponto que o sr. Silchester gosta, e ele precisa dar um telefonema importante às oito da noite.

Olhei para o relógio. Vida estava dez minutos atrasado, e meu pai reservara apenas trinta minutos para o jantar em sua agenda.

— Diga ao sr. Silchester que ele pode adiar o telefonema — falou minha mãe com certa rispidez, o que surpreendeu a todos nós. — Além disso, ele pode comer a carne um pouco mais bem passada do que o normal.

Ficamos todos em silêncio, incluindo minha avó, o que era inédito.

— Algumas coisas são mais importantes — disse minha mãe, endireitando as costas e os talheres mais uma vez.

— Talvez o pai possa se juntar a nós agora e meu amigo possa nos encontrar mais tarde. Não há sentido em esperar tanto se ele vai chegar tão tarde — falei a Edith, lançando a ela meu olhar de emergência, esperando que ela o interpretasse como: *Ele não vem, socooorro!*

Naquele momento, o interfone tocou.

— É ele — falou minha mãe, entusiasmada.

Olhei pela janela e vi a van amarela e brilhante de Don no portão. O tapete vermelho flamejante mágico girava bem devagar, como se estivesse em um espeto. Eu me levantei de um pulo e fechei as cortinas das três grandes janelas fazendo certo alarde.

— Vou recebê-lo. Fiquem todos aqui.

Riley me olhou com atenção.

— Quero que seja uma surpresa total — expliquei, então corri para fora da sala e fechei a porta.

Eu estava andando de um lado para o outro no hall quando Edith saiu da cozinha para se juntar a mim.

— O que você está fazendo?

— Nada — respondi, roendo as unhas.

— Lucy Silchester, eu te conheço a vida inteira e sei que você está aprontando. Vou chamar o seu pai daqui um minuto, então preciso saber se preciso me preparar.

— Tudo bem — sussurrei. — A minha vida e eu brigamos e ele não vem hoje.

— Misericórdia. — Edith levou as mãos à cabeça. — Por que você não disse logo?

— Por que você acha? — sibilei.

— Então, quem está lá fora? — perguntou ela, então ouvimos o carro parar na entrada e o motor ser desligado.

— O homem do carpete — sussurrei de novo.

— E por que isso é ruim?

— Porque dormimos juntos ontem à noite.

Edith gemeu frustrada.

— Mas tô apaixonada por outra pessoa.

Ela gemeu de novo.

— Eu acho.

Ela gemeu mais um pouquinho.

— Ah, Deus, o que eu vou fazer? Pensa, pensa, pensa, Lucy.

Então um plano me ocorreu. Edith deve ter visto no meu rosto.

— Lucy — chamou em um tom de advertência.

— Não se preocupa — falei, pegando as mãos dela e as segurando firme. Então a olhei fundo nos olhos. — Você não sabe de nada, ninguém te disse nada, você não é responsável, isso não tem nada a ver com você, é tudo decisão minha.

— Quantas vezes na minha vida eu ouvi essas palavras?

— E tudo não dá sempre certo?

Edith arregalou os olhos.

— Lucy Silchester, de todas as coisas que você já fez, essa é a pior.

— Eles nunca vão saber. Eu prometo — garanti, em uma tentativa de acalmá-la.

Ela gemeu e partiu depressa em busca do meu pai. Saí e fechei a porta atrás de mim. Don estava saindo do carro e olhou para mim surpreso.

— Oi, bem-vindo ao meu retiro no campo — falei.

Ele sorriu, mas não foi um sorriso tão largo quanto os de antes. Don subiu os degraus em minha direção e, de repente, senti um desejo avassalador de beijá-lo de novo. Eu não sabia o que dizer, mas podia ouvir, de dentro de casa, a porta do escritório do meu pai se abrir e os passos dele no corredor.

— A Lucy está lá fora cumprimentando-o, senhor. — Ouvi Edith dizer ofegante enquanto tentava acompanhar meu pai.

— Tudo bem. Vamos acabar logo com essa bobagem, então — falou ele.

Eu e Don ouvimos aquilo.

— Sinto muito por hoje de manhã — falei, com toda sinceridade.

Don me observou com atenção para ver se eu estava falando sério.

— Eu disse que eu estava uma bagunça. Não que isso melhore as coisas, mas é a verdade. Não sei o que eu quero. Achei que sabia. Mas Vida me mostrou que não sei. Não tenho a mínima ideia do que eu tô fazendo e preciso descobrir. Estou tentando descobrir.

Ele assentiu e continuou a me olhar atentamente.

— Você ainda está apaixonada pelo seu ex?

— Acho que sim. Mas não *sei*.

Ele ficou em silêncio por um momento.

— Sua vida me disse que talvez ele tenha uma nova namorada.

— Minha vida está namorando?

— Não, o Blake. Vida me falou isso quando você estava no chuveiro.

— Essa é uma possibilidade muito alta.

Don olhou ao redor da propriedade, e então para mim.

— Eu não te amo, Lucy — disse ele, e hesitou. — Mas sei que gosto de você. Muito.

Levei a mão ao coração.

— Essa é a coisa mais gentil que alguém já me disse.

— Não quero servir como experimento na sua vida.

— Isso não aconteceria.

— E não quero ser o prêmio de consolação.

— Você nunca seria. Mas sinto que preciso amarrar algumas pontas soltas na minha vida, só isso.

Don pareceu satisfeito com aquilo. Não havia mais nada que eu pudesse pensar em dizer. Ele olhou ao redor, para a casa.

— Você tá nervosa em relação a isso?

— Muito. Faz três anos que não me relaciono com ninguém, e estou cometendo todos os erros possíveis.

Ele sorriu.

— Não, estou falando do encontro da sua vida com a sua família.

— Ah. Não. Não me sinto nada nervosa. Apenas fisicamente doente.

— Vai ficar tudo bem, é ele que vai falar.

— Ele não está aqui, e acho que não vem. Perdi meu emprego hoje, e Vida não está falando comigo — falei e engoli em seco, me dando conta de como era fundo o buraco em que eu me enfiara.

Don arregalou os olhos.

— Posso fazer alguma coisa pra ajudar você?

Estavam todos sentados ao redor da mesa quando coloquei a cabeça para dentro da sala. Meu pai não estava à cabeceira da mesa, o que me surpreendeu — a cabeceira tinha sido deixada livre para minha vida.

— Pessoal, sinto muito por ter atrasado o jantar. Pai, sei que você tem um telefonema importante em breve, não vamos segurar você, mas gostaria de apresentar a vocês...

Abri mais a porta e puxei Don para dentro.

— Essa é a minha família. Família — olhei para Don —, conheça minha vida.

Ele sorriu e as covinhas tomaram conta de seu rosto. Então ele riu e pensei que de jeito nenhum Don conseguiria fazer aquilo.

— Desculpa — falou ele, e parou de rir. — Estou muito honrado em conhecer todos vocês.

Ele estendeu a mão para Jemima.

— Oi, pequena.

— Sou a Jemima — disse ela, tímida, aceitando a mão dele.

— É um prazer te conhecer, Jemima.

Don se afastou e minha mãe se apressou em se levantar. Minha avó não se mexeu, apenas estendeu uma mão mole.

— Victoria — disse ela.

— Prazer, Vida de Lucy — falou ele.

— Eu sei — respondeu ela, então o mirou de cima a baixo e puxou a mão.

— Eu sou o Riley — disse meu irmão, levantando-se e apertando a mão de Don com firmeza. — Tenho uma jaqueta igual a essa.

261

— Nossa, que coincidência — comentei, enquanto guiava depressa Don até minha mãe.

— Sim, até deixei na entrada...

Riley olhou para a porta fechada na direção do corredor. Enquanto Don e minha mãe trocavam um aperto de mão, Riley abriu as cortinas, espiou pela janela, viu a van de Don e me lançou um olhar de advertência. Eu imitei a expressão, e ele apenas olhou de Don para mim, balançou a cabeça e se sentou. Estavam todos tão ocupados observando Don e cumprimentando-o que ninguém reparou nossa troca.

— Esse é o pai da Lucy, o sr. Silchester — disse minha mãe a Don.

Don olhou para mim enquanto se dirigia ao meu pai. Eu franzi os lábios e tentei não rir de nervoso enquanto ele fazia o mesmo. Então, Don se sentou à cabeceira da mesa.

— Vocês têm uma linda casa — comentou ele, olhando ao redor. — Isso é carvalho?

— Sim — respondeu minha mãe, animada. — Chamamos este cômodo de Sala de Carvalho.

— Somos muito criativos — falei, e Don riu.

— Então, conte-nos, como você e Lucy estão se dando? — perguntou minha mãe, as mãos entrelaçadas.

— Lucy e eu... — começou Don, e olhou para mim, fazendo meu coração acelerar — estamos nos dando muito bem, obrigado. Ela é bem cheia de energia — continuou ele, e Riley deslizou um pouco na cadeira —, então é preciso estar pronto para acompanhá-la, mas sou louco por ela — concluiu, ainda me observando.

Eu não conseguia desviar os olhos dele.

— Não é lindo? — sussurrou minha mãe, como se não quisesse quebrar o encanto. — Estar apaixonada pela vida... Posso ver isso no rosto da Lucy. Não é incrível?

Voltei à realidade quando percebi que minha mãe estava me encarando.

— Sim, bem... — comecei, e pigarreei, sentindo todos os olhares em mim. Meu rosto ficou vermelho. — Que tal contarmos a ele um pouco sobre a família?

— Bem, o sr. Silchester e eu vamos renovar os votos de casamento — contou minha mãe, toda animada. — Não é mesmo, Samuel?

Meu pai respondeu com um longo, preguiçoso e pouco entusiasmado sim. A risada de Don foi compressível quando ele presumiu que fosse uma piada, mas, como não era, a risada dele pareceu equivocada e deslocada.

Minha mãe continuou, um pouco envergonhada:

— Estamos fazendo trinta e cinco anos de casados este ano e achamos que seria uma boa maneira de comemorar.

— Parabéns — disse Don, já educado de novo.

— Obrigada. Pedi a Lucy para ser minha madrinha. Espero que você também esteja presente.

Don olhou para mim com uma expressão divertida.

— Tenho certeza de que a Lucy está bem animada com isso.

— Desculpe a minha ignorância sobre o assunto, mas por quanto tempo você planeja ficar aqui? — perguntou minha mãe.

— Eu gostaria de ficar por um bom tempo — respondeu Don, e senti os olhos dele em mim de novo. — Mas quem decide isso é a Lucy.

Olhei rapidamente para Riley, que piscou para mim. E, apesar dos meus planos de voltar com Blake, não pude deixar de sorrir.

Edith entrou com um carrinho sobre o qual estavam tigelas e uma gigante cumbuca de sopa. Ela distribuiu as tigelas e começou a servir.

— Abobrinha e ervilha — explicou a Don, então me lançou um olhar de advertência para deixar claro que ela não queria fazer parte daquela armação.

— Huuummm — falei, exagerando. — A minha preferida. Obrigada, Edith.

Ela me ignorou e serviu a sopa, me deixando por último.

O interfone tocou de novo.

— Deve ser o limpador de carpetes — disse minha mãe, e olhou para Edith. — Você pode atender?

— Vou levá-lo para a sala de estar — falou Edith, e me dirigiu um olhar alarmado.

Eu estava um pouco preocupada. Se Vida tivesse mesmo decidido aparecer, ele não ficaria feliz em ser levado a uma sala com um tapete sujo para limpar nem com o fato de que eu contara uma mentira fenomenal. Eu me superara mesmo. Mas não podia ser Vida, ele havia me abandonado, me largado sozinha para lidar com minha família — e seria uma vida preguiçosa e tola se não mantivesse aquela lição tão importante. A menos que ele conseguisse sentir quando uma mentira era contada, é claro, o que significava que era o momento perfeito para ele chegar, para que eu aprendesse uma lição ainda maior.

— Você foi ao lugar onde a Lucy trabalha? — perguntou Philip, e meu coração afundou.

— Foi — interrompi. — Aliás, é engraçado você mencionar isso, porque tenho algumas novidades.

Tentei fazer parecer uma coisa positiva; como más notícias embrulhadas para presente. Eu precisava contar logo para o caso de Vida entrar furioso tentando me dar o troco por aquela mentira gigantesca.

— Você foi promovida — adiantou-se minha mãe, animada, a voz dela saindo quase como um gritinho agudo.

— Na verdade, não — respondi, e olhei para Don, nervosa, em busca de apoio moral, então me voltei para minha mãe. — A partir de hoje, não trabalho mais na Mantic.

Ela ficou boquiaberta.

— Onde você trabalha, então? — perguntou Riley, esperando a boa notícia.

— Bem… Em lugar nenhum ainda.

— Sinto muito por ouvir isso, mas fato é que eles estão perdendo dinheiro há anos, e mais cortes de funcionários nunca estiveram fora de questão.

Fiquei grata ao Philip por ter dito aquilo.

— Eles ofereceram um acordo de rescisão? — perguntou Riley, preocupado.

— Na verdade, não, porque eu me demiti. A decisão foi minha.

Meu pai bateu com o punho na mesa. Todos se sobressaltaram, e os talheres e potinhos com condimentos chacoalharam em cima da toalha de linho branco.

— Está tudo bem, querida — disse Philip a Jemima.

Ela estava olhando aterrorizada para o pai, seus olhos arregalados — pelo menos eu imaginei que era terror, porque a expressão no rosto dela não se alterou muito além dos olhos. Passei o braço ao redor dos ombros dela em um gesto protetor.

— Isso é obra sua? — perguntou meu pai a Don, furioso.

— Talvez não devêssemos falar sobre isso agora — sugeri a meu pai em um tom gentil, esperando que ele compreendesse a mensagem.

— Acho que é o momento perfeito para falar sobre isso! — explodiu ele.

— Jemima, vem comigo — disse Philip, e saiu da sala com a filha, sob resmungos desgostosos de minha avó.

Quando Philip abriu a porta, vi Edith mais atrás acompanhando Vida até a sala de estar. Vida olhou para a sala de jantar e me viu no momento em que a porta estava se fechando.

— Muito bem, me responda — insistiu meu pai, em um tom condescendente para Don.

— Não estamos no tribunal — comentei baixinho.

— Não ouse falar assim comigo na minha casa.

Eu o ignorei e continuei a tomar minha sopa, mas todos ficaram em silêncio e ninguém se moveu um centímetro. Meu pai raramente perdia a paciência, era ainda mais raro que chegasse ao limite, mas, quando isso acontecia, era avassalador. Ele chegara ao limite naquele momento, e era possível ouvir isso em sua voz. Minha raiva também estava aumentando e, embora eu tentasse manter a calma, não conseguia deixar de sentir a irritação crescendo.

— Ele não teve nada a ver com isso — falei em voz baixa.

— E por que não? Ele não deveria ser responsável por suas decisões?

— Não, porque, na verdade, ele não é...

— Não, tá tudo bem, Lucy — interrompeu Don.

Não sei se era porque ele estava com medo ou se era porque não estava, mas, quando olhei para Don, não vi medo algum, só irritação e o desejo de proteger.

— Qual é exatamente o seu papel aqui? — perguntou meu pai.

— Meu papel — disse Don, e olhou para mim — é fazer a Lucy feliz.

— Bobagem.

— E, quando ela estiver feliz, vai encontrar o caminho certo — continuou Don. — Eu não me preocuparia com a Lucy.

— Eu nunca ouvi uma bobagem tão grande. Isso é um disparate. Se, de fato, você tem que ajudá-la a encontrar o caminho certo, isso não se classifica como uma falha?

— E como o senhor avalia suas habilidades em seu papel como pai dela? — perguntou Don, com raiva na voz.

Arregalei os olhos. Não pude acreditar que ele tinha dito aquilo. Ele estava me protegendo, mas não sabia com o que estava lidando. Don mal me conhecia, mas eu tinha a sensação de que ele me conhecia melhor do que qualquer um naquela mesa. Eu não conseguia olhar para ninguém, não sabia o que nenhum deles estava pensando.

— Como você ousa falar comigo desse jeito? — gritou meu pai, e se levantou.

Ele era um homem alto e parecia um gigante ao lado de todos nós na mesa, ainda mais de pé.

— Samuel — chamou minha mãe, baixinho.

— Lucy deixou o emprego porque não estava feliz — continuou Don. — Não vejo mal algum nisso.

— Lucy nunca está feliz com o trabalho. Ela é preguiçosa. Nunca vai encontrar nada a que queira se dedicar. Na verdade, nunca se dedicou a nada. Lucy se afastou de tudo e de todos que já foram de alguma utilidade em sua vida. Ela desperdiçou a boa educação que nós lhe demos, está vivendo como uma porca em uma casa do tamanho desta sala, e é uma decepção e uma vergonha para o nome da família... como está claro, levando em consideração que você é a vida dela.

Silchesters não choram. Silchesters não choram. Silchesters não choram. Era um mantra que eu precisava repetir em silêncio depois que cada palavra desagradável era dita. Pelo menos confirmei que minha paranoia estava certa, era exatamente o que eu achava que meu pai sentia por mim e ele estava dizendo com todas as letras. Para mim e para a pessoa que ele pensava ser minha vida, que na verdade era um homem por quem eu tinha sentimentos. Foi mais do que humilhante, mais do que doloroso, acho que foi a pior coisa que já ouvi ou tive que suportar.

Pior do que Blake me deixar, pior do que perder todos os empregos em que já trabalhei.

— Estou farto do comportamento dela, dessa eterna falta de comprometimento. Viemos de uma longa linhagem de pessoas bem-sucedidas. Aqui nesta sala mesmo, Philip e Riley se provaram homens competentes e trabalhadores esforçados, enquanto Lucy só fracassou, vez após a outra, em atingir os patamares que possibilitamos para que ela alcançasse. Sheila, eu recuei e permiti que o caminho que você tanto acreditava ser o certo fosse seguido, mas está claro que Lucy não consegue encontrar um rumo quando deixada por conta própria, assim, cabe a mim encontrar esse rumo para ela.

— Lucy não é uma criança — afirmou Don. — É uma mulher adulta. E acredito que ela tem plena capacidade de tomar as próprias decisões.

— E você, senhor — disse meu pai, levantando ainda mais a voz, então tive certeza de que o som devia estar ecoando por todo o vale —, não é mais bem-vindo na minha casa.

Silêncio. Eu mal conseguia respirar.

A cadeira de Don fez barulho no piso de madeira quando ele afastou-a da mesa.

— Foi um prazer conhecer vocês — disse ele com gentileza. — Obrigado pela hospitalidade. Lucy?

Don estava me chamando para ir embora com ele, e o que eu mais queria na vida era sair daquela sala, mas não conseguia levantar a cabeça. Eu só não conseguia encarar nada nem ninguém. Se eu ficasse parada, talvez todos esquecessem que eu estava lá. Senti lágrimas quentes se acumulando em meus olhos e não podia chorar, não na frente dele, nem na frente de ninguém, nem nunca, jamais.

— Eu acompanho você até a porta — disse minha mãe, a voz dela apenas um sussurro.

A cadeira dela não raspou na madeira, minha mãe levantou-a apenas o necessário para evitar que isso acontecesse e saiu em silêncio da sala. Quando a porta foi aberta, vi Vida no corredor, com o rosto pálido. Eu o decepcionara também.

— Lucy, no meu escritório, agora. Precisamos organizar um plano para você.

Eu não conseguia olhar para ninguém.

— Seu pai está falando com você — disse minha avó.

— Pai, acho que você deveria permitir que Lucy terminasse o jantar e vocês podem conversar sobre isso depois — falou Riley com firmeza.

Permitir que a Lucy. *Me* permitir.

— Edith pode aquecer o jantar dela mais tarde, isso é importante.

— Na verdade, não estou com fome — disse baixinho, ainda olhando para o meu prato.

— Você não é uma decepção, Lucy — afirmou Riley com gentileza. — Nosso pai só está preocupado com você.

— Eu quis dizer exatamente o que eu disse — retrucou meu pai, mas ele se sentara e sua voz não era mais tão retumbante.

— Nenhum de nós acha que você é uma desgraça. Lucy, olha pra mim — falou Riley.

Eu não conseguia.

Minha mãe voltou para a sala, mas não se sentou, ela ficou parada na porta, como se testasse a temperatura da água da piscina, enfiando o dedão do pé para sentir como estava antes de mergulhar novamente.

— Sinto muito — falei, com a voz trêmula — se tenho sido uma decepção tão grande pra você. Edith, obrigada pelo jantar, desculpe por não poder ficar.

Eu me levantei.

— Sente-se — sibilou meu pai. A voz dele saiu afiada, como uma chicotada. — Sente-se agora.

Eu hesitei, então continuei a caminhar até a porta. Não consegui olhar para minha mãe quando passei por ela e fechei a porta com cuidado atrás de mim.

Vida e Don estavam parados um ao lado do outro no hall, me encarando.

— Desculpe pelo atraso — falou Vida. — O táxi errou o caminho. Perdi alguma coisa?

— Devo dizer a ele onde fica o tapete persa? — perguntou Don.

Os dois tinham um brilho travesso no olhar, mas o tom era gentil. Estavam tentando me animar. Pelo menos me fizeram sorrir.

CAPÍTULO VINTE E DOIS

— Don, eu sinto tanto. — Foi a primeira coisa que eu disse, ignorando minha vida por ora. — Foi a pior ideia que eu já tive. — Eu ainda estava trêmula. — Não sei como achei que isso poderia dar certo.

— Relaxa — afirmou, e senti ele esfregando minhas costas para me confortar. — Mas agora você vai ter que jantar na casa dos meus pais e fingir ser minha namorada de longa data, que, a propósito, está grávida. — Olhei para ele assustada. — É brincadeira — disse ele, sorrindo. — Embora isso fosse fazer o dia dos dois.

A porta da Sala de Carvalho se abriu e todos viramos a cabeça naquela direção. Minha mãe apareceu, a mão ainda sobre o peito, como se aquele movimento por si só tranquilizasse a respiração dela, como se estivesse mantendo todas as emoções sob controle, segurando o coração para que ele não se movesse, não sentisse, apenas bombeasse o sangue para mantê-la viva e inexpressiva, sem emoção e bem-educada.

— Lucy, meu bem — falou ela. Então viu os dois homens parados à frente e, apesar de ensaiar tanto para ser gentil, disse para Vida: — Ah, oi. Você deve ser o moço de carpetes.

A ironia.

— Na verdade, *eu* sou o limpador de carpetes — confessou Don, e naquele momento se lembrou de tirar a jaqueta de Riley, que estava cobrindo o emblema do tapete mágico na camiseta. — Ele é a vida da Lucy.

— Ah — disse minha mãe, olhando para ele, a mão ainda sobre o peito.

Ela não parecia envergonhada por confundir Vida com o limpador de carpetes, mas era bastante provável que estivesse.

— Mãe, esse é o Don — apresentei. — Ele é um amigo. Um amigo muito gentil que decidiu intervir no último minuto porque o nosso convidado não chegou a tempo e eu não queria decepcionar vocês. Sinto muito, mãe, eu não queria te dizer que talvez ele não viesse, vi como você estava animada.

— Sinto muito pelo que aconteceu lá dentro — disse Don, humilde e um pouco pesaroso.

— A ideia foi minha, eu é que peço desculpas — falei, ainda me sentindo trêmula e um pouco fraca, ansiosa para partir o mais rápido possível, mas sem saber como.

— Acho bom pegar um chá pra você — falou Edith, aparecendo de repente ao meu lado, o que significava que ela estivera ouvindo.

— Isso, boa ideia — disse minha mãe, finalmente voltando a falar, e fiquei em dúvida se quem precisava mais do chá era eu ou ela. — Eu sou Sheila, a mãe da Lucy — falou ela, estendendo a mão para minha vida. — É um prazer te conhecer. E você, Don — acrescentou ela, se dirigindo a Don com um sorriso caloroso —, foi um prazer recebê-lo em nossa casa. Lamento que a recepção não tenha sido tão cordial quanto devia ter sido, mas você ainda está convidado para a cerimônia de renovação de votos do casamento.

Era insuportável ter que ouvir a conversa que se desenrolava naquele momento. Edith trocava apertos de mão com Vida e com Don e oferecia chá aos dois, comentando sobre tipos de biscoito e, pelo jeito que minha mãe estava falando, eu sabia que ela estava tentando descobrir se seria educado pedir que Don realmente limpasse o tapete persa ou se era melhor deixá-lo ir. Então, Vida e minha mãe começaram a conversar sobre flores para a cerimônia, e Don estava com os olhos fixos em mim. Eu sabia não porque retribuía o gesto, mas porque percebia pelo canto do olho. E, enquanto aquelas conversas continuavam, eu não parava de ouvir as palavras do meu pai, altas e claras na minha cabeça.

Vida se aproximou de mim.

— Você contou uma grande mentira.

— Não estou com saco pra isso — falei baixinho. — E não tem como qualquer coisa que você possa dizer piorar esse momento.

— Não quero piorar. Estou tentando melhorar — afirmou Vida, então pigarreou. Sentindo que algo importante estava prestes a ser dito, minha mãe encerrou a conversa com Don e Edith. — Lucy acha que não é boa o bastante para nenhum de vocês.

Seguiu-se um silêncio desconfortável e me senti enrubescer, mas sabia que merecia aquilo. Uma grande mentira merecia uma grande verdade.

— Tenho que ir.

— Ah, Lucy — falou minha mãe, e olhou para mim, parecendo devastada, mas então algo ligou dentro dela, o interruptor Silchester foi acionado e ela me deu um sorriso cintilante. — Eu acompanho você até a porta.

— Você não merecia aquilo — disse Vida do banco do passageiro enquanto seguíamos pelas montanhas Wicklow para voltar à rodovia.

Aquela foi a primeira coisa que ele disse depois de quinze minutos em que estávamos no carro, na verdade foi a primeira coisa que qualquer um de nós disse desde que entramos no carro. Vida nem tentou ligar o rádio, o que eu apreciei porque já havia barulho suficiente na minha cabeça. Principalmente o som da voz do meu pai, as palavras dele repetindo várias vezes; eu tinha certeza de que não havia como ele e eu voltarmos a ter um relacionamento depois daquilo. Meu pai disse tudo aquilo sem nenhum problema, sem emoção... Havia raiva, é claro, mas não era motivada por mágoa ou qualquer coisa que o levaria a dizer coisas que não desejava. Ele quis dizer cada palavra e aposto que não voltaria atrás nem mesmo no dia em que morresse. Não havia como voltar atrás. Eu não queria que Vida voltasse de carro comigo, mas ele insistiu, e eu queria tanto ir embora de lá que não me importaria nem mesmo se um tigre-de-bengala se acomodasse no banco de trás.

— Eu tive o que mereci, eu menti.

— Ah, aquilo você mereceu mesmo, mas não merecia o que o seu pai disse.

Eu não respondi.

— Aonde você vai? — perguntou ele.

— Não estou com saco para uma conversa psicológica profunda, por favor.

— Que tal uma conversa geográfica, então? Você passou direto da entrada para a rodovia.

— Ah.

— Presumo que estamos indo a Wexford agora, certo?

— Não, estamos indo pra casa.

— O que aconteceu com a ideia de encontrar o amor da sua vida?

— A realidade aconteceu.

— Isso significa...

— Que ele seguiu em frente, e eu preciso fazer a mesma coisa.

— Então você vai ligar pro Don?

— Não.

— Ah, então agora você não é boa o suficiente pra ninguém.

Eu não respondi, mas estava gritando *sim* na minha cabeça.

— O que o seu pai disse não é verdade, espero que saiba disso.

Continuei em silêncio.

— Tudo bem, olha só, eu posso ter perdido a paciência com você antes e também posso ter dito algumas coisas injustas.

Olhei por um instante para ele.

— Certo, eu *definitivamente* disse algumas coisas injustas, mas estava falando sério.

— Que espécie de pedido de desculpas é esse?

— Não é um pedido de desculpas. Ainda acho que você não devia ter deixado o seu emprego antes de conseguir outro, mas isso é tudo. Qualquer outra coisa que seu pai disse é mentira.

— Não vou conseguir pagar o aluguel. Nem sei se tenho dinheiro suficiente para dirigir até Wexford nesta sucata, mesmo se eu quisesse ir. Não tenho dinheiro pra pagar o Don, mas com certeza vou pagar. Eu deveria ter continuado no emprego pra garantir a minha estabilidade financeira e deveria ter procurado outro trabalho enquanto estava lá. Era isso o que eu deveria ter feito. Essa teria sido a coisa responsável a se fazer.

Vida ficou em silêncio, o que significava que ele concordava. Como eu não estava prestando atenção ao caminho, acabei entrando em uma curva errada e me vi em uma estrada que não reconheci. Dei meia-volta e peguei a saída seguinte, à direita. E mais uma vez me vi em território desconhecido. Manobrei na frente da garagem de alguém e voltei para a estrada anterior. Olhei para a esquerda e para a direita. Apoiei a cabeça no volante.

— Estou perdida.

Senti a mão de Vida na minha cabeça.

— Não se preocupe, Lucy, você vai encontrar o caminho certo, estou aqui pra ajudar.

— Sei, mas você tem um mapa? Porque eu estou *geograficamente* perdida.

No mesmo instante, ele tirou a mão da minha cabeça e olhou para a esquerda e para a direita.

— Ah — disse ele, então olhou para mim. — Você parece cansada.

— Eu estou. Não dormi muito ontem à noite.

— Não preciso saber detalhes. Deixa eu dirigir.

— Não.

— Deixa eu dirigir. Você pode se deitar no banco de trás e eu levo a gente pra casa.

— Não consigo nem esticar o braço no banco de trás, quanto mais me deitar.

— Você sabe o que eu tô querendo dizer, descansa. Desliga a mente por um tempo.

— Você sabe dirigir?

Ele enfiou a mão no bolso de dentro do paletó, pegou alguns papéis e os estendeu para mim. Não peguei, estava cansada demais para ler.

— Esses papéis autorizam que eu dirija qualquer veículo, desde que seja para auxiliar no desenvolvimento da sua vida.

— Qualquer veículo?

— Qualquer um.

— Até motos?

— Até motos.

— Tratores?

— Até tratores.

— Quadriciclos?

— Até quadriciclos.

— E barcos, você sabe pilotar barcos?

Vida olhou para mim sem paciência, então desisti.

— Tudo bem. Ele é todo seu.

Saí do carro e tentei me acomodar no banco de trás.

E Vida assumiu a direção.

Acordei com torcicolo e uma dor onde minha cabeça ficara pressionada no vidro frio e duro, batendo nele a cada vibração e solavanco na estrada; além disso, a pele do meu pescoço estava ardendo onde o cinto de segurança tinha roçado a viagem toda. Demorei um instante para me dar conta de onde eu estava. No carro, com Vida na direção, e ele estava cantando uma música do Justin Bieber, em uma voz aguda que rivalizaria com qualquer criança de 6 anos que tivesse acabado de levar um soco no saco.

Estava escuro do lado de fora, o que não era tão incomum, já que saímos de Glendalough às oito da noite, e, embora um carro normal, sem problemas psicológicos, levasse menos de uma hora para chegar ao meu apartamento, o complexo Sebastian levava mais tempo. No verão, as noites de junho não escureciam até as dez, então eu esperava certa escuridão, mas não daquele jeito. Estava muito escuro, o que significava que estávamos viajando havia muito mais de uma hora, e eu não conseguia ver nenhuma luz além da pequena iluminação ocasional em uma varanda ou um quadrado de luz de uma janela à distância, o que me dizia que não estávamos em Dublin. Então paramos de nos mover, mas o motor continuou funcionando. Tínhamos chegado a algum lugar, mas não estávamos em lugar algum. Olhei para Vida, que pousara o iPhone no painel e estava checando o GPS. Alarmes dispararam na minha mente. Parecendo satisfeito, ele fez um sinal de ok para o nada, já que não havia ninguém ali, então o carro voltou a avançar mais um pouco e mantivemos uma velocidade constante de novo. Eu me inclinei para a frente e falei no ouvido de Vida.

— Onde estamos?

— Jesus! — gritou ele, sobressaltado, e perdeu o controle por um instante quando se virou para ver quem o estava assustando.

O carro derrapou para a esquerda, mas Vida segurou depressa o volante e o girou para a direita, nos impedindo de cair em uma vala bem a tempo. O problema foi que ele virou demais para a direita, nos fazendo voar para o lado oposto da estrada. Apesar de estar usando cinto de segurança, voei para a esquerda como uma boneca de pano e fui jogada contra o assento à minha frente enquanto caíamos em outra vala, ficando com o carro quase na vertical.

Então ficamos parados e tudo ficou em silêncio, a não ser por Justin Bieber, que continuava a cantar *baby, baby, baby.*

— Eita — disse Vida.

— Eita — repeti, e afastei o cinto de segurança do corpo para não correr o risco de ele me amputar. — Eita? Estamos caídos em uma vala, no meio do nada, que diabo você pensa que está fazendo?

— Você me deu um susto — respondeu ele, o orgulho ferido. — E, de qualquer forma, não estamos no meio do nada, estamos quase em Wexford — anunciou ele, e se virou para mim. — Surpresa! Estou ajudando você a seguir o seu sonho.

— Estamos presos em uma vala.

— Irônico, não? — comentou ele, se atrapalhando para mexer no celular.

Eu me contorci para tentar soltar o cinto de segurança e me libertar daquela posição desconfortável, mas estava emperrado.

— Será que dá pra dar ré? — perguntei, frustrada.

O cinto finalmente se soltou, me pegando desprevenida, e dei de cara no encosto de cabeça à minha frente, esmagando o nariz. Olhei pela janela. A única pista de onde podíamos estar era uma casa à distância — da posição em que eu estava, podia ver na diagonal algumas janelas iluminadas.

— Não se pode dar ré para fora de uma vala. Pelo menos não nesse carro. Acho que o problema foi que eu saí da rodovia cedo demais. Agora me deixa ver... — murmurou Vida para si mesmo enquanto mexia no GPS de novo.

Eu empurrei a porta do carro e consegui abrir uma pequena fresta, mas algo do lado de fora impediu que ela se abrisse por completo. Estava tão escuro que eu não conseguia ver pela janela, então abaixei o vidro e coloquei a cabeça para fora. Uma árvore caíra e um emaranhado de galhos e folhas mortas estava bloqueando meu caminho. Estiquei as mãos para o teto e me impulsionei para fora do carro até me sentar na janela, então tentei descobrir como tirar o resto do corpo. Tentei girar e passar uma perna dobrada pela janela, mas não tinha espaço suficiente. Tirei uma das mãos do teto para ajudar a espremer minha perna dobrada para fora da janela aberta, o que não foi uma boa ideia, porque eu perdi o controle e fui lançada para trás, para fora do carro, direto em cima da árvore. E doeu, muito mais do que qualquer dor que eu tivesse sentido nos últimos tempos. Silchesters não choram, mas xingam e bradam os céus. Ouvi uma porta de carro batendo e logo Vida estava de pé mais acima, olhando para mim do topo da vala. Ele estendeu a mão.

— Você tá bem?

— Não — resmunguei. — Como você saiu do carro?

— Ué, pela outra porta.

Ah. Eu não tinha pensado naquilo. Estendi a mão e Vida me puxou para fora da vala.

— Você quebrou alguma coisa? — perguntou ele, enquanto girava meu corpo e examinava minhas costas. — Além da árvore, é claro.

Eu me mexi, balancei um pouco o corpo, testei todas as articulações.

— Acho que não.

— Se consegue se mexer desse jeito, você está bem, acredite em mim. Fisicamente, pelo menos — completou ele, e examinou o carro com as mãos na cintura. — Não estamos longe da pousada que eu reservei, dá para ir a pé.

— Andar? Com esses sapatos? Além disso, não podemos deixar o carro aqui na vala.

— Vou ligar pro reboque quando estivermos a caminho da pousada.

— Não precisa pedir ajuda, conseguimos fazer isso sozinhos. Você e eu. Vem.

Eu disse a ele o que fazer e logo estava atrás do volante do carro enquanto Vida tentava nos empurrar para fora. Então, quando não funcionou, ele assumiu o volante do carro e eu empurrei. E, quando isso também não funcionou, nós dois o empurramos. Por fim, ao ver que nada funcionava, pegamos nossas bolsas do porta-malas e seguimos pela estrada, acompanhando o GPS do iPhone de Vida. Quando digo *estrada*, uso o termo de forma bem livre — era mais uma trilha ou uma pista, uma superfície para animais de fazenda e tratores passarem, não para uma mulher de salto alto, usando um vestido justo, com dores nas costas e gravetos no cabelo.

Caminhamos por quarenta e cinco minutos antes de encontrarmos a pousada, que, percebemos, ficava às sombras de um novíssimo Hotel Radisson na rodovia. Vida olhou para mim cheio de pesar. A pousada era um bangalô com carpetes e papel de parede velhos e cheirava a aromatizador. Era antiga, mas pelo menos estava limpa. Como eu não comera nem a salada de dois feijões no almoço, e tomara apenas algumas colheradas da sopa de abobrinha e ervilha na casa dos meus pais, e considerando que, na ocasião, meu paladar estava atordoado demais para assimilar a comida enquanto meu pai me insultava aos berros, agora eu estava faminta. A dona da pousada preparou alguns sanduíches de presunto e uma xícara de chá, que caíram muito bem, além de ter nos oferecido um prato com biscoitos que eu não via desde meus 10 anos de idade.

Já no quarto, eu me sentei na cama com rolinhos no cabelo e fui pintar as unhas dos pés. Certo, eu menti. As palavras de meu pai ecoavam em minha cabeça, que parecia oca e vazia — um lugar com a aridez perfeita para que tais palavras ecoassem por toda a eternidade.

— Para de pensar no seu pai — disse Vida.

— Você lê mentes? — perguntei.

— Não.

— Porque às vezes você diz exatamente o que eu tô pensando — respondi, e olhei para ele. — Como você consegue fazer isso?

— Imagino que me conecto com o que você está sentindo. Mas é óbvio que, nessas condições, você estaria pensando no seu papai. Ele disse algumas coisas duras.

— Pai — corrigi.

— Você quer falar sobre isso?

— Não.

— Então os seus pais são ricos — comentou Vida, falando sobre o assunto mesmo assim.

— Abastados — respondi de modo automático, sem nem pensar, uma resposta que eu repetia há muito tempo.

— O que disse?

— Eles não são ricos, são abastados.

— Quem disse pra você dizer isso?

— Minha mãe. Eu fui a um acampamento de verão quando tinha 8 anos, e as outras crianças diziam que eu era rica porque me viram chegar em um BMW, ou qualquer que fosse o carro que tínhamos na época. Eu nunca tinha pensado a respeito antes, dinheiro nunca foi um problema, nunca foi um assunto.

— Porque você tinha.

— Talvez. Mesmo assim, acabei usando a palavra "rica" no nosso café da manhã anual de solstício de inverno com os Maguire. Eu disse que nós éramos ricos e meus pais olharam para mim de um jeito que eu sabia que nunca mais deveria usar a palavra. Foi como se eu tivesse falado um palavrão ou algo assim. Ser rico é um palavrão.

— Que outras regras eles colocaram na sua cabeça?

— Muitas.

— Tipo...

— Nada de cotovelos sobre a mesa, nada de dar de ombros ou acenar com a cabeça... nada de beber *poitín* com nove homens em um celeiro.

Vida só olhou para mim.

— Longa história. Nada de chorar. Ou deixar transparecer qualquer emoção, ou qualquer expressão de si mesmo. Você sabe, o de sempre.

— Você segue todas essas regras?

— Não.

— Você quebra todas elas?

Pensei na regra do choro, que na teoria nunca foi uma regra, apenas um hábito aprendido. Eu só nunca vira meus pais chorarem, nem mesmo quando os pais deles morreram; os dois permaneceram estoicos, discretos e contidos como sempre.

— Só as importantes — falei. — Eu jamais vou desistir do meu direito dado por Deus de beber com nove homens em um celeiro.

O telefone de Vida apitou. Ele leu, sorriu e respondeu de imediato.

— Estou nervosa por causa de amanhã — confessei.

O celular apitou outra vez e Vida foi logo checar do que se tratava, ignorando minha grande revelação. Ele sorriu de novo e, mais uma vez, respondeu na mesma hora.

— Quem é? — perguntei, me sentindo ciumenta. Era estranho porque, pela primeira vez, eu não tinha a atenção total dele.

— Don — respondeu Vida, ainda concentrado na troca de mensagens.

— Don? Meu Don?

— Se você quer exercer uma possessividade psicótica sobre outro ser humano, então sim. *Seu* Don.

— Isso não tem nada de psicótico, *eu* o conheci primeiro — resmunguei. — De qualquer forma, o que ele está falando?

Tentei ver a tela do celular de Vida, mas ele o afastou de mim.

— Não é da sua conta.

— Por que você está falando com ele?

— Porque nós nos damos bem e tenho tempo de sobra pra ele. Vamos sair pra beber amanhã à noite.

— Amanhã à noite? Mas você não pode, ainda vamos estar aqui, o que você está fazendo? Isso não é um conflito de interesses?

— Se você está se referindo ao Blake, eu não tenho qualquer interesse nele, portanto não, não há conflito.

Eu o observei com atenção. A linguagem corporal tinha mudado... Vida parecia tenso, tinha ajeitado a postura e se afastado de mim.

— Você não gosta mesmo dele, né?

Vida deu de ombros.

— O que acontece se eu e ele, você sabe, voltarmos? — perguntei. A mera ideia fez meu estômago dar cambalhotas, com borboletas voando por toda parte lá dentro. Lembrei dos lábios perfeitos de Blake me beijando por toda parte. — Como você se sentiria em relação a isso?

Ele franziu os lábios e pensou por um instante.

— Se você estivesse feliz, acho que não me incomodaria.

— Ou seja, você estaria feliz também, né? Porque, quando eu estou feliz, você também está. Mas, se eu estivesse com ele e você não se sentisse feliz, bem, então, isso significaria que eu não amo o Blake de verdade, certo?

— Não significaria que *você* não o ama, mas sim que, de alguma forma, não é certo e não deveria ser.

— Eu estou nervosa. Antes, eu estava nervosa porque veria o Blake de novo. Afinal, já faz muito tempo e, a não ser pelos programas na TV, não cheguei nem perto dele. Nunca esbarrei com o Blake na rua, nunca o encontrei em um bar. Não ouvi a voz dele, nem... ai, meu Deus, e se ele não me quiser aqui? E se ele olhar pra mim e ficar feliz por ter me largado? E se Blake realmente amar essa mulher e quiser passar o resto da vida com ela? — surtei, e olhei para Vida, chocada e aterrorizada por todos aqueles novos pensamentos. — E se, depois de todo esse tempo, eu ainda não for boa o bastante?

Meus olhos ficaram marejados e pisquei no mesmo instante para afastar as lágrimas.

— Lucy — disse Vida com gentileza —, se não der certo, não é porque você não é boa o bastante.

Eu tinha muita dificuldade em acreditar naquilo.

CAPÍTULO VINTE E TRÊS

Não dormi muito naquela noite também. Vida não estava roncando, mas ainda assim me manteve acordada, me assombrando com perguntas, medos e pensamentos totalmente inúteis. Quando acordei, cheguei à conclusão de que, se nada desse certo naquele dia, todas as acusações do meu pai seriam de fato validadas. De alguma forma, voltar com Blake se tornou meu único objetivo para consertar tudo. Afinal, foi perdê-lo que me fez sair do rumo na minha vida, então, se eu pudesse tê-lo de volta, reencontraria meu caminho.

Apesar de Blake não ter um emprego formal, meu pai sempre gostara dele e, por mais estranho que parecesse, chegara até a ir a alguns jantares no nosso loft convertido. Meu pai gostava da atitude "eu consigo" de Blake, da motivação, da ambição. Ele sabia que meu ex-namorado sempre teria interesse em algo e faria de tudo para ter sucesso. Meu pai gostava do fato de Blake ter objetivos, escalar montanhas, correr maratonas, alcançar conquistas físicas pessoais. E, mesmo que na época eu também não despertasse orgulho por não ter me tornado médica, advogada ou física nuclear, meu pai pelo menos gostava das coisas que eu fazia com Blake. Mas então eu mudei, e as coisas que ele amava em mim se foram, e seu amor também.

Apesar de ter passado a maior parte da noite acordada, demorei para me levantar e tomar banho. Ao terminar, andei pelo corredor, seguindo as vozes. No fundo da pousada, em um jardim de inverno claro e arejado que servia como espaço de café da manhã, Vida estava sentado a uma mesa com outras quatro pessoas e tinha um prato cheio de comida diante dele.

— Bom dia — falou ele, olhando para mim antes de enfiar feijão na boca.

— Uau — murmurei, e parei ao vê-lo.

Vida olhou para as outras pessoas na mesa, constrangido, antes de continuar a comer o resto do farto prato de café da manhã. Havia duas coisas de cada no prato.

Puxei uma cadeira ao lado dele e me sentei, dando bom-dia a todos. Os três caras e a garota deviam ser universitários, não deviam ter mais do que 20 nem menos de 17 anos, e eram do tipo surfista — os caras tinham cabelo comprido, e o da garota era curto. A conversa entre eles seguia em alta velocidade enquanto implicavam uns com os outros e trocavam comentários insultuosos à mesa. A diferença de idade entre nós não devia ser de mais de dez anos e, ainda assim, eu tinha a sensação de que vivíamos em planetas diferentes.

Eu me inclinei para mais perto de Vida, para que os outros não pudessem me ouvir.

— Que diabo aconteceu com o seu rosto? — perguntei.

Ele olhou para mim com uma expressão irritada e terminou de comer.

— Não é só o meu rosto, mas o meu corpo inteiro — respondeu ele, puxando a gola da camiseta nova para baixo, e vi mais manchas vermelhas. — É uma erupção cutânea.

— Ah, jura?

— Estresse. De você ter se revirado a noite toda, tentando se convencer de que tudo no seu mundo vai ser mais definido a partir de agora.

— Uau — respondi, e examinei o rosto dele. Além da erupção cutânea, ainda tinha a espinha enorme no queixo, que surgira quando Don não tinha me ligado. — Algumas partes vermelhas têm pontinhos roxos.

— Você acha que eu não percebi? — sibilou ele.

Por um momento, todo o rosto ficou ainda mais vermelho, como se ele estivesse prestes a se engasgar.

— Tudo isso é por causa de Blake?

— Blake, seu trabalho, seu pai, sua família...

— Don?

— Don é a única pessoa que me anima e, como você o dispensou, isso faz eu me sentir pior.

— Eu não o dispensei — respondi, tentando dizer que não havia nada entre nós que eu pudesse dispensar, mas Vida entendeu mal.

— Não, você só o deixou na espera enquanto atende outra chamada, como se fosse uma espécie de telefonista dos anos 1950.

Franzi o cenho.

— Tudo bem, saia você com o Don então, se ele te deixa tão feliz.

— Eu vou — retrucou Vida. — Hoje à noite. Então é melhor você falar rápido com o Blake, porque eu não vou passar outra noite aqui.

— Não se preocupe. Posso tentar cobrir sua pele com pó compacto.

— O problema não é minha pele — sibilou ele de novo, o rosto ficando roxo.

Ele estava mais parecido com a Vida que eu vi no dia em que nos conhecemos — era trágico, mas parecia que estávamos andando para trás. A dona da pousada me perguntou o que eu gostaria de comer. Eu olhei para o café da manhã de Vida.

— Alguma coisa saudável — falei em um tom crítico. — Vou querer granola, por favor.

— Aquecida no micro-ondas? — perguntou ele em voz alta, e ele tinha um ponto.

— Eu vou voltar a cozinhar — retruquei, na defensiva.

Ele bufou.

— Eu enchi sua geladeira com frutas e vegetais frescos várias vezes. Tudo estragou e tive que jogar fora.

— Sério?

— Não teria como você notar, só abrindo o congelador.

— Vocês também vão ao centro de aventura? — perguntou a garota.

Sem educação, Vida a ignorou. Ele não parecia ter vontade de falar com ninguém, a não ser que fosse para me atormentar.

— Sim — respondi, e sorri, animada por Blake. — Vocês todos vão pra lá?

— Minha segunda vez este mês, mas a primeira do Harry.

Soube qual deles era Harry porque o loiro ao meu lado ficou vermelho enquanto todos zombavam dele e o empurravam de leve, bagunçando seu cabelo e o deixando com uma aparência ainda mais desgrenhada.

— Harry tem medo de altura — explicou a garota, com um sorriso largo. — Mas Declan prometeu que raspa as sobrancelhas se Harry saltar de paraquedas.

— E o saco — disse o ruivo, e foi a vez de Declan parecer um pouco envergonhado enquanto todos zombavam outra vez.

— Vocês tiveram aulas? — perguntei a Harry.

— Não, mas a mãe dele raspou o saco dele a vida toda, então ele sabe bem o que fazer — disse o ruivo insolente, e todos riram de novo.

— Vamos fazer um salto duplo — respondeu a garota para mim.

— O que é isso? — perguntou Vida, comendo um croissant de chocolate.

Olhei feio para ele, que mesmo assim enfiou depressa o croissant na boca.

— Salto duplo é quando duas pessoas pulam do avião presas a um mesmo sistema de paraquedas — expliquei. — Só é preciso fazer vinte minutos de treinamento antes do salto.

Vida fez uma careta.

— Quem em sã consciência iria querer fazer isso?

Harry parecia concordar com Vida, mas não falou nada.

— Fazíamos isso o tempo todo — falei, sorrindo ao lembrar de Blake e eu descendo juntos em direção à terra, querendo voltar ao ar assim que pousávamos.

— Que romântico — disse Vida em um tom sarcástico. — É uma pena que o paraquedas não tenha falhado ao abrir. — Ele esticou a mão para pegar um bolinho de chocolate no cesto. Mais uma vez, meu olhar crítico não o impediu. — Me deixa. Eu estou deprimido.

— Bem, você tem que reagir, porque vai precisar usar cada grama da sua energia para me ajudar.

— Vocês podem pegar uma carona com a gente se quiserem — disse a garota. — Estamos com a van de camping da mãe do Declan, é tipo um trailer, tem espaço de sobra.

— Ótimo, obrigada — aceitei, animada.

Eram cinco minutos de carro da pousada até o centro de aventura. Eu sentia um frio no estômago de tempos em tempos e estava bastante apreensiva. E não ajudava em nada estar empoleirada de um jeito bem precário sobre uma pilha de pranchas de surfe, que quicavam, prestes a cair, apesar de Declan dirigir com todo cuidado, por mais que os outros gritassem para ele acelerar. Harry estava sentado ao meu lado, muito pálido.

— Vai dar tudo certo. No mínimo, vai ajudar você a superar o medo de altura.

Ele olhou para mim em dúvida, então, enquanto os outros estavam ocupados, zombando uns com os outros sobre Declan dirigir como um velho, perguntou baixinho:

— E se eu ficar enjoado no ar?

— Você não vai ficar — garanti, confiante. — Não dá sensação de enjoo. A queda no paraquedismo é uma constante, então não parece revirar o estômago como quando passamos por um quebra-molas ou o carro tem um solavanco.

Ele assentiu, e um momento depois perguntou:

— E se o paraquedas não abrir?

— Vai abrir e, de qualquer forma, são dois paraquedas, que recebem uma manutenção meticulosa feita por uma equipe altamente qualificada. Eu conheço o cara que administra o lugar, e ele é perfeito, quer dizer, é um perfeccionista.

Harry pareceu um pouco mais aliviado, mas não tanto.

— Quão bem você conhece o cara?

Pensei um pouco, então falei com firmeza:

— Não o vejo há quase três anos, mas estou apaixonada por ele.

Harry me encarou como se eu fosse meio doida e murmurou:

— É, bem, as pessoas podem mudar muito em três anos.

Então ele me deixou pensando sobre aquilo e foi se juntar aos outros dois que fingiam roncar enquanto Declan fazia as curvas com todo cuidado.

— Essa foi direta — comentou Vida, que estava sentado em um *banana boat* semi-inflado na minha frente.

Apesar do mau humor, ele parecia bem em uma calça jeans nova, tênis e camisa polo. Eu tinha conseguido disfarçar um pouco a vermelhidão no rosto dele com pó compacto, mas a pele ainda estava um pouco manchada. E Vida parecia querer dizer alguma coisa.

— Fala logo.

— Ah, não é nada.

— Fala.

Vida revirou os olhos.

— É que o pobre do Harry está com medo de pular de um avião e você acabou de garantir que o Blake é "perfeito".

— Sim, e? Blake é o cara mais preocupado com segurança que eu conheço.

— Ele também é um mentiroso. Pena que você não disse isso ao Harry.

Eu o ignorei durante o resto do caminho.

O centro de aventuras na verdade era um prédio muito modesto.

— É um banheiro químico — comentou Vida, descendo da van e se juntando a mim.

— Não é um banheiro químico — retruquei, irritada, enquanto examinava o novo negócio de Blake.

Era mais como um contêiner adaptado. Na verdade, eram dois. Um era claramente a área de registro e cadastro e o outro era onde ficavam os vestiários e banheiros.

— É com isso que seu sonho se parece?

Não era, mas eu o ignorei. Pelo menos Blake fizera algo que realmente queria, diferente da maioria das pessoas no mundo. Diferente de mim. O nervosismo ainda estava presente, mas eu estava animada; resgatei aquela imagem pausada de Blake e Jenna brindando no Marrocos e me agarrei a ela como uma força motriz. Era por isso que eu estava lá, para separar os dois, para fazer Blake me ver e perceber que me amava outra vez. Eu mudara muito naqueles dois anos, onze meses e vinte e um dias que passamos separados, e queria que ele visse aquilo.

Eu segui o animado Quarteto Fantástico — ou pelo menos o Trio em Busca de Emoção e um Harry Petrificado — para dentro do contêiner. Havia uma máquina automática que vendia doces e salgadinhos, outra que vendia chá e café, e cadeiras enfileiradas nas paredes.

— Gostei, talvez eu possa consultar um médico sobre a minha erupção cutânea enquanto estiver aqui — ironizou Vida, criticando o lugar de novo.

As paredes estavam cobertas de fotos emolduradas de Blake, e algumas delas foram ampliadas e superdimensionadas. As fotos foram tiradas do programa de TV dele e o faziam parecer o Ethan Hunt de *Missão Impossível*, capturado em uma sequência de ação, com músculos salientes, todo bíceps, abdômen e nádegas rígidas como pedra: Blake pulando de aviões, Blake fazendo rafting, Blake escalando o monte Kilimanjaro, os músculos saltados de Blake enquanto ele escalava as Montanhas Rochosas, Blake tomando banho sob uma cachoeira. Mantive os olhos naquela última por algum tempo enquanto eu examinava aquele corpo incrível, assim como todas as jovens presentes.

Foi só então, quando olhei para o restante da clientela, que percebi que eram, em sua maioria, mulheres, em sua maioria, mulheres jovens, em sua maioria, mulheres bonitas, bronzeadas, tonificadas. Aquilo me desequilibrou por um instante — todas aquelas jovens estavam ali para ver Blake, a estrela da TV; era provável que ele recebesse aquele tipo de atenção o tempo todo, em todos os bares, em todas as cidades, em todos os países. Elas provavelmente se jogavam em cima dele. Blake podia escolher, podia ter todas de uma vez. Só para me atormentar, minha mente criou uma imagem delas juntas, ele no meio dos corpos jovens e nus se contorcendo sobre ele. Eu devia ter uns dez anos a mais que todas aquelas mulheres, mas era fato que já tivera o corpo nu de Blake se contorcendo sobre o meu, sempre que eu queria, e aquilo fez com que eu me sentisse melhor.

Ainda estava examinando as paredes com as conquistas de Blake quando a vi. Ela. Jenna. A vaca. Da Austrália. Ela estava sentada em uma mesinha improvisada, separando formulários de inscrição e identidades, recebendo dinheiro e administrando o lugar de modo geral.

Eu me senti como o Robocop, me concentrando nela e analisando seus indicadores vitais, seus pontos fortes e fracos como ser humano e, pior ainda, como mulher. Cabelo: loiro natural e trançado de um jeito casual ao longo da linha do cabelo. Corpo: tonificado, bronzeado, membros longos — mas não tão longos quanto os meus, ela era menor. Olhos: castanhos, grandes e sinceros, como os de um cachorrinho, do tipo que qualquer homem iria querer levar para casa — mas vi uma pequena cicatriz entre as sobrancelhas. Roupas: uma regata branca que fazia o bronzeado se destacar e os dentes parecerem mais brancos, jeans e tênis. Eu estava usando uma roupa idêntica, mas tinha escolhido uma regata azul-bebê, porque era a cor que estava usando quando eu e Blake nos conhecemos, e ele comentara que aquilo deixava meus olhos mais salientes — a cor, não o olho em si, o que só acontecia quando eu comia frutos do mar.

— Por que você não tira uma foto? — falou Vida, parando ao meu lado e abrindo sem cerimônia um pacote de batatas chips com vinagre e sal que ele pegara da máquina.

— É ela — falei.

— A garota do Marrocos?

— Isso — sussurrei.

— Jura? — Ele pareceu surpreso. — Talvez haja alguma verdade nas suas tendências paranoicas, afinal.

— Isso se chama instinto — falei, com a nova certeza de que, toda vez que eu ficava paranoica sobre alguma coisa, incluindo a cisma de que o cara no meu prédio era parte do programa de proteção a testemunhas dos Estados Unidos, era completa e totalmente verdade.

— Ainda assim, eles podem não estar juntos — disse ele, colocando uma batata na boca.

— Olha pra ela — falei em um tom amargo, com desprezo. — A mulher é bem o tipo do Blake.

— E que tipo é esse?

Observei Jenna interagir com o grupo — sorriso largo, covinhas no rosto, rindo e brincando, mostrando preocupação e ajudando os que estavam com medo.

— O tipo legal — falei em um tom amargo. — Que vaca.

Vida quase se engasgou com a batata.

— Isso vai ser divertido.

Jenna levantou os olhos e, como se seu radar interno a tivesse alertado da presença de um inimigo próximo, me encarou. O sorriso dela não se apagou, mas os olhos se tornaram mais duros, perderam o brilho por um instante, e eu soube que ela sabia por que eu estava lá. Eu sabia que ela tinha sentimentos por Blake, sabia desde o começo, desde aquele bar em Londres, quando Blake assinou o contrato para o programa de TV e Jenna perguntou se ele queria *gelo* na bebida. Uma namorada sempre sabe, consegue captar as vibrações, e lá estava eu, e era possível que ela fosse a atual namorada, portanto, sabia.

— Lucy? — disse Jenna, indo até mim.

Ela viu Vida ao meu lado e pareceu relaxar um pouco. Não deveria.

— Jenna, não é?

— Isso — respondeu ela, parecendo surpresa. — Não acredito que você se lembra de mim, só nos vimos uma vez.

— Em Londres.

— Sim. Uau.

— Você também se lembrou de mim.

— Sim, bem, isso é porque eu ouvia falar de você o tempo todo — disse ela, sorrindo. *Ouvia*. No passado. — Ora, seja bem-vinda — continuou ela, olhando com certa timidez para Vida.

Ela era um doce. Eu iria destruí-la.

— Esse é o meu amigo Cosmo.

— Cosmo, nome legal. É um prazer conhecer você.

Ela estendeu a mão, ele limpou os dedos sujos de sal e vinagre na calça antes de apertá-la.

— Blake tá aqui hoje? — perguntei, olhando ao redor.

— Tá, sim. Ele sabia que você vinha?

Tradução: *Isso foi combinado? Vocês vão voltar? Devo me preocupar?*

Dei um sorriso gentil.

— Eu queria fazer uma surpresa pra ele.

— Uau. Ótimo. Então, tenho certeza de que o Blake vai ficar superfeliz em ver você, mas ele está muito ocupado agora. Está se preparando para treinar o primeiro grupo que vai fazer o salto de paraquedas. Vocês fazem parte desse grupo?

— Sim. Sim, nós fazemos. — Vida olhou para mim como se não houvesse nenhuma chance no mundo de ele saltar de paraquedas comigo, mas apreciei o fato de ele não dizer nada. — Há quanto tempo você trabalha aqui?

— Desde o mês passado, quando o centro foi aberto. O Blake foi muito gentil em me dar o emprego. Nós terminamos as gravações do programa de TV e depois eu ainda não estava pronta para ir embora, sabe? Eu amo isso aqui.

— É bem longe da sua casa.

— Sim, é mesmo — falou ela, parecendo meio triste. — Mas vamos ver...

— Vamos ver?

— É. Vamos ver o que acontece. Certo, bem, é melhor eu preparar o grupo e levar um café pro Blake, ele gosta de tomar uma xícara no início da manhã.

Eu poderia contar a ela uma coisinha ou outra sobre o que mais ele gostava logo de manhã. Forcei um sorriso e assisti enquanto Jenna batia palmas para chamar a atenção de todos, então dava ordens educadas e fazia uma piada. Depois de colocar todos nas posições corretas, de se certificar de que todos sabiam o que estavam fazendo, ela saiu com pressa do contêiner com um café fumegante em um copo de isopor.

— Você está sozinha nessa, meu bem — avisou Vida, e enfiou outra batata na boca.

— Você tem medo de saltar de paraquedas?

— É claro que tenho — disse ele. — Ainda mais se for ela a preparar o seu paraquedas — concluiu ele, e riu, afastando-se para continuar a torcer o nariz para as fotos de Blake.

Eu garanti à Vida que ele não precisava fazer o salto, mas para ver Blake eu tinha que seguir a programação do dia. Vida me levara até lá para que eu tentasse fazer as coisas darem certo, então ele sabia que tinha que seguir o fluxo. Eu não queria ficar horas esperando Blake, como se estivesse o perseguindo, porque eu obviamente não estava.

Não estava.

Vida e eu seguimos o grupo para uma área gramada do lado de fora. Eram apenas dez da manhã e já estava quente. À nossa frente havia mais de três quilômetros de pista, e à direita estava o hangar do avião. Por mais básico que fosse o cenário, eu estava orgulhosa de Blake por ele ter seguido o próprio sonho, por ter conseguido realizá-lo. Era um tanto melancólico que tivesse sido sem mim, que não fosse eu prestes a dar a aula prática, que não fosse eu sentada na cabine analisando as inscrições e recebendo os clientes. Ele tinha pegado meus sonhos — *nossos* sonhos — e seguido em frente sem mim. E lá estava eu, uma mera espectadora, parada no meio de um bando de jovens esperando para vê-lo, como se ele fosse um astro de revista, o que que ele tinha se tornado mesmo. Se a pessoa fosse assinante da revista *Love to Travel*. Eu era.

Havia nove pessoas no grupo. Os quatro da pousada, três fãs de Blake, Vida e eu.

— Cadê ele? — perguntou uma loira à amiga, e as duas se entreolharam e riram.

— Você vai pedir um autógrafo?

— Não — disse ela —, vou perguntar se posso ser a mãe dos filhos dele.

As duas riram de novo. Vida me encarou com os olhos dançando como se ele estivesse rindo de mim. Desde que chegamos ao "banheiro químico", ele parecia ter recuperado a animação, mas eu não sabia bem se era pelos motivos certos.

A porta do hangar fez um som estrondoso quando foi destrancada e começou a se abrir, subindo aos poucos e revelando o avião lá dentro. Então, quando a porta estava meio aberta, vimos Blake parado na frente do avião em um macacão laranja, aberto na parte de cima e caído ao redor da cintura; por baixo, ele usava uma camiseta branca justa que destacava seus músculos. Ele estava longe demais para que eu visse seu rosto, mas o corpo, a forma, era reconhecível até mesmo do espaço.

Blake parecia animado e pronto para a ação, estava incrível, então começou a caminhar devagar em nossa direção, como uma cena do filme *Armagedom*. Um paraquedas estava preso à sua cintura, sendo arrastado, tão pesado que era como se Blake estivesse caminhando contra um vento forte. Às vezes, o vento soprava no material do paraquedas, que se levantava atrás dele, inflando um pouco e depois caindo no chão.

— Ai. Meu. Deus — disse Vida, finalmente parando de comer as batatas chips.

Senti orgulho de Blake e orgulho de que Vida pudesse vê-lo daquele jeito. As pessoas eram atraídas por ele, o homem tinha uma aura, aquele era um exemplo perfeito.

— Que babacão — disse Vida.

Então jogou a cabeça para trás e riu.

Olhei para ele, surpresa. Então os três caras e a garota da van começaram a rir, e eu fiquei brava.

Harry olhou para mim, incrédulo.

— Esse é o cara?

291

Eu o ignorei. As outras mulheres do grupo estavam eufóricas, gritando e batendo palmas, encantadas com aquela cena de abertura. Eu me juntei a elas com aplausos educados, mas, por dentro, gritava em um dó agudo de soprano. Blake sorriu e timidamente abaixou os olhos de um jeito "ah, não, gente, nossa". Então ele soltou o paraquedas e andou o resto do caminho até o grupo só com o arnês na virilha, como se tivesse embrulhado sua masculinidade considerável para presente. E enfim chegou ao grupo.

— Obrigado, pessoal — falou, radiante, e ergueu as mãos para acalmar os aplausos.

O gesto teve o efeito desejado e todos ficaram em silêncio.

Vida escolheu aquele momento para terminar de comer as batatas e amassar o pacote. Blake virou a cabeça enquanto Vida enfiava ruidosamente a embalagem no bolso da calça jeans. Blake o observou, depois a mim. E abriu o maior sorriso.

Meu estômago deu um salto triplo, a multidão rugiu e eu subi para a primeira posição no pódio, aceitei as flores, abaixei a cabeça para receber a medalha de ouro e ouvi o hino nacional enquanto o segundo e o terceiro lugar franziam o cenho e pensavam em formas de quebrar minhas pernas.

— Lucy Silchester — falou ele, sorrindo, então olhou para o grupo curioso. — Senhoras e senhores, conheçam o amor da minha vida.

CAPÍTULO VINTE E QUATRO

Pelo canto do olho, vi Jenna voltar discretamente para dentro do contêiner. É possível que aquele tenha sido o momento mais feliz da minha vida, e eu teria dado um soco de alegria no ar, se não fosse uma coisa muito triste de se fazer. Enquanto se aproximava de mim com os braços bem abertos, pronto para um abraço, Blake incentivou o restante do grupo a conversar um pouco entre si.

Eu caí nos braços dele e levei minha cabeça para seu peito, como fazia antes, o lado direito do meu rosto descansando nele, que me envolvia com firmeza enquanto beijava o topo da minha cabeça. Era a mesma coisa, era tudo como sempre foi, nós nos encaixávamos como um quebra-cabeça. Dois anos, onze meses e vinte e um dias desde a última vez que eu o vira, desde que ele se sentara comigo, depois de termos feito amor na noite anterior, para anunciar que estava terminando comigo.

De repente, a raiva tomou conta de mim quando me lembrei de como Blake levara o café da manhã na cama, então se sentara aos meus pés e tentara me explicar a própria mente complicada e turbulenta. Ele parecera tão estranho, tão desconfortável, incapaz de me olhar nos olhos, que achei que estava prestes a me pedir em casamento. Tive *medo* de que esse fosse o caso, mas então, quando ele terminou de falar, eu soube que teria feito qualquer coisa para que ele tivesse me pedido em casamento.

E, enquanto eu permanecera deitada na cama com uma bandeja pesada com comida e café descansando sobre minhas coxas, Blake ficou em pé na frente do guarda-roupa, coçando a nuca e tentando descobrir que roupas devia levar para a nova vida de solteiro. Isso supondo que era de fato para uma vida de solteiro que ele estava indo, se não estava me traindo com Jenna desde as primeiras semanas de filmagem do programa.

Aí, no mesmo dia em que perdi o namorado, fiquei bêbada e perdi minha carreira e a carteira de motorista, e logo depois minha casa, quando a colocamos à venda.

Agora Blake me abraçava com força, dois anos, onze meses e vinte e um dias depois, mas todo o amor que eu sentira por ele todos os dias desde o término desapareceu e foi substituído pela raiva. Abri os olhos de repente e vi Vida me encarando — ele sorria, apreciando a visão de nós dois nos abraçando. Confusa com minha mudança emocional repentina, soltei Blake e me afastei dele.

— Não acredito que você está aqui — disse ele, segurando firme meus braços. — Você está ótima, isso é ótimo — acrescentou ele, e riu, e eu deixei a raiva se acalmar enquanto relaxava sob seu olhar.

— Blake, quero que você conheça um amigo especial para mim.

Blake demorou a se afastar de mim, e pareceu um pouco desligado quando o fez.

— Sim, claro. Oi, tudo bem? — cumprimentou ele, apertando a mão de Vida com rapidez, como se estivesse fazendo um favor, então voltou os olhos para mim. — Estou tão feliz por você estar aqui.

— Eu também — falei, rindo.

— Quanto tempo você vai ficar?

— Só passei pra dizer oi. Queria ver o sonho realizado.

— Fica e faz o salto com a gente.

— Claro. Nós vamos adorar.

Blake pareceu confuso com o *nós*, então lançou outro olhar rápido para Vida e se voltou para mim.

— Ah, sim, claro — falou.

Então se virou para encarar todos que estavam no gramado e começou a lição sobre como posicionar o corpo quando se está em queda livre. Eu era especialista naquilo.

— Desculpa por isso — falei para Vida enquanto o observava no chão, repetindo as posições de Blake.

— Sem problema — respondeu ele. — O cara pareceu feliz de verdade em ver você. Isso é ótimo, Lucy.

— Sim, é — falei, nervosa. — Então, você vai fazer o salto?

— Não — disse ele, mudando para a nova posição. — Só estou aproveitando a vista daqui.

Olhei para a frente dele, para a linda jovem loira com a bunda no ar, e revirei os olhos.

— Pelo menos sobe no avião.

— De jeito nenhum.

— Você também tem medo de voar?

— Não, é a queda violenta em uma velocidade astronômica em direção ao solo que me apavora.

— Você não precisa saltar. É sério, sobe com a gente, quero que você veja. É um voo de vinte minutos, a vista vai ser bonita, então você pode voltar ao solo com o piloto, do jeito normal.

Vida olhou para o céu para tomar a decisão.

— Tudo bem.

Segui Blake até o hangar do avião para ajudá-lo a reunir o equipamento.

— A sua namorada também salta de paraquedas? — perguntei a ele, tentando manter o tom casual, sem revelar qualquer curiosidade, quando, na verdade, minha sanidade e minha felicidade pelo resto da vida dependiam da resposta.

Ele olhou para mim, confuso.

— Namorada? Que namorada?

Quase fiz uma dancinha da vitória ali mesmo.

— A garota que cuida da papelada na entrada — falei, sem querer dizer o nome dela por medo de que ele pensasse que eu perseguia a mulher há anos, apesar de nós duas termos conversado pouco tempo antes. — A que trabalha no seu programa na TV. Aquela ali.

Nós olhamos para fora e vimos Jenna levando o grupo para outra área. Ela era toda sorrisos e falou alguma coisa que fez todo mundo rir, inclusive minha vida, o que me incomodou.

— Ah, ela. Aquela é a Jen.

Jen, não Jenna. Odiei ela ainda mais.

— Por que você achou que ela era minha namorada?

— Não sei. Ela parece ser o seu tipo.

— A Jen? Você acha?

Blake olhou para ela, pensativo, e não gostei do que ele estava pensando. Quis chamar a atenção dele de novo, mas, além de estalar os dedos na frente de seu rosto, não tinha certeza do que mais poderia fazer. Dei um passo à frente dele e cheguei casualmente para o lado para bloquear a visão de Blake, o que funcionou, porque ele desviou os olhos e se concentrou no equipamento. Ficamos em silêncio por algum tempo. Eu esperava que Blake não estivesse pensando em Jenna. Tentei, desesperada, lembrar de algo para dizer que o fizesse mudar o rumo dos pensamentos, mas ele chegou lá primeiro.

— Então, ele é seu namorado?

— Ele? Não — respondi, rindo. — É a coisa mais estranha, pra falar a verdade. — Eu tinha que contar a verdade a ele, estava *animada* para contar. — Você vai adorar isso, lembro que você gosta muito desse tipo de coisa. Recebi uma carta dele algumas semanas atrás, da Agência Vida. Já ouviu falar dela?

— Já — respondeu ele, parando de mexer no equipamento, e olhou para mim. — Eu li um artigo quando estava no dentista, sobre uma mulher que encontrou a própria vida.

— Ela estava parada ao lado de um vaso cheio de limões e limas? — perguntei, animada.

— Não lembro.

— Bem, seja como for, *ele* é a minha vida. Não é legal?

Eu esperava que Blake ficasse impressionado, afinal antes ele gostava muito daquele tipo de coisa, lia vários livros sobre autodesenvolvimento, autossuperação, autoconhecimento e toda e qualquer coisa que tivesse a ver com evolução pessoal. Blake sempre falava sobre diferentes teorias religiosas, reencarnação, vida após a morte e diversos trabalhos exploratórios sobre a alma humana, então eu sabia que aquilo seria o máximo para ele: conhecer a vida em carne e osso. Eu tinha certeza de que ele achava que nunca veria o dia em que eu alcançaria tamanha profundidade. Eu estava tão certa de que ele ficaria muito entusiasmado com aquilo que contei a novidade com mais paixão do que falava sobre qualquer assunto, porque Blake gostava daquele tipo de coisa, porque eu queria que ele soubesse que eu também gostava, que eu mudara, que eu tinha uma nova profundidade, desconhecida dele, e que ele poderia me amar.

— Ele é a sua vida?

— Sim.

— E por que ele está aqui?

Pelas perguntas, ele pode ter soado interessado, mas acredite, não estava. O tom era mais como, *ele é a sua vida, e me diz por que* mesmo *ele está aqui?*

Engoli em seco, com vontade de recuar, mas não consegui e senti que seria desrespeitoso com minha vida não apresentá-lo logo depois de ele ter me levado até lá para uma surpresa e de ter se disposto a participar daquela minha aventura para "reconquistar Blake".

— A ideia é que passemos algum tempo juntos, pra nos conhecermos. Quando as pessoas estão ocupadas com o trabalho, amigos e outras distrações, às vezes perdem coisas importantes de vista. Ao que parece, eu me perdi de vista — expliquei, e dei de ombros. — Mas não mais. Ele está em todo lugar para onde eu olho. Mas é um cara divertido. Você vai gostar dele.

Blake assentiu brevemente e voltou para o equipamento.

— Você sabia que vou lançar um livro de receitas?

Foi uma mudança de assunto meio brusca, mas segui a deixa.

— Sério? Isso é ótimo.

— Sim — disse ele, se animando. — A oportunidade surgiu por causa do programa que eu faço... aliás, você já assistiu? Lucy, é uma jornada e tanto, a melhor coisa que já fiz na vida. Enfim, a gente visitou tantos lugares diferentes, vivenciou tantas culturas, sem contar os sabores, cheiros e sons que eram tão inspiradores que, sempre que eu voltava pra casa depois de uma dessas viagens, queria replicar o que tinha provado.

— Que legal, você sempre amou cozinhar.

— Sim, e eu não apenas reproduzo a receita, essa é a ideia do livro, eu acrescento o meu próprio toque. O toque Blake, ou o sabor Blake. Acho que esse vai ser o título. *O sabor Blake.* Os editores amaram, dizem que o livro poderia ser adaptado para um programa de TV separado de *Queria que você estivesse aqui*, só com base na comida que eu como quando viajo.

Blake cintilava, o rosto dele estava animado, as palavras saíam tão rápido, com tanta empolgação, que eu mal conseguia colocá-las na ordem certa. Observei fascinada por vê-lo em pessoa, por ele não ter mudado nada, por ainda ser o homem apaixonado, lindo e cheio de energia que sempre fora.

— Eu adoraria que você experimentasse algumas das minhas receitas, Lucy — falou ele.

— Nossa, obrigada, seria um prazer — respondi, sorrindo.

— Mesmo?

— É claro, Blake, eu ia amar. Eu mesma quero voltar a cozinhar, pra falar a verdade. Meio que parei. Acho que perdi o hábito. Eu me mudei para um lugar menor, e a cozinha não é tão boa quanto a que nós...

— Ah, nossa, aquela cozinha — disse ele, e balançou a cabeça. — Aquela era uma cozinha e tanto, mas você deveria ver a que eu tenho agora. Tenho um forno embutido incrível, chama PyroKlean, é multifuncional e de aço inoxidável. Ele tem quarenta programas diferentes para alimentos frescos e congelados, e basta digitar o peso do alimento que o forno seleciona de modo automático a melhor configuração, então ele controla...

— ... o tempo de cozimento, e desliga quando a refeição está pronta, usando o calor residual para economizar energia — interrompi.

Ele me encarou boquiaberto.

— Como você sabe disso?

— Eu que escrevi — disse, orgulhosa.

— Não entendi, você escreveu o quê?

— O manual de instruções. Eu trabalho na Mantic. Ou pelo menos trabalhava, até ontem. Eu traduzia os manuais.

Blake continuou a me olhar de um jeito tão fora do comum que precisei me virar para ter certeza de que era para mim que ele olhava.

— O que foi?

— O que aconteceu com a Quinn & Downing?

— Eu não trabalho lá há anos — falei, rindo. Então, embora quisesse manter a conversa leve, acrescentei, mais séria: — Adam não te contou nada sobre mim nos últimos anos?

Eu estava perguntando a sério. Achava que tudo o que eu fazia era levado para Blake, que ele sabia tudo sobre mim e eu não sabia nada sobre ele. Nos últimos anos, eu decidira coisas e inventara mentiras achando que tudo seria contado a Blake, e ele não sabia nem o que tinha acontecido no Dia 1, o dia oficial em que ele me largou e eu perdi o emprego.

— O Adam? Não — falou Blake, confuso, então sorriu e sua expressão se iluminou de novo. — Então, deixa eu te contar sobre a torta marroquina...

— Ele acha que eu traí você — falei, interrompendo a receita que ele estava prestes a me dar.

Eu não planejava mencionar aquilo, nunca em todos os meus pensamentos ardilosos e planos meticulosamente traçados. As palavras apenas escaparam da minha boca.

Blake estava prestes a falar sobre açafrão, e o que eu disse foi como um balde de água fria.

— Hein?

— Todos acham isso — falei, e tentei controlar o tremor na voz, um tremor que não era de nervoso, mas de raiva, uma raiva que voltava a crescer, e que eu estava lutando muito para manter sob controle.

— Blake — chamou um cara, enfiando a cabeça pela porta. — A gente precisa se apressar.

— Já estou indo — falou Blake, e pegou o equipamento. — Vamos — disse ele para mim, sorrindo.

Minha raiva se dissolveu mais uma vez, e me vi com um sorriso piegas no rosto.

O avião transportava seis pessoas, o que significava três grupos. Harry estava preso a Blake, a jovem fértil que queria ter os bebês de Blake estava com o outro instrutor, Jeremy, e ela olhava para Harry com inveja, por ele ter tirado a sorte grande. Jeremy, aliás, era aquele cuja chegada oportuna me impedira de explodir com Blake na sala de equipamentos. Vida usava um macacão laranja e óculos de proteção. Ele estava sentado no chão, entre minhas pernas e encostado na frente do meu corpo, e de vez em quando olhava para mim com a mais absoluta indignação e terror.

Ele se virou de novo enquanto nos preparávamos para a decolagem.

— "A vista vai ser bonita" — sibilou ele para mim.

— É mesmo uma vista linda — falei, sorrindo, calma.

— "E você pode voltar ao solo com o piloto" — continuou ele, com raiva. — Você me enganou. Mentiu pra mim. E essa é uma grande mentira — falou, com veneno na voz.

— Você não precisa pular — afirmei, tentando me manter relaxada, mas na verdade estava preocupada.

Eu não podia permitir que Vida contasse uma verdade enorme. Não ali, não naquele momento, não com Blake tão perto que nossos pés chegavam a se tocar.

— Então por que estou preso a você por um cordão umbilical?

— Você pode fingir um ataque de pânico. Podemos descer se você quiser. Eu só queria, sabe como é, fazer isso com ele mais uma vez.

— Fingir? Não vou precisar fingir, cacete — falou Vida, então voltou a olhar para a frente e me ignorou pelo resto do caminho.

Harry parecia completamente apavorado e tinha o rosto esverdeado, eu podia ver o corpo dele tremendo. Encontramos os olhos um do outro.

— Você vai adorar. Imagina o Declan sem sobrancelhas.

Ele sorriu, fechou os olhos e respirou fundo.

Eu e Blake trocamos um olhar enquanto o avião deixava o solo e nós íamos para o céu. Não conseguíamos parar de sorrir — Blake balançou a cabeça de novo, parecendo ainda não acreditar que eu estava mesmo lá. Subimos duzentos pés. Voamos por vinte minutos e enfim estávamos prontos para a ação. Blake abriu a porta, e o vento soprou para dentro enquanto o campo abaixo se revelava para nós como uma colcha de retalhos.

Vida soltou uma série de palavrões impublicáveis.

— Primeiro as damas — gritou Blake, abrindo caminho para mim e Vida.

— Não, não, você vai na frente — retruquei com firmeza. — Nós vamos por último.

Tentei dizer a Blake com um olhar de alerta que Vida estava com medo, mas Vida se virou para me encarar de novo.

— Não, eu insisto — disse Blake. — Como nos velhos tempos.

— Eu adoraria, mas... ele está um pouco nervoso, acho melhor a gente assistir a um salto primeiro. Tudo bem?

Vida estava furioso.

— Nervoso? Eu não estou nervoso. Vamos logo, vai.

Ele começou a arrastar a bunda em direção à borda do avião, e eu fui puxada junto. Fiquei pasma, mas não discuti, então chequei se o cinto de segurança e o paraquedas estavam bem presos e seguimos para a borda do avião. Eu não conseguia acreditar que Vida estava fazendo aquilo, achei que iríamos descer com o piloto, o que tinha me desanimado durante toda a subida do avião, mas agora estava pronta de novo, a adrenalina disparada.

— Você está pronto? — gritei.

— Eu odeio você — gritou ele de volta, com uma voz estridente.

Fiz a contagem. No três, pulamos pela porta, caindo em queda livre pelo céu, a uma velocidade de duzentos quilômetros por hora em apenas dez segundos. Vida gritava muito alto, um longo grito de terror durante todo o caminho, enquanto eu me sentia viva. Gritei de alegria para que ele soubesse que estava tudo bem, que aquilo não era um erro, que devíamos mesmo estar girando como flocos de neve, sem saber em que direção estávamos indo. Então, por fim, adotamos a posição de queda livre, flutuamos e caímos um pouco mais por um total de vinte e cinco segundos, experimentando a adrenalina máxima; o vento nos ouvidos, no cabelo, em todos os lugares, barulhento, frio e maravilhosamente aterrorizante. Quando chegamos a cinco mil pés, acionei o paraquedas principal e, assim que ele se abriu, a loucura e o barulho do vento nos nossos ouvidos de repente se foram. Tudo ficou muito quieto, tudo era felicidade e encantamento.

— Ai, meu Deus — sussurrou Vida, sem fôlego e rouco depois de tantos gritos.

— Você está bem?

— Bem? Eu quase tive um ataque cardíaco. Mas isso — disse ele, e olhou ao redor —, isso é incrível.

— Eu disse que era — afirmei, muito feliz por estar compartilhando aquele momento com minha vida.

Eu estava tão feliz que parecia prestes a explodir — nós dois pendurados no ar, suspensos como as duas almas mais livres do universo.

— Eu não estava falando sério quando disse que te odiava.

— Ótimo. Porque eu te amo — falei, do nada.

Ele se virou.

— Eu também te amo, Lucy — disse, com um sorriso. — Agora cala a boca, você está estragando minha experiência.

Eu ri.

— Você quer controlar?

Vida assumiu o comando do paraquedas e nos movemos pelo céu, voando como pássaros, absorvendo o mundo, nos sentindo felizes, vivos, unidos e completos. Nosso momento de felicidade perfeita. O voo durou quatro minutos, e no fim reassumi o controle para pousarmos. Nos colocamos na posição de pouso, pernas e pés para cima, joelhos juntos. Diminuí a velocidade do paraquedas e fizemos um pouso suave.

Vida se deitou no chão em um ataque de risos exultantes.

Livre do paraquedas e de mim, ele se levantou de um pulo e saiu correndo em círculos, como se estivesse bêbado, gritando e rindo.

— Isso foi muito incrível. Quero fazer de novo, vamos fazer de novo, podemos fazer de novo?

Eu ri.

— Não acredito que você saltou!

— E deixar ele me ver como um fraco? Você está me zoando?

— De quem você está falando?

— Do *Blake*. De quem mais? Não quero que aquele idiota me veja recuando de nada. Quero que ele saiba que não me importo com o que ele pensa de mim, que sou mais forte do que ele acha.

— O quê? Não estou entendendo. Por que você está tentando criar uma batalha com ele?

— Eu não estou criando nada, Lucy. O problema é dele. Sempre foi.

— Do que você está fal...

— Seja como for, não importa — falou Vida, sorrindo de novo e fazendo uma dancinha da vitória. — Uhuuuu!

Eu estava me sentindo feliz com a euforia de Vida, mas confusa quanto à fonte da felicidade, e fiquei olhando para ele com emoções ambíguas. Sem dúvida, para que meu recém-redescoberto amor por Blake fosse legítimo e correto, tanto Vida quanto eu precisávamos estar na mesma página no que se referia a nossos sentimentos. Eu queria que nós todos nos déssemos bem, não queria que Vida se preocupasse em ser superior, mas talvez aquele fosse o curso natural das coisas.

Blake me magoou, feriu minha vida, e, embora eu estivesse a caminho de perdoá-lo e fosse capaz de aceitar a responsabilidade pelo meu lado do fracasso do relacionamento, Vida precisava de mais tempo. Mas o que aquilo significava? O que significava para Blake e para mim? Em geral, depois de saltos de paraquedas eu me sentia exultante, assim como Vida, e tudo ficava claro, mas de repente minha dor de cabeça estava de volta, a que eu sentia quando tinha pensamentos que envolviam emoções profundas sobre questões que eu preferia varrer para debaixo do tapete da minha mente.

Um jipe vinha na nossa direção através do campo com uma mulher atrás do volante. Quando ela se aproximou, vimos o rosto de Jenna. Meu coração se contorceu da mesma forma que costumava acontecer quando eu pensava nela, embora eu soubesse com certeza, sem qualquer dúvida, que Blake e ela não estavam em um relacionamento.

— Parece que você quer matar alguém — disse Vida ainda sem fôlego, enfim parando de gritar e se colocando ao meu lado.

— Engraçado isso — falei enquanto observava Jenna se aproximar, segurando firme as laterais do volante e me encarando com muita atenção.

Eu me perguntei se ela iria parar.

— Cuidado, Lucy, ela é uma garota legal. Além do mais, achei que você tinha dito que os dois não estavam juntos — disse ele.

— E não estão.

— Então por que você ainda a odeia tanto?

— Hábito, eu acho.

— Assim como amar o Blake — disse Vida, olhando para o céu.

Então ele me deixou sozinha, vendo Blake flutuar no ar como um anjo esculpido com perfeição e tentando digerir aquela bomba.

CAPÍTULO VINTE E CINCO

Blake e eu estávamos de frente um para o outro no furgão que nos levaria de volta ao contêiner. Ele estava de costas para minha vida, que declarara ser "copiloto" de Jenna, e seguia tagarelando animado com ela. De vez em quando, Jenna desviava a atenção da minha vida para checar pelo retrovisor se eu estava me comportando mal — e, toda vez que ela agia como uma "mãe ao volante", acabávamos nos encarando e Jenna rapidamente desviava o olhar. Ela sabia, eu sabia, e nós duas sabíamos que sabíamos. Uma ex-namorada e uma namorada à espera, éramos como dois falcões sobrevoando em círculos a presa, cautelosos um com o outro, imaginando quem mergulharia no ar para matar primeiro.

Harry, que não estava mais verde, e a garota que queria ter os bebês de Blake estavam concentrados na própria festinha de adrenalina, falando a mil por hora sobre a experiência que acabaram de viver, repassando cada segundo do salto, cada um seguindo a descrição do outro com um entusiasmado "Eu também". Tive a impressão de que Blake acabara de perder a potencial barriga de aluguel, se é que ele precisava mesmo de uma. Jeremy, o segundo instrutor, olhava pela janela, tranquilo e desinteressado de qualquer coisa que acontecia dentro, fora ou ao redor do jipe, mas, além dele, todos estavam agitados. Meu coração? Retumbava. Minha adrenalina estava disparada por razões diferentes dos outros no grupo; no meu caso, era porque eu estava apaixonada, mas, em vez de aproveitar a sensação, eu estava tendo um intenso debate em minha mente sobre se amava por hábito ou não.

Aqueles momentos com Blake eram preciosos e cruciais, eu esperava muito tempo para estar tão perto, tanto física quanto emocionalmente, e estava estragando tudo com novos pensamentos, que eu tive tempo mais do que suficiente para criar enquanto não estava com ele. Horas e horas, sozinha no sofá com o sr. Pan, em uma balada, um pub, um restaurante ou em algum evento familiar, livres para que eu pensasse sobre os fundamentos e a autenticidade do meu amor e, ainda assim, eu escolhera aquele momento exato, *logo aquele, cacete*, para ter uma crise existencial. Era frustrante, *eu* era o ser humano mais frustrante do planeta.

Blake e eu observávamos um ao outro — ele me deu um sorriso tão brilhante quanto minha nova lâmpada do banheiro, o que, à primeira vista, é uma comparação fraca e nada romântica, mas, quando se passa um ano mergulhada na escuridão sempre que vai ao banheiro, o surgimento de uma lâmpada é algo muito acolhedor e iluminante, para não dizer útil. Jenna disse algo no banco da frente e Vida uivou de tanto rir, enquanto Blake estava na minha frente, sorrindo para mim, prometendo um milhão de amanhãs — ou pelo menos uma noite, que eu aceitaria de bom grado, não era muito exigente —, mas o crescente vínculo entre os dois no banco da frente, surgido em cinco minutos, me incomodou a tal ponto que me distraiu.

A desagradável erupção cutânea de Vida sumira, ele parecia delirante de felicidade e, por mais que eu tentasse me convencer de que aquilo era por causa de Blake, a realidade parecia muito distante. Vida se dava muito melhor com Jenna do que com o amor da minha vida, e não era por falta de tentativa. Eu tinha visto de perto, no dia em que nós nos conhecemos, como Vida podia ser extremamente desagradável — e estava muito grata por Blake não ter visto aquele lado dele. Que possibilidade de futuro juntos teríamos se Blake odiasse minha vida? E quem eu escolheria? Aquele novo pensamento me assustou. Tive vontade de dar um tapa na minha própria cara. *Pare de pensar, Lucy, isso nunca fez bem a ninguém.*

— Como nos velhos tempos — falou Blake de repente.

Algo naquela frase me irritou. Eu a analisei como Vida parecia ter me programado para fazer com tudo, e não era Blake que me incomodava, nem a expressão ou o tom que ele usou, era o mero sentimento em si. Sim, parecia como nos velhos tempos, mas havia uma grande pilha nos separando, era tudo que *não foi dito* e foi varrido para debaixo do tapete entre nós, deixando um calombo tão alto que eu mal conseguia ver o rosto dele. Mas eu não queria levantar o tapete, não queria voltar atrás e mergulhar na pilha de sujeira dos problemas passados. Eu queria ficar ali, naquele carro, no campo de aviação com o não dito ainda escondido, suspensa em um momento no qual tudo ainda estava tranquilo e feliz, como se estivéssemos flutuando em direção à terra presos a um grande paraquedas.

— Você vai ficar por aqui?

Eu não tinha certeza se ele estava me pedindo para ficar ou me perguntando se eu planejava ficar — havia uma diferença. Segui a opção mais segura.

— Tenho que voltar hoje. Ele precisa se encontrar com uma pessoa mais tarde.

— Quem?

— Um cara chamado Don — respondi, confusa com o motivo da pergunta, então entendi o que Blake quis dizer, ele se esquecera da presença da minha vida de novo. — A minha vida — respondi com firmeza, fazendo-o prestar atenção. — Minha *vida* vai encontrar com um cara que se chama Don.

— Mas *você* pode ficar, não pode? — disse Blake, e me deu um sorriso travesso, um de seus melhores, e senti que eu amoleci um pouco. — Ah, fica — insistiu, rindo.

Ele se inclinou para a frente e apertou minha perna logo acima do joelho, onde ele sabia que eu sentia cócegas.

Jenna olhou pelo retrovisor e nós nos encaramos. Eu não pude deixar de rir, não dela — como ela devia ter presumido —, mas porque os dedos de Blake estavam roçando na parte sensível da minha coxa e eu não conseguia manter a expressão séria.

— Jer tá reunindo um pessoal para beber e comemorar hoje à noite — disse Blake, continuando a me fazer cócegas enquanto eu me debatia, rindo. — Ele está fazendo 30 anos.

— Quisera eu — falou Jeremy, sorrindo, ainda olhando pela janela.

— Feliz aniversário — falei, mas ainda assim ele não virou o rosto para mim.

Jeremy era uma daquelas pessoas que davam a sensação de que ou não sabiam ou não se importavam com sua presença e, se por acaso reconhecessem sua existência, era como uma vitória bizarra, então vinte anos depois a pessoa diria que sempre teve uma queda por você, mas nunca teve coragem de dizer nada, e você responderia: "O quê? Eu achava que você nem gostava de mim!", e ela diria: "Você tá louca? Eu só nunca soube o que dizer!".

Pelo menos foi isso o que aconteceu com Christian Byrne, que se declarara para mim em um bar quatro meses atrás. Ele era o cara mais legal do nosso acampamento de tênis quando eu tinha 15 anos, e falava com quase todas as garotas do dormitório e beijara quase todas elas, menos eu. E depois de tanto tempo, depois de ele ter se declarado, ainda assim não consegui beijá-lo porque ele tinha engravidado uma mulher e os dois se casariam logo, mas ele achava que era a coisa certa a fazer, mesmo que aquilo o tivesse levado a acabar em uma boate de strip-tease decadente na Leeson Street, às quatro da manhã, declarando seu amor a uma mulher que não via havia quinze anos. Eu estava lá com Melanie, caso mentes curiosas queiram saber.

— Acho que vai dar pra ir, se você não se importar — falei a Jeremy, que não reagiu.

Ou Jeremy não sabia que eu estava falando com ele, ou não se importava que eu estivesse. Mas, no fundo, ele me amava, e descobriria em breve, mas então seria tarde demais, porque eu já teria voltado com Blake. A amizade dos dois seria afetada, porque Jeremy não suportaria ver o melhor amigo com a mulher que ele amava, então largaria o emprego e se mudaria, tentando encontrar outro amor, mas jamais conseguiria. Ele até encontraria alguém em algum momento, mas não seria um amor verdadeiro. Jeremy se casaria e teria filhos, mas cada vez que ele e a esposa terminassem de fazer amor e ela adormecesse, ele ficaria acordado até tarde da noite pensando na mulher que deixara para trás em Bastardstown, no condado de Wexford. Eu.

— É claro que ele não se importa — respondeu Blake em nome do amigo. — Vai ser no Bodhrán às seis. Vamos pra lá quando sairmos daqui. Diz que vai dar pra ir — insistiu ele, brincando de cutucar minhas pernas de novo, um cutucão a cada palavra. — Diz, diz, diz.

— Sim, sim — falei, rindo e recorrendo a toda minha força para segurar os dedos de Blake e impedir que continuasse a me fazer cócegas, mas ele era mais forte e agarrou minhas mãos, entrelaçando nossos dedos, e ficamos sentados daquele jeito, inclinados um na direção do outro, nos encarando. — Vai dar, sim.

— Pode apostar que vai — brincou ele baixinho, e meu coração realmente quase não resistiu.

— Não vai dar pra ir — declarou Vida.

Estávamos deitados na parte de trás da van de camping da mãe de Declan, olhando através do teto solar para o céu azul perfeito de onde despencáramos momentos antes. A van ainda estava no estacionamento e esperávamos os outros chegarem também, depois que Declan, Annie e Josh terminassem o salto. Harry estava em algum lugar, gastando todas as palavras inteligentes que conhecia para tentar levar a garota que queria ter os filhos de Blake para a cama.

— Por que não?

— Don!

— Foda-se o Don! — falei, e me senti culpada na mesma hora, mas estava mais que frustrada porque minha vida não entendia a importância daquele momento.

— Você já fez isso.

— Mas o *Blake* me convidou pra sair, e essa é a razão pela qual estamos aqui. Você não pode pelo menos ficar feliz por mim?

Ele pensou a respeito.

— Você está certa. Eu estou muito feliz por você. Desde *domingo à noite* isso é exatamente o que você queria, então fica aqui e se entrega de bandeja pro Blake, o homem que partiu o seu coração. Porque eu vou voltar pra Dublin para me encontrar com o Don, o cara legal com quem você dormiu faz bem pouco tempo, e que *me* convidou para tomar uma bebida.

— Por que vocês não chegam logo às vias de fato e acabam com isso? — retruquei.

— Nossa, muito maduro — falou ele, calmo. — Mas vou repetir, você já cuidou dessa parte. Eu? Só estou interessado na amizade. Vamos nos encontrar no Barge hoje, às oito da noite, então é lá que vou estar se o sr. Dora Aventureira irlandês resolver te deixar no vácuo de novo enquanto vai em busca de pastos mais verdes.

— Você não acredita em nós — comentei, triste.

— Isso não é verdade. Eu não acredito *nele*, mas quem sou eu pra te impedir? — afirmou ele, e pensou sobre o que dissera. — Ah, sim, eu sou sua *vida*. Você acha que a maioria das pessoas em uma crise pessoal ouviria a própria vida ou faria como você e a arrastaria de condado em condado em busca de felicidade geológica?

— Mas que merda é *felicidade geológica*?

— A maioria das pessoas busca realização e felicidade *dentro de si mesmas*. Você, por outro lado, vai fisicamente para outro condado achando que isso vai ajudar a resolver os problemas.

— Aquela mulher comeu, rezou e amou ao longo de três continentes e terminou feliz — retruquei, então soltei um suspiro e me acalmei. — Eu só quero que você veja o que eu amo no Blake.

— Eu vi o que você ama nele, bem destacado em um arnês muito apertado.

— É sério, por favor, pelo menos uma vez.

— Sério? Eu vi o que você ama nele e vou encontrar o Don para uma bebida.

Eu quis tentar mais uma vez.

— Eu só acho que há problemas entre você e o Blake que não consigo entender direito. Ele magoou você, consigo ver isso, te desestabilizou, e agora você está tentando se proteger, mas dá uma chance pelo menos. Se não fizer isso, você vai se perguntar para sempre se ele não era o único a me trazer a felicidade eterna e, como consequência, o único a garantir a felicidade eterna a *você*?

— Eu não acredito em felicidade eterna, apenas em surtos ocasionais — respondeu ele, em um tom mais suave.

— Eu sei que você não quer decepcionar o Don, mas é só uma cerveja. Ele é crescidinho, vai entender.

Vida pareceu meio convencido, mas, só para ter certeza, coloquei o último prego no caixão.

— Além disso, o Sebastian está em uma vala e Deus sabe quanto tempo vai levar para consertá-lo, então não tem outro jeito de voltar pra casa.

— Tudo bem — disse ele, resignado com o destino. — Eu vou ficar. Vou ligar pro Don, mas aí vai ser o fim da história. Ele sabe onde eu estou e vai achar que escolhi o Blake em vez dele e nunca mais vai querer me ver.

Dei uma palmadinha camarada no braço dele.

Vida permaneceu deitado e nós dois assistimos, pelo teto solar, às nuvens que passavam no céu bem azulzinho. Então as portas se abriram e vimos Declan parado na porta da van, desfilando com as partes da aposta perdida à mostra, que estavam consideravelmente carecas.

Em geral, *bodhrán* é um tambor irlandês feito de madeira e revestido com pele de cabra de um lado, enquanto o outro lado é aberto, para que quem o toca possa segurá-lo com uma das mãos pela abertura e controlar o tom e o timbre, enquanto a outra mão bate nele com uma baqueta chamada *cipín*. Aquele Bodhrán, em particular, era um pub localizado a cinco minutos da pousada, o qual às sete da noite já estava lotado, e lá dentro havia uma sessão de música tradicional irlandesa ao vivo. Havíamos chegado tarde porque Declan teve uma reação alérgica nas partes baixas, e coçava tanto que ele insistiu em se afastar vinte minutos do nosso caminho para chegar à farmácia mais próxima e comprar uma loção e um pouco de talco — ele jogou o último pela parte de cima da calça e girou o quadril em todas as direções para ter certeza de que o pó atingiria as áreas certas.

Harry, vencedor da aposta, devia ter ficado feliz com os problemas nas partes recém-depiladas do amigo, mas estava irritado porque planejara se encontrar com a garota que queria ter os filhos de Blake e tinha medo de que outra pessoa a encontrasse primeiro. Eu ri da impaciência imatura dele, por achar que chegar apenas vinte minutos atrasado arruinaria suas chances, mas então me lembrei de Jenna e me juntei ao coro para forçar Declan a acelerar e mostrar a Wexford do que a van da mãe dele era feita.

A irritação de Harry me contagiara e, na sequência, à minha vida, que já não estava nada contente por ter cancelado os drinques com Don. A desagradável erupção cutânea dele retornara, e ele e Declan se revezavam passando o talco de mão em mão enquanto Annie e eu nos revezávamos passando a cidra para a frente e para trás. Josh estava deitado no banco de trás fumando haxixe e soprando anéis de fumaça. Eu não bebia cidra desde que tinha a idade deles, mas era emocionante passar um tempo com esses jovens, e aquilo me deu uma nova perspectiva do que era viver, embora tenha dado uma erupção à Vida em si. Acho que aquela foi a primeira vez em muito tempo que não me preocupei em tropeçar em uma mentira que contara. Aquele grupo não sabia nada sobre mim, não se importava, e eu podia ser eu mesma. E eu não era eu mesma havia muito tempo.

Quando chegamos ao pub, as mesas e os bancos de madeira do lado de fora estavam lotados graças à linda noite de verão. Examinei o lugar em busca de Blake enquanto Harry fazia o mesmo em busca da garota com quem ele queria ter filhos. No fim, presumimos que eles estavam lá dentro. Harry foi na frente, eu o segui. Ele não precisava ter se preocupado, porque a garota mantivera um assento livre ao lado dela — a amiga bateu na perna dela quando nos viu e, apesar de quase ter perdido o membro com a força do aviso, a garota se iluminou quando viu Harry.

Olhei ao redor das mesas lotadas em busca de Blake. A banda estava cantando "I'll Tell My Ma", e todos gritavam e batiam palmas enquanto eu abria caminho por entre os corpos em movimento para encontrá-lo. Vi Jenna sentada à mesa ao lado de Harry e seu amor, e havia um assento vazio ao lado dela. Meu coração bateu forte e torci para que não fosse o lugar dele, mesmo sabendo que os dois não estavam juntos. Era apenas... hábito. Eu o avistei no bar, cercado por muitos caras, contando uma piada, sendo o centro das atenções como sempre — com o discurso perfeito, Blake cativava a todos eles. Observei a interação, Vida também, então Blake chegou ao ponto alto da piada e todos explodiram em gargalhadas. Eu ri, e Vida também. Senti vontade de colar meu rosto no dele e dizer: *Viu só?*

Blake me notou, então pediu licença e se apressou na minha direção. Jenna nos observava.

— Oi, você veio — falou ele enquanto passava os braços ao meu redor e dava um beijo no alto da minha cabeça de novo.

— É claro que eu vim — respondi, sorrindo, sem querer desviar os olhos para Jenna, mas torcendo para que ela estivesse vendo tudo.

— Você se lembra da minha vida — falei, e me afastei para que os dois pudessem ficar cara a cara.

— Ah, sim — disse Blake.

— Oi — cumprimentou Vida em um tom casual. — Imagino que isso deva ser muito estranho pra você — continuou, me surpreendendo com a maturidade —, então deixa eu te pagar uma bebida.

Blake olhou para ele com uma expressão cautelosa, então para mim, e de volta para Vida.

— Pra quebrar o gelo — acrescentou Vida.

Blake demorou um pouco para se decidir, o que me irritou de verdade. Eu não conseguia entender qual era o problema *dele*. Don tomara café da manhã na cama *pelado* comigo e com minha vida, que tinha até encontrado a cueca perdida de Don, depois que, de alguma forma, o sr. Pan a usara para forrar a própria cesta. Don inclusive continuara a tomar o café da manhã com Vida — tinha até *cozinhado* para ele — enquanto eu tomava banho. Eu não estava comparando Don com Blake — não estava —, estava apenas percebendo o contraste entre as reações dos dois.

Em defesa de Blake, porque eu precisava tentar justificar seu comportamento, havia uma história entre ele e minha vida, mais emoções, mais complexidade do que a simplicidade de uma aventura de uma noite. Nós vivemos uma história de amor por cinco anos, portanto *é claro* que ele se sentiria desconfortável. Ou... Não devia ser o contrário?

— Pode ser, tudo bem — disse Blake, enfim cedendo a qualquer batalha interna que estivesse travando. — Vamos lá.

Ele nos guiou para longe do restante do grupo, para uma parte mais tranquila do bar, atrás de uma divisória de vitral.

— Nossa, é legal aqui — comentei, nervosa, olhando para Vida, que estava claramente ofendido e começando a se irritar de novo. — Pelo menos podemos conversar com privacidade.

— Então, o que você vai tomar? — perguntou Vida a Blake.

— Uma Guinness.

Não, por favor. Olhei de um homem para o outro, havia algo que eu claramente não estava captando.

— Blake, você sabe que ele é a minha vida, né? — perguntei baixinho quando Vida estava distraído no bar.

— Sim, você já falou — disse Blake na defensiva.

— Ele não é um namorado, ou ex-namorado, ou alguém por quem você deva se sentir ameaçado.

— Ameaçado? Eu não estou me sentindo ameaçado.

— Que bom, porque você está agindo de um jeito esquisito — falei, e suspirei. — O que está acontecendo?

— Como as pessoas costumam reagir a isso?

— Com interesse — respondi na mesma hora. — Em geral, as pessoas que me amam estão interessadas na minha vida. Elas ficam felizes, animadas para conhecê-lo. E quase sempre me ignoram para conversar só com ele, sabe? A não ser pelo meu pai, é claro.

Ele se animou.

— Ah, como está o seu pai?

Outra mudança de assunto inapropriada, mas tudo bem.

— Nós não estamos nos falando.

— Por que não? O que aconteceu? Vocês eram tão próximos.

Tanta coisa tinha mudado.

— Nós nunca fomos *próximos*, mas o que aconteceu é que eu mudei e ele não gostou. Ele não mudou, e eu não gosto disso.

— Você mudou mesmo? — perguntou Blake, me examinando.

Engoli em seco. O rosto dele estava tão perto do meu. Era estupidez, mas minha resposta dependia em parte de ele querer ou não que eu tivesse mudado. Só que eu também não sabia a resposta. Eu com certeza mudei desde que conheci minha vida, mas será que ele me ajudou a voltar a ser a pessoa que eu era antes de Blake me conhecer? Ou será que me ajudou a deixar de ser a pessoa que estava presa à rotina depois de Blake, me tornando uma pessoa completamente nova?

Aquilo me deixava confusa e quase tive vontade de me afastar para conferir a resposta com minha vida. Mas não podia fazer aquilo porque seria um comportamento estranho e porque meus lábios estavam quase se tocando nos de Blake, e eu nunca, jamais, de forma alguma, iria querer me afastar.

— Porque tudo parece o mesmo — disse ele. — Tudo parece certo.

Nossos lábios estavam tão próximos que quase se roçavam. Meu corpo inteiro vibrava.

Então senti uma coisa fria no peito e, quando olhei para baixo, vi uma cerveja Guinness na mão de Vida.

— Sua bebida — disse ele. — Aproveite.

Nosso momento se perdeu, roubado de mim pela minha vida.

— Então — falou Vida, me entregando uma taça de vinho branco e ficando com uma longneck. Ninguém mordeu a isca para começar a conversa, então ele tentou de novo. — Foi realmente incrível hoje — comentou, entusiasmado, se esforçando de verdade. — Eu nunca tinha experimentado nada parecido. A adrenalina continua a mesma toda vez que você faz aquilo?

— Sim, acho que sim — respondeu Blake, assentindo.

— Mesmo que você tenha saltado... quantas vezes hoje?

— Três vezes. Nós tínhamos três grupos.

— Uau. Eu com certeza adoraria saltar de novo — disse Vida. — E recomendaria pra qualquer um.

— Ótimo. Que bom, obrigado. Deixa eu te dar isso — respondeu Blake, e enfiou a mão no bolso de trás —, caso você queira recomendar para alguém.

Ele entregou a Vida um cartão com o próprio rosto estampado. Vida examinou o cartão, e um sorrisinho parecia querer surgir nos lábios. Eu cruzei os dedos, torcendo para ele não dizer nada maldoso. Em vez disso, ele olhou para mim e sorriu. Blake percebeu o sorriso. A situação estava tão constrangedora entre nós três que eu só queria que acabasse. Por mim já bastava. Eu me esforcei muito para pensar em algo para dizer, mas todos os pensamentos me fugiram, o que era um absurdo, porque o que eu mais fiz o dia todo foi pensar. Pensamentos em cima de pensamentos e de repente eu não tinha nenhum. Permanecemos em silêncio em um pequeno triângulo, vasculhando o cérebro em busca de algo para dizer. Nada. Não tínhamos nada.

— Você quer que eu te apresente a algumas pessoas? — perguntou Blake a Vida, por fim.

— Não, estou bem, estou vendo algumas pessoas que conheci mais cedo. — Vida aproveitou a oportunidade para fugir. — Lucy, se você precisar de mim, vou estar logo ali.

— Tudo bem — falei, me sentindo irritada e desconfortável ao mesmo tempo.

Então aumentaram um pouco o volume da música e, quando "Whiskey in the Jar" começou a tocar, todo mundo se animou e o barulho subiu a um nível que tornava qualquer conversa impossível.

— Vem — disse Blake, pegando minha mão e me guiando através da multidão.

Vi Jenna olhando para nós com uma expressão tão desolada que uma minúscula parte de mim sentiu um pouquinho de culpa. Só um tiquinho. A loucura diminuiu um pouco enquanto Blake me guiava pela multidão — que diminuiu, em tamanho e estatura, enquanto nos movíamos para onde estavam alguns homens mais velhos apoiados no bar, olhando para a juventude. Passamos pelos banheiros fedorentos, então chegamos aos fundos do bar, onde o piso de ladrilhos em xadrez vermelho e preto estava desbotado e pegajoso por causa das muitas bebidas derramadas, e saímos em direção a uma porta de saída de incêndio mantida aberta por um barril de cerveja. Eu segui Blake, e quando chegamos ao lado de fora, olhei ao redor, para o pátio onde estávamos.

— Ei, isso não é... — comecei a dizer, mas não consegui terminar porque os lábios de Blake encontraram os meus, e ele conseguiu ao mesmo tempo me beijar e tirar a taça de vinho da minha mão.

Então, as mãos dele estavam ao meu redor novamente, na minha bunda, cintura, subindo para meu peito, pescoço, até chegar ao meu cabelo. De imediato, levei as mãos para a camisa dele, por dentro dos quatro botões abertos, que revelavam um belo peito, e descansei as mãos ali como sempre, sentindo a pele lisa e depilada. Era perfeito, tudo o que eu devaneara em minhas manhãs de sábado e domingo, ficando na cama até uma da tarde. Senti o gosto da cerveja na língua de Blake, senti o cheiro do gel de banho, lembrei de tudo o que era bom em nosso relacionamento. Então finalmente nos afastamos para recuperar o fôlego.

— Hummm — disse ele.

— Eu ainda levo jeito?

— *Nós* ainda levamos jeito — murmurou ele, e me beijou de novo.

— O que estávamos fazendo todo esse tempo que não estávamos juntos?

Ele beijou meu pescoço, e me senti paralisar.

Todo esse tempo. Tive vontade de dizer alguma coisa, mas cada frase que passava em minha mente soava amarga e raivosa, então fiquei calada e esperei a raiva passar. Blake parou de me beijar, me levou para a grama e nos sentamos. Nós rimos, de nada em particular, mas apenas pelo fato de estarmos ali, juntos depois de todo aquele tempo.

— Por que você veio? — perguntou Blake enquanto afastava um fio de cabelo do meu rosto e colocava atrás da minha orelha.

— Pra ver você.

— Fiquei feliz por você ter vindo.

— Eu também.

Nós nos beijamos mais uma vez, mas ainda estávamos abaixo do recorde de beijos que eu conquistara com Don. Na mesma hora eu me repreendi em silêncio por comparar os dois homens de novo.

— Mais cedo fomos interrompidos, né? — perguntei a ele, lembrando da sala de equipamentos no campo de aviação.

Finalmente chegara a hora de falar sobre aquilo. Tomei um gole do vinho e me preparei.

— Ah, sim — confirmou Blake, se lembrando. — A minha torta marroquina. *O sabor Blake.*

Achei que ele estava brincando, mas não estava. Blake começou a explicar a receita antiga, então entrou em detalhes sobre como a alterara. Eu estava tão chocada que não conseguia ouvir as palavras dele nem pensar em nada para dizer. Pelo menos cinco minutos se passaram sem que eu dissesse algo, e Blake passou para outra receita, descrevendo em detalhes como marinava, temperava e cozinhava ingredientes por quarenta dias e quarenta noites, ou pelo menos era o que parecia.

— Então você pega o cominho e…

— Por que você me deixou?

Ele estava tão absorto no próprio mundinho que foi pego completamente de surpresa.

— Ah, Lucy, por favor — disse ele, ficando na defensiva. — Por que você tem que falar sobre isso?

— Porque parece oportuno — falei. Ouvi o tremor em minha voz e torci para que ele não percebesse, embora fosse óbvio. — Já faz quase três anos — acrescentei, e Blake balançou a cabeça como se fingisse não acreditar quanto tempo tinha se passado. — Não tive qualquer notícia sua desde então, e cá estamos nós, como nos velhos tempos, e a separação parece o elefante na sala. Acho que devemos conversar sobre isso. Eu preciso falar sobre isso.

Ele olhou ao redor para ter certeza de que não havia ninguém por perto.

— Tudo bem. Sobre o que você quer falar?

— Sobre por que você me deixou. Eu ainda não entendi. Não sei o que eu fiz de errado.

— Você não fez nada de errado, Lucy, fui eu. Sei que parece piegas, mas eu só precisava fazer as minhas coisas.

— Que coisas?

— Você sabe... as minhas *coisas*. Viajar, conhecer lugares e...

— Transar com outras pessoas?

— O quê? Não, não foi por isso que eu fui embora.

— Mas eu viajava com você, a todos os lugares, nós conhecíamos lugares o tempo todo. Eu nunca disse que você não podia fazer o que queria fazer ou ser quem você queria ser. Nunca.

Eu estava me esforçando para manter a calma, para conseguir ter aquela conversa com tranquilidade. Se eu deixasse as emoções me dominarem de qualquer forma, Blake não conseguiria lidar com a situação.

— Não tinha a ver com isso — disse ele. — Era só... eu, entende? Uma coisa que eu precisava fazer. Você e eu, éramos tão sérios, ainda tão jovens. A gente tinha o apartamento, os... você sabe, cinco anos — falou ele, sem fazer sentido para nenhum outro ouvido humano, mas fazendo todo o sentido para os meus.

— Você queria ficar sozinho — concluí.

— Sim.

— Não havia mais ninguém.

— Não, meu Deus, não. Lucy...

— E agora? — perguntei, apavorada com a resposta. — Você ainda precisa ficar sozinho?

— Ah, Lucy — respondeu ele, e desviou os olhos. — A minha vida é complicada, você sabe. Não pra mim, pra mim é muito simples, mas para outras pessoas é...

Alarmes soaram em minha cabeça. Eu senti que estava me distanciando dele fisicamente, não o suficiente para que ele notasse, mas para que eu notasse. Eu senti que estava me afastando de muitas maneiras.

— Espontânea e emocionante, cheia de aventura, gosto de seguir em movimento, experimentar coisas novas. Sabe — continuou ele, se animando —, teve uma semana em que fui para Papua-Nova Guiné... — e continuou a falar.

Passei dez minutos ouvindo Blake falar sobre a vida dele e, quando ele estava se aproximando do fim, eu soube por que fui até ali. Eu estava sentada na grama ao lado dele, ouvindo aquele homem tão familiar soando como um completo desconhecido, e em questão de minutos me sentia muito diferente em relação a ele. Eu via Blake como outra pessoa, menos como um deus e mais como um amigo, um amigo bobinho que se perdera e se vira apaixonado pela própria vida, apenas a vida dele e a de mais ninguém — com certeza não pela minha, porque minha vida estava sozinha no bar, bebendo cerveja e ouvindo música tradicional depois de eu arrastá-la até aquele lugar. De repente, senti vontade de deixar Blake e estar lá dentro com Vida. Mas não podia, não até ter feito o que tinha ido fazer.

Blake terminou de falar e eu sorri, calma, serena e um pouco triste, mas enfim me sentindo em paz.

— Estou muito feliz por você, Blake — falei. — Estou feliz que você esteja feliz com a sua vida e orgulhosa de tudo o que você conquistou.

Ele pareceu um pouco confuso, mas satisfeito, e olhou ao redor.

— Você tem que ir embora ou alguma coisa assim?

— Por que a pergunta?

— Essas palavras pareceram uma despedida.

Eu sorri de novo.

— Talvez sejam.

— Ah, não — falou Blake com um gemido. — A gente estava indo tão bem.

Ele se aproximou de mim novamente e tentou me beijar.

— Isso não vai dar certo, Blake.

— Ah, Lucy, não.

— Não, não, me escuta. Não é culpa de ninguém. Não é culpa minha. Eu não fiz nada errado, agora eu sei disso, só é do jeito que é. Às vezes as coisas só não dão certo. Você e eu demos certo pelo tempo que era pra dar, depois não deu mais. Não tem como voltar atrás e, sendo sincera, não consigo ver como poderia dar certo agora. Eu mudei.

— Ele fez isso com você? — perguntou Blake, olhando na direção do bar.

— Não. Você fez. Quando foi embora.

— Mas eu estou aqui agora, e somos tão bons juntos — insistiu ele, estendendo a mão para mim.

— É verdade — concordei, rindo. — Somos muito bons juntos quando não estamos falando sobre o que importa, e a minha vida importa, Blake, a minha vida é importante pra mim.

— Eu sei disso.

— Sabe? Porque ele está tomando uma cerveja sozinho, e eu acho que você não está nem um pouco interessado nele. Você não fez uma pergunta sobre mim desde que nos encontramos, nenhuma. — Blake franziu o cenho enquanto pensava a respeito. — Isso pode ser bom para outra pessoa, foi bom para mim por um tempo, mas agora não é mais.

— Então você está me largando.

— Não, não — respondi, rindo, então o encarei com severidade. — Não usa esse truque. Ninguém está largando ninguém, só não vamos começar nada. — Ficamos em silêncio e, antes que ele fizesse algum movimento para se afastar e acabasse se perdendo para sempre em um mundo ao qual eu não tinha acesso, voltei a falar. — Mas fico feliz que você tenha tocado nesse assunto, porque é por isso que eu estou aqui.

— Como assim?

Respirei fundo.

— Você precisa contar aos nossos amigos que foi você que me largou.

CAPÍTULO VINTE E SEIS

— Desculpa, preciso fazer o quê?

Pelo jeito que Blake estava me olhando, eu sabia que tinha ouvido muito bem o que eu dissera. O pedido para que eu repetisse não era para que ele ouvisse, mas para que eu soubesse que não havia nenhuma chance no mundo de aquilo acontecer. Foi quando nosso término amigável, ou nosso momento quase romântico de "não podemos ficar juntos", se tornou bem menos amigável.

— Eu gostaria que eles soubessem que eu não terminei com você — falei com tranquilidade, tentando manter o tom casual, mas firme, para que aquilo gerasse o mínimo de conflito possível.

— Então você quer que eu ligue para todos eles e diga "Oi, a propósito..." — respondeu Blake, e terminou a frase na própria mente, reproduzindo a cena. — De jeito nenhum.

Ele ajeitou o corpo na grama, parecendo desconfortável.

— Você não precisa entrar em contato com todos eles e fazer um espetáculo em relação a isso, Blake. Na verdade, nem precisa dizer nada, eu vou contar a eles. Meu aniversário de 30 anos é daqui a dois dias e vamos sair pra jantar, então vou apenas contar a eles, sem estresse, sem fogos de artifício, só contar. Aí, se não acreditarem em mim, o que provavelmente vai acontecer, eles devem ligar pra você, e é nesse momento que vou precisar do seu apoio.

— Não — retrucou ele na mesma hora, os olhos fixos à frente. — Isso aconteceu há anos, é história, vamos deixar como está. Acredite em mim, ninguém se importa. Não sei por que você quer trazer isso tudo de volta.

— Por mim. Porque é importante pra mim. Blake, todos eles acham que eu traí você, eles...

— Então eu vou dizer que você não me traiu, isso é ridículo — falou ele em um tom protetor. — Quem disse isso?

— Todos eles, com exceção do Jamie, mas não é esse o ponto.

Ele cerrou o maxilar enquanto se perdia em pensamentos.

— Você não me traiu, né?

— O quê? Não, de jeito nenhum! Blake, me escuta, eles acham que eu sou a vilã da história, que parti o seu coração, que arruinei a sua vida e...

— Você quer que eu assuma o papel de vilão — retrucou ele, com raiva.

— Não, é claro que não, só quero que eles saibam a verdade. É como se me culpassem por todas as mudanças nas nossas vidas. Nem todo mundo, é mais o Adam...

— Não ligue pro Adam — falou Blake, se acalmando. — Ele é meu melhor amigo, o ser humano mais leal do planeta, mas você sabe como o cara é intenso. Vou dizer a ele pra largar do seu pé.

— Ele solta indiretas o tempo todo. Tem sempre um clima estranho entre nós dois, e com a Mary também, aliás, embora isso não me incomode muito. Adam dificulta as coisas pra mim, mas, se ele soubesse que a verdade é outra, me deixaria em paz. E pode até se desculpar comigo.

— Você quer um pedido de desculpas? Então é disso que se trata. Eu vou falar com o Adam, vou dizer a ele pra se acalmar, pra parar de ser tão intenso, e lembrar que a nossa relação acabou de forma natural e você foi forte o bastante pra apontar isso e acabar com tudo, que eu estou bem com a coisa toda, que...

— Não, não, não — falei, não querendo ser sugada para dentro de outra mentira. — Não. Eu quero que eles saibam a verdade. Não precisamos contar por que mentimos, vamos dizer que só diz respeito a nós e que nunca mais queremos falar sobre isso. Mas pelo menos eles vão saber a verdade. Entende?

— Não — disse Blake com firmeza, então se levantou e limpou a grama da calça jeans. — Eu não sei o que você e ele vieram fazer aqui. Talvez algum tipo de artimanha pra me transformar em um vilão para os nossos amigos, mas eu não vou cair nessa. Não vou fazer isso. Passado é passado, você estava certa, não faz sentido voltar lá de novo.

Eu também me levantei.

— Espere, Blake. O que quer que você esteja pensando em relação a isso, está enganado. Não se trata de nenhuma artimanha, na verdade é o oposto. Eu quero consertar as coisas, mais especificamente, eu quero consertar minha vida. E achei que, para fazer isso, era importante encontrar você. De certa forma, eu estava certa, mas não foi bem do jeito que eu achei que seria. Olha — hesitei e respirei fundo —, é tudo muito simples. Alguns anos atrás, nós contamos uma mentira. Achamos que seria uma mentirinha boba, mas não foi. Para você não teve problema, porque você está longe o tempo todo, viajando pelo mundo e não tem que viver com isso. Eu tenho que lidar com isso todo santo dia. Eles me perguntam o tempo todo. Por que eu larguei um relacionamento tão perfeito? Mas não fiz isso. A verdade é que algo que eu também considerava perfeito foi tirado de mim, e eu nunca mais quis a perfeição. Eu queria tudo pela metade, coisas com as quais não me importasse muito, para nunca mais perder algo que eu realmente amasse. Só que eu não posso mais viver com a mentira. Não posso. Preciso seguir com a minha vida, mas, para fazer isso, preciso que você me ajude com essa única coisa. Eu poderia contar a eles sozinha, mas preciso do seu apoio. Por favor, Blake, preciso que você me ajude a fazer isso.

Ele pensou bastante, encarando uma pilha de barris, com o queixo firme e cerrado, os olhos intensos. Então se abaixou, pegou a cerveja da grama e olhou para mim, mas apenas por um segundo.

— Desculpe, Lucy, mas não posso. Só siga com a sua vida, beleza?

Então ele me deixou e desapareceu no buraco negro do pub, engolido pelas músicas e pelos aplausos lá dentro.

Eu me deixei cair de volta, exausta, na encosta gramada em que nós dois estávamos deitados momentos antes, e repassei a conversa várias vezes em minha mente. Não havia nada que eu pudesse ter dito de forma diferente. Era crepúsculo naquele momento, a penumbra de uma noite de verão, quando formas e sombras insinuavam coisas mais sinistras à espreita. Estremeci. Ouvi passos vindo de um canto, da direção do bar agitado. Então Vida apareceu. Ele se deteve quando me viu sozinha, não se aproximou, apenas encostou o ombro na parede.

Eu o encarei com uma expressão melancólica.

— Podemos pegar uma carona e estar de volta na pousada em cinco minutos se você quiser — disse ele.

— O quê? E não ficar até o fim? Você não me ensinou nada?

Ele me deu um sorrisinho, como se me desse parabéns pelo esforço.

— Jenna está voltando pra casa de férias. Ela está pensando em se mudar.

— Da casa? Bom pra ela.

— Não. Da Irlanda. Ela vai voltar pra casa. Pra Austrália.

— Por quê?

— Acho que as coisas não funcionaram do jeito que ela esperava — respondeu ele, me lançando um olhar significativo.

— Tudo bem. Vou estar pronta em cinco minutos.

Ele caminhou até onde eu estava e gemeu como um velho enquanto se abaixava na grama. Então, encostou a longneck na minha taça.

— *Sláinte* — disse ele, então levantou o rosto para as estrelas.

Ficamos em silêncio por um momento enquanto minha cabeça ainda zumbia com as palavras de Blake. Não havia sentido em segui-lo para um segundo round, eu sabia que ele não mudaria de ideia. Olhei para Vida, que tinha um sorriso no rosto enquanto observava as estrelas.

— O que foi? — perguntei.

— Nada — respondeu ele, com o sorriso ficando mais largo.

— Ah, qual é, fala.

— Não. Não é nada — disse ele, tentando parar de sorrir.

Cutuquei as costelas dele.

— Ai — reclamou ele, e se dobrou para a frente, se sentando ao meu lado. — Só estava lembrando que ele imprimiu o próprio rosto no cartão de visitas.

Ele riu como uma garotinha.

A princípio, aquilo me irritou, mas, quanto mais ele ria, mais eu queria fazer a mesma coisa, o que acabou acontecendo.

— Sim — falei, finalmente respirando fundo. — Isso foi meio triste, não foi?

Ele fez um som arranhado, como um bufo de porco mesmo, o que nos fez cair na gargalhada de novo.

Vida tinha pulado para a parte de trás do jipe, me forçando a ocupar o banco da frente, ao lado de Jenna. Ela estava abatida, sem o sorriso largo com que nos cumprimentara naquela manhã, embora não estivesse sendo rude — eu duvidava que houvesse um fio rude no corpo dela.

— Foi um longo dia, né? — comentou Vida, percebendo o clima no carro e quebrando o silêncio.

— Foi — dissemos eu e ela ao mesmo tempo, em um tom cansado.

Olhamos rapidamente uma para a outra e depois voltamos a desviar o rosto.

— É verdade o que ouvi sobre você e o Jeremy no pub? Boatos de um romance? — provocou Vida.

Jenna enrubesceu.

— Ah, teve uma festa... não foi nada, quer dizer, foi alguma coisa, mas não é nada. Ele não é... — respondeu ela, então ficou em silêncio e engoliu em seco. — Não é isso o que eu quero...

Aquilo explicava a mudança de status dela no Facebook. Fizemos o resto do trajeto em silêncio. Ela parou diante da pousada, nós a agradecemos e descemos do carro. Jenna começou a manobrar para sair, e nós dois nos preparamos para acenar para ela.

Vida me olhou com firmeza.

— O que foi? — perguntei.

— Diz alguma coisa — falou ele, impaciente.

Eu suspirei, olhei para Jenna, aquela coisinha loira e minúscula no jipe tão grande, então corri até lá e bati na janela. Ela pisou no freio e abaixou o vidro. Parecia cansada.

— Soube que você está pensando em voltar pra casa.

— Sim, estou — respondeu ela, e desviou os olhos. — Como você disse, aqui é bem longe da minha casa.

Assenti.

— Vou embora de manhã.

Ela levantou os olhos, subitamente ansiosa para saber mais.

— Jura?

— Sim.

— Que pena.

Jenna era educada demais para dizer aquilo de um jeito malicioso, mas também não foi totalmente convincente.

— Eu não... — comecei com dificuldade para formular a frase corretamente. — Não vou voltar — disse apenas. Ela me examinou, tentando entender o que eu dissera. Então compreendeu. — Só achei que você deveria saber.

— Certo — respondeu ela, e abriu o sorriso mais cintilante, lutando para que ele não tomasse conta de todo seu rosto. — Obrigada. — Ela fez uma pausa. — Obrigada por me avisar.

Eu me afastei do carro.

— Obrigada pela carona.

Voltei para a entrada da pousada e ouvi as rodas no cascalho. Eu me virei mais uma vez, vi a janela dela se fechando, o sorriso no rosto, e o jipe voltou pela longa estrada. O carro parou por um momento, então ela ligou a seta para a direita, de volta pelo caminho que tínhamos feito.

Eu estava prendendo a respiração o tempo todo e, assim que ela se virou, soltei o ar. Senti o coração apertado outra vez e, por um momento, entrei em pânico. Tive vontade de chamá-la de volta, de voltar atrás, quis ir até Blake, conquistá-lo de volta, viver do jeito que sempre vivemos juntos. Mas então me lembrei.

Hábito.

CAPÍTULO VINTE E SETE

Acordei com Vida já vestido e me observando de uma poltrona, o que era assustador, para dizer o mínimo. Ele parecia preocupado.
— Tenho más notícias.

— Estamos reunidos aqui hoje para lamentar a perda de Sebastian — anunciou Vida enquanto estávamos em um ferro-velho olhando para meu pobre carro que fora levado para lá pelos médicos.
— Há quanto tempo você sabe disso?
— Desde ontem, mas não quis te contar na hora. Não parecia certo.
— Ele realmente tem que ir? Não podemos ficar mais um pouco com ele?
— Lamento, mas não. Nem mesmo uma equipe de mecânicos conseguiria trazê-lo de volta. Além disso, é melhor comprar um carro novo com todo o dinheiro que você gasta consertando esse.
— Eu sou leal.
— Eu sei.
Fizemos um momento de silêncio, então dei uma palmadinha no teto de Sebastian.
— Obrigada por me levar a todos os lugares que eu quis ir e por me tirar deles depois. Adeus, Sebastian, você me serviu bem.
Vida me passou um punhado de terra. Peguei da mão dele e joguei no teto do carro. Demos um passo para trás, a garra do reboque foi abaixada e Sebastian foi erguido em direção aos céus.
E logo em seguida foi solto e esmagado.
A buzina de um carro interrompeu meus pensamentos. Quando nós nos viramos, vimos Harry com a cabeça para fora da janela da van.

— O cabeça de amendoim aqui está louco pra ir embora. A mãe dele está tendo um ataque de raiva porque precisa da van para ir a uma *feis*, uma competição de dança irlandesa.

Fiquei em silêncio no caminho para casa, assim como Harry. Ele estava ao meu lado, mandando mensagens o tempo todo e, enquanto esperava pelas respostas, lia as mensagens anteriores.

— Harry está apaixonado — provocou Annie.

— Parabéns.

Ele enrubesceu, mas sorriu.

— Então, o que aconteceu com o seu homem?

— Ah. Não. Nada.

— Eu te disse que as pessoas podem mudar muito em três anos.

Eu não queria que um jovem universitário achasse que sabia mais sobre a evolução da raça humana do que eu, por isso sorri para ele e falei de um jeito um tanto condescendente.

— Mas ele não mudou, continua exatamente o mesmo.

Ele franziu o nariz ao ouvir aquilo, enojado que aquela entrada de Blake na véspera fosse a norma, e não o resultado de alguma pancada na cabeça que tivesse recebido nos três anos em que ficamos sem nos ver.

— Você mudou, então — concluiu ele com naturalidade, e voltou a se concentrar no celular para conversar com a garota que ele queria que tivesse seus bebês.

Fiquei ainda mais quieta depois daquela conversa, tinha muito em que pensar. Vida não parava de puxar conversa, mas por fim se deu conta, depois das minhas respostas monossilábicas e lentas, de que eu não queria papo, e me deixou em silêncio. Eu perdi muito naquela viagem: não apenas o amor que eu achava que tinha e meu amado carro, mas também a esperança de que poderia me redimir — meu sonho de não viver mais em uma teia de mentiras inteiramente tecida por mim naquele momento parecia pouco realista, ou pelo menos seria uma batalha maior do que eu planejara.

Eu sentia que não tinha nada, ou pior, que não sobrara nada: nem emprego, nem carro, nem amor, apenas um relacionamento em frangalhos com minha família, com meus amigos e, mais preocupante, com minha melhor amiga. Além disso, só o que eu tinha era meu apartamento alugado, de frente para uma vizinha que provavelmente nunca mais iria querer falar comigo, e um gato que eu deixara sozinho por duas noites.

Olhei para o lado. Pelo menos eu tinha minha vida.

Ele se inclinou para a frente assim que chegamos ao centro da cidade.

— Você pode nos deixar aqui?

— Por que aqui?

Descemos da van na Bond Street, o coração da área Liberties, em Dublin, uma das áreas mais históricas e centrais da cidade, onde a maioria das ruas originais, incluindo aquela onde nos encontrávamos, ainda era de paralelepípedos. Atrás dos portões pretos da Cervejaria Guinness, a fumaça subia no ar enquanto os cientistas de jaleco branco lá dentro preparavam nosso maior produto de exportação.

— Vem comigo — falou Vida, com um sorriso orgulhoso.

Eu o segui pela rua de paralelepípedos, ao lado os velhos muros se erguiam sobre nós, escondendo tanto as várias fábricas ativas quanto os prédios abandonados que tinham as janelas em arco lacradas com tijolos. Então, quando eu já estava achando que estávamos no meio de algum aprendizado emocional, no qual conversaríamos sobre todo tipo de problemas que as pessoas já enfrentaram antes de mim — quem sabe falássemos sobre as pessoas que moravam naquela rua e que deram um jeito de reagir às dificuldades, por exemplo, lacrando as janelas como uma forma de autocura coletiva, e, assim, ao ouvir aquilo, de alguma forma, eu me sentiria melhor comigo mesma —, Vida pegou um molho de chaves e foi até uma porta aleatória, em uma parede cheia de janelas lacradas.

— O que você está fazendo? O que tem aqui? — perguntei, e olhei ao redor, esperando que alguém nos detivesse.

— Quero te mostrar uma coisa. O que você acha que eu estava fazendo o tempo todo em que fugia pra longe de você?

Franzi o cenho, então me veio uma imagem de Vida me traindo com uma versão mais jovem e bonita de mim, fingindo ser a vida dela só para se aproximar, se sentando à mesa com a família dela nos almoços de domingo, tentando ouvir as histórias da infância dela, sob os olhos penetrantes do pai possessivo da garota, e tendo que agir como se já conhecesse todas, enquanto se sentia culpado o tempo todo por estar fingindo para a mulher bem-ajustada que passara a se questionar por que precisava de uma intervenção de vida, mas ao mesmo tempo se sentindo dilacerado por dentro pelo que estava fazendo comigo... exausto da mentira dupla.

Vida estava me encarando.

— Você parece brava. No que tá pensando?

Dei de ombros.

— Nada. Então, que lugar é esse?

Dentro, o lugar era um armazém convertido, um grande espaço aberto com tetos altos e alvenaria exposta, empoeirado por causa de uma reforma recente. Entramos em um elevador e esperei que fôssemos catapultados pelo teto e disparássemos pelo céu, por cima dos telhados, enquanto minha Vida, que se parecia muito com o Willy Wonka, me mostrava tudo o que era meu. Mas não foi o que aconteceu. Saímos do elevador no sétimo andar, e Vida me levou pelo corredor até um salão quadrado cheio de luz, com caixas por todo o chão e uma janela que dava para a cidade: apartamentos e casas geminadas dominavam a vista abaixo e, à distância, a Catedral de St. Patrick, com seu telhado de cobre de um verde brilhante e o Four Courts com sua cúpula. E mais adiante, na direção da Baía de Dublin, guindastes de obras enchiam o céu ao lado das chaminés de mais de duzentos metros de altura, listradas de vermelho e branco, da Poolbeg. Então esperei pela lição de vida. Mas ela não veio.

— Bem-vinda ao meu novo escritório — falou ele, sorrindo.

Vida parecia tão feliz, tão distante do homem que eu conhecera quinze dias antes, que era até difícil acreditar que era a mesma pessoa.

Olhei para as caixas espalhadas pelo chão, a maioria ainda fechada com fita adesiva, mas algumas tinham começado a ser esvaziadas e dava para ver os arquivos lá dentro. O aviso nas caixas declarava "Mentiras 1981-2011", "Verdades 1981-2011", "Namorados 1989-2011", "Laços da família Silchester", "Laços da família Stewart". Havia uma caixa para "Amigos da Lucy", com arquivos divididos em títulos individuais de "Escola", "Graduação", "MBA", "Diversos", e um arquivo para cada um dos meus empregos anteriores, não que eu tivesse feito muitos amigos naqueles empregos, ou mantido muitas amizades neles. Havia uma caixa marcada como "Férias", com compartimentos separados para cada viagem que eu tinha feito, com a data. Eu examinei tudo aquilo, as datas e os momentos aleatórios, que pareciam saltar em minha direção, despertando lembranças que eu perdera havia muito tempo.

Aquelas caixas continham minha vida inteira — no papel —, todas as relações que eu tinha com cada pessoa que eu já conhecera. Vida mantinha um relatório de todas elas, analisando-as e estudando-as para ver se ser vítima de bullying no pátio da escola tinha alguma coisa a ver com um relacionamento fracassado vinte anos depois, ou se era o contrário; e se uma conta não paga em Corfu, uma ilha em que eu passara férias, tinha algo a ver com uma bebida jogada na minha cara em uma balada em Dublin — que estou mencionando porque descobri que uma coisa tinha *muito* a ver com a outra. Então imaginei Vida como uma espécie de cientista e o escritório como seu laboratório, onde ele passava os dias antes de eu conhecê-lo, e onde ele continuaria a ficar o restante dos meus dias, me analisando, experimentando filosofias e teorias sobre como eu me tornara do jeito que eu era, por que cometera determinados erros, por que tomara certas decisões, por que tive sucesso e por que vacilei. Minha vida, o trabalho da vida dele.

— A sra. Morgan acha que eu deveria me livrar desse monte de coisas e guardar tudo nesses pen-drives pequenininhos, mas não sei... sou antiquado, gosto dos meus relatórios escritos. Isso dá personalidade a eles.

— Senhora Morgan? — perguntei, atordoada.

— Você se lembra da mulher americana para quem deu a barra de chocolate? Ela se ofereceu para me ajudar a colocar tudo no computador, mas a agência não garante essa verba, então eu vou fazer isso em algum momento. Não é como se eu tivesse outra coisa pra fazer — explicou ele, e sorriu. — Como você deve se lembrar do nosso primeiro encontro, tenho muitas informações importantes no computador. Ah, e você vai ficar feliz em saber que tenho um novo — informou ele, orgulhoso, dando uma palmadinha carinhosa em um computador novinho em folha em cima da mesa.

— Mas... mas... mas...

— Esse é um ponto muito bom, Lucy, e que já reivindiquei inúmeras vezes. — Ele deu um sorriso gentil. — Isso ficou esquisito pra você agora?

— Não, mas acho que acabo de perceber... eu sou realmente o seu *emprego*? Só eu?

— Quer saber se eu faço bicos com a vida de outras pessoas? — perguntou ele, rindo. — Não, Lucy. Eu sou a sua alma gêmea, a sua outra metade, se preferir. Sabe aquela teoria antiquada de que há uma outra parte de você em algum lugar? Bem... sou eu. — Ele acenou sem jeito. — Oi.

Não sei por que eu estava achando tudo tão estranho naquele momento, afinal, tinha lido sobre tudo aquilo na revista. Além de a estrela entrevistada ter nos dado informações dos novos exercícios de tonificação e de sua rotina alimentar, descrita em um box separado com fotos da comida — mingau, mirtilos, salmão, um pedaço de brócolis para aqueles que ainda não estavam familiarizados com os tipos de comida —, ela também entrara em detalhes mínimos sobre como funcionava todo o sistema "Vida". Então eu sabia, não tinha motivo para ficar surpresa, mas ver tudo acontecendo em um escritório tão *comum* parecia tirar a magia de tudo, não que eu acreditasse em magia — graças às declarações exageradas do meu tio Harold após supostamente roubar meu nariz quando eu tinha 5 anos, e eu via apenas o polegar gordo e amarelo entre os dedos dele, e não se parecia em nada com meu nariz, já que meu nariz não tinha uma unha suja nem fedia a cigarro.

— Como sabe que eu sou a pessoa certa pra você? — continuei. — E se houver um cara chamado Bob que está deprimido e sentado no sofá agora, comendo bolacha de chocolate e se perguntando onde diabo está a vida dele, você, no caso, e em vez disso você está aqui, comigo, e tudo isso não passa de um grande erro e...

— Eu simplesmente sei — disse ele apenas. — Você não tem o mesmo sentimento?

Eu o encarei, direto nos olhos, e me acalmei na mesma hora. Eu sabia. Como sabia sempre que olhava para Blake todos os dias por cinco anos. Havia uma conexão. Toda vez que eu olhava para Vida em uma sala lotada onde ninguém e nada fazia sentido para mim, eu sabia que ele estava pensando a mesma coisa que eu. Eu sabia. Eu simplesmente sabia.

— E a sua própria vida? — perguntei a ele.

— Está melhorando desde que nos conhecemos.

— Jura?

— Meus amigos não conseguem acreditar no quanto eu mudei. E continuam achando que vamos nos casar, embora eu repita o tempo todo que não é assim que funciona.

Ele riu, então houve um momento muito esquisito, porque eu tive a sensação — estranha, admito — de que eu tinha levado um fora. Desviei os olhos, não querendo que ele percebesse meus sentimentos confusos, mas acabei me sentindo tonta enquanto minha vida literalmente passava diante dos meus olhos. "Lucy e Samuel 1986-1996." Era um arquivo bem fino. Meu pai e eu tínhamos um relacionamento até que normal naquela época, se pudesse ser considerado normal vê-lo uma vez por mês no almoço de domingo quando eu voltava do internato. Os arquivos dos anos seguintes ficaram mais grossos por um tempo — quando eu tinha 15 anos e me tornara tão teimosa quanto ele, começamos a nos desentender —, até que em algum momento, no início dos meus 20 anos, os arquivos voltaram a ficar finos — quando eu passara longos períodos longe de casa, na universidade, o que lhe agradava. O arquivo dos últimos três anos era o mais grosso de todos.

Havia um arquivo para o relacionamento que eu tinha com cada membro da minha família. Eu não estava nem um pouco curiosa para ver dentro deles. Eu os vivera, sabia o que tinha acontecido, preferia lembrar daqueles acontecimentos com o viés e a distorção que o tempo, a idade e a distância me deram. Vida continuou falando normalmente, ainda animado e orgulhoso da própria realização, sem se dar conta do meu desconforto:

— Vou continuar a guardar todos esses papéis, mesmo depois que tiver passado tudo para o computador. Eu sou meio sentimental em relação a eles. Então, o que você acha? — disse ele, e sorriu de novo para o escritório, encantado com a conquista.

— Estou muito feliz por você — falei, sorrindo, mas me sentindo triste. — Fico muito feliz que tudo esteja dando certo pra você.

O sorriso dele perdeu um pouco do brilho quando ele percebeu meu humor, mas eu não queria que aquilo acontecesse. Não queria transformar aquele momento tão especial para ele em algo sobre mim de maneira egoísta.

— Ah, Lucy.

— Não, não. Tudo bem. Eu estou bem — falei, tentando me animar, e coloquei um sorriso falso no rosto. Eu sabia que parecia falso e sabia que minhas palavras soavam falsas, mas era melhor do que a verdade.

— Estou muito feliz por você, sei que foi difícil, mas, se não se importa, tenho que ir agora. Eu tenho... hum... um compromisso com uma garota que conheci na academia e... — acrescentei, então suspirei, não conseguia mentir, não mais. — Na verdade, não, eu não tenho um compromisso, mas tenho que ir. Só preciso ir.

Ele assentiu, meio abatido.

— Eu entendo.

De repente, pareceu constrangedor.

— Talvez você possa se encontrar com o Don hoje à noite, ou alguma coisa parecida — sugeri, mais esperançosa do que percebi, mas então vi o rosto de Vida se tornar ainda mais abatido.

— Não, acho que não seria uma boa ideia.

— Por que não?

— Não depois de ontem à noite.

— Você só não foi tomar uma cerveja, não é grande coisa.

— Pra ele, foi — retrucou ele, de repente sério. — Você escolheu o Blake, Lucy. Ele sabe disso. Não foi só uma cerveja. Foi uma decisão que teve que tomar. Você sabe disso.

Engoli em seco.

— Eu realmente não vi dessa forma.

Vida deu de ombros.

— Não importa. Don viu assim.

— Mas isso não significa que você e ele não possam ser amigos.

— Não? Por que diabo o cara iria querer passar um tempo comigo quando é você que ele quer? Blake queria só você, não a sua vida. Já o Don, ele só pode ter a sua vida, mas não você. Irônico, né?

— Sim — falei, dando um sorriso desanimado. — Bem, é melhor eu ir. Parabéns, de verdade, estou muito feliz por você.

Não consegui esconder a tristeza e as palavras soaram vazias, então fui embora.

Comprei uma lata de comida de gato e uma torta de carne de micro-ondas na loja da esquina, perto da minha casa. Assim que saí no meu andar, congelei e quis entrar de volta no elevador. Minha mãe estava parada na porta do meu apartamento, de costas para mim, encostada na porta, e parecia que estava lá já havia muito tempo. Meu primeiro instinto, como eu disse, foi voltar para o elevador, mas logo depois pensei que devia haver algo terrivelmente errado. Corri na direção dela.

— Mãe — falei. Ela levantou os olhos e, assim que vi o rosto dela, me senti mal. — Mãe, o que aconteceu?

Ela franziu o rosto com tristeza e estendeu a mão para mim. Eu a abracei e a confortei, achando que era tudo de que ela precisava, mas então ouvi uma fungada, depois outra, depois um guincho e um gemido, então percebi que minha mãe estava chorando.

— É meu pai, não é?

Ela chorou ainda mais.

— Ele morreu. Ele morreu? — perguntei, entrando em pânico.

— Morreu? — respondeu ela, e parou de chorar, então olhou para mim alarmada. — O que você ouviu?

— Ouvi? Nada. Estou só supondo. Você está chorando, e você nunca chora.

— Ah, não, ele não morreu — disse ela, e tirou da blusa um lenço de papel para limpar o nariz. — É só que acabou. A coisa toda acabou.

Ela começou a chorar de novo.

Em choque, passei um braço ao redor dos ombros dela e peguei minhas chaves na bolsa com a outra mão. Então, a acompanhei para dentro do apartamento. O cheiro era de limpeza por causa do carpete, e eu estava muito grata por já ter trocado a lâmpada. O sr. Pan, que já ouvira nossa voz na porta, estava esperando ansiosamente; quando entramos, ele passou entre minhas pernas, empolgado, incapaz de se conter.

— Ele é absolutamente insuportável! — bradou minha mãe, chorosa.

Ela entrou no apartamento, e foi só então que percebi que tinha uma bolsa bem grande na mão. Minha mãe mal olhou em volta, apenas se sentou em uma banqueta alta diante da bancada da cozinha e colocou as mãos na cabeça. O sr. Pan pulou no sofá, depois para a bancada e se esgueirou devagar até ela, que estendeu a mão e começou a acariciá-lo sem pensar.

— Então o casamento acabou? — perguntei a ela, tentando assimilar aquela alienígena que invadira o corpo da minha mãe.

— Não, não — disse minha mãe, me corrigindo com a mão. — A *renovação* está cancelada.

— Mas o casamento continua?

— É claro — disse ela, com os olhos arregalados, surpresa por eu sequer mencionar tal coisa.

— Tudo bem, deixa eu ver se entendi — falei, me sentando ao lado dela. — Ele é tão insuportável que você não vai renovar os seus votos, mas vai continuar casada com ele?

— Eu me casei com aquele homem uma vez, mas jamais me casaria com ele duas vezes! — declarou minha mãe, determinada, mas logo gemeu e desabou sobre a bancada. De repente, voltou a levantar a cabeça. — Lucy, você tem um gato.

— Sim. Esse é o sr. Pan.

— Senhor Pan — repetiu ela, e sorriu. — Oi, amor — cumprimentou ela. Ele estava em êxtase com os carinhos que estava recebendo. — Há quanto tempo você tem ele?

— Dois anos.

— *Dois anos?* Pelo amor de Deus, por que nunca nos contou isso?

Dei de ombros, esfreguei os olhos e murmurei:

— Naquela época, fazia sentido.

— Ah, meu bem, deixa eu preparar um chá pra você — disse ela, sentindo que havia um problema.

— Não, fique sentada. Eu preparo. Vá se sentar no sofá.

Ela olhou para o grande sofá marrom de camurça em forma de L que tomava conta de todo o cômodo.

— Eu me lembro dele — falou, então olhou ao redor e examinou o restante do cômodo, como se de repente se desse conta de que estava lá dentro pela primeira vez. Eu me preparei, mas minha mãe se virou para mim com um sorriso. — Bem aconchegante. Você está certíssima em ter escolhido esse lugar. O seu pai e eu ficamos chacoalhando como bolinhas de gude naquela casa enorme.

— Obrigada — respondi, e enchi a chaleira.

O celular da minha mãe começou a tocar, e ela fechou a bolsa com mais força para silenciá-lo.

— É ele. O homem não desiste.

— Ele sabe onde você está?

Tentei esconder o quanto estava achando a situação engraçada.

— Não, ele não sabe, e nem pense em contar a ele.

Ela foi até a janela tentando descobrir como chegar ao sofá, mas, ao ver que estava empurrado contra o parapeito da janela, voltou na outra direção, procurando outra maneira de passar.

— Mãe, pelo amor de Deus, o que aconteceu?

Quando chegou à outra ponta do sofá, ela descobriu que ele estava encostado na bancada da cozinha. Então, fez o que qualquer pessoa normal, exceto minha mãe, faria: levantou a perna e subiu no encosto do sofá.

— Eu me casei com uma besta egoísta, foi o que aconteceu. E vai, pode rir, sei que você acha que somos dois velhos caquéticos, mas ainda há vida nessa velha caquética aqui.

Ela se acomodou no sofá, tirou os sapatos pretos caros e colocou os pés próximos ao corpo.

— Não tenho mais leite — anunciei, culpada.

Minha mãe costumava me servir chá em sua melhor porcelana e em uma bandeja de prata. Aquilo não era apropriado.

— Puro tá ótimo — disse ela, e esticou a mão para a caneca de chá.

Subi no sofá com as canecas nas mãos e me sentei no lado oposto do L. Pousei os pés sobre a mesa de centro. Nunca tínhamos nos sentado juntas daquele jeito.

— Então, me conta o que aconteceu?

Ela suspirou e soprou o chá.

— Não foi uma coisa só, foram muitas, mas o comportamento dele com você foi a gota d'água — disse ela, brava. — Como ele ousa falar daquele jeito com a minha filha? Como ousa falar daquele jeito com um convidado seu? Foi o que eu disse a ele.

— Mãe, o pai sempre fala comigo daquele jeito.

— Não daquele jeito. Não daquele jeito — disse ela, e me olhou diretamente nos olhos. — Até aquele momento ele era o cretino de sempre — comentou, e eu fiquei boquiaberta —, com quem eu conseguia lidar, mas então, nossa, aquilo foi demais. É essa maldita renovação de votos. Eu quis fazer aquilo para nos unir, para que ficássemos mais próximos. Eu queria que o seu pai pensasse um pouco sobre os últimos trinta e cinco anos do nosso casamento e celebrasse isso comigo. Mas, no fim, tudo virou uma fanfarra pomposa, cheia de gente de quem eu, para falar a verdade, nem gosto.

Arquejei de novo. Era como uma revelação atrás da outra, e a mente da minha mãe me intrigava muito mais do que o estado do casamento deles, que não me preocupava muito. Os dois eram adultos, e seria ridículo da minha parte pensar que os últimos trinta e cinco anos foram um mar de rosas.

— E a mãe dele — acrescentou ela, e, de repente, levou as mãos ao cabelo e começou a fingir que o puxava. — Aquela mulher está pior agora do que no dia do nosso casamento. Ela palpita sobre cada detalhe mínimo, o que, francamente, não significa merda nenhuma para mim.

Merda nenhuma?

— Sinceramente, Lucy, ela é muito grosseira, e acho muito divertido como você lida com ela — continuou minha mãe, e se inclinou para a frente, pousando a mão sobre meu joelho. Ela riu. — Eu queria conseguir pensar nas coisas que você diz a ela. Aquilo que você falou sobre amamentação, meu Deus, aquela foi a melhor até agora, achei que a dentadura dela fosse despencar. — Então ela ficou séria de novo. — Depois do meu casamento, eu jurei que nunca mais organizaria nada. A mãe do seu pai meteu o bedelho em todos os aspectos daquele dia, assim como a minha mãe... Mas a renovação de votos, eu queria que fosse algo *meu*. Só meu. Uma linda lembrança para compartilhar com os meus filhos — falou ela, e, olhando para mim com carinho, pegou a minha mão de novo. — Com a minha filha linda. Ah, Lucy, desculpe por eu estar descarregando tudo isso em você.

— De jeito nenhum. Pode continuar, estou gostando muito.

Ela pareceu surpresa.

— Quer dizer, não acredito que você está me dizendo tudo isso. Você costuma ser tão discreta.

— Eu sei — falou ela, e mordeu o lábio, parecendo culpada. — Eu sei — sussurrou minha mãe, quase com medo, e apoiou a cabeça nas mãos. Então se endireitou no assento e disse com firmeza: — Eu sei. E é exatamente isso o que preciso ser de agora em diante. Diferente do que eu sou. Tenho sido desse jeito a vida inteira. Queria ser mais como você, Lucy.

— Você o quê?

— Você é tão determinada — afirmou ela, e deu um soco no ar. — Sabe o que quer e não se importa com o que os outros dizem ou pensam. Você sempre foi desse jeito, mesmo quando era criança, e eu preciso ser mais assim. Sabe, eu nunca soube o que queria ser... ainda não sei. Só o que eu sabia era que deveria me casar e ter filhos, assim como a minha mãe e as minhas irmãs, eu *queria* fazer isso. Eu conheci o seu pai, me tornei a esposa dele, e era isso o que eu era. Então tive filhos. — Ela estendeu a mão para mim novamente, e presumi que era para que eu não me ofendesse com o que ela estava dizendo. — E me tornei mãe. E era isso o que eu era. Esposa e mãe, mas não sei se eu tinha ou se tenho algum valor real. Você e os meninos estão crescidos, então o que eu sou agora?

— Eu sempre preciso de você — protestei.

— Isso é muito gentil — disse ela, acariciando meu rosto com afeto antes de me soltar. — Mas não é verdade.

— E agora você é também uma avó maravilhosa.

Ela revirou os olhos, então pareceu culpada novamente.

— Sim, claro, e isso é maravilhoso, acredite em mim, é mesmo. Mas ainda sou eu fazendo coisas e sendo coisas para outras pessoas. Sou a avó do Jackson, do Luke e da Jemima, sou sua mãe, do Riley e do Philip, sou esposa do Samuel, mas quem sou eu para mim? Algumas pessoas sabem desde sempre no que são boas. A minha amiga Ann sempre soube que queria ensinar, e foi isso o que ela fez, se mudou para a Espanha, depois conheceu um homem e agora os dois bebem vinho, saboreiam tábuas de frios, assistem ao pôr do sol e dão aulas todos os dias — respondeu ela, e suspirou. — Eu nunca soube o que eu queria fazer, no que eu era boa. Ainda não sei.

— Não fala assim. Você é uma mãe maravilhosa.

Ela me deu um sorriso triste.

— Sem ofensa, meu amor, mas eu quero ser mais — disse ela, então assentiu para si mesma, como se concordasse com um pensamento silencioso.

— Agora você tá com raiva — falei com gentileza. — O que é compreensível. Eu não consigo passar três minutos com meu pai, imagina trinta e cinco anos. Mas talvez, depois de se acalmar, você volte a ficar animada com a cerimônia.

— Não — retrucou ela com firmeza. — Acabou. É sério.

— Mas falta só um mês. Os convites já foram enviados. Tudo já foi reservado.

— E tudo pode ser cancelado. Há tempo de sobra. Vamos ter que pagar uma pequena taxa para alguns deles... Os vestidos sempre serão lindos e os meninos sempre vão ter uso para os ternos elegantes. Eu não me importo. Eu vou mandar um bilhete pessoal aos convidados avisando que foi cancelado. Não vou me casar com o seu pai uma segunda vez. Uma é o bastante. Passei a vida fazendo tudo o que as pessoas queriam que eu fizesse. Fui responsável, obediente e educada em todos os momentos, em todas as ocasiões, mas para celebrar a *minha vida*, trinta e cinco anos de casamento com três filhos lindos, não quero um evento no Salão Municipal, com todos do mundo jurídico presentes. Não faz sentido. Não representa o que eu conquistei na minha vida, apenas o que o seu pai conquistou na profissão dele.

— Do que você gostaria então?

Ela me encarou, surpresa, mas não respondeu.

— Você não sabe? — acrescentei.

— Não é isso, é que ninguém nunca me fez essa pergunta.

— Sinto muito por não ter ajudado você. Fui bastante egoísta.

— De jeito nenhum. Você teve uma aventura emocionante com a sua vida. Isso é importante, acredite em mim — afirmou minha mãe, o tom melancólico. — Aliás, como estão indo as coisas nesse sentido?

— Ah — falei com um suspiro —, não sei.

Minha mãe olhou para mim por um longo tempo e, depois de tudo o que ela dissera, sobre não se sentir uma boa mãe, não consegui me conter.

— Eu perdi o meu emprego, o meu carro foi destruído, magoei um cara perfeito com quem me envolvi por uma noite, Melanie não está falando comigo, nem os meus outros amigos, minha vizinha acha que eu sou cruel, fui a Wexford para declarar o meu amor ao Blake e dizer que o queria de volta, mas quando cheguei lá me dei conta de que isso não era verdade, e agora a minha vida está seguindo em frente sem mim. Essa é a minha vida em poucas palavras.

Minha mãe levou os dedos delicados aos lábios. Os cantos da boca dela se contraíram. Ela soltou um pequeno e agudo "Ah" e começou a rir.

— Ah, Lucy, meu amor — falou, e não conseguia parar de rir.

— Fico feliz por minha vida diverti-la tanto — falei, com um sorriso, enquanto a via cair para trás no sofá, em uma crise de riso histérica.

Minha mãe insistiu em passar a noite comigo, em parte por causa do meu aniversário iminente, mas também porque ela não queria interromper Riley e o namorado dele — por mais que eu repetisse que Riley não era gay. Enquanto ela estava tomando banho, escondi o sr. Pan em uma bolsa grande e o levei para o parque do outro lado da rua. O ar fresco talvez me ajudasse, e rezei para que o vento soprasse para longe os pensamentos da minha cabeça. Minha vizinha, Claire, estava sentada em um banco no parquinho, com o carrinho ao lado.

— Se importa se eu me sentar com você?

Ela negou com a cabeça. Eu me sentei ao lado dela com o sr. Pan no colo. Claire olhou para ele.

— Desculpa, pensei que você estava...

— Eu sei — interrompi. — Não tem problema.

O gato começou a se debater, então o deixei livre para andar.

Ficamos sentadas em silêncio.

— Ele adora os balanços — disse ela, por fim, olhando para os brinquedos. — Nunca o ouvi rir tanto como quando está neles.

— Eu também adorava os balanços — falei, e voltamos ao silêncio.

— Como ele está?

— Desculpa? — disse ela, saindo do transe.

— Conor. No outro dia você disse que ele estava doente, como ele está agora?

— Ele não está melhorando — respondeu Claire, o tom distante.

— Você o levou a um médico?

— Não.

— Talvez devesse.

— Você acha?

— Se ele não está bem.

— É que... eu detesto médicos. E detesto ainda mais hospitais, mas com a minha mãe doente, eu tenho mesmo que ir. Não pisava em um hospital desde... — começou Claire, e se interrompeu, parecendo confusa por um momento. Mais alguns minutos se passaram antes que ela voltasse a falar. — A minha mãe está melhorando.

— Isso é muito bom.

— Sim — disse ela, e sorriu. — É engraçado, mas foi preciso que ela passasse por tudo isso pra que nos uníssemos de novo.

— Outro dia, no corredor, era o seu marido?

Ela assentiu.

— Não estamos mais juntos, mas...

— Nunca se sabe — completei por ela.

Claire assentiu.

— Ele não está doente de verdade.

— O seu marido?

— Não, Conor. Ele não está doente, só está diferente.

— De que maneira?

— Ele está mais quieto — falou ela, então se virou para mim, e seus olhos, arregalados e preocupados, estavam marejados. — Ele está muito mais quieto. Não o escuto mais tanto.

Voltamos o olhar para o balanço imóvel. Pensei em Blake e nos sons das nossas lembranças, que estavam ficando mais silenciosos, e nos sentimentos que eu tinha por ele, que pareciam cada vez mais distantes do meu coração.

— Talvez isso não seja uma coisa tão ruim, Claire.

— Ele amava balanços — falou ela.

— É — respondi, reparando no uso do pretérito. — Eu também amava balanços.

CAPÍTULO VINTE E OITO

— Mãe, você está acordada?

Era meia-noite. Minha mãe estava na minha cama e eu no sofá, e eu estava muito desperta.

— Sim, meu bem — respondeu ela na mesma hora, também muito desperta.

O abajur da cabeceira foi aceso. Nós duas nos sentamos.

— Por que você não faz uma festa no jardim de casa? Convida os amigos próximos, as pessoas da família, aproveita as flores que você encomendou e os serviços de buffet que contratou.

Minha mãe pensou a respeito, então bateu palmas e sorriu.

— Lucy, que ideia maravilhosa! — comemorou ela, então o sorriso se apagou. — O problema é que eu ainda teria que me casar com o seu pai de novo.

— Bom ponto. Bem, com isso eu não posso te ajudar.

Ela apagou a luz e ficamos deitadas em silêncio, ambas fazendo a mente funcionar demais. Peguei meu celular na mesa de centro e olhei para o protetor de tela. Os olhos de Don ainda preenchiam a tela. Eu não conseguia parar de pensar nele. Queria entrar em contato para me desculpar, mas não sabia o que dizer. Eu fora tão desrespeitosa com ele, claramente tinha escolhido Blake em vez dele, então me acovardei, não quis lidar com a situação e deixei que minha vida contasse a ele. Coloquei o telefone de volta sobre a mesa, mas, como se lesse minha mente, minha mãe me perguntou do nada:

— O que aconteceu com o seu namorado?

— Blake?

— Não, não ele, aquele rapaz que foi jantar lá em casa na segunda--feira.

— Ah. Don. Ele não era bem meu namorado.

— Não? Vocês tinham tanta química. E eu amei demais como ele a defendeu na frente do seu pai. Não foi incrível?

— Foi — falei baixinho. Então perguntei: — Como assim nós dois tínhamos química?

— O jeito que vocês se olhavam, os dois pareciam estar presos em um encantamento.

Meu coração disparou.

— O seu pai e eu éramos assim, ou ao menos era o que as pessoas diziam. Sabe, nós nos conhecemos em uma das festas do meu pai. Eu estava terminando o ensino médio, e o seu pai estava fazendo um estágio com seu avô.

— Eu sei, você me contou.

— Sim, mas nunca contei como ele me paquerou.

— O pai deu em cima de você?

— É claro. Eu tinha levado uma amiga à festa comigo, em um momento ela foi ao banheiro, então eu fiquei sozinha, aí um rapaz muito austero, de aparência séria, com um bigode, se aproximou de mim. Ele tinha um copo de água na mão e me disse: "Você parece solitária, quer companhia?".

— Essa foi a cantada dele? — perguntei, e sorri.

— Sim — respondeu minha mãe, rindo. — Mas funcionou, porque, assim que ele se sentou ao meu lado, nunca mais me senti sozinha.

Engoli em seco, e meus olhos ficaram marejados. Eu me virei de lado outra vez, peguei o celular para olhar nos olhos de Don e na mesma hora soube o que tinha que fazer. Estava na hora de contar algumas verdades.

Vida chegou mais tarde do que o normal no dia seguinte e entrou no apartamento com a própria chave na hora do almoço, perdido atrás de um monte de balões multicoloridos onde se lia FELIZ ANIVERSÁRIO.

— Que diabo está acontecendo nesse prédio? Ele está cheirando a... ai, meu Deus — começou ele, então parou e olhou ao redor.

Eu não parei, continuei a fazer o que estava fazendo, que era abrir uma massa. Meus braços estavam cansados e gotas de suor brotavam da minha testa, mas as coisas nunca estiveram tão claras na minha mente.

Tudo na minha vida estava cristalino, eu sabia o que tinha que fazer. Quanto mais massa eu abria, mais certa ficava do meu destino.

— Você está tendo um colapso nervoso? — perguntou Vida, com uma falsa preocupação. — Porque, se estiver, vou ter que voltar ao escritório e preencher uma papelada importante. E acabei de organizar a pasta dos seus colapsos nervosos. Típico — concluiu ele, bufando.

— Não, na verdade é o oposto. Estou no meio de um momento de iluminação — falei, ainda ocupada com a massa.

— Você andou lendo livros de novo? Eu disse pra você não fazer isso. Eles te dão ideias.

Continuei trabalhando.

— Bem, feliz aniversário de 30 anos — disse ele, e deu um beijo na minha cabeça. — Comprei balões pra você, mas o meu verdadeiro presente foi te dar uma manhã longe de mim. Isso não tem preço.

— Obrigada — falei, e admirei os balões por um instante, então voltei a abrir a massa.

— Você já fez uma pausa, doida? — perguntou Vida, passando um prato de bolinhos para o chão e se sentando na bancada.

Eu finalmente parei por um instante para olhar ao redor, e ele tinha razão. Cada superfície disponível no apartamento estava cheia de cupcakes e tortas. Sobre o fogão, ruibarbo e maçã borbulhavam em uma panela. Eu tinha feito bolinhos de mirtilo e também havia fatias de tortas de maçã, nozes e caramelo. Depois de passar a noite enviando mensagens de texto para espalhar a notícia, eu fui ao supermercado cedo naquela manhã em busca de comida para minha mãe.

Fazia alguns anos que eu não ia ao supermercado — um de verdade, não uma banca de jornal metida a besta que fornecera minhas porções individuais nos últimos dois anos. Eu tinha passado pela comida e fui puxada diretamente para a seção de confeitaria — uma vez lá, minha mente despertara, como se tivesse ficado adormecida por algum tempo, então houve uma explosão de pensamentos. Não apenas ideias, isso eu sempre tive, mas decisões reais. Eu decidi fazer um bolo de chocolate com biscoito para o meu aniversário, mas, assim que comecei, não consegui mais parar, era como se preparar doces fosse a terapia de que eu precisava, e as coisas estavam ficando mais claras em minha mente.

— Quanto mais massas eu abro, mais entendo do que preciso — disse a Vida enquanto retomava meu trabalho na massa. — Preciso amassar — completei, rindo.

Ele olhou para mim, achando divertido.

— Mas também preciso falar com os meus amigos e com o Don, e preciso conseguir um emprego, um de verdade, de que eu goste pelo menos um pouco e para o qual eu esteja qualificada. Preciso finalmente seguir com minha vida.

Empurrei um potinho com *crumble* de amora e maçã na direção dele, então cheguei meu celular. Todos responderam às mensagens, mas nada de Don.

— Uau. Iluminação é um eufemismo. Então você está pronta para fazer mudanças?

— Pronta é o meu nome do meio — respondi, sem parar o que estava fazendo, como se estivesse em uma missão.

— Na verdade, é Caroline, mas entendo o que você quer dizer — disse ele, e apoiou o queixo na mão, me observando tranquilamente, mas percebi que estava tão animado quanto eu.

Houve uma mudança em mim, as coisas estavam enfim andando.

— Recebi sua mensagem de texto à meia-noite de ontem — continuou ele.

— Ótimo — falei, levantando a massa da bancada, pousando-a em uma forma e alisando com delicadeza.

— Imagino que você tenha enviado uma mensagem parecida para todos os seus amigos?

— Aham.

— Eles sabiam que era seu aniversário? Por que não planejaram uma comemoração pra você? — questionou ele.

— Eles comentaram meses atrás, mas eu disse para não fazerem nada. Disse que estaria em Paris com minha mãe — respondi.

— E todo mundo vai comparecer ao jantar de aniversário depois do convite surpresa?

— Sim. Até agora, todo mundo vai, menos Don.

— E você vai me contar que anúncio será esse?

— Não.

Ele pareceu não se importar.

— Então, o que você planeja fazer com toda essa comida?

— Posso dar um pouco aos vizinhos.

Vida ficou em silêncio por um momento. Então perguntou:

— Você assistiu àquele filme ontem à noite, não foi?

— Que filme? — falei, tentando parecer confusa.

— Lucy — respondeu ele, perdendo a paciência, e se levantou da banqueta. — O que você vai fazer, abrir uma loja de cupcakes como a garota do filme?

Fiquei vermelha.

— Por que não? Funcionou pra ela.

— Porque é um filme, Lucy. Nos filmes, as pessoas tomam decisões importantes em questão de vinte segundos. Essa é a sua *vida*. Você não tem a menor ideia de como começar um negócio, não tem dinheiro, ou tino financeiro, nenhum banco vai lhe emprestar o necessário para começar... Você só gosta de futucar com glacê rosa.

Ri como uma criança.

— Você disse futucar.

Ele revirou os olhos.

— Bem, talvez eu venda tudo isso hoje, naquele mercado perto do canal.

Disse aquilo como se fosse uma ideia nova, mas, na verdade, além da adrenalina da clareza me animando, eu já tinha a empolgação de vendê-los no mercado na minha mente. Eu estava sendo proativa, criando uma fonte de renda para mim mesma em um momento em que não tinha nenhuma — era o que todo mundo andava fazendo, e, sem dúvida, Vida ficaria orgulhoso.

— Que ótima ideia! — falou ele com entusiasmo, mas na mesma hora percebi o sarcasmo. — Você tem uma licença de comerciante? Já se registrou como uma empresa alimentícia e cumpriu todas as normas da Vigilância Sanitária? — Vida olhou ao redor do apartamento. — Humm. E me pergunto... você tem sua própria barraquinha? Já reservou um lugar para expor os seus produtos?

— Não — falei baixinho.

Ele abriu a bolsa e tirou de lá um jornal, que jogou sobre a bancada.

— Seja realista, leia isso.

Estava aberto nos classificados de empregos, mas eu só conseguia me concentrar no fato de que o canto da página caíra no creme. Então Vida mergulhou o dedo na tigela de cobertura e o lambeu. Seus olhos cintilaram.

— Humm. Talvez você possa mesmo abrir um restaurante de cupcakes.

— Sério? — respondi, me animando, me sentindo esperançosa.

— Não — retrucou Vida, fazendo uma careta para mim. — Mas eu vou levar isso comigo.

Ele pegou uma bandeja de cupcakes e a levou para o sofá.

Eu sorri.

— Ah, a propósito, Don ligou pra você?

— Não, desculpa — respondeu ele com gentileza.

— Tudo bem. Não é culpa sua — falei, e voltei ao trabalho.

Vida estava devorando cupcakes e gritando para um programa que passava na TV quando ouvimos uma batida na porta. Eu abri e na mesma hora voltei a fechá-la. Vida pausou a televisão e olhou para mim alarmado.

— O que foi?

Entrei em pânico, tentando fazer um gesto para a porta e dizer *senhorio* usando a linguagem de sinais. Ele não entendeu, então corri pelo apartamento tentando pegar o sr. Pan, que achou que era uma brincadeira e fugiu, enquanto as batidas do meu senhorio se transformavam em pancadas na porta. Acabei conseguindo pegar o gato e o tranquei no banheiro. Vida olhou para mim com um cupcake a meio caminho dos lábios abertos.

— Eu sou o próximo? Se você quiser um tempo a sós, é só dizer.

— Não — sussurrei, irritada.

Abri a porta para meu senhorio, que estava vermelho de raiva por ter sido ignorado.

— Charlie — falei, com um sorriso no rosto. — Desculpe a demora, é que tinha um monte de coisas espalhadas por aqui. Coisas de mulher, de natureza pessoal.

Ele estreitou os olhos enquanto me encarava, desconfiado.

— Posso entrar?

— Por quê?

— O apartamento é meu.

— Sim, mas você não pode entrar do nada sem avisar. Eu moro aqui. Tenho direitos.

— Ouvi relatos de que você tem um gato.

— Um gato? Eu? Não! Sou completamente alérgica a gatos, meus braços ficam irritados e arranhados, e odeio aqueles bichinhos cretinos. Os gatos, não meus braços, que venho exercitando há anos — respondi, e mostrei meus músculos a ele.

— Lucy — disse ele em um tom de advertência.

— O que foi?

— Me deixa entrar pra que eu possa dar uma olhada.

Hesitei, então abri a porta devagar.

— Tudo bem, mas você não pode entrar no banheiro.

— Por que não? — perguntou ele, e entrou, olhando ao redor como um severo inspetor de escola.

— A mãe dela está lá dentro com diarreia — explicou Vida, ajoelhando-se no sofá. — Ela não gostaria muito que você invadisse o banheiro.

— Não estou invadindo nada, eu sou o senhorio. Quem é você?

— Não sou um gato. Eu sou a vida dela.

Charlie olhou para ele com desconfiança.

Felizmente, o cheiro dos bolos e doces eliminara o cheiro de gato, que eu já não notava mais porque estava acostumada, mas que o inspetor de gatos farejaria em um instante. Então me lembrei da cama e da caixa de areia do sr. Pan.

— O que está acontecendo aqui? — perguntou Charlie, examinando as travessas de doces que dominavam todas as superfícies.

— Ah, isso? Estou fazendo uns doces, por que não experimenta um?

Eu o guiei até o ponto mais distante da sala, onde ele ficaria de costas para mim, e lhe entreguei uma colher. Então corri para o outro lado para chutar a cama do sr. Pan para baixo da minha. Ele se virou assim que fiz isso, então estreitou os olhos desconfiado e apontou o garfo para mim.

— Você está tramando alguma coisa?

— Tipo o quê?

— Você tem licença pra fazer isso?

— Por que eu precisaria de uma? Estou só fazendo doces.

— Tem comida demais aqui. Pra quem você vai dar?

— Ela quer abrir uma loja de cupcakes — falou Vida.

Charlie estreitou mais os olhos e falou:

— Eu vi isso num filme ontem à noite. Mas se passava em Nova York, aqui nunca daria certo. E, se o cara quisesse mesmo a garota de volta, devia ter tomado uma atitude antes que ela se tornasse um sucesso, em vez de invadir a loja na frente de todos os clientes. Não confiei na sinceridade dele.

— Jura? — falei, me acomodando sobre o encosto do sofá, feliz por poder debater o filme. — Porque achei os dois perfeitos um para o outro, e o fato de a amiga dela e o amigo dele também ficarem juntos mostrou mesmo que...

O sr. Pan começou a miar no banheiro. Então minha mãe entrou pela porta aberta e naquele momento tive certeza de que estava muito encrencada.

— Que cheiro maravilhoso é esse? Ah, Lucy, que fantástico! Se eu por acaso decidir renovar os votos com o cretino do seu pai, você pode fazer o meu bolo? Não seria esplêndido? — falou ela, e reparou em Charlie. Achando que estava sendo introduzida ao meu círculo de segredos e amigos, estendeu a mão. — Ah, oi, sou a mãe da Lucy. É um prazer conhecê-lo.

Charlie olhou para mim com interesse.

— Então, quem tá lá dentro?

Minha mãe recolheu a mão, como se tivesse sido picada.

— Onde?

— No banheiro?

— Ah... isso... é...

Eu não podia mentir na frente da minha vida. Eu devia pelo menos três verdades àquela altura, mas nem precisei pensar em nada, porque o sr. Pan miou de novo, alto e bem audível.

— Ora, é o sr. Pan! — disse minha mãe, espantada. — Como ele entrou ali?

— Ele é um amigo da família — falou Vida muito tranquilo, dando outra mordida em um cupcake.

— Na verdade, olha o que eu comprei pra ele hoje — disse minha mãe, vasculhando as sacolas de compras e tirando de dentro um tutu rosa. — Ele me parece o tipo feminino, por algum motivo, *sempre* sentado em seus sapatos.

— Um amigo da família muito pequeno — acrescentou Vida.

— Então você tem um gato — disse Charlie, e comeu mais um pouco de torta.

— Ah — disse minha mãe, de repente se dando conta do que tinha feito.

Desisti.

— Se livra dele, Lucy — disse Charlie. — Animais de estimação não são permitidos neste prédio, você sabe disso. Recebi reclamações.

— Não posso me livrar dele — lamentei. — Ele é meu amigo.

— Não me importa o que você pensa que ele é, ele é um gato. Livre-se do bicho, ou então mude-se. Foi um prazer, sra. Silchester, e... — disse ele, e olhou para Vida. Então para mim. — Você — completou ele, e me lançou um último olhar de aviso. — Vou voltar pra conferir — finalizou, e saiu.

— Bem, feliz aniversário pra mim — falei, triste.

Minha mãe olhou para mim se desculpando. Abri a porta do banheiro e, por fim, soltei o sr. Pan. Ele olhou de um rosto para o outro, sabendo que alguma coisa ruim acontecera.

— Sem emprego, sem namorado, sem amigos e sem lugar para morar. Você fez mesmo maravilhas por mim — falei, me dirigindo a Vida.

— Só pensei em fazer uma limpezinha pra você — retrucou ele, então voltou a assistir à TV. — Esse apresentador fala com eles como se fossem imbecis. Eu devia estar anotando.

— Você não precisa mudar do seu adorável apartamento — disse minha mãe. — Posso levar o sr. Pan, vou adorar tê-lo em casa. Imagina todo o espaço que o bichinho teria.

— Mas eu sentiria falta dele — falei, então peguei o gato e o abracei.

Ele pulou dos meus braços, desprezando o gesto amoroso.

— Mais uma razão para me visitar — disse minha mãe, animada.

— Você não vai conseguir convencê-la, Sheila — interrompeu Vida.
— E como você poderia deixar tudo isso pra trás?

— Eu amo o meu apartamento — bufei, irritada. — Por dois anos e sete meses consegui manter você em segredo, sr. Pan.

Minha mãe pareceu se sentir ainda mais culpada.

— É obvio que hoje é o dia de acabar com todos os segredos — comentou Vida, falando sério pela primeira vez.

Minha mãe bateu palmas, animada.

— Vamos nos preparar!

Minha mãe se vestiu no banheiro para não se expor enquanto eu me despia na frente da minha vida.

— O que você vai vestir? — perguntou ele.

Examinei o varão da cortina.

— Aquele?

Ele franziu o nariz.

— O rosa?

Ele negou com a cabeça.

— O preto?

Ele deu de ombros e falou:

— Experimenta.

Fiquei de pé no parapeito da janela, só com a roupa de baixo, e peguei o vestido.

— Então, como se sente ao chegar aos 30?

— Do mesmo jeito que estava me sentindo ontem, quando tinha 29.

— Isso não é verdade.

— Não, não é verdade — concordei. — Tive uma epifania ontem à noite, que foi alimentada essa manhã no supermercado. Eu realmente deveria ir lá com mais frequência, sabe. Assim que olhei para as uvas-passas, soube muito bem o que tinha que fazer. Mas não tinha nada a ver com o meu aniversário de 30 anos.

— Não, tinha tudo a ver com o supermercado mágico.

— Talvez seja a forma como tudo é disposto lá. Tão estruturado. Tão definitivo, tão prático, fruta aqui e legumes e verduras ali, e ei, você, sorvete, você é gelado, vai ali na geladeira com...

— Lucy — interrompeu Vida.

— Sim.

— Esse vestido não te cai bem.

— Ah — falei, e tirei o vestido pela cabeça.

Vida usava um elegante terno de verão, estava deitado na cama e apoiado nos meus travesseiros, com os braços atrás da cabeça.

Experimentei outro vestido.

— Sua mãe parece animada com essa noite.

— Eu sei — falei, o cenho franzido. — Acho que ela está pensando que eu vou admitir que ganhei uma medalha olímpica ou coisa parecida. Não sei se ela entendeu bem o que vou revelar.

— O que você disse a ela?

— O mesmo que eu disse a todo mundo.

— Que você queria convidar a todos para "celebrar a verdade" — falou ele, lendo em um tom pomposo minha mensagem de texto no celular —, "e P.S.: se for me dar um presente, por favor, me dê dinheiro. Com amor, Lucy" — finalizou ele, e ergueu uma sobrancelha. — Achei encantador.

— Ora, não adianta ficar enrolando, né? Preciso de dinheiro.

— Essa é mesmo uma nova Lucy. Consigo ver os seus mamilos — comentou ele.

— Acredite você ou não, alguns homens realmente querem ver os meus mamilos — falei, bufando, mas tirei o vestido mesmo assim.

— Não este homem aqui.

— Você deve ser gay — falei, e nós dois rimos.

— Mudando de assunto, como você acha que o Blake vai se sentir em relação a sua reuniãozinha?

— Acho que, quando o Blake souber vai ficar muito puto — respondi, frustrada porque estava me enroscando no novo vestido que estava tentando usar.

Finalmente, ainda com a cabeça presa lá dentro, puxei o zíper para baixo nas costas e ele caiu ajustado no corpo. Meu cabelo ficou uma bagunça por causa da estática, e eu teria que deslocar os ombros para conseguir fechar o vestido até o alto.

— Deixa eu ajudar você — falou Vida, e por fim saiu da cama.

Ele fechou meu zíper, ajeitou meu cabelo, arrumou a frente do vestido e me deu uma olhada geral. Esperei que fosse me dizer para investir em alguma cirurgia plástica com o Philip ou coisa parecida.

— Linda — disse Vida, e aquilo me fez sorrir. — Vamos lá — falou ele, e deu um tapa na minha bunda. — A verdade te libertará.

Pela primeira vez em dois anos, onze meses e vinte e três dias, fui a primeira a chegar à mesa de jantar no Wine Bistro. Vida se sentou ao meu lado, e havia um assento vazio do meu outro lado porque eu ainda tinha esperança. Só esperança. Minha mãe se sentou ao lado do assento vazio. Riley chegou em seguida com um buquê de flores, um capacho, uma salada de três feijões e um envelope. Eu ri do gesto, então fui direto para o envelope e nem li o cartão antes de sacudi-lo e contar duzentos euros em quatro notas de cinquenta. Soltei um grito. Vida revirou os olhos.

— Você é tão óbvia — disse ele.

— E daí? Eu estou falida, não tenho mais orgulho.

Riley cumprimentou Vida se curvando aos seus pés e beijando a mão dele.

— Mãe, eu não sabia que você vinha — falou.

Ele a cumprimentou e se aproximou da cadeira vazia ao meu lado.

— Estou esperando uma pessoa — falei, e coloquei a salada de três feijões sobre a cadeira.

— Estou ficando na casa da Lucy — disse minha mãe, animada, enquanto puxava uma cadeira para Riley do outro lado dela.

— Ah, claro — falou Riley, rindo, achando que era uma piada.

— O seu pai é um cretino — disse minha mãe, sugando com um canudo a vodca com refrigerante e limão.

Riley a encarou, chocado, então se voltou para mim, com uma expressão acusadora.

— Você fez lavagem cerebral nela?

Neguei com a cabeça.

— Então presumo que ele não vem — disse Riley.

Minha mãe deu uma risadinha debochada.

— E o Philip?

— Ele está fazendo uma cirurgia reconstrutiva de emergência em um garotinho que sofreu um acidente — falei, entediada.

— Ah, por favor — disse minha mãe, acenando com a mão no ar.

— Não vamos continuar fingindo que não sabemos dos implantes de silicone que Philip está fazendo.

Nós dois olhamos surpresos para ela. Vida riu, se divertindo muito.

— Quem é você e o que você fez com a minha mãe? — perguntou Riley.

— A sua mãe está tirando uma folga muito necessária. Sheila, por sua vez, está de volta à ação — declarou ela com determinação, então riu e se inclinou na minha direção. — Gostou disso?

— Brilhante, mãe.

Jamie e Melanie chegaram, e eu me levantei para cumprimentá-los. Melanie ficou um pouco para trás, então abracei Jamie primeiro.

— Feliz aniversário — disse ele, me abraçando com força e esmagando minhas costelas. — Melanie está com o meu presente para você, nós compramos juntos, o presente que eu tinha pensado não chegou a tempo, então combinei com ela.

— Você esqueceu, né?

— Completamente.

— Desculpe não ter retornado a sua ligação na semana passada.

— Não, sem problema, não era nada de mais, eu só queria saber se você estava bem. Ei, Melanie acabou de me dizer que aquele cara é a sua vida — disse Jamie, com os olhos arregalados. — Que loucura. Li a respeito em uma revista uma vez. Espera até o Adam saber disso. É pra isso que estamos aqui, né? — perguntou ele, mas não esperou a resposta e se afastou. — Onde eu me sento? Ao seu lado, sra. Silchester?

Ouvi minha mãe rir atrás de mim. Foi a vez de Melanie arregalar os olhos.

— Sua mãe tá aqui?

— Muita coisa aconteceu desde a última vez que vi você.

— Desculpa por não ter mantido contato.

— Não, eu mereci. Fica tranquila. Melanie, eu sinto muito, de verdade.

Ela apenas assentiu para dizer que me perdoava.

— Desculpe por eu ter contado ao Jamie sobre sua vida, você sabe como eu sou com segredos. Ai, meu Deus, falando em segredos, o Jamie acabou de me contar que ele ainda está apaixonado pela Lisa. Merda, acabei de fazer de novo — disse ela, e colocou a mão na frente da boca.

Eu mal tive tempo de assimilar a informação porque Lisa e David chegaram — Lisa com um barrigão, faltando apenas algumas semanas para a data prevista para o parto. As pessoas tiveram que afastar as cadeiras para que ela pudesse se manobrar pelo restaurante apertado, a enorme barriga esbarrando na nuca das pessoas enquanto ela passava de lado, o que na verdade era meio bobo, porque ela ficaria mais estreita se andasse de frente. Lisa e David pareciam constrangidos comigo depois do nosso último encontro, mas dei a Lisa um abraço caloroso e soltei um gritinho silencioso quando ela me entregou um envelope lacrado. Havia promessas de tesouros ali dentro.

David se juntou à mesa e se sentou ao lado de Jamie, que se levantou.

— Uau, Lisa, você está incrível — disse Jamie.

David o encarou, Melanie fingiu engasgar e os dois voltaram a atenção para ela, dando tapas em suas costas. Ela parou quando sugeri a manobra de Heimlich. Então Chantelle chegou com um homem estranho a tiracolo, ou pelo menos um desconhecido para nós, eu não sabia o que ele gostava de fazer nas horas vagas.

— Ei, aniversariante — disse ela, me dando um beijo e entregando um envelope. Acho que nem se lembrava do nosso último encontro. — Oi, pessoal — falou Chantelle, tão alto que o restaurante inteiro ouviu —, esse é o Andrew. Andrew, esse é o pessoal.

O rosto de Andrew ficou muito vermelho, da mesma cor de seu cabelo, e ele acenou de forma desajeitada para todos na mesa. Chantelle começou a dizer a ele nossos nomes no mesmo tom alto e egocêntrico de sempre, como se o homem tivesse problemas de audição — nomes dos quais ele nunca se lembraria, mesmo se não estivesse atordoado por conhecer tantos rostos novos ao mesmo tempo.

Então, finalmente, Adam e Mary chegaram: Mary taciturna e vestida de preto, Adam parecendo sentir que todas as acusações que ele já jogara em mim estavam prestes a ser justificadas. Eu mal podia esperar, embora fosse pouco provável que o fato de eu revelar que mentira sobre quase tudo nos últimos anos representasse uma vitória real para mim. Eles me entregaram um envelope e uma planta em um vaso e nem precisei fingir gratidão; já imaginava que o cartão continha apenas palavras corteses e nenhuma nota de dinheiro.

Eu me lembrei do bolo que tinha levado e o entreguei ao garçom com falso sotaque francês.

— Oi — cumprimentei, com um sorriso. Ele mal olhou para mim.

— Hoje é meu aniversário.

— Ah.

— E eu trouxe esse bolo pra mim. Na verdade, fui eu que fiz — falei. Ele não fez nenhum comentário. Pigarreei. — Você poderia, por favor, levar à cozinha, para comermos de sobremesa?

O garçom estalou a língua, pegou o bolo da minha mão e me deu as costas.

— Desculpa — gritei, e ele se deteve, se virando para mim. — Sinto muito por todas as coisas que eu te disse. Em francês. Nunca foi nada *cruel*, a propósito, só coisas aleatórias, e eu sabia que você não entendia — falei, em um tom mais baixo.

— Eu sou francês — falou ele, ameaçador, caso alguém mais ouvisse.

— Não se preocupe, não vou contar a ninguém. Não sou perfeita, na verdade, eu mesma contei mentiras. Muitas mentiras. Mas hoje à noite vou contar a verdade.

Ele olhou para o grupo, então de volta para mim e falou baixinho, com seu sotaque irlandês:

— O anúncio dizia que só quem falasse francês podia se candidatar.

— Eu entendo.

— Eu precisava do emprego.

— Eu entendo muito bem. Eu também preciso de um emprego e falo francês… tem alguma vaga disponível por aqui?

— Agora você está tentando roubar meu emprego? — perguntou ele, parecendo horrorizado.

— Não, não, não, de jeito nenhum, não estou tentando fazer nada disso. Estou querendo dizer que eu trabalharia *com* você.

O garçom me encarou como se preferisse que eu o apunhalasse repetidas vezes.

Fui até a mesa, e a conversa morreu de repente. O assento ao meu lado ainda estava vazio e olhei para o relógio... Ainda havia tempo. Eu me sentei à cabeceira da mesa e todos os olhos estavam fixos em mim. Não os culpava, afinal, eu os convocara com uma mensagem dramática que clamava a verdade, seguida por uma exigência de presente em dinheiro, então o alerta vermelho estava aceso. Hora de agir. O garçom se aproximou da mesa e, sem pressa, começou a servir água. Eu ia esperar até que ele se afastasse, mas o homem estava se movendo tão lentamente que tive a sensação de que ele não se moveria até ouvir o que eu tinha a dizer.

— Muito bem, obrigada a todos por virem. Não é nada de mais, mas é importante para mim. Aconteceu uma coisa que mudou o curso atual da minha vida, que fez com que outra coisa acontecesse, e agora a minha vida está tomando um rumo diferente.

Chantelle parecia confusa. Andrew, que estava me vendo pela primeira vez, parecia desconfortável, como se não devesse estar ali, mas Mary assentiu, em total compreensão.

— E, para que eu possa seguir em frente, preciso compartilhar isso com vocês — falei, e respirei fundo. — Então...

E, naquele exato momento, a porta do restaurante se abriu e meu coração pulou, torcendo, torcendo, torcendo... mas foi Blake quem entrou.

CAPÍTULO VINTE E NOVE

— Blake.

Minha voz era quase um sussurro, mas todos me ouviram e se viraram para encará-lo. Blake olhou ao redor do salão e viu nossa mesa, e então me viu. No olhar que compartilhamos, a expressão dele era de raiva, a minha implorava por compreensão.

— Então era pra ele que você estava guardando lugar! — berrou Melanie. — Vocês estão juntos de novo?

Houve murmúrios de surpresa, curiosidade e empolgação, mas então a porta se abriu novamente e Jenna entrou. Todos se viraram para mim, confusos. Olhei furiosa para Adam, presumindo que ele convidara Blake sem me avisar, mas ele parecia tão em choque quanto eu. O amigo também o pegara de surpresa. Todos se levantaram para cumprimentar Blake — o herói deles havia chegado.

— Você não me disse que vinha — falou Adam, trocando um aperto de mão com o amigo, parecendo incomodado.

— Vou ficar só essa noite. Adam, essa é a Jenna — apresentou Blake, e então deu um passo para o lado, colocando Jenna sob os holofotes.

Ela parecia atordoada com tudo aquilo e bastante envergonhada por estar na comemoração do meu aniversário de 30 anos, e era para estar mesmo. Jenna olhou para mim com uma expressão entre culpada e feliz enquanto me desejava feliz aniversário e se desculpava por não ter levado um presente.

— Desculpa — disse ela, em um sussurro. — Achei que ele só estava entrando pra dizer um oi a alguém.

— Sim — respondi, e coloquei um sorriso no rosto, embora, na verdade, estivesse com pena dela. — Ele faz isso.

Assim que ela se afastou para falar com os outros, senti uma mão me puxando pelo braço.

— Não faz isso — disse Blake, em voz baixa.

— Blake, você nem sabe o que eu estou tentando fazer.

— Sei que você está procurando uma torcida e precisa de um vilão. E sei exatamente o que você está fazendo. Mas me escute, Lucy, não faça isso. Podemos encontrar outro jeito de resolver as coisas com eles.

— Blake, isso não é sobre *eles* — falei entre dentes. — É sobre *mim*.

— E o que você está prestes a fazer também diz respeito a mim, então acho justo que eu tenha o direito de opinar, né?

Eu suspirei.

— Parece que precisamos de mais duas cadeiras — falou Riley, como um apresentador de programa de TV tentando manter o clima animado.

Olhei para a cadeira vazia ao lado da minha, então para o relógio. Já passava meia hora do horário marcado, Don não ia aparecer.

— Não — falei com tristeza —, só precisamos de mais uma cadeira, podem ficar com essa.

Todos pularam um lugar e minha mãe ficou sentada ao meu lado. Blake se sentou à cabeceira da mesa, bem à minha frente, com Jenna ao lado dele. Ela estava no canto, ao lado de Andrew, e os dois pareciam peças sobrando que simpatizavam com a situação um do outro.

— Nossa, olha só pra isso — comemorou Chantelle. — Como nos velhos tempos! A não ser por ele — disse, se referindo a Andrew. — Eu namorava o Derek naquela época — comentou ela, e fingiu vomitar.

Andrew ficou vermelho de novo.

— Então, o que eu perdi? — perguntou Blake a todos, mas olhando para mim.

— Nada ainda — disse David, entediado.

— Lucy estava prestes a nos contar alguma coisa importante — falou Vida, olhando incisivamente para Blake. — Uma coisa que significa tudo pra *ela*.

— Não, tudo bem — falei baixinho, esgotada. — Esquece isso.

— Eu também tenho uma notícia importante — interrompeu Blake, e todos se viraram para ele, como se fosse uma partida de tênis. — Acabei de saber que o acordo para o meu novo livro de receitas e para o novo programa de TV foi fechado.

Houve uma comemoração coletiva, principalmente dos nossos amigos. Minha família e minha vida não pareceram muito entusiasmados, mas no geral foram educados — a não ser por Vida, que vaiou, mas só eu ouvi. Também não foi uma comemoração extremamente entusiasmada do restante do grupo, mas não tenho certeza se Blake percebeu — e se percebeu, decidiu ignorar os sinais que lhe diziam para calar a boca e começou a falar de um prato que criara usando sardinhas que comera na Espanha, cozidas em uma pedra quente sob um sol de verão escaldante.

Adam parecia um pouco preocupado com a interrupção de Blake, óbvia para todos. Jenna era a única pessoa que parecia arrebatada pelas palavras dele, todos os outros ouviam educadamente, a não ser Lisa, que parecia prestes a explodir. Não sei se por conta do seu desconforto pessoal ou porque Blake estava falando sobre si mesmo sem parar. Jamie desistiu de ouvir e se dedicou a cobiçar os seios de melancia de Lisa.

— Minha nossa — disse minha mãe baixinho, e se virou para mim. — Ele não mudou nada, né?

Pelo jeito que ela falou, eu sabia que não era um elogio, e fiquei surpresa, porque sempre achei que minha mãe era fascinada por Blake e pelas histórias dele. Talvez ela estivesse sendo apenas educada e atenciosa, como era esperado. Grupos de conversa começaram a se formar ao redor da mesa enquanto as pessoas se desligavam das histórias de Blake — que continuaram, uma levando diretamente à outra —, até restar apenas Blake falando com Lisa, e Lisa não era uma pessoa fácil.

Finalmente, ela bocejou.

— Blake — disse Lisa, erguendo a mão. — Desculpa, mas você pode parar, por favor? — Todos cessaram as conversas para ouvi-la. — Não quero ser grosseira, mas também não me importo com suas histórias. Estou me sentindo desconfortável, em um estado deplorável e impaciente, e vou só dizer o que eu penso. Antes de você chegar, a Lucy estava prestes a nos contar alguma coisa, alguma coisa importante, e todos estamos interessados, porque a Lucy nunca nos conta nada de importante. Não mais. Sem ofensa, Lucy, mas você não conta. Não contou nem sobre o doido que apontou uma arma pra sua cabeça no seu trabalho, eu tive que ouvir isso da Belinda Biltre, que mora na esquina da minha casa, você se lembra dela? É uma mãe solo com três filhos de pais diferentes, e a cara dela parece um mamilo enrugado, o que é bem-feito. Não me olhe assim, sra. Silchester, ela merece, acredite em mim... Se a senhora soubesse de todas as coisas que ela costumava fazer com a gente na época da escola. De qualquer forma, a Belinda me disse que o cara apontou uma arma pra sua cabeça e fiquei passada, porque eu nem sabia, e não era só isso — disse Lisa, olhando para Blake novamente. — Ela não nos conta *coisa nenhuma. Nada.*

— Era uma pistola d'água — falei, tentando acalmá-los enquanto eles me repreendiam por não ter contado nada e relembravam tudo da minha vida que souberam por outras pessoas, já que eu nunca contava a eles.

Blake ouvia a todos, fascinado.

— Silêncio! — gritou Lisa depois de algum tempo e, mais uma vez, o restaurante ficou em silêncio, todos olhando para ela. — Você não, só eles — disse ela, e indicou o grupo. — Deixe a Lucy falar.

O garçom voltou para encher meu copo com água e me deu um sorriso presunçoso. Ele se demorou, então passou para outro copo. Eu o encarei com firmeza até ele, por fim, deixar a jarra na mesa e se afastar.

— Tá certo, tudo bem. Blake, posso, por favor?

— Você não precisa pedir permissão a ele — disse Chantelle, se irritando. — Já ouvimos o bastante sobre sardinhas por uma noite.

Jamie sorriu.

Blake cruzou os braços e parecia nervoso sob o exterior durão.

— Só quero dizer que estou fazendo isso por mim, não é pra fazer ninguém de vilão. Blake teve uma participação no que aconteceu, mas assumo total responsabilidade pelo restante. A decisão foi *minha*, não dele.

Blake pareceu satisfeito com aquilo.

— Portanto, não o ataquem — pedi. Então fiz uma pausa. — Não fui eu — comecei a dizer devagar — que terminei com o Blake. Foi ele que me largou.

Bocas se abriram. Todos me encararam em silêncio, em choque, então as expressões chocadas se transformaram em expressões aborrecidas, que eles desviaram de mim e voltaram para Blake.

— Ei, ei, ei, não é culpa dele, lembram?

Todos olharam de volta para mim, com os dentes cerrados. Menos Adam, que continuou a encarar Blake com uma expressão interrogativa e, como Blake não o olhou nos olhos, ele interpretou aquilo como uma confissão, e sua expressão se tornou raivosa.

— Eu estava muito feliz no nosso relacionamento. Estava perdidamente apaixonada. Eu não sentia que tínhamos problemas, mas é óbvio que eu não estava prestando atenção o bastante, porque o Blake não estava feliz. Ele terminou o relacionamento, pelas próprias razões, e com todo o direito — falei em um tom determinado, tentando reprimir a revolta ao redor.

— Por que você disse que ela te deixou? — perguntou Melanie a Blake.

— *Nós* decidimos dizer isso porque eu estava com vergonha — respondi. — Porque estava confusa e preocupada com o que as pessoas iriam achar e porque eu mesma não tinha nenhuma resposta. Achei que, se dissesse que não estava feliz e que eu decidira deixá-lo, tudo seria muito mais fácil. Blake estava me ajudando, tentando facilitar as coisas pra mim.

Blake teve a decência de parecer envergonhado.

— E de quem foi a ideia? — perguntou Jamie.

— Eu não sei — falei, afastando o assunto. — Não importa. A questão é que isso desencadeou uma sucessão de eventos na *minha* vida que...

— Mas quem foi o primeiro a sugerir a ideia? — pressionou Mary, me interrompendo.

— Não importa. Isso agora é sobre mim — falei, de forma egocêntrica. — Achei que seria uma maneira mais fácil de lidar com aquilo, só que acabou não sendo, porque vocês desconfiaram de mim e acharam que eu tinha traído o Blake — acrescentei, e olhei para Adam. — Eu garanto a vocês que com certeza não fiz isso.

— Mas e *você*, traiu? — perguntou Melanie a Blake, furiosa.

— Ei, eu pedi pra vocês não atacarem o Blake, isso é sobre *mim* — reforcei, mas ninguém estava me ouvindo.

— Você se lembra de quem pensou nisso primeiro? — perguntou Jamie a Blake.

— Escuta — falou Blake, com um suspiro, e se inclinou para a frente, os cotovelos sobre a mesa, as mãos entrelaçadas. — Pode ter sido ideia minha, mas não foi pra fugir de qualquer culpa, foi mesmo para facilitar as coisas pra Lucy...

— E pra você — completou minha mãe.

— Mãe, por favor — pedi baixinho, constrangida por tudo estar se tornando o que Blake temia.

— Então foi ideia sua? — confirmou Riley.

Blake suspirou.

— Pode ter sido.

— Continua, Lucy — disse Riley, e foi o que eu fiz.

— Bem, naquele dia em que ele, que *nós* terminamos, dissemos a vocês que eu o tinha largado. Mas eu estava muito confusa. E estava mesmo muito triste e muito confusa. Só que eu tinha tirado um dia de folga do trabalho, e fiz isso porque... Blake, lembra que íamos colher morangos com a sua sobrinha em... — comecei, e olhei para Blake, que parecia sinceramente triste. — De qualquer forma — falei, mudando de assunto —, eu bebi um pouco em casa. Bebi bastante, na verdade.

— Como seria natural — falou Lisa, olhando para Blake com raiva.

— Então recebi uma ligação do trabalho e me disseram que eu precisava pegar um cliente no aeroporto. Foi o que eu fiz.

Minha mãe parecia estar em choque.

— A propósito, meu pai sabe disso. Por isso nós brigamos. E Riley, o que quer que você tenha ouvido do Gavin sobre aquele dia, está correto. E, para que fique registrado, ele não está traindo a esposa com um homem. Eu perdi o meu emprego e a minha carteira de motorista naquele dia, mas não podia contar a ninguém.

— Por que não? — perguntou Melanie.

— Porque... Bem, eu tentei. Chantelle, você se lembra?

Chantelle ficou paralisada, pega de surpresa.

— Não?

— Eu liguei pra você e disse que tinha bebido muito no dia anterior, você me perguntou o porquê, e eu disse que estava chateada, então você me perguntou por que diabo eu ficaria chateada, já que fora eu quem deixara o Blake.

Chantelle levou rapidamente as mãos à boca.

— Lucy, você sabe que não deve me dar ouvidos. Então isso tudo é culpa minha?

— Não — afirmei, negando com a cabeça. — Não mesmo, mas isso me fez perceber que eu estava presa à mentira e que teria que sustentá-la. Vendi o carro e comecei a andar de bicicleta, mas eu precisava muito de um emprego. O único emprego que eu consegui encontrar foi na Mantic, mas eu tinha que saber espanhol, então fingi que sabia. Afinal, o que era uma mentira pequena em uma sequência de outras bem maiores? Mas aí precisei que a Mariza me ajudasse, ou eu perderia o emprego, e não podia contar nada a ninguém, então aluguei um estúdio do tamanho dessa mesa e nenhum de vocês nunca foi lá porque eu tinha vergonha de como tudo tinha desmoronado e de a minha vida parecer ser uma porcaria, enquanto todos vocês estavam indo tão bem.

"Eu estava envergonhada, só isso, mas então comecei a gostar da minha vida, que era só eu numa bolha na qual apenas eu sabia a verdade. Mas aí, este homem à minha direita, minha vida, entrou em contato comigo... E me ajudou a ver que eu tinha me amarrado em um grande nó e que a única maneira de sair dele e seguir em frente era contando a verdade a vocês, porque tudo está conectado, cada pequena verdade está conectada a uma grande mentira. Só que, para contar uma verdade a vocês, eu teria que contar todas e, como não podia fazer isso, não contei nada, ou contaria outra mentira. Eu sinto muito por isso. De verdade. E, Blake, sinto muito por te arrastar para isso, mas não tinha opção. Isso não tem nada a ver com você, ou com te transformar no vilão, tem a ver comigo e com deixar tudo como deve ser.

Ele assentiu, o olhar carregado de compreensão, parecendo arrependido e triste ao mesmo tempo.

— Eu não tinha ideia, Lucy, sinto muito. Na época, pensei de verdade que era a melhor coisa.

— Pra você — repetiu minha mãe.

— Mãe — falei, irritada.

— Mais alguma coisa? — perguntou Vida, e pensei a respeito.

— Não gosto de queijo de cabra.

Lisa arquejou.

— Eu sei. Desculpa, Lisa.

— Mas eu te perguntei cinco vezes! — falou ela, se referindo a um jantar que dera dois meses antes, no qual tinha me criticado na frente de todos por ficar empurrando o queijo de um lado para o outro no meu prato. — Por que você não falou?

Acho que todos na mesa entenderam por que eu não disse. Até uma *cabra* teria comido aquele queijo, porque Lisa teria me devorado se eu não o tivesse comido. Ainda assim, aquilo não explicava por que eu pedira queijo de cabra na maioria das vezes que comemos fora, em um esforço para provar que a teoria dela estava errada. E, como resultado, passei a odiar ainda mais o queijo.

— Mais alguma coisa? — perguntou Vida de novo.

Pensei bastante.

— Eu tenho feito um bico de babá para o bebê invisível da minha vizinha? É isso? Não? Ah. Ah, sim, e eu tenho um gato. Há dois anos e meio. O nome dele é sr. Pan, mas ele prefere Julia ou Mary.

Vida finalmente pareceu satisfeito — mas os outros me encaravam com expressões chocadas, tentando absorver tudo. Houve um longo silêncio.

— Então é isso, pessoal, a minha vida em poucas palavras. O que vocês acham? — perguntei, nervosa, esperando que eles se levantassem e saíssem furiosos ou jogassem bebida na minha cara.

Adam se virou para Blake e disse furioso:

— Então *você* largou a Lucy?

Eu suspirei e empurrei minha salada para longe, sem apetite.

— O que foi? — perguntou Melanie, com os olhos arregalados. — Você também mentiu sobre gostar de salada?

Mas ela sorria, então nós duas rimos, enquanto todos se voltavam para Blake e começavam a dar a ele o mesmo tratamento que me deram por quase três anos.

— Desculpa, mas vocês podem ficar em silêncio, por favor? — pediu Jamie, por fim, e todos se calaram. — Acho que, embora devesse ser óbvio, devo dizer mesmo assim. Acredito que posso falar em nome de todos... bem, quase todos — disse ele, e lançou um olhar para Andrew —, acho que já está claro que você não conhece a Lucy.

Nós rimos enquanto Andrew enrubescia novamente. Jamie continuou:

— Quando eu digo, Lucy, que não acredito que você achou que não podia nos contar nada disso antes. Isso nunca teria mudado nossa opinião sobre você, afinal, sempre soubemos que você é um desastre, não importa o que aconteça.

Todos riram. Jamie prosseguiu:

— Não, é sério, Lucy, nós seríamos seus amigos, por mais que seu emprego fosse idiota ou que você morasse em um buraco. Acho que você nos conhece bem o bastante para saber que não damos importância a nenhuma dessas bobagens — finalizou ele, e parecia ofendido de verdade.

— Acho que eu sabia disso, mas a mentira ficou grande demais, então tive medo de perder todos vocês quando descobrissem que eu era uma mentirosa patológica.

— Esse é um argumento muito válido — retrucou Jamie, sério. — Mas isso não vai acontecer.

— Eu concordo — falou Melanie, e todos os outros se juntaram a ela, a não ser por Andrew, Jenna e Blake, é claro, que estava muito ocupado experimentando o maior desconforto que já sentira.

Vida estava em silêncio enquanto observava tudo, fazendo anotações mentais para o próximo arquivo do novo escritório. Eu chamei a atenção dele, que piscou para mim, então, pela primeira vez em dois anos, onze meses e vinte e três dias, eu finalmente relaxei.

— Agora vamos para as coisas importantes — falou Riley. — Ninguém mais ouviu o que eu ouvi? Lucy, você disse que sua vizinha tem um bebê *invisível*? Por acaso isso é...

— Isso é o de menos — interrompeu Lisa. — Ela odeia queijo de cabra, pelo amor de Deus!

E, mesmo sabendo que talvez tivessem que enfrentar a ira de Lisa, todos começaram a rir. Depois do que pareceu bastante tempo, Lisa se juntou às risadas.

Riley deixou nossa mãe na casa dela, em Glendalough. Ela bebeu demais no jantar, ficou emotiva e acabou ligando bêbada para meu pai. Ele queria que ela voltasse para casa imediatamente, em parte porque sentia falta dela, mas principalmente porque estava envergonhado por ela estar em público naquele estado, ainda mais comigo. Os outros insistiram em me levar ao clube onde Melanie se apresentava para comemorar meu aniversário e as verdades, mas eu estava exausta, esgotada pelas revelações, e só queria ir para casa e passar um tempo com minha vida e meu gato. Quando anunciei isso, Melanie deixou escapar:

— Nossa, mas nem na própria festa de aniversário você fica até o fim!

E aquilo deixou claro que ela ainda tinha problemas com meu estilo Cinderela de ir embora antes da meia-noite. Blake escapulira antes da sobremesa, levando com ele uma Jenna aliviada, então estava nas mãos de Vida levar a aniversariante para casa.

Achei que passaríamos metade da noite acordados, analisando tudo sobre a grande revelação. Foram anos de preparação, e de repente com tudo acabado, resolvido, eu quase não sabia o que fazer com o grande buraco na minha mente, antes ocupado pelo estresse. Quando saí dos meus devaneios, me dei conta de que estava caminhando sozinha, e Vida tinha parado sob o poste de luz do lado de fora do meu prédio. Eu me virei para ele, sentindo aquele buraco na minha cabeça ser substituído na mesma hora por uma nova preocupação.

Vida enfiou as mãos nos bolsos. O comportamento dele tinha todos os ingredientes de uma despedida, e de súbito meu coração ficou apertado e disparou. Eu não tinha pensado em não estar com ele depois de consertar tudo, em parte porque nunca achei que consertaria nada, mas principalmente porque não suportava imaginar um dia sem passar algum tempo com ele.

— Você não vai entrar? — perguntei, tentando não soar estridente.

— Não — respondeu ele, com um sorriso —, vou te dar um tempo.

— Não preciso de um tempo, juro, entra. Tenho cerca de vinte bolos que preciso de ajuda pra comer.

Ele sorriu.

— Você não precisa de mim, Lucy.

— É claro que preciso! Não espera que eu coma aqueles bolos sozinha, né? — falei, me fazendo de desentendida.

— Não foi isso que eu quis dizer — falou ele com gentileza, e me deu aquele olhar.

Aquele olhar. Aquele que dizia *adeus, minha melhor amiga, estou triste, mas vamos fingir que estamos felizes com isso*. Senti o nó na garganta aumentar em proporções astronômicas, mas tive que controlar as lágrimas. Mesmo que minha mãe tivesse quebrado as regras dos Silchesters, eu não ia começar a chorar, ou todos cairíamos como dominós, e o mundo precisava de pessoas que controlassem as próprias emoções, era algo essencial para o nosso ciclo de vida.

— Entre todas as pessoas, é de você que eu preciso.

Vida sentiu meu desespero e fez a coisa mais honrosa que podia ao desviar os olhos, me dando um momento para eu me recompor. Ele olhou para o céu, inspirou aos poucos, então expirou.

— A noite está linda, né?

Eu não notara; se ele tivesse me dito que era dia, eu teria acreditado. Eu o olhei com atenção, então me ocorreu o quanto Vida reluzia, como era bonito e forte, como sempre tinha feito eu me sentir confiante e segura, sempre ao meu lado, não importava o que acontecesse. Senti uma vontade irresistível de beijá-lo. Levantei o queixo e me inclinei em sua direção.

— Não — falou ele de repente, virando-se para mim e pousando um dedo em meus lábios.

— Eu não ia fazer nada — falei, recuando envergonhada.

Ficamos em silêncio.

— Quer dizer, tudo bem, eu ia, mas... é que você está tão bonito e tem sido tão bom pra mim e... — falei, e respirei fundo. — Eu te amo de verdade.

Ele sorriu, e covinhas se formaram dos dois lados do seu rosto.

— Lembra o dia em que nos conhecemos?

Franzi o rosto e assenti.

— Você me odiava de verdade naquela época, né?

— Mais do que a qualquer pessoa que já conheci. Você era nojento.

— Então eu a conquistei, missão cumprida. Você não suportava ficar sozinha no mesmo cômodo que a própria vida e, na verdade, agora você *gosta* de mim.

— Eu disse que eu te amo.

— E eu te amo — falou ele, fazendo meu coração disparar. — Então deveríamos comemorar.

— Mas eu vou perder você.

— Você acabou de me encontrar.

Eu sabia que Vida estava certo, sabia que, por mais que naquele momento eu estivesse sentindo que ele era tudo para mim, não podia ser romântico, nem físico e muito menos possível... Mas aquilo daria uma entrevista bem diferente para a revista.

— Eu vou ver você de novo?

— Sim, claro, da próxima vez que você fizer alguma besteira. O que, conhecendo você, não vai demorar muito.

— Ei!

— Brincadeirinha. Vou dar uma olhada em você de vez em quando, se não se importar.

Balancei a cabeça em negativa, sem conseguir falar.

— E você sabe onde fica o meu escritório, não sabe? Então pode me visitar quando quiser.

Assenti outra vez. Franzi os lábios, senti as lágrimas quase chegando, *quase* chegando.

— Vim aqui pra ajudar, e ajudei. Agora, se eu ficar, só vou atrapalhar.

— Você não atrapalharia — resmunguei.

— Atrapalharia, sim — retrucou ele com gentileza. — Só tem espaço para você e para o sofá naquele apartamento.

Tentei rir, mas não consegui.

— Obrigada, Lucy. Você sabe que ajudou a me consertar também.

Eu assenti, não conseguia encará-lo. Olhar para ele significaria lágrimas, e lágrimas eram ruins. Eu me concentrei nos sapatos de Vida. Nos sapatos novos e engraxados que não combinavam com o homem que eu conhecera.

— Muito bem, então não é um adeus. Nunca é um adeus — disse ele.

Ele deu um beijo no alto da minha cabeça, a única parte de mim que o deixei ver. Foi um beijo longo, então apoiei a cabeça no peito dele e senti o coração batendo tão rápido quanto o meu.

— Eu não vou embora até que você esteja em segurança lá dentro. Vai.

Eu me virei e me afastei, cada passo soando muito alto na noite silenciosa. Ao chegar à porta, não consegui me virar, precisava continuar olhando para a frente, ou as lágrimas viriam, elas viriam.

No meu apartamento, o sr. Pan me olhou meio grogue da cama dele, confirmou que era eu, então voltou a dormir. Naquele momento, me ocorreu que aquele era o fim da vida que eu vivera com ele ali, em nossa bolha. Ou ele iria embora, ou nós dois iríamos. Aquilo também me deixou triste, mas ele era um gato, e eu não choraria por um gato, então fiquei firme e me senti bem por ter vencido as lágrimas, eu era mais forte do que elas, pois lágrimas significavam apenas que alguém sentia pena de si mesmo, e eu não sentia pena de mim mesma.

Só o que eu queria fazer era me enfiar embaixo do edredom e não pensar em nada do que acontecera naquela noite, mas não pude, porque não conseguia alcançar o zíper nas costas do meu vestido. Eu não conseguira fechá-lo antes, Vida tinha fechado para mim. Eu não conseguia colocar os braços para trás a ponto de alcançá-lo, não importava o ângulo que eu tentasse. Contorci o corpo em direções diferentes tentando alcançar o zíper, mas nada funcionava, eu não conseguia de jeito nenhum. Eu estava suando e ofegante, com raiva além da conta por não conseguir tirar aquela roupa idiota. Olhei ao redor do apartamento em busca de algo que pudesse me ajudar. Nada. Ninguém. Foi então que percebi que estava total e verdadeiramente sozinha.

Eu me deitei na cama ainda usando o vestido. E chorei.

CAPÍTULO TRINTA

Fiquei na cama por uma semana — pelo menos pareceu uma semana, mas acho que não foram mais do que quatro dias, o que ainda era um bom tempo. Na manhã seguinte ao meu aniversário, esperei até finalmente ouvir sons no apartamento de Claire para bater à porta dela e pedir ajuda com meu vestido. Fui atendida pelo marido dela, que vestia apenas uma cueca e tinha o cabelo desgrenhado, o que me disse muita coisa: que Claire enfim também seguira em frente e a memória de Conor estava livre para ser celebrada.

Não houve interrupções de Vida chegando sem avisar em momentos inapropriados, nenhum envelope pousando no meu carpete recém-limpo. Recebi muitas mensagens dos meus amigos me chamando para sair, combinando de nos encontrarmos, pedindo desculpas, tentando compensar o tempo perdido, tentando tirar vantagem da minha sinceridade recente, e eu não os ignorei, mas também não saí para encontrá-los e certamente não menti. Disse a eles que queria e precisava ficar sozinha, que queria aproveitar a vida na minha pequena bolha por mais algum tempo, e pela primeira vez não era mentira.

Minha mãe levara o sr. Pan para Glendalough, e, embora eu sentisse falta dele, sabia que o gato estava em um lugar muito melhor — não era justo com ele ficar preso ali, e a opção era morar com minha mãe ou morar comigo em uma caixa de papelão debaixo de uma ponte, e eu duvidava que conseguisse colocar o sofá marrom de camurça em cima de um carrinho de compras com o restante dos nossos pertences. No fim, a escolha não foi tão difícil. Comparei aquilo a uma limpeza de primavera — assim que comecei a me organizar, o restante da bagunça foi desaparecendo aos poucos.

Em algum momento daquela minha hibernação de quatro dias, eu saí para comprar comida de verdade, do tipo que tinha que ser preparada e cozida. Por mais sem prática que eu estivesse, me forcei a lembrar que comida de verdade exigia organização e tinha que ser preparada antes que a fome surgisse. Além de limpar a sujeira de três anos das minhas botas sujas no festival de verão, se eu juntasse selos suficientes no supermercado, ganharia um tapete grátis, o que demoraria um ano de compras, mas era um incentivo para continuar.

Eu comprara limões e limas e enchera um vasinho em homenagem à minha amiga na revista. Eu preferia nunca mais ter que trabalhar, ainda não descobrira uma *paixão* por alguma coisa, ainda achava essa palavra nauseante e algo que as pessoas não paravam de repetir para mim, mas, mesmo que eu não tivesse noção do que queria fazer da vida — fora o sonho irreal da loja de cupcakes —, estava começando a organizar as ideias. Tentaria encontrar algo que me interessasse pelo menos um pouco e que pagasse as contas. Progresso. No entanto, o dinheiro que recebi de presente de aniversário dos meus amigos não duraria para sempre, na verdade, serviria apenas para pagar o aluguel do mês seguinte, então eu precisava rápido de um emprego.

Tomei banho, me vesti e me certifiquei de estar bem armada com uma xícara de café fresco ao me sentar diante da bancada para ler o jornal que Vida jogara para mim no meu aniversário. Na verdade, eu não tinha olhado para aquele jornal nem quando foi jogado para mim — estava distraída demais com a gota de creme no canto da página, onde ela esbarrara no meu bolo —, mas, assim que comecei a ler, me perdi. Vi circulado em vermelho, no que antes presumi ser uma sugestão de trabalho responsável no meio da página de empregos, um anúncio na seção de imóveis de alguém em busca de outra pessoa para dividir apartamento. Fiquei irritada por Vida estar sugerindo que eu deixasse o apartamento que ele sabia que eu amava mais do que a maioria das coisas na minha vida. Eu estava prestes a amassar a página e jogá-la fora quando um novo pensamento me ocorreu. Vida não me pediria para sair do apartamento. Eu li de novo. E de novo. Então, quando percebi o que era, um sorriso curvou meus lábios e tive vontade de dar um grande beijo em Vida. Arranquei a página e pulei da banqueta.

Desci do ônibus entusiasmada, mas a animação logo murchou. Um pouco perdida, enfim me orientei quando avistei o "farol" que me levaria a Don: um tapete mágico de um vermelho forte em cima da van da Limpadores Mágicos. Aquilo me fez sorrir, o carro do super-herói. Peguei meu espelhinho na bolsa, fiz os preparativos necessários, então toquei o interfone.

— Sim? — respondeu Don, sem fôlego.

— Olá — falei, disfarçando meu sotaque. — Estou aqui para a entrevista.

— Que entrevista?

— A entrevista para dividir o apartamento.

— Ah. Espera... Eu não... Quem é?

— Conversamos por telefone.

— Quando foi isso?

Eu podia ouvir o barulho de papel farfalhando.

— Na semana passada.

— Deve ter sido o Tom. Você falou com alguém chamado Tom?

Tentei não rir enquanto o ouvia mentalmente xingando o Tom.

— Ele é o cara que está se mudando pra morar com a namorada?

— Isso — falou Don, irritado. — Qual é o seu nome mesmo?

Eu sorri.

— Gertrude.

Houve uma longa pausa.

— Gertrude de quê?

— Guinness.

— Gertrude Guinness — disse ele. — Não consigo ver você na tela.

— Não? Estou olhando bem pra ela — falei, mantendo a palma da minha mão sobre a câmera do interfone.

Ele fez outra pausa.

— Tudo bem, pega o elevador pro terceiro andar.

Ouvi um zumbido e a porta principal foi destrancada.

No espelho do elevador, ajustei meu tapa-olho e me certifiquei de que todos os meus dentes, exceto os da frente, nas partes superior e inferior, estavam pretos. Então respirei fundo e pensei: agora é tudo ou nada. As portas do elevador se abriram e lá estava Don, parado na porta aberta, encostado no batente, os braços cruzados. Quando me viu, eu soube que ele queria ficar bravo, mas não conseguiu conter um sorriso, então jogou a cabeça para trás e riu.

— Oi, Gertrude — falou.

— Oi, Don.

— Você deve ser a mulher horrível, desdentada, com um tapa-olho e dez filhos com quem falei no telefone.

— Seu número errado. Sou eu.

— Você é louca — disse ele baixinho.

— Por você — falei, bem cafona, e ele sorriu de novo, mas o sorriso logo desapareceu.

— Fui levado a acreditar que você e o Blake estavam juntos de novo. Isso não é verdade?

Neguei com a cabeça.

— Você não recebeu a minha mensagem sobre o jantar na semana passada? Eu queria conversar com você.

— Recebi. Mas... — respondeu ele, e engoliu em seco. — Eu disse que não quero ser um prêmio de consolação, Lucy. Se ele não te quis de volta...

— Ele me quis de volta — interrompi. — Mas percebi que não era isso que eu queria. Não era *ele* que eu queria.

— Isso é verdade?

— Eu não minto. Não mais. Para citar uma das frases mais bonitas que já me disseram: "Eu não te amo". — Ele sorriu e, me sentindo encorajada, continuei: — Mas acho que poderia facilmente amar, e é provável que isso aconteça muito rápido, embora eu não possa prometer nada. E talvez tudo acabe em muitas lágrimas.

— Que romântico.

Nós rimos.

— Sinto muito por ter enrolado você, Don. Essa foi a primeira e provavelmente a última vez que fiz isso.

— Provavelmente?

— A vida é complicada.

Dei de ombros, e ele riu.

— Então você está mesmo interessada em dividir o apartamento? — perguntou Don, parecendo desconfortável.

— Sim — falei muito séria. — Já nos encontramos três vezes e dormimos juntos uma vez, acho que já está na hora de nos arriscarmos e morarmos juntos.

Ele empalideceu um pouco.

— É claro que não é isso, Don, eu amo o meu cantinho e vou continuar lá. Ainda estou longe de me sentir emocionalmente segura pra dividir um teto com outro ser humano.

Ele pareceu aliviado.

— Estou aqui por *você*.

Don fingiu pensar a respeito, pelo menos eu torci para que estivesse fingindo.

— Vem cá — disse ele, e pegou minhas mãos, me puxando para perto.

Então me deu um beijo demorado, que deixou a boca dele coberta pelo delineador que eu usara para escurecer meus dentes. Decidi não contar a ele, era mais divertido assim.

— Você sabe que, na verdade, dormimos juntos *duas* vezes — corrigiu ele. — O que é um número horrível — continuou ele, e franziu o nariz com desdém. — *Dois*.

— Eca — acompanhei a brincadeira.

— Mas três — disse Don, se animando. — Três é um número de que eu gosto. E quatro? Quatro é um *ótimo* número.

Eu ri enquanto ele tentava tirar meu tapa-olho.

— Não, eu gosto disso, vou deixar onde está.

— Você é maluca — falou Don, feliz, e me beijou outra vez. — Tudo bem. Com uma condição.

— Qual é?

— A gente tira tudo, menos o tapa-olho.

— De acordo.

Nos beijamos de novo. Então ele me puxou para dentro e fechou a porta com um chute.

EPÍLOGO

O sábado dia 6 de agosto, em Glendalough, foi um dia deslumbrante, como os meteorologistas previram, no qual cem membros da família dos meus pais, além de amigos próximos, se aglomeravam no gramado com uma taça de champanhe na mão, aproveitando o calor do sol na pele enquanto conversavam animados, e esperavam que tudo começasse. O gramado dos fundos da casa dos meus pais fora transformado para a cerimônia de renovação de votos, com os assentos separados por um corredor branco que levava a um arco de treliça adornado com hortênsias brancas. Perto dali, uma tenda cobria dez mesas de dez lugares cada, e os incontáveis tons de verde da encosta da montanha serviam como pano de fundo para o cenário. Havia uma única rosa branca em um vaso alto no centro de cada mesa e, em destaque no jardim, via-se uma fotografia ampliada do dia em que os votos foram ditos pela primeira vez, trinta e cinco anos antes, quando Riley, Philip e eu ainda não havíamos chegado ao mundo.

Enquanto eu andava pela lateral da tenda, avistei meu pai em um terno de linho branco, vestido com elegância para o cenário de verão, conversando com Philip. Eu me escondi atrás de um canteiro de hortênsias azuis e rosa para escutar, pensando por um momento que pai e filho podiam estar protagonizando uma cena comovente, mas então me lembrei que aquilo era a vida real, e não o filme sobre a garota da loja de cupcakes que teve um reencontro com o pai. Ao mesmo tempo que percebi aquilo, Philip se afastou do meu pai, com o rosto vermelho e bravo, e caminhou furioso na minha direção. Meu pai nem se incomodou em vê-lo se afastar, em vez disso, tomou um gole da taça de vinho branco que segurava pela haste com firmeza entre o indicador e o polegar, e ficou observando a vista. Quando Philip passou por mim, agarrei o braço dele e o puxei para trás do arbusto.

— Ai, Jesus, Lucy, que diabo você está fazendo? — perguntou ele, furioso, então, quando se acalmou, começou a rir. — Por que você está escondida atrás de um arbusto?

— Estava tentando testemunhar o momento de conexão entre pai e filho.

Philip bufou.

— Acabei de ser informado sobre o constrangimento que trouxe à família.

— O quê, você também?

Ele balançou a cabeça, incrédulo, então teve o bom senso de finalmente rir do assunto.

— É sobre os peitos? — perguntei.

Ele riu.

— Sim, é sobre os peitos.

— Acho que a Majella *naquele* vestido o denunciou.

Philip continuou a rir e estendeu a mão para meu cabelo para tirar uma folha.

— Sim, mas valeu a pena.

— "É a fonte que nunca seca" — brinquei, e ele riu alto.

Dei um soquinho brincalhão no braço dele, que cobriu a boca com a mão. Senti como se fôssemos crianças de novo, nos escondendo de um passeio em família a um museu ou uma visita à casa de amigos dos nossos pais, onde seríamos ignorados e teríamos que nos sentar educadamente ao lado dos adultos, para sermos vistos e não ouvidos. Nós dois olhamos para nosso pai, que permanecia com o olhar perdido, distante da aglomeração de pessoas reunidas ali por ele.

— Você sabe que ele não estava falando sério — falei, tentando fazer Philip se sentir melhor.

— Estava, sim. Ele quis dizer cada palavra que disse, e você sabe disso. Ele é assim, cretino e crítico com todos na vida dele, menos consigo mesmo.

Eu o encarei, surpresa.

— Achei que esse papel era exclusividade minha.

— Não seja tão cheia de si, Lucy. Eu nasci antes, e dei ao pai pelo menos alguns anos a mais de decepção do que você.

Tentei me lembrar de uma época em que já tivesse visto meu pai indo para cima de Philip, mas não consegui.

— Ele fica bem quando fazemos o que ele quer, mas se você se desviar um pouquinho... — disse Philip, e suspirou, resignado. — Ele quer o melhor pra gente, só não tem ideia de que o melhor para nós aos olhos dele e o melhor para nós na realidade não são a mesma coisa.

— Então o Riley ainda mantém o posto de menino de ouro — declarei, entediada. — Vamos ter que dar um jeito nele.

— Já fiz a minha parte. Acabei de dizer ao pai que ele é gay.

— Qual é o problema com você e com a mamãe? Riley não é gay!

— Eu sei disso — disse Philip, rindo. — Mas vai ser divertido ouvir ele tentando se safar dessa.

— Eu já apostei com o Riley que ele não consegue encaixar "elefante transcendental" no discurso que vai fazer. Ele não está tendo um bom dia.

Nós rimos.

— Ele vai conseguir, ele sempre consegue — afirmou Philip, bem-humorado, e saiu de trás do arbusto. — Você não deveria estar com a mamãe agora? — perguntou ele, e checou o relógio.

Olhei para meu pai novamente.

— Vou em um minuto.

— Boa sorte — falou Philip, não parecendo muito seguro.

Fiz questão de fazer minha presença ser notada para que meu pai não se assustasse quando eu aparecesse.

— Eu já vi você no arbusto — falou ele, sem se virar.

— Ah.

— Mas não vou perguntar o que você estava fazendo. Deus sabe que não vai encontrar trabalho ali.

— Pois é, sobre isso... — comecei a dizer, sentindo a adrenalina da raiva disparar pelo meu corpo outra vez. Tentei me controlar e fui direto ao ponto. — Sinto muito por ter mentido pra você sobre a forma como deixei o meu emprego.

— Você quer dizer sobre a forma como foi demitida? — questionou ele, e olhou para mim por cima dos óculos na ponta do nariz.

— Sim — falei, cerrando os dentes. — Eu estava com vergonha.

— E deveria estar. Seu comportamento foi desprezível. Você podia ter ido parar atrás das grades. E teriam razão pra isso, você sabe — disse meu pai. Ele deixava uma longa pausa após cada frase, como se cada uma fosse um pensamento novo, sem nada a ver com o anterior. — E não haveria nada que eu pudesse fazer a respeito.

Assenti e contei até cinco, mantendo a raiva sob controle.

— Na verdade, o problema não foi eu ter dirigido alcoolizada, foi? — falei, por fim. — Sou eu. Você tem um problema comigo.

— Problema, que problema? — murmurou ele, já irritado por eu ter apontado uma fraqueza nele. — Eu não tenho nenhum *problema*, Lucy, só quero que você enfrente o desafio, que mostre responsabilidade e faça alguma coisa de si mesma, em vez de continuar nessa... apatia... nesse nada que você tanto quer ser.

— Eu não quero ser nada.

— Ora, seja como for, está fazendo um ótimo trabalho em se tornar um.

— Pai, você não percebe que, não importa o que eu faça, você não vai ficar satisfeito, porque você quer que eu seja o que *você* quer que eu seja, e não o que eu preciso ser para mim? — falei, e engoli em seco.

— De que diabo você está falando? Eu quero que você seja um ser humano decente — retrucou ele.

— Eu já sou isso — rebati com toda a calma.

— Alguém que oferece algo à sociedade — continuou ele, como se não tivesse me ouvido, e engatou em um discurso sobre responsabilidade e dever, cada frase começando com "Alguém que...".

Contei até dez mentalmente e funcionou, a raiva e a mágoa que eu sentia diminuíram, e naquele dia, depois da conversa que eu tive com Philip, não me senti tão irritada com a ausência de aprovação do meu pai como antes. Embora eu acreditasse no autodesenvolvimento e na evolução de toda a raça humana, sabia que nunca seria capaz de mudá--lo ou de mudar a opinião dele sobre mim. E, como eu nunca faria nada para tentar agradá-lo, havia uma eternidade de confrontos no nosso futuro. No entanto, tentativas deliberadas de desagradá-lo estavam fora da minha lista de coisas a fazer, ao menos de propósito, embora nunca se possa prever como o subconsciente funciona. De repente, me senti leve, vendo a última mentira para mim mesma ser desfeita. Meu pai e eu nunca seríamos amigos.

Voltei a me concentrar na ladainha dele:

— ... então, se você não tem mais nada a acrescentar, é melhor encerrarmos essa conversa imediatamente.

— Não tenho mais nada a acrescentar — respondi, com um sorriso.

Ele foi até o tio Harold, a quem desprezava e que, por sua vez, não conseguia tirar os olhos dos peitos de Majella.

Minha mãe estava se arrumando no quarto dela quando bati à porta e entrei. Ela se virou do espelho de corpo inteiro.

— Uau, mãe, você está fantástica.

— Ah — murmurou ela, piscando suavemente os olhos. — Eu estou sendo tão boba, Lucy, estou nervosa — confessou ela, e riu enquanto ficava com os olhos marejados. — Quer dizer, com o que eu tenho que me preocupar? Não é como se ele não fosse aparecer!

Nós duas rimos.

— Você está linda — comentou minha mãe.

— Obrigada — falei, com um sorriso. — Amei o vestido. É perfeito.

— Ah, acho que você está dizendo isso apenas para agradar à noiva caquética e chata — falou ela, sentando-se diante da penteadeira.

Peguei um lenço de papel e enxuguei com gentileza os cantos dos olhos dela, onde as lágrimas borraram a maquiagem.

— Acredite em mim, mãe, eu não minto mais.

— Don veio?

— Ele tá lá fora, conversando com o tio Marvin, que me perguntou na frente do pai se tinha mesmo acabado de me ver em uma propaganda da Limpadores Mágicos. Meu pai quase caiu duro.

— Foi seu melhor trabalho — disse minha mãe com orgulho fingido.

— Foi meu único trabalho — falei, preocupada.

— Você vai encontrar alguma coisa.

Fiz uma pausa.

— Don me chamou pra trabalhar com ele.

— Limpando carpetes?

— O pai dele está com problemas nas costas. Don teve que fazer todo o trabalho sozinho nas últimas duas semanas e precisa de ajuda.

Minha mãe pareceu preocupada de início, o velho princípio de respeitabilidade dos Silchesters foi a primeira coisa a lhe ocorrer, mas então seu novo jeito de pensar entrou em ação, e ela sorriu, solidária.

— Ora, isso viria a calhar, não? Ter uma filha capaz de limpar a própria bagunça, pra variar. Você vai aceitar o trabalho?

— Meu pai não vai ficar feliz com isso.

— E quando você já fez alguma coisa para agradar ao seu pai? — disse ela, e olhou pela janela. — Olha só pra ele. É melhor eu acabar com o sofrimento do homem e ir até lá.

— Não, espera mais uns dez minutos, deixa o homem suar um pouco.

Minha mãe negou com a cabeça.

— Vocês dois... — disse ela, então se levantou e respirou fundo.

— Antes de você descer, quero te dar um presente, um presente de verdade dessa vez. Lembra que você disse que nunca se sentiu boa em nada, que nunca soube o que deveria fazer?

Ela pareceu envergonhada, então se resignou ao fato.

— Sim. Eu me lembro.

— Bem, isso me fez pensar... Além de ser a melhor mãe do mundo e a melhor padeira, eu me lembrei dos desenhos que você fazia para a gente colorir. Lembra disso?

O rosto da minha mãe se iluminou.

— *Você* se lembra disso?

— É claro que sim! Por sua causa, tínhamos livros de colorir onde quer que fôssemos. Você era tão boa nisso! Então, enfim... — comecei, e fui depressa para fora do quarto, voltando com um cavalete e os acessórios para desenho e pintura, tudo embrulhado e arrematado com um laço vermelho. — Comprei isso pra você. Você é muitas coisas pra muitas pessoas, mãe, e quando eu era criança, sempre achei que você era uma artista. Então, pinte.

Ela ficou com os olhos marejados de novo.

— Não, assim você vai estragar a maquiagem. Eu preferia quando você não chorava — falei, pegando outro lenço de papel, e enxuguei os olhos dela.

— Obrigada, Lucy — disse ela, fungando.

Riley bateu à porta.

— Estão prontas, meninas?

— Para agora e para os próximos trinta e cinco anos — declarou ela, sorrindo. — Vamos lá.

Caminhar até o altar atrás da minha mãe, que estava de braço dado com Riley, tornou aquele o dia ainda mais carregado de emoções positivas da minha vida. Os dois seguiam bem à minha frente em direção a um Philip elegante e ao meu pai — que parecia mais orgulhoso do que eu jamais vira. Eu conseguia ver, no homem mais velho, o jovem estagiário desajeitado que prometera à minha mãe que ela nunca mais ficaria sozinha e desde então nunca quebrara a promessa.

Melanie piscou para mim dos bancos onde estavam os convidados e, ao lado dela, Don fez uma careta para me fazer rir. Então, para minha total surpresa e alegria, enquanto eu olhava para a frente, vi, na primeira fileira, ao lado da minha avó, que observava minha mãe da cabeça aos pés, Vida, saudável, bem-cuidado, bonito, mas acima de tudo inconfundivelmente feliz. Ele sorriu para mim com orgulho, e fiquei muito, muito animada e comovida em vê-lo ali. Fazia pouco mais de um mês desde que nos despedimos — por ora, ao menos — e, mesmo tendo Don para me fazer companhia, eu sentia falta dele todos os dias. Enquanto os votos eram recitados, eu não pude evitar olhar para minha vida e sorrir, como se estivéssemos recitando aqueles votos mentalmente um para o outro — para o bem e para o mal, na saúde e na doença, até que a morte nos separe.

Enquanto você estiver por esse mundo, sua vida também vai estar. Então, assim como se derrama amor, carinho e atenção sobre maridos, esposas, pais, filhos e amigos eternos que te cercam, é preciso fazer o mesmo com sua vida, porque ela é sua, ela é *você*, e vai estar sempre presente, torcendo por você, aplaudindo você, mesmo quando você achar que não vai conseguir. Desisti da minha vida por um tempo, mas o que aprendi é que, mesmo quando isso acontece, *especialmente* quando isso acontece, a vida nunca desiste de nós. A minha não desistiu. E vamos seguir juntos até aqueles momentos finais, quando nos olharemos e diremos: "Valeu por ficar até o fim".

E essa é a verdade.

AGRADECIMENTOS

Agradeço a David, pelo apoio inabalável e pela fé em mim, sem isso eu não poderia ter escrito este livro com tanta alegria e amor. Robin, você é uma delícia e eu adoro você — este é o único livro em que vou deixar você rabiscar, aproveita. A Mimmie, Terry, papai, Georgina, Nicky, Rocco e Jay, minha gratidão pelo amor e apoio constantes.

Agradeço à minha agente, Marianne Gunn O'Connor, pela orientação e pelo encorajamento — você é um pouco culpada por tornar minha vida tão emocionante. Meus agradecimentos também à minha editora, Lynne Drew, pelos conselhos e pelo seu talento, que tornam cada história melhor. Agradeço à HarperCollins, uma grande máquina feita de pessoas fantásticas e dedicadas ao trabalho. É uma honra trabalhar com vocês. Um imenso agradecimento a Pat Lynch e Vicki Satlow. E também a Aslan, por me permitir usar a letra de "Down on Me".

Gostaria de agradecer às minhas amigas. Em prol da paz mundial, vocês permanecerão anônimas, mas agradeço pela amizade e, mais importante, agradeço por terem compartilhado suas histórias pessoais até altas horas da noite e nas primeiras horas da manhã, elas foram uma fonte infinita de inspiração para este livro. Relaxem, é brincadeira... Eu nunca escuto mesmo.

E, finalmente, gostaria de agradecer à minha Vida. Foi muito bom te conhecer, por favor, continue por perto.

Este livro foi impresso pela Arcángel Maggio, em
2025, para a Harlequin. O papel do miolo é Bookcel
65g/m², e o da capa é cartão 250g/m².